# PELIGRO de SUERTE

A LA
ORILLA
DEL VIENTO

Primera edición, 2018

Muñoz Ledo, Norma
Peligro de suerte / Norma Muñoz Ledo ; ilus. de Alberto Montt. — México : FCE, 2018
608 p. : ilus. ; 19 × 15 cm — (Colec. A la Orilla del Viento)
ISBN 978-607-16-5677-3

1. Literatura infantil I. Montt, Alberto, il. II. Ser. III. t.

LC PZ7 Dewey 808.068 M482p

*Distribución mundial*



Esta novela se escribió con el apoyo del
Sistema Nacional de Creadores de Arte


Carretera Picacho Ajusco, 227; 14738 Ciudad de México
www.fondodeculturaeconomica.com
Comentarios: librosparaninos@fondodeculturaeconomica.com
Tel.: (55)5449-1871

Colección dirigida por Socorro Venegas
Edición: Susana Figueroa León
Diseño: Miguel Venegas Geffroy



**ISBN** 978-607-16-5677-3

Impreso en México • *Printed in Mexico*

# PELIGRO de SUERTE

NORMA MUÑOZ LEDO

*ilustrado por*

ALBERTO MONTT

*Para Alicia, Irlanda y Nick,*
*por lo que se reconstruye.*

# Índice

# PARTE I
# NutriJuice

# Mala suerte

La cosa era, simplemente, que Rodolfo tenía pésima suerte. A veces, incluso, le daba por pensar que una especie de maldición pesaba sobre él. Y en sus momentos más oscuros, llegaba a creer que la mala suerte era una bacteria contagiosa que él había traído a su familia y por ello su vida, que no estaba nada mal, se había ido como el jabón en la regadera: justo al caño.

La mala suerte de Rodolfo era legendaria, era tan parte de su ADN como el color de su pelo. Su hermana Catarina solía decirle que, en esta vida, unos nacen con estrella y otros nacen estrellados. Su mamá lo miraba seria y luego explicaba que, en la rueda de Fortuna —la diosa romana de la suerte— su canastilla sufría penurias para subir. Su papá, por otro lado, tenía la idea de que la suerte no existía, ni la buena ni la mala. Sin embargo, la evidencia de su mala ventura era apabullante: en su corta vida, se había roto cuatro veces el brazo derecho. En una de ellas, tuvieron que operarlo y lo tuvo enyesado ocho semanas. Por supuesto, Rodolfo no era zurdo —en su caso, eso hubiera sido buena suerte—, así que tooodo le costaba muchísimo trabajo. Además de eso, le había dado rubeola, roseola, varicela y un brote de sarampión: cada vez, justo cuando la familia se disponía a salir de vacaciones. En su antigua escuela, todos los años revolvían a los grupos, supuestamente para conocer amistades nuevas. Algunos se quedaban con uno o dos amigos, pero a Rodolfo no le fallaba: siempre lo separaban de todos. En materia de mascotas, tuvo un gato que murió atropellado por el repartidor de la farmacia con su bicicleta; luego le compraron un par de pericos que doblaron los barrotes de la jaula y escaparon hacia la libertad. La adquisición más reciente fue un perro: cuando era pequeño, Rodolfo llegó a pensar que, al menos en ese asunto, su suerte había mejorado, pero el can, un beagle llamado Wasabi, creció para convertirse en un ladrador profesional marca monserga, un can incontinente, rebelde ante la autoridad y con un sentido de la territorialidad más allá de todo lo imaginable. Todos los días, varias veces al día, al perro le daba por personalizar todos los objetos de la casa que estuvieran a su altura: camas, sillas, sillones, cajas, baúles, lámparas, cajoneras, juguetes... Lo peor era cuando llegaba alguien que era de su agrado y el animal expresaba su felicidad con descontrolados chisguetes que, a veces, mojaban los zapatos.

Pero para Rodolfo, la demostración más contundente de su falta de buena fortuna, era su nombre: Rodolfo Pachón. Aquello era un designio del destino, sin duda. Ni sus papás podían explicar por qué le habían puesto Rodolfo si ya con el Pachón tenía. Lo peor fue que la pubertad abrió el paso a algunos kilitos extra que lo hacían verse un tanto gordito. Nada muy grave, sólo un poco rechoncho. O, como le decía su tío Luis: "Rodolfo, estás echando barriga". Y también trasero y cachete. Eso, combinado con su nombre, le desagradaba mucho. Lo peor fue cuando un día, una niña que había sido su amiga cuando eran chicos, antes de que ella se volviera popular, le cantó: "Rueda, Rodo, rueda, estás bien pachón". Su papá le dijo que él también había sido regordete a su edad, pero que luego se le había quitado. Eso se llama tener la autoestima en alto, pues su papá no era esbelto desde ningún ángulo que se le viera. En fin, la lista de infortunios sería demasiado larga como para mencionarla toda. Basta con decir que Rodolfo tenía sólo una certeza en esta vida: si se aventaba a un pajar, se picaba con la aguja.

Lo único bueno, dentro de todo, era que tenía un amuleto que no le fallaba (y por supuesto, lo usaría si tuviera que aventarse al pajar). Era algo inusual pero súper efectivo y Rodolfo lo usaba pese a las críticas de su familia: unos calzones. Ya estaban reviejos, el dibujo de dinosaurios que originalmente tenían estaba casi borrado y le quedaban muy apretados, pues eran talla seis. Sin embargo, cuando una ocasión era realmente importante —y en su caso, de alto riesgo, como subirse a un avión—, los usaba sin dudar. Una vez, su mamá había querido tirarlos a la basura, pero Rodolfo los defendió heroicamente: le dijo que hacerlo sería como firmar su sentencia de muerte. Deshacerse de esos calzones sería como perder su seguro de vida. Entonces su mamá sugirió recortar los dinosaurios y coserlos en otros calzones de su talla, antes de que la prenda le cortara la circulación. Rodolfo sabía que, algún día, tendría que someter los calzones a esa tortura; pero mientras llegaba el momento, los usaba sólo cuando la situación lo ameritaba. Y si no fueran tan incómodos, en los últimos meses se los hubiera puesto a diario. Quizás así no hubiera pasado nada de lo que pasó.

# NutriJuice, S.A. de C.V.

Fernando, el papá de Rodolfo, decía ser una persona de ideas. Solía agregar que las personas con ideas no son empleados de nadie, porque entonces o los jefes les roban las ideas o las ignoran, pues no les gusta que alguien más tenga ocurrencias mejores que las suyas. Con ese pensamiento en su cabeza y en la de su amigo, Federico de la Parra, ambos empezaron a hacer negocios desde que eran jóvenes en Monterrey, México, su ciudad natal. Vendían de todo: desde limonadas heladas en los veranos —cuando hace tanto calor que un pollo puede rostizarse en la banqueta—, chocolate caliente en el invierno —cuando un frío seco congela lo inimaginable—, bufandas tejidas por las hermanas de Federico para los bazares navideños, galletas hechas por su mamá para los días del maestro, hasta unos rosarios muy originales, hechos con canicas, que vendían afuera de las iglesias después de misa. De ahí fueron pasando a otras cosas. Cuando iban en la universidad, viajaban a las baratas de McAllen y traían ropa del otro lado a vender a la Ciudad de México. Claro, no al precio de la barata. Después los dos se casaron y como sus esposas eran de la capital, se fueron a vivir allá y sus negocios fueron creciendo: florerías, bienes raíces, una agencia de viajes y una comercializadora de productos gastronómicos importados.

Fue para esta empresa que Fernando visitó una feria de alimentos novedosos en Francia: para ver qué podía importar. Lo que trajo de allá fueron ideas, muchas ideas que estuvo platicando durante semanas. Algo comenzó a germinarle en la cabeza y una buena mañana de miércoles, dijo con mirada decidida: "¡Ya se qué quiero hacer de verdad!" Sus hijos y Lucía, su esposa, lo miraron extrañados. Les parecía raro que, a su edad, todavía no supiera lo que quería hacer de verdad.

—Voy a poner una fábrica de jugos cien por ciento naturales, buenos para la salud y además, *gourmet*. Voy a venderlos en todas las tiendas del país, luego los voy a exportar y van a ser tan buenos que se van a vender como pan caliente —anunció.

—¿Jugos *gourmet*? —preguntó Lucía.

—¡Claro! De sabores increíbles y muy nutritivos. La gente hoy en día no tiene tiempo para prepararse jugos y mira nada más las porquerías que se venden, son agua pintada de naranja y morado.

—Saben muy bien —comentó Catarina.

—Pero no *son* buenos. Puro saborizante, colorante y azúcar. Yo quiero hacer comida del futuro, la que van a comer los que vivan en las estaciones espaciales.

Durante todo el desayuno, se la pasó hablando de las bondades de sus jugos con una emoción tan contagiosa que todos acabaron entusiasmados. Sus ideas salían muy bien y él veía el negocio tan novedoso y futurista que sería auténticamente jugoso. Fernando era de los que decían y luego hacían, así que el siguiente sábado invitó a Federico y, como buen regio, preparó una carne asada para plantearle la idea. Su socio, sin embargo, no mostró ninguna emoción por los jugos.

—Vato, tú nunca has fabricado nada —comentó, con el acentote norteño que no había perdido en la ciudad—. Has sido distribuidor y comercializador, pero no tienes experiencia como fabricante.

—Todo se puede aprender, compadre, no debe ser tan difícil, tengo suficiente experiencia en los negocios —contestó Fernando, que cuando estaba con Federico también le salía el acento.

—Sí, pero este no es nuestro campo, vato —insistió Federico—. A mí no me gusta entrarle a lo que no sé hacer. A ver: ¿qué sabemos de jugos?

—Lo que no sabemos lo aprendemos, compadre. Tengo idea de contratar a un chef, a un ingeniero en alim...

—Poner una fábrica es mucha lana, yo digo.

—Creo que podemos reunirla.

—Es mucho riesgo, ¡qué necio eres! —objetó Federico—. Las jugueras y refresqueras chicas han tronado todas. Las grandes nunca las dejan crecer, luego te compran con pérdida o te bloquean, acabas quebrando.

—No es tanto el riesgo. La gente busca lo sano, ¡velo tú mismo, vato! Está por todos lados. No vamos a competir con los refrescos ni con los demás jugos. Es otro nicho de mercado.

—Si somos sólo tú y yo, no le entro. Busquemos más socios, alguien con experiencia en alimentos… dile a tu hermano.

—Hagamos un plan de negocios, compadre —sugirió Fernando, ignorando la mención de su hermano Blas.

Fernando dedicó semanas al plan de negocios, pero Federico no se dejaba convencer. Al final, aceptó ser socio minoritario. A Fernando no le alcanzaba con lo que tenía, pero no quería meter a muchos socios, decía que poner de acuerdo a varias cabezas no le importaba, pero a varios monederos, no le gustaba. Durante muchos días estuvo ensimismado, o sea que estaba en sí mismo y en ningún otro lado. Andaba ido, hablaba poco, de pronto fijaba la mirada en cualquier cosa y entrecerraba los ojos, piense y piense. Además, se pasaba todo el tiempo la mano por la cara y la cabeza, de manera que también andaba con los pelos todos parados.

Un jueves, a la hora de la comida, se sentó a la mesa con un aspecto diferente. Estaba sonriente, contento, peinado y platicador. Su esposa lo miró arqueando una ceja. En pocos minutos Fernando explicó su plan de acción: para poner la fábrica de jugos, vendería su coche y sus acciones en las varias empresas que tenía; sacaría todos sus ahorros e inversiones, pediría un préstamo e hipotecaría la casa.

—¿Tan seguro estás de tus jugos? —preguntó Lucía con los ojos muy abiertos.

—¡Totalmente! —contestó Fernando con una sonrisa de anuncio de pasta dental.

—¿Y es absolutamente necesario… hipotecar la casa? —insistió ella.

—¡No hay de otra! Ya tomando en cuenta todos los gastos de inicio, sin ese dinero, no me alcanza.

Catarina y Rodolfo seguían comiendo fideos. Durante unos cuantos cucharazos nadie habló y la mamá revolvió su sopa en el plato sin comérsela.

—¿Qué es una hipoteca? —preguntó de pronto Catarina que, aunque casi siempre parecía estar en la luna, en realidad solía tener los dos pies en la tierra.

Fernando y Lucía se miraron. La mamá iba a contestar pero el papá se adelantó.

—Pues es un préstamo: el banco te presta un dinero y lo garantizas con tu casa. Mientras lo pagas, tu casa es del banco.

—¿Por qué mamá no quiere? —siguió dándole Catarina.

—Porque si no la pagas, el banco te quita tu casa —contestó su mamá con tono poco amigable.

—Pues sí, pero yo estoy seguro de que los jugos van a ser un negociazo, me va a ir muy bien y voy a pagar la hipoteca sin problemas.

Más cucharazos.

—Confíe en mí, huerca —dijo Fernando con su mejor acento regio y su más encantadora sonrisa, ya sabía que con eso siempre convencía a Lucía.

Y Lucía confió.

A partir de ese día, comenzó un tiempo un poco raro, sobre todo para Rodolfo y Catarina. A su papá, sus jugos le emocionaban más que nada en el mundo. Como no sabía nada del asunto, contrató a un chef y a un ingeniero en alimentos para que dieran con las recetas tipo fórmula de cada mezcla y adaptó lo que era la sala de juegos de su casa como laboratorio. Luego se la pasó busque y busque el lugar adecuado para instalar la fábrica. Cuando lo encontró, compró la maquinaria. Todos los días y a todas horas estaba metido en eso. Para ellos fue un tiempo sin fines de semana y sin vacaciones, pero más que nada, fue un tiempo muy largo sin papá.

Fernando hizo un estudio de mercado y averiguó que la gente buscaba remedios para diferentes enfermedades, así que se puso a leer sobre las propiedades de cuanta fruta, verdura y hierba comestible se le ocurrió, después tuvo que convencer al chef y al ingeniero: ellos alegaban que algunos ingredientes tenían sabores fuertes y combinarlos era difícil. Además de que algunos presentaban otras complicaciones, como la baba de las cactáceas. Hicieron cientos de pruebas.

—Todos deben tener extracto de amaranto y aceite esencial

de diferentes tipos de cactus —dijo una noche, mientras servía un líquido verdeamarillo y viscoso en tres vasos: uno para su esposa, otro para Rodolfo y el tercero para Emilio, el mejor amigo de su hijo.

Los tres miraban sus vasos con desconfianza, sin atreverse a dar el trago.

—Todavía no lo sabe mucha gente, pero con el amaranto y los cactus, México le dará salud al mundo —explicó Fernando—, por favor, no anden contando esto por todos lados, ya saben, las buenas ideas…

—… todo el mundo se las roba —Lucía terminó la frase.

—¡Pruébenlo! —dijo Fernando entusiasta, dándole un buen trago—. ¡Aaaahhh! ¡Poción mágica!

En eso, Catarina entró a la cocina y su papá le sirvió una ración de pócima.

—¿Qué porquería es esto? —preguntó con cara de asco.

—Concentrado de acelga, amaranto, berro, flor de calabaza, papaya, tuna, nopal, col de Bruselas, zanahoria, xoconostle, verdolaga, albahaca y miel de colmena.

—¡¡¡Guuuáaacala!!! —gritó Catarina, tapándose la nariz y poniendo cara de vómito.

—¡Está buenísimo! —lo alabó su papá.

—El nopal es baboso —observó Rodolfo.

—Ya le quitaron lo baboso —explicó Fernando.

—Es que las coles de Bruselas…

—¡Tómenselo, huercos! —ordenó el papá, que cuando se enojaba también le salía lo regio.

Todos suspiraron y le dieron un pequeño sorbo. Lo que son las cosas y es para no creerse, pero aquello sabía bien. Era ligeramente dulce y el saborcito de las coles y la baba del nopal, no se sentían. Se lo acabaron.

—¡Muy bueno! —exclamó su esposa—. De verdad que Román y Juan, el chef y el ingeniero, hacen milagros.

—Le voy a poner CatEye, para mejorar la visión de noche y de día. La mejor mezcla de vitamina A y betacaroteno que hay en el mercado —comentó el papá.

—¿Y por qué el nombre en inglés? —preguntó Rodolfo.

—Porque así es la mercadotecnia: si está en inglés, vende, ¿a poco comprarías una bebida que se llamara Ojo de Gato?

—Venden uña de gato —intervino Catarina.

—¿Y quién la compra? Si le pusieran CatNail, vendería el triple, te lo aseguro. La marca de mis jugos será NutriJuice.

Fernando no le dio vueltas al asunto de los nombres en inglés. Hasta a los julepes —que no eran jugos, sino unos revoltijos medicinales con efectos bastante salvajes— los bautizó en inglés como: *juleps*. Catarina, Rodolfo y toda su pandilla fueron auténticos "humanillos" de indias: probaron cuanto sabor se les ocurría a su papá, al chef y al ingeniero. Lo único que todo el mundo se negaba a probar eran los julepes, porque las reacciones eran extremas. Como el Moon WormBeater Julep, dispara-

sitador natural: se trataba un mega concentrado de epazote con extracto de papaína y zanahoria que debía tomarse durante una semana, de la luna menguante a la luna nueva. Había que tener mucho cuidado con el asunto de la luna o, en lugar de lograr el exterminio de las lombrices, ocurría el efecto contrario y se ponían rozagantes, además de multiplicarse por miles.

En el intento por lograr los sabores espectaculares que Fernando buscaba y luego observar los efectos de sus jugos en los humanillos, pasó de todo. Un día Rodolfo y Catarina estaban con Adriana, una buena amiga de ella en esos tiempos, cuando su papá les dio a probar el SuperCruciferax, el combinado antioxidante de crucíferas más potente del mercado, hecho con concentrado de coliflor, col, brócoli, coles de Bruselas, nabos y hojas de mostaza. Había pasado como media hora desde la toma cuando Lucía llegó con cara de preocupación a preguntarle a los niños cómo se sentían. A los tres les dolía la panza, pero eso no era lo peor.

—Este juguito produce meteorismo —le dijo a su esposo, hablando en su clave secreta.

—Ya me di cuenta —contestó el papá, que había tenido que desabrocharse el botón del pantalón.

Fernando y Lucía tenían un lenguaje secreto: cuando sus hijos eran chicos y no querían que entendieran una conversación, hablaban en inglés. Luego metieron a los niños a una escuela de ésas muy bilingües y llegó un momento en que les

entendían. La mamá hablaba francés, pero el papá no, así que les dio por usar las palabras más raras que existen en el español. Hay que decir que Lucía había estudiado filosofía y a veces, ni su esposo entendía las palabras que usaba, entonces él se hacía el que entendía y luego iba al diccionario. Cuando Catarina y Rodolfo tenían mucha curiosidad por enterarse de lo que decían, también recurrían al diccionario. Por eso a veces ellos también usaban palabras domingueras.

—¿Qué es meteorismo? —preguntó Adriana con cara de horror.

—Que se te hace un meteoro en la panza y luego... —comenzó a explicar Catarina.

—¡Ya cállate, Catarina! —chilleteó Adriana—. ¡Me voy a morir! ¡Y tu papá va a tener la culpa!

—Mejor vemos el diccionario —sugirió Rodolfo.

Los tres fueron a buscar, Adriana con cara de pugido y abrazando su estómago como si se le fuera a ir volando. Los tres leyeron: "meteorismo: abultamiento del vientre por gases acumulados en el tubo digestivo".

—O sea que ese jugo te pone pedorro —sonrió Catarina.

A Adriana le dio un ataque de risa tan fuerte que los gases acumulados en el tubo digestivo se le salieron todos de manera explosiva, eso les dio risa a los otros dos y pasó lo mismo. Seguramente Fernando y Lucía experimentaron algo similar, el caso es que a ese jugo le pusieron una advertencia en el envase:

"PRECAUCION. PRODUCE METEORISMO".

Después de meses de pruebas, el papá tuvo todos los jugos que quería y entonces hizo un folleto. Además del CatEye, el Moon WormBeater Julep y el SuperCruciferax, había: Gripmix para aliviar gripa, sinusitis, catarro, bronquitis y faringitis; Antiflat para reducir gases y ayudar a la liberación expedita de los mismos; Slim&Lean para entrar en esos nuevos jeans; BreastMilkBooster, especial para madres lactantes; SleepyHead, para dormir como un lirón; Happy 40's & 50's para mitigar sofocos y bochornos; Stop it!!, el mejor antidiarréico del mercado; Pooper, ideal para las tareas difíciles; PixMix, ¡mejor diurético que el agua de jamaica!; ForeverYoung, para recuperar años en unos días; y ForeverBlissful, para ser feliz como una lombriz.

Todos estaban endulzados con miel de agave y, aunque cualquiera pensaría que sabían a rayos, lo cierto es que su sabor era muy bueno. Lo mejor era que los efectos en el cuerpo eran los que prometía la etiqueta. Tal como había pronosticado el papá, los jugos se vendieron como pan caliente. En unos cuantos meses, las principales cadenas de supermercados hicieron grandes pedidos. Varios periódicos entrevistaron a Fernando, e incluso su foto apareció en la portada de algunas revistas de negocios. Se tuvo que poner una línea telefónica de atención a clientes donde todos los días hablaban personas agradecidas porque habían encontrado el remedio a sus males. En menos de un año, ya tenía pedidos para exportación.

En ese tiempo, los jugos se volvieron el tema de conversación del papá con todo el mundo, todo el tiempo. Era como si le hubieran cambiado el disco duro de la cabeza y se la hubieran llenado de frutas y verduras.

La mamá, Catarina y Rodolfo hubieran querido ser las frutas y verduras más fabulosas de la Tierra, para que se fijara en ellos.

# Dinero llama dinero

Federico fue un sábado a comer carne asada con su familia un año después de haber comenzado el negocio, en mayo. Rodolfo estaba encantado, porque le gustaba su hija Diana. Aunque Federico era socio minoritario, estaba feliz de que el negocio fuera tan bien y anunció que en diciembre aumentaría su participación en la sociedad. En la noche, la mamá estaba algo callada y Fernando le preguntó qué le pasaba. Lucía mandó a los niños a ver la tele, como hacía cuando no quería hablar frente a ellos. Catarina no se dio cuenta de nada, pero Rodolfó paró la oreja.

—A mí no me habías dicho lo que le dijiste hoy a Federico —soltó ella.

—¿Qué? —preguntó el papá distraído.

—Que no habías recuperado tu inversión tan rápido como esperabas. Yo pensé que te estaba yendo muy bien.

—¡Me está yendo de perlas! Pero los precios de los ingredientes son carísimos. Los extractos, los concentrados, los aceites esenciales, todo eso es muy, muy caro. Se necesitan cien biznagas de producción controlada para obtener tres onzas de aceite esencial… ¿sabes cuánto cuesta una biznaga de buen tamaño?

Lucía lo miró seria y antes de contestarle, le echó una miradita a sus hijos. Rodolfo se hizo el disimulado.

—A mí me preocupa que tienes muchos pasivos: la morada, las bigas y el plástico. Y además, claro, los artefactos de la factoría.

—Pues sí, estoy muy apalancado, lo sé, pero todo va de maravilla. Si el negocio sigue así, todo va a salir bien en menos de dos años —dijo Fernando optimista.

Su mamá suspiró y Rodolfo fue al diccionario antes de que se le olvidaran las palabras: "pasivo: valor monetario total de las deudas y compromisos que gravan a una empresa o individuo; morada: lugar donde se habita; biga: carro de dos caballos; artefacto: máquina, aparato; factoría: fábrica o complejo industrial". O sea: el papá estaba endeudado, debía la casa, el coche, las tarjetas —eso lo supo porque su mamá les decía "dinero de plástico"— y la maquinaria de la fábrica ("apalancado" no venía en el diccionario, aunque sospechó que tenía que ver con endeudado).

En junio Fernando fue a China, pues hasta los chinos estaban interesados en comprar los jugos. En vacaciones prometió llevarlos a Disneylandia y lo cumplió. Lo mejor fue que en esa ocasión no llevó con él ningún libro de verduras. Por unos días volvió a ser el mismo de siempre, se olvidó del reino vegetal y lo pasó muy bien con su familia. Hasta habló de otros temas. Después vino el regreso a clases y, en septiembre, Fernando y Lucía fueron a la misma feria de alimentos novedosos en Francia, de donde había traído la idea tres años atrás. Ahora, estarían en un "stand" con los jugos. En esa feria, NutriJuice fue todo un éxito y ganó el premio a la innovación más saludable. Ahí mismo, cadenas de supermercados gringas, alemanas, francesas y japonesas levantaron pedidos para el siguiente año. Regresaron felices, Fernando no paraba de hablar de cuánto crecería la empresa y que tendría que buscar un lugar más grande para la fábrica. Puso el premio, una manzana de vidrio verde, en la mesa de la sala.

Esa mañana de viernes, 24 de octubre, Rodolfo despertó con una sensación extraña en el pecho. Miraba el maniquí de Darth Vader, con todo y traje, que había llegado apenas el fin de semana anterior, pedido por Amazon. Sí, había sido un capricho bastante caro, pero lo valía. En realidad, él quería más bien el traje, pero lo vendían con todo y el maniquí para que uno pudiera verlo y admirarlo todo el tiempo. Tendría que decirle a Mari, la muchacha que ayudaba con la limpieza de la casa, que lo tuviera bien sacudido y reluciente; con eso de que era negro, la menor mota de polvo se distinguía desde lejos. Rodolfo suspiró satisfecho: su vida era buena. Pensó que su mala suerte era cosa del pasado y que más bien tenía que irle abriendo espacio a la buena fortuna.

# 24 de octubre

Ese viernes no tenían clases. En la escuela a donde iban Rodolfo y Catarina, un viernes cada dos meses se aprovechaba para darle capacitación a los maestros y ese día tocaba. Lucía tomaba un curso de fotografía por las mañanas y le pidió a Fernando que se llevara a los niños con él. Carolina y Rodolfo iban encantados a la fábrica, porque Román y Juan, que ahora tenían un laboratorio bastante grande, les dejaban hacer batidillos y mezclas incomibles que su mamá nunca les hubiera dejado experimentar en su cocina. Juan se acordó que debía enseñarle a Fernando unas muestras y le pidió a Rodolfo que las llevara a su oficina. Rodolfo tomó la charola con varios recipientes y fue con su papá. Fernando estaba probando los jugos cuando entró su secretaria, una señora muy chaparrita que se llamaba Tere.

—Licenciado, acaba de llegar un señor que quiere verlo.

—¿Tiene cita? —preguntó Fernando, que tenía mucho trabajo y estaba un poco impaciente.

—No —contestó Tere con cara de preocupación.

—Entonces, que se vaya el huerco ese, que regrese con cita, ahorita estoy muy ocupado.

—Yo creo que mejor lo recibe, licenciado. Viene de una empresa muy importante —recomendó Tere.

La mirada de la secretaria dejaba ver la magnitud del asunto. Y no era para menos: se trataba de una enorme refresquera. Fernando se rascó la sien derecha. Sí, no le gustaba que llegaran de improviso, imponiéndole una cita que no tenía programada; pero sabía, con una poderosa certeza, que no podía desairar a esa persona.

—¡Ay! ¡Bueno!, pues que pase —dijo resoplando y luego bajó la voz—: pero en cinco minutos entras y dices que se me va a hacer tarde para mi otra cita.

—Pero si usted no tiene citas hoy.

—Ya lo sé, Teresita, pero no quiero que el vato éste se me instale aquí una hora, tengo mucho trabajo y él no tiene cita.

Tere puso cara de comprender y salió. Segundos después, la puerta se abrió y entró a la oficina un señor muy alto, bigotón y bien peinado, que dijo llamarse Nicolás Garza.

—En qué puedo servirle, señor Garza —dijo Fernando, invitándolo a sentarse.

—Ingeniero Garza —corrigió mientras tomaba asiento.

—Bueno pues, ingeniero Garza, ¿usted también es regio? Ese apellido es de allá.

—No, no, yo soy de la Ciudad de México.

—Ah, pues.

—Mire, licenciado…

—A mí dígame Fernando.

—Bueno… Fernando. Mire, sé que usted está ocupado y el motivo de mi visita es sencillo. No le quitaré su tiempo.

—¿Qué es, pues? Ya tengo curiosidad —dijo el papá.

—Yo represento a esta empresa —dijo, mientras abría su portafolios y sacaba un fólder blanco con un logotipo rojiazul y circular estampado en el centro—. Y queremos felicitarlo. Estamos realmente sorprendidos de la respuesta de los clientes frente a su producto, ¡es asombroso!

Fernando volteó a ver sonriente a Rodolfo, todavía de pie junto al escritorio.

—Yo siempre dije que iba a ser un negocio jugoso, ¡la gente está encantada! —exclamó.

—¡Claro que sí! —afirmó Nicolás Garza con una sonrisa enorme bajo su negro bigote.

—Pues gracias por las felicitaciones —dijo Fernando contento.

—Bueno, usted se imagina que no lo vine a interrumpir sólo para felicitarlo. Hay algo más.

—*Usté* dirá, señor Garza.

—Ingeniero —volvió a corregir Nicolás.

—Perdone, huerco, es que a mí no se me dan esas formalidades de los títulos nobiliarios, pero lo escucho.

Algo en la mirada del ingenero Garza se puso turbio y su gesto cambió. Su sonrisa comenzó a desvanecerse y en su lugar

apareció una expresión diferente que hizo que el ombligo de Rodolfo se apretara.

—La empresa para la que trabajo está sumamente interesada en comprar su fábrica.

—¿Mi fábrica?

—Sí, su fábrica, su marca, la idea: todo. Si abre ese fólder que le di, verá nuestra oferta. Creemos que para usted, que está tan endeudado, es un excelente negoçio.

—¿Y *usté* como sabe que yo estoy endeudado?

—Esas cosas se saben —contestó, sonriendo con aspecto siniestro.

A Fernando se le pusieron las orejas rojas. Suspirando, abrió el fólder que le había dado el ingeniero bigotes y lo cerró de golpe.

—¡Esta empresa no está en venta! —dijo, devolviéndole a Nicolás los papeles con la oferta.

—¿Está seguro?

—¡Totalmente!

—¿No lo quiere pensar un poco?

—¡No! —contestó Fernando muy serio.

El ingeniero cerró los ojos y asintió quedito con la cabeza, como afirmando algo para sí mismo.

—Ya sabíamos que usted se iba a poner así —dijo, con tono de abuelito regañando a su nieto más latoso.

—Pero... ¡¿a *usté* qué le pasa?! —gritó Fernando, completamente colorado—. ¡Es mi empresa y no quiero venderla! ¡Fue mi idea! ¡Arriesgué mi patrimonio! ¡Yo desarrollé e impulsé el producto! ¡¡Y ahora ustedes vienen a decirme que se los entregue!! ¿Están locos, o qué?

—Le estamos ofreciendo un precio más que justo. Usted podría cubrir sus deudas y aún le quedaría algo para iniciar otro negocio o...

—¡No es por el precio! ¡Tampoco por mis deudas! ¡Esto es lo que me gusta hacer! ¡Este es mi sueño! ¿Entiende de sueños, señor, o no sabe ni lo que es eso? —vociferó Fernando, poniéndose de pie.

Rodolfo pensó que Nicolás iba a decir que no era señor, sino ingeniero, pero ya no dijo nada. Entrecerró los ojos y miró a su papá con cara de buitre.

Fernando estaba que echaba humo. En eso, se oyeron tres toquidos en la puerta y entró Tere con ojos de plato y cara de susto.

—Eh... li... don Fernando... tiene una cita, ¿se acuerda? —musitó Tere con un hilo de voz.

—Gracias Tere, el señor ya se iba. Por favor acompáñelo a la puerta —dijo el papá, extendiendo la mano con el fólder blanco—. Llévese esto.

—Eso se lo dejo. Quizás más tarde usted sea razonable y lo piense mejor.

—Mi respuesta será la misma —contestó muy resuelto.

El bigotón se paró y caminó hacia la puerta. Al llegar, se dio la vuelta para mirar una vez más a Fernando.

—Debo decirle, y espero ser claro, que el nicho de mercado que ha descubierto, y sus clientes, nos interesan mucho. Nuestra oferta es justa. Si no la acepta, seguramente comprenderá que nosotros también podemos fabricar lo mismo.

Fernando iba a contestar algo, pero sólo suspiró y negó con la cabeza. Nicolás Garza miró a Tere.

—No hace falta que me acompañe. Pensé que este sitio era más grande, pero es muy pequeño, puedo encontrar la salida fácilmente.

El bigotón salió dando unos pasos que resonaron por todos lados, con Tere tras él, caminando aprisa. Fernando se quedó quieto, viendo el fólder. Tenía una expresión rara.

—¿Qué les pasa a estos huercos? —exclamó al fin—. ¡Como si ellos no tuvieran suficiente negocio!

Luego volteó a ver a Rodolfo, que tenía los ojos redondos como yema de huevo.

—¡Quita esa cara, vato! —dijo su papá, queriendo sonreír—. ¡No va a pasar nada!

El regreso a casa, más tarde, fue muy silencioso. Fernando iba callado y pensativo. A la hora de la comida, le contó a su esposa lo que había pasado y ella lo miraba con cara de preocupación.

—Que intenten hacer lo mismo, nomás —exclamó Fernando—. ¡Como si fuera tan fácil! ¡Mira el tiempo que me llevó obtener las fórmulas! ¡Y además, están registradas y patentadas! No pueden copiarme así como así, estarían muy locos.

—Bueno, a mí me queda claro que esos tipos sí están muy locos. Imagínate los laboratorios que tienen, pueden sacar sus propias fórmulas cuando quieran —observó Lucía.

—Pues yo soy todavía más loco y sigo adelante.

—Fernando… —empezó su esposa. Era claro que iba a decirle algo gordo, porque sólo le decía Fernando cuando las cosas se ponían fuertes—: ya sabíamos que esto podía pasar. Federico te lo dijo.

—Ese es ave de mal agüero, y de todas formas, no les vendo.

Su esposa suspiró.

—¿Lo vas a pensar, al menos?

Fernando también suspiró.

—¿Tú venderías tus sueños? —reviró.

Lucía no dijo más y se llevó su plato a la cocina.

El papá estuvo enfurruñado y otra vez ensimismado durante unos días. La mamá también andaba algo seria. La escena entre su papá y el ingeniero bigotón se reproducía en la mente de Rodolfo una y otra vez. Sentía que una nube había tapado el sol y no dejaba de pensar en que ese 24 de octubre no se había puesto sus calzones de la suerte.

Los días pasaron y se convirtieron en semanas. El papá tuvo

mucho trabajo y no volvió a saber nada del ingeniero bigotes. Luego vino la Navidad y el asunto parecía haberse olvidado, aunque de cuando en cuando Rodolfo lo cachaba frunciendo las cejas.

El principio del siguiente año iba a ser muy importante. Fernando tenía que comprar enormes cantidades de materia prima para preparar todos los jugos que tenía que exportar. Una tarde no fue a la fábrica, dijo que tenía que hacer unas llamadas. Los niños fueron al club con su mamá, Catarina tenía clases de gimnasia y Rodolfo de tenis. Cuando regresaron, el papá estaba con el pelo todo revuelto, se veía algo pálido y con cara de que algo andaba francamente mal. Su esposa le preguntó qué le pasaba.

—¡No sé qué les pasa a mis proveedores! —tronó—. Al de los aceites esenciales le hice una compra muy grande, le di el anticipo desde octubre y quedamos que en enero los entregaba y ahora me sale con que no los tiene listos, que hasta febrero. Los de los concentrados me vienen diciendo que los precios subieron, ¡de por sí ya estaban en las nubes! Y los extractos igual, que tienen pocas existencias y tengo que esperar. ¿Pero qué les pasa? Antes de que existiera NutriJuice ni siquiera hacían nada, soy su principal cliente y me hacen esto.

—¿Y no crees que...?

—¡No! Lo que creo es que estos huercos son muy flojos y no saben lo que es cumplir.

Por más que Fernando pataleó, la materia prima no estuvo lista y los clientes extranjeros se enojaron un poco. Bueno, los alemanes se molestaron bastante y cancelaron el pedido. Fernando apenas pudo fabricar lo necesario para abastecer al mercado nacional. Hasta marzo pudo tener todas las cosas necesarias, pero sus pedidos se habían retrasado mucho. Cuando ya tenía listos los envases con etiquetas traducidas al japonés, los japoneses también cancelaron. Y la cosa con los proveedores se ponía cada día más difícil: le vendían las esencias, los concentrados y extractos a cuentagotas y cada vez más caros. El señor Pachón, que de por sí tenía poco pelo, estaba cada día más pelón. Un día Rodolfo lo sorprendió en la sala de tele: revisaba sus cuentas con los pies subidos en la mesita, mientras se pasaba la mano por el cabello y la cara.

—Imposible endeudarme más —suspiró con tristeza.

Pero lo más grave todavía estaba por pasar. A principios de abril, un día llegó a comer y se sentó a la mesa con una cara parecida a la que tienen los pescados que reposan en el hielo de la pescadería.

—¿Qué tienes? —preguntó su esposa.

—Hoy vino a verme el tipo que fabrica el extracto de hojas de amaranto —contestó mirando fijamente al salero.

—¿Y?

—Y me lo dijo.

—¿Qué te dijo?

—Que como me estima mucho porque yo le ayudé a levantar su negocio, me iba a contar lo que estaba pasando. Resulta que los huercos estos del refresco de cola son los que están comprándoles todo. Por eso nadie me quiere vender a mí. Ellos les pagan luego luego, yo les pido dos meses para pagarles y de hecho, ahorita les debo a todos y no sé ni cómo les voy a pagar.

Los tres se le quedaron viendo con los ojos redondos, sin saber qué decir.

—¿Y por qué no haces tú los extractos? —preguntó Catarina.

—¡Hacer los extractos! ¿Cómo se te ocurre? —el papá casi relincha—. ¿Cuándo has visto mis huertas de manzanas? ¿Mis sembradíos de biznaga y amaranto? ¿Mis máquinas de extracción de esencias?

—Ella no sabe nada de eso, Fernando —intervino la mamá con la cara roja— y además, en la mesa no vamos a hablar del piscolabis.

Por un momento, hubo un silencio de esos que pueden tocarse. Fernando se tapó la cara con la mano y resopló.

—Perdón, Catarina. Es que eso no es lo que yo hago —masculló, mientras se levantaba de la mesa—. Sigan comiendo, yo la verdad no tengo hambre.

Los demás se quedaron en la mesa bastante aplastados y terminaron de comer sin hablar. En cuanto acabaron, Rodolfo fue corriendo al diccionario, a ver el significado de piscolabis: "dinero, moneda corriente".

No habían pasado ni quince minutos cuando tocaron el timbre. Era Federico. Nunca iba de visita por las tardes entre semana, así que luego luego se imaginaron que su presencia tenía que ver con lo mismo. Federico entró a la sala, Lucía les dijo a Catarina y a Rodolfo que se fueran a cambiar para ir al club, pero los dos morían de curiosidad por enterarse del chisme, así que subieron las escaleras y se quedaron hasta arriba, agazapados. Desde ahí podían escuchar la conversación de los adultos.

—Con esa cara que traes, vato, me imagino que ya sabes la noticia —comenzó Federico.

—Sí, ya sé. Me lo dijo el del extracto de amaranto. ¿Tú cómo sabes?

—Mi cuñado tiene un compadre que trabaja con los refresqueros. Tienen programado el lanzamiento de sus jugos para la próxima semana, en todo el país.

Se oyó un suspiro.

—¿Y sabes cómo se van a llamar? —preguntó Federico.

—Ni idea —contestó Fernando.

—Nutritive Juices. Casi como los tuyos. Los nombres de cada jugo también se parecen. Van a ser un poco más baratos.

Esta vez se oyeron muchos suspiros. Catarina y Rodolfo se miraron y también suspiraron. Durante unos minutos, nadie dijo nada.

—Vato, qué puedo decirte. Posiblemente se caigan todos los pedidos y tengamos que cerrar.

—¡¿Tengamos?! —arremetió Fernando.

—Bueno, soy tu socio, ¿no?

—Sí, con una participación del 10%. El 90% de la responsabilidad de lo que le pase a esa empresa, es mío. El que está a punto de perderlo todo, soy yo.

Federico carraspeó.

—Siempre fui claro contigo, vato. Siempre te dije que ese negocio no me daba buena espina y siempre vi la posibilidad de que esto pasara, pero tú te empeñaste.

El papá gruñó algo ininteligible.

—Cálmate, Fernando —intervino su esposa.

—Bueno, Federico —era la primera vez que Rodolfo escuchaba a su papá llamar a su amigo por su nombre—: si ese era el motivo de tu visita, pues ya estoy enterado.

En cuanto oyeron que se levantaban de los sillones, los niños se fueron sigilosamente a sus cuartos. El de Rodolfo daba al jardín del frente, donde estaba el garage y la puerta de la calle. Su papá se quedó en la sala mientras su mamá acompañaba a Federico a la puerta.

Rodolfo se asomó discretamente a la ventana para a ver si escuchaba algo más.

—Oye, Lucía —dijo Federico—, las cosas se les van a poner color de hormiga. Fernando está hasta el tope de deudas. Ya no se lo dije porque está muy enojado, pero si necesitan que les preste lana, nomás me dices.

La mamá asintió con la cara seria al tiempo que le abría la puerta. En cuanto Federico se fue, la cerró despacito y se quedó un momento recargada en ella, meneando la cabeza. Desde su ventana, Rodolfo pudo oír otro suspiro, más profundo, más desconsolado. De pronto recordó sus calzones de dinosaurios: esa tarde tampoco los traía puestos.

Rodolfo se acostó en su cama y se puso la almohada sobre la cabeza, tapándose la cara. Sentía que algo estaba pasando, algo enorme, pero tenía la sensación de no poder tocarlo, por más que alargaba el brazo. Se acordó de un caleidoscopio que tenía por ahí, guardado en un cajón. Siempre le había llamado la atención cómo, con un movimiento delicado, casi imperceptible, podía cambiar todo el acomodo de las cuentas de vidrio, y lo que veía a través de ese pequeño y redondo visor era completamente distinto. En ese momento, sentía que algo había golpeado el caleidoscopio de su vida, cambiándola para siempre.

# Volcán activo

A partir de ese momento, su vida cambió completamente. Primero pasaron unos días raros, como cuando un volcán entra en actividad y todo el mundo está nervioso, a la espera de una erupción fuerte, que no se sabe cuando ocurrirá ni qué tan dañina será. Fernando casi no hablaba y una noche, justo antes del lanzamiento de los jugos de la refresquera, dijo que seguramente esas bebidas no eran ni la mitad de buenas que las suyas, que no serían tan curativas ni tendrían los mismos sabores y que confiaba en la fidelidad de sus clientes, que con el tiempo la gente comprendería que aunque eran más baratos, eran menos buenos y serían fieles a NutriJuice. Por desgracia la gente no entendió nada de eso y no le fue fiel a NutriJuice. Los de la competencia salieron acompañados de una megacampaña publicitaria. En las tiendas, en los cines y hasta en los semáforos los regalaban para ser probados. Incluso a Rodolfo y a Catarina les dieron uno en el club. Tenían buen sabor. Nunca dirían que mejor que los de su papá, pero no estaban mal. En cuestión de semanas, los supermercados cancelaron sus pedidos. Nadie quería comprar NutriJuice. Fernando hacía cuentas y más cuentas, a veces se quedaba dormido sobre la mesa del comedor, frente a su computadora. Tenía que cerrar la fábrica y vender la maquinaria y todo lo que pudiera para pagar a los empleados y algunas de las muchas deudas que tenía.

La falta de dinero se hizo presente con la fuerza de un tsunami. Primero se dejó de pagar lo que no era indispensable para vivir. Se acabó el club, es decir, la gimnasia de Catarina —lo cual la hizo llorar mucho—, y también el tenis de Rodolfo, pero él no lo lamentó ni tantito. Lucía tuvo que dejar su curso de fotografía, con muchos suspiros, y Rodolfo sus clases de batería: eso si le dolió y suspiró y resopló tres veces más que su mamá. Tampoco se pudo pagar la tele satelital. El papá vendió su coche alemán y con eso pagó un poco de las tarjetas. Se quedaron sólo con la camioneta de la mamá para los dos. Después, también la cambiaron por un coche usado más chico. Dejaron de pagar las cuotas de mantenimiento del condominio donde vivían y hubieran querido que la tierra los tragara cuando vieron "Familia Pachón Vaca" en el pizarrón de los morosos que ponían junto a la puerta principal, para que a todo mundo le quedara claro quiénes no pagaban. Se acabaron las comidas en restaurantes y también las idas al cine. Lucía dejó de usar su celular y aún el teléfono fijo dejó de pagarse en junio. Los carritos del súper, que antes llenaban con cualquier cosa que se les ocurría, llegaban a la caja cada vez más vacíos. La mamá comparaba los precios de todo y compraba lo más barato. Y aunque pataleó bastante, tampoco hubo dinero para pagar a Mari, quien tuvo que buscar otro trabajo. Todos tuvieron que empezar a hacer camas, encargarse de su ropa, lavar los trastes, y los sábados, sacudir y aspirar toda la casa.

Y todavía no pasaba lo peor.

Lo peor ocurrió un martes, a principios de junio. En el cielo unas nubes bajas color gris oscuro anunciaban uno de esos días lluviosos que no le caen bien a nadie. Desde que Lucía vio el cielo mientras estaban desayunando, echó un suspiro de esos que se oyen hasta la luna.

—Hoy es martes —dijo—. Los martes me caen gordos. Y luego, con este clima.

Cuando terminaron de desayunar, Lucía acompañó a sus hijos a la puerta del condominio, como hacía cada mañana, a esperar el camión junto con otros niños que iban a la misma escuela. En cuanto llegó el autobús, la nana se bajó y le hizo una seña a Lucía para que se quedaran donde estaban. Cuando se subieron los demás niños, se acercó a ellos y le entregó una carta.

—Perdón, señora, pero sus hijos ya no pueden usar el servicio de camión. La directora le manda esta carta y le pide que vaya hoy al colegio para hablar con ella.

Lucía se puso roja como una cereza, apretó la mandíbula y no dijo nada. Se dio la media vuelta y comenzó a caminar a zancadas hacia la casa, mientras rompía el sobre para sacar la carta. Sus hijos corrían tras ella. En cuanto llegó a su casa abrió la puerta bruscamente.

—¡Fernando! ¡Fernando!— gritó desde la puerta de la casa, con la voz quebrada por el llanto.

—¿Qué pasa? —preguntó el papá, asomándose por la escalera—. ¿Por qué no se fueron a la escuela?

—¡Porque ya no los dejaron subirse al camión! ¡Por eso! —contestó Lucía furiosa, mientras agitaba un papel en la mano—, y además… ¡nos mandaron una carta!

El papá comenzó a bajar las escaleras. Todavía estaba en piyama, con los pelos todos parados y la cara llena de crema de afeitar. Lucía le dio la carta y cuando terminó de leerla, cerró los ojos enojado.

—La dueña del colegio no es más que una usurera —remató.

—Bueno, las colegiaturas también se pagan, ¿no crees?, ¿o qué? —rugió Lucía.

—Pero con lo que cobra y gana, podría becar a dos buenos alumnos.

—Ya lo intentamos, Fernando, ya lo intentamos. Nos dan una beca miserable, que no sirve para nada. No pudimos pagar la reinscripción y no hay duda de que no podremos pagar las colegiaturas del año que entra. Y ahorita, si no pagamos los cinco meses que debemos, no les dan las boletas y sin eso, ni siquiera podemos meterlos a otra escuela. Voy a tener que irle a chillar a la dueña de la escuela y luego habrá que chillarle a ver a quién para que nos preste y paguemos los meses que se deben.

—A lo mejor tu mamá…

—Mi mamá da todo su dinero para ayudar a personas necesitadas y nunca molesta a nadie. Mejor pídele a la tuya, que dinero le sobra. O búscate un trabajo.

Fernando miró a su esposa como si le hubiera dicho el peor de los insultos. Ellos seguían discutiendo, pero Rodolfo se quedó suspendido en un lugar fuera del tiempo, mientras las frases de su mamá: "No podremos pagar las colegiaturas del año que entra" y "Meterlos a otra escuela", rebotaban en su cerebro, entre un oído y otro. Él había estado en esa escuela desde que tenía dos años. Conocía cada rincón, cada pedazo de patio, a cada miss (aún las que nunca habían sido sus maestras) y niño de su generación. Es más, estaba seguro de que hubiera podido reconocer a todititos sus compañeros, de todos los grados. Sus amigos de toda la vida estaban ahí. Rodolfo sentía que algo iba a reventar adentro de su garganta, pero fue Catarina la que estalló en gritos.

—¡¿¡Nos van a sacar de la escuela!?! —berreó, como si le estuvieran arrancando una pierna.

Sus papás se miraron con cara de susto.

—¿No les dijiste? —preguntó él.

—¿No les ibas a decir tú? ¡En eso quedamos! ¡Me dijiste que lo ibas a hacer hace una semana! —contestó Lucía.

—¡Ay, sí es cierto! —dijo Fernando, poniéndose la mano en los ojos como hacía siempre que se apenaba. Ahora tenía crema de afeitar en los párpados.

—¡¿Nos van a sacar?! —bufó Catarina mientras las lágrimas le escurrían como si salieran de un gotero—. ¿Y mis amigas? ¿Y... y...? ¡A mí me gusta mi escuela!

—Catarina... —comenzó a decir su papá acercándose a ella. Rodolfo se había contagiado del sentimiento de su hermana y lloraba en silencio—. Yo sé que les duele mucho y créanme una cosa, a mí me duele más, pero... las cosas no salieron como esperaba y... ni modo, han ocurrido muchos cambios en nuestra vida. Perdónenme, me siento muy mal...

La voz de Fernando se quebró. Se sentó en el primer escalón y se puso a llorar sin contenerse, las lágrimas le escurrían entre la crema de afeitar. Su esposa fue a la cocina por un trapo y le limpió la cara, ella también lloraba. Catarina y Rodolfo nunca habían visto a su papá llorar.

—No creo que deba pedir perdón por haber querido defender un sueño —dijo Fernando entre sollozos—. Me da tristeza que ustedes se la estén pasando mal y me duele mucho que mi empresa y mis jugos se hayan ido al carajo de esta manera. Cuando me pidieron que la vendiera, pensé que estaban locos, porque los sueños no tienen precio y no se venden. Ahora siento que me equivoqué totalmente y que debí haberlo hecho; pienso que fui terco, orgulloso y tonto y me siento pésimo.

Y si hubiera vendido mis jugos, también me hubiera sentido muy mal...

Lucía se sentó a su lado y se limpió las lágrimas con el trapo de la cocina lleno de crema de afeitar, luego lo abrazó y miró a sus hijos a los ojos con una seriedad que nunca le habían visto.

—Vamos a salir de ésta. Sí, las cosas van a cambiar mucho, pero no se acabará el mundo, ya lo verán.

# PARTE II
# El Edificio Duquesa

# La alfombra naranja

El cambio de escuela no era el único que se avecinaba. Rodolfo no quería aceptar la realidad, pero estaba seguro de lo que pasaría y no habría calzón de dinosaurios que pudiera detener los acontecimientos. Aunque pensaba que su hermana estaba enterada de las cosas, creyó conveniente informarle. Él sabía que Catarina se azotaba mucho con las sorpresas desagradables.

—Catarina —le dijo, mientras esperaban en la escuela a que su mamá los recogiera—. Tú ya viste que las cosas están del nabo.

—¿Qué cosas?

—¡Ash! Pues… en la casa, con el dinero, ya sabes.

—¡Ah! ¡Esas cosas!

—Creo que además de cambiarnos de escuela, nos van a cambiar de casa —le informó sin rodeos.

—Catarina lo miró con unos ojos que confirmaron las sospechas de su hermano: no tenía idea.

—¿Cómo sabes? ¿Ya te dijeron?

—No, pero no tardan. Ayer vi a mamá revisando los anuncios

de casas en el periódico. Y hoy en la mañana comentaron que papá iba a ir al banco a ver qué podía arreglar de la hipoteca.

—¿Cuál hipoteca?

—Catarina, ¿en qué planeta vives? ¿No te acuerdas que la casa está hipotecada?

—¡Ah! ¿Eso de que el banco te presta dinero y tu casa nosequé?

—Eso.

Catarina suspiró y no dijo nada. En esa familia se estaban volviendo expertos en suspiros. Cuando su mamá llegó por ellos, iban muy callados.

—Oye, ¿nos vamos a cambiar de casa? —soltó Catarina de repente.

Lucía abrió los ojos más grandes que la luna, hubieran podido ser Saturno, con todo y sus anillos, y volteó a ver a Rodolfo, que tenía los ojos más grandes todavía, algo así como Júpiter.

—Pues... parece que sí —contestó con cara de pugido, mordiéndose el labio inferior—. Es que... cuando tienes una hipoteca, tienes también un seguro que te paga varias mensualidades en caso de que te quedes sin trabajo, pero ese seguro se nos termina el mes que viene y después... no podemos seguir pagando.

—¿Papá no puede conseguir trabajo? —preguntó Rodolfo.

—Pues... sí, está buscando.

—Si consigue un trabajo, podríamos quedarnos en la casa, ¿no? —insistió Catarina.

La mamá suspiró hondo.

—Creo que va a ser difícil que consiga trabajo pronto. Y el banco no perdona y no te espera: si no pagas la hipoteca, te sacan de tu casa. Nosotros no queremos llegar a eso, vamos a venderla, pagarle la deuda al banco y… ¡bueno! Irnos a un sitio más barato.

Catarina y Rodolfo se miraron torciendo la boca, luego asintieron con resignación. Su mamá volvió a suspirar.

—Oigan… por favor, no le digan nada a papá de lo del trabajo, ¿sí? Es difícil buscar chamba cuando nunca has trabajado como empleado y no has tenido un jefe.

Los dos volvieron a afirmar con la cabeza, en silencio. Rodolfo sentía algo frío y denso en la garganta. Volteó a ver a su hermana y vio que lloraba en silencio. Le puso la mano en el brazo y Catarina lo vio directo a los ojos. Rodolfo sintió la tristeza de su hermana como un dardo pequeño y helado que se clavaba en su pecho.

Cuando llegaron a su casa, ya estaba ahí su papá y tenía cara de circunstancias. A Rodolfo le rechinaban las tripas de hambre, pero sabía que primero hablarían de esas circunstancias. Fernando llamó a todos a la sala.

—Ya saben lo de la casa —adelantó Lucía—. El papá los miró con cara de susto.

—Sí, que nos vamos a ir de aquí —confirmó Catarina.

Fernando alzó las cejas.

—Bueno, por lo menos esto no salió tan grave —explicó—. Algunas cosas se han arreglado. Fui al corporativo del banco para discutir mi situación y me dijeron que lo mejor era vender la casa y ahí mismo un ejecutivo se interesó mucho en ella, dice que hace tiempo busca una por aquí y no ha encontrado algo que le guste. Va a venir a verla el sábado.

—Con lo que nos den, sólo vamos a poder pagarle al banco —intervino Lucía.

—Y nos quedará algo, a lo mejor puedo pagar alguna deuda pequeña... —añadió su esposo.

—No podremos comprar nada. Vamos a tener que rentar algo chico.

—Bueno... eso ya lo arreglé. Me habló mi mamá y me preguntó que cómo andaba —añadió su papá con un poco de pena.

—¿Y le dijiste la verdad?

—Sí, ¿qué otra, huerca? ¡Ni modo de decirle que estoy nadando en la abundancia!

—¿Y entonces?

—Nada, se portó bien. Nos va a prestar su departamento en la Nápoles, mientras.

—¿Prestar?

—Sí, no nos va a cobrar renta.

—Pero... ¿no estaba ocupado?

—Sí, pero el inquilino se fue el mes pasado.

Lucía resopló nerviosa.

—Prefiero rentar algo, aunque sea del tamaño de un huevo de codorniz, a que la Nonna Rossi nos "preste" su departamento —dijo, haciendo las comillas en el aire con los dedos.

—Pero huerca, no seas necia, ese departamento es bueno y no nos lo cobra, ¡está bien el trato!

—¡Qué va a estar bien! Tu mamá no es hermanita de la caridad. Algo nos va a pedir a cambio, ya verás.

—Ahorita no nos está pidiendo nada, ¡no te azotes, huerca, que no hay para dónde hacerse!

—Y entonces, ¿esta casa, pelas? —insistió Catarina.

—Pues si, Catita, ¡qué otra! —contestó su papá, olvidando que a Catarina le chocaba que le dijeran Catita. La niña se puso roja.

—¡No me digas "Catita"! ¡Nunca, nunca! —gritó y se fue corriendo a su cuarto.

Lucía, Fernando y Rodolfo se quedaron en la sala, mirándose con tristeza. Luego la mamá meneó la cabeza y también se fue a su cuarto.

Hay días que no se olvidan. Más que días, minutos o segundos… relámpagos de tiempo que se quedan grabados en la memoria para siempre. Para todos ellos, uno de esos momentos fue cuando entraron al departamento de la Nonna Rossi, la mamá de Fernando, en la colonia Nápoles de la Ciudad de México. Aunque el edificio —llamado pomposamente Edificio Duquesa— estaba más o menos bien cuidado, no era nuevo, era de los setenta. La fachada era de mosaiquitos de colores. En otro tiempo, seguramente estaban completos, pero los años se habían llevado ya muchos mosaicos y había huecos donde se veía el yeso pelón.

El lugar era amplio, comparado con los sesenta o setenta metros cuadrados de los departamentos modernos, pero tenía algunos inconvenientes, herencia de los antiguos inquilinos, una pareja un poco excéntrica. Nunca los conocieron, pero les bastó echar una ojeada al lugar para saber que fumaban como chimenea de fábrica y habían decorado el lugar inspirados en alguna revista de la época de la psicodelia. En cuanto abrieron la puerta del departamento, empezó toda una experiencia gastronómica para los sentidos de la vista y el olfato: para abrir boca, los recibió un hornazo a cigarro rancio que les golpeó las fosas nasales. El plato fuerte era la alfombra. En su estado original, debió ser peluda y naranja chillón, ahora estaba apelmazada, apestosa y su color era más bien café sucio. Sólo se notaba el naranja cuando hurgabas con los dedos en la felpa para ver el fondo. No contentos con la alfombra, los inquilinos se dieron vuelo pintando todas las paredes con distintos tonos de verde y café. El postre era la cocina, que habían pintado toda —paredes y muebles—, de negro. Nadie encontraba algo adecuado qué decir, Rodolfo y su papá miraban de reojo a Lucía, que estaba muda. Sólo le temblaba el párpado, como a la ardilla de *La Era del*

*Hielo*. Catarina se adelantó para hacer una exploración rápida y completa de la zona de desastre.

—Ni crean que yo me voy a sentar en este escusado —declaró desde el baño principal.

Todos fueron para allá. Ahí no sólo estaba pintado de negro, también había estrellitas fosforescentes pegadas en todos los mosaicos y en el techo. El lavabo y la taza, que en otro tiempo fueron blancos, estaban decorados con pintura de *graffitti* dorada y plateada. La mamá salió del baño resoplando, directo a revisar el otro baño, que estaba en la recámara grande. Ese no estaba tan dañado, solamente lo habían pintado de café oscuro, haciendo juego con la taza y el lavabo. Catarina se asomó a la taza.

—Lo bueno de este color es que si no le jalas, nadie se da cuenta.

Lucía sacudió la cabeza y salió hacia la sala con pasos rápidos y decididos.

—¡Este lugar parece la casa de los espantos! —gritó.

—Mira Lucy —dijo el papá, haciendo acopio de calma—, con el dinero que quede de la venta de la casa…

—… que van a ser tres centavos… —interrumpió la mamá.

—Bueno, con eso, vamos a pintar este lugar y… pues a cambiar los muebles del baño.

—Y a ver si alcanza para otra alfombra —replicó Lucía enojada—, porque este lugar tiene el gusto más… más… horrible que he visto en mi vida.

Después de decir esto, se dio la media vuelta, salió por la puerta y no se detuvo hasta que llegó al coche.

El sábado siguiente el ejecutivo del banco fue a ver su casa. Y al parecer fue amor a primera vista, porque de inmediato cerró el trato con Fernando. La hipoteca se pagó y quedó poco dinero para invertir en el departamento. Alcanzó para pintarlo de blanco, comprarle unas cortinas sencillas y cambiar los muebles de los baños. Arreglar el mosaico fue cosa aparte. La mamá era de la idea de romper todo y poner uno nuevo, lo cual era más caro. Otra opción era despintar cada mosaico con aguarrás, pero era un trabajo de locos que en realidad no servía, porque quedaban todos embarrados. Lucía le pidió al pintor que los pintara con esmalte. Después de cuatro manos de pintura lograba taparse el negro, pero el esmalte sobre el mosaico le daba un aspecto ahulado espantoso. Una mañana, Fernando y Rodolfo fueron al departamento a ver cómo iban avanzando y a llevar unas cajas —Lucía y Catarina llegarían después— y se encontraron al albañil rompiendo el mosaico. Ya llevaba casi la mitad del baño.

—¡¿Qué está haciendo?! —preguntó el papá, aunque la respuesta era obvia.

—La señora va a cambiar el mosaico —contestó el albañil.

—¡¡Pero… pero…!! ¡¿Pero quién le dijo?! —gritó Fernando con los ojos desorbitados.

Fernando se pasó la mano por la cabeza, despeinándose todito. Justo en ese momento, Lucía llegó al departamento con Catarina.

—¿Qué está pasando en el baño? —preguntó Fernando con la cara roja, aunque todos podían ver lo que pasaba.

—Pues... lo están arreglando —contestó su esposa.

—¡Eso ya lo vi! ¿Y con qué ojos, divina tuerta?

Para estas alturas, Catarina, Rodolfo, el albañil y el pintor —que también estaba trabajando ahí— eran todo oídos. La mamá echó una miradita rápida al auditorio.

—Pignoré unas cositas —musitó.

—¿Pigquéhiciste? —preguntó su esposo entrecerrando los ojos y arqueando una ceja.

Todos la miraron con cara de ignorancia. El diccionario no estaba a la mano y nadie tenía la menor idea de lo que significaba pignorar, ni tampoco qué cositas habían pasado por ese trance. La mamá miró al techo con suspiro, su público seguía en vilo.

—Quiero decir que... dejé en prenda los aretes que me regalaste cuando cumplí treinta años.

—¿¡¡Vendiste tus aretes de diamantes!!? —gritó Fernando, ignorando cualquier intento de discreción por parte de Lucía. El pintor y el albañil no se perdían una palabra.

—¡No los vendí, los dejé en prenda!

—¿En cuál prenda? ¿En una de vestir? —preguntó Catarina angustiada.

—Dejar en prenda es que te prestan dinero y das algo valioso en garantía. Si no pagas, venden eso —explicó su mamá.

—¡Eran unos aretes carísimos! —siguió el papá, francamente irritado—. ¿Sabes lo que me costaron? ¡Seguramente no te dieron ni la décima parte de lo que valen! ¿Por qué no les diste los aretes que te regaló tu papá cuando nos casamos?

—Porque, justamente, con la décima parte que me daban por ellos no podía cambiar el mosaico del baño —arremetió Lucía enojada—. Y no sé tú, pero yo quiero entrar al baño sin sentirme un pescado en una pecera de hule.

Fernando iba a decir algo pero se lo tragó y sólo puso un gesto agrio. La mamá volteó a ver a los trabajadores, que seguían más que atentos y ellos de inmediato reaundaron lo que estaban haciendo.

Lo que no pudo cambiarse fue la alfombra. No alcanzó el dinero. Lo único que pudo hacerse fue lavarla, con lo cual resurgió su color anaranjado original y quedó más o menos pachoncita.

El primer mes de las vacaciones de verano se les fue en empacar. Su casa era más grande que el departamento de la Nonna Rossi, así que tuvieron que hacer una reducción de posesiones, lo cual causó muchas discusiones entre los niños y su mamá. Lucía estaba muy de malas porque tenía que deshacerse de la mitad de sus pertenencias. Aunque, en realidad, no fue tan grave.

La otra abuela, la mamá de Lucía, tenía un pequeño cuarto que no usaba en la parte de atrás de su casa y ahí metieron las cosas que de verdad no querían vender ni regalar, pero que no iban a caber en el departamento: cuadros, lámparas, vajillas y alguno que otro mueble. Los hermanos conservaron casi todas sus cosas, excepto los juguetes de cuando eran más chicos. Lo que no se pudo guardar y de plano no iba a caber en el departamento, lo vendieron en una venta de garage el último fin de semana que estuvieron en su casa. Al final quedaron unos cuantos triques que le llevaron a vender a un señor que estacionaba su camioncito en la calle y compraba todo tipo de cosas usadas. Fernando dijo que les había dado una bicoca, pero como dijo su esposa, era eso o tirar las cosas a la basura. Así que mejor la bicoca.

Durante algún tiempo esa palabra dio muchas vueltas en la cabeza de Rodolfo. Según el diccionario, bicoca significa: "cosa de poca estima y aprecio". Rodolfo sentía que muchas cosas en su vida se habían vuelto una bicoca. Y no podía evitar sentir dentro de él una sensación irritante, molesta, inquieta, que cambiaba de un lugar a otro. Algunos días la sentía en su estómago, pero otros, se deslizaba hacia su cabeza o su pecho. Era algo que acumulaba fuerza como un huracán que apenas se va formando.

# Botas para la nieve

El sábado de la mudanza todos despertaron temprano. Lo último que faltaba por guardar, eran la ropa y los zapatos que estaban en los clósets. El camión de la mudanza traía unas cajas-armario, que tenían unos tubos donde se podían colgar los ganchos y echar los zapatos al fondo de la caja, en caso de prisa.

—Aquí tienen muchas cosas que ya no les quedan o que ya no se ponen —observó su mamá la tarde anterior, al echar un ojo a sus clósets—. No van a caber en el departamento. Mañana se levantan un poco antes y revisan todo: sólo llévense lo que de verdad usan.

Al día siguiente, aunque Rodolfo había puesto el despertador, se quedó dormido, pero su mamá no lo dejó remolonear, fue a despertarlo y a recordarle de su clóset. Con los pelos parados y enfurruñado, se quedó mirando su ropa con desinterés, como si no fuera suya. Su mamá, mientras tanto, doblaba las sábanas y cobijas para meterlas en una maleta.

Con desgano, Rodolfo fue sacando los ganchos mientras le echaba un ojo a sus cosas: un montón de pantalones que ya ni le quedaban y unas camisetas de lo más ceñidas, con las que, tenía que admitir, se le veía la llantita. Hay cosas que son para gente francamente flaca. Y el estorbo mayor: dos chamarras impermeables de pluma, que usó en unas vacaciones en Vail. Los esquís que les compraron para esa única vacación en la nieve ya se habían ido en la venta de garage, pero en su clóset quedaban de recuerdo las chamarras, las botas y los lentes polarizados especiales para la nieve. Todos se habían comprado unos, que se habían usado sólo esa vez. Rodolfo miró sus botas: estaban casi nuevas. Sintió una punzada de coraje al darse cuenta de que las había guardado con la esperanza de otras blancas vacaciones. Se sentó en su cama, desnuda de sábanas, a probárselas, nada más para saber si todavía le quedaban. Obviamente no, cuatro años son muchos para los pies de un niño. Las aventó con desprecio a una caja de cartón que Lucía les había dado para lo que ya no les quedara. También les había dejado unas maletas grandes para todo lo doblable. Sudaderas, sudaderas, más sudaderas. Algunas —casi nuevas—, ya no le quedaban desde hacía mucho tiempo y fueron a hacerle compañía a las botas en la caja de cartón. Al sacar sus calzones y calcetines, salieron los de dinosaurios. Los acarició con cariño. En cuanto tuviera oportunidad, cortaría esos saurios y le pediría a su mamá que los cosiera a sus calzones actuales. Mientras, los guardó en la maleta con cuidado.

Al terminar se asomó por la ventana. Le quedaba una semana de vida a las vacaciones más aburridas y tristes de su vida.

Por la calle principal del condominio, vio venir un camión de mudanzas y lo recibió con un suspiro que llegó hasta la punta de sus pies.

# Lulita

Entre los mudanceros y la familia cargaron las cosas en el camión y en el coche. Dejaron un espacio para la jaula de Wasabi y, cuando todo estuvo listo, miraron su casa con añoranza. Catarina y su mamá lloraron. Después se subieron al coche, arrancaron y se alejaron, seguidos por el camión de la mudanza. Cuando ya casi llegaban al departamento, Catarina comenzó con las comparaciones.

—A mí me da curiosidad vivir en un departamento —dijo—. Además, allá las calles eran muy anchas, aquí son chiquitas y hay más coches. Allá teníamos un jardinzonte y juegos, acá no hay nada.

—Aquí hay más gente. Y tiendas —añadió Rodolfo al recordar la tienda de abarrotes, la papelería, el sastre, la tintorería y el salón de belleza que estaban en la esquina del que, a partir de ese día, sería su hogar.

—Yo crecí en la colonia Del Valle, que está enfrente —terció su mamá—. Y es parecida. Por aquí hay parques, en las tardes podríamos ir, también tienen juegos. Tampoco está mal que haya tiendas cerca: así puedes ir a todos lados caminando y no tienes que sacar el coche. Allá teníamos que manejar hasta para ir por una cebolla.

—También podías ir con la vecina —observó Catarina.

—Bueno, sí, pero no había tiendas para comprar nada. Van a ver que les va a gustar vivir aquí —dijo Lucía, aparentemente convencida.

El departamento de la Nonna Rossi estaba en la calle de Louisiana, en la colonia Nápoles, donde todas las calles tienen nombres de los estados de Estados Unidos. Era un edificio de seis pisos y por suerte tenía elevador, porque ellos vivían en el quinto piso. Durante un tiempo, Catarina y Rodolfo no paraban de hacer comparaciones. "Allá" y "aquí" señalaban la frontera entre dos universos paralelos. La misma ciudad, dos mundos distintos.

Ese fin de semana lo dedicaron a sacar sus cosas de las cajas. El cuarto de Rodolfo, con el maniquí de Darth Vader y su batería eléctrica, quedó un poco apretado. Pero pudo poner en las paredes la mayoría de sus pósters. Luego fue a echar un ojo al cuarto de su hermana: estaba igual de cursi que antes. El cuarto de sus papás y el de Catarina, daban a la calle. El de Rodolfo tenía la vista de otro edificio que estaba atrás y al jardín de una casa. En el departamento ya no tenían cuarto de tele, así que la pusieron en la sala. Ese espacio tenía un balcón y ahí dejaron a Wasabi, que estaba particularmente contento ladrándole a la gente y a los demás perros que pasaban por la calle, cinco pisos más abajo. El can era, verdaderamente, una monserga.

El domingo a mediodía, tocaron el timbre, que sonaba como campana de box y ponía a Wasabi más nervioso que cuando el gato de los antiguos vecinos se paseaba por la barda para provocarlo. En medio del ladradero, se miraron unos a otros como si alguien tuviera un invitado secreto. Cada uno se encogió de hombros y el papá fue a ver quién era. Se trataba de una señora bajita y rechoncha, como de la edad de las abuelas de Rodolfo y Catarina, con el pelo blanco muy peinado y bastante polveada. De una correa rosa traía una perra poodle un poco rechoncha y muy limpia, con el pelo todo esponjado. Era notorio el parecido entre la dueña y su mascota. La perra veía a la familia Pachón con recelo, sin mover la cola. Wasabi salió a saludarla con total entusiasmo y se dio una escena extraña. Primero se olieron mutuamente las partes nobles sin ningún recato, luego dieron unas cuantas vueltas con las orejas muy paradas y mirándose fijamente a los ojos, parecía que bailaban. El baile terminó en que Wasabi quiso montar a la poodle y ésta se defendió dándole un par de mordiscos que lo hicieron esconderse detrás de Rodolfo con el rabo entre las patas, mientras la perra no dejaba de gruñirle fieramente, enseñando todos los dientes.

—Ya, ya, Lulita preciosa —le dijo la señora.

—Rodolfo, mejor llévate a Wasabi al cuarto de lavado —sugirió su papá.

Rodolfo encerró a Wasabi, pensando que los saludos entre los seres humanos tenían la ventaja de ser menos entusiastas. Luego regresó con todos a ver qué quería la señora del poodle.

—Bueeenas taaardes —saludó ella, muy melosa—. Soy Paz Oyarve viuda de Carrillo, su vecina del 101. Todos me dicen Pacita.

—Buenas tardes —contestaron los papás.

Catarina y Rodolfo sólo la miraron con curiosidad.

—¡Ay, bueno! Pues les vengo a dar la bienvenida junto con Luli, ¿verdad que sí, Lulita hermocha? —añadió, dirigiéndose al can como si fuera una niña de un año.

—Gracias —sonrieron los papás.

—Yo tengo más años que nadie en este edificio y le doy una manita a la administradora, ella es una muchacha muy ocupada. Así que, ya saben, cualquier cosita que necesiten, un plomerito, un albañilito, una muchachita para ayudar, pueden preguntarme, conozco mucha gente. ¿Usted es el hijo de Rosita Pachón? —preguntó, viendo a Fernando.

—Sí.

—¡Ay! Si es igualito a ella. Hace mucho que no la veo, ¿todavía vive en Monterrey?

—Ajá —respondió el papá.

—¡Ay! ¡Con tanta violencia y tanto narco en el norte! Bueno, ¿y acá? ¿Tú qué dices, Lulita linda? ¿Verdad que acá también está horrible? —comentó mientras cargaba a la tal Lulita y le daba unos besos en la boca. Rodolfo hizo un gesto de asco, pero Catarina miraba la escena con cara de ternura, hasta tenía ganas de hacerle cariños a Lulita. La mamá también tenía cara de guácala y su disimulo empezaba a fallarle. El papá tenía los ojos muy abiertos.

—¡Ay, bueno! —siguió Pacita, mientras le daba a Fernando un sobre amarillo—. Tengo que darles el reglamento del edificio, claro, porque tenemos un reglamento y tooodos los vecinos lo respetan. Todos menos el del 601, con ese no se cuenta para nada. En casi ningún condominio se permiten perros, ya saben, pero aquí todos los vecinos tenemos mascotitas, como tú, hemocha perrita —dijo, dándole más besos a su poodle—. Pero tenemos reglas claras: todo el tiempo con correas, sobre todo el suyo que es machito, porque Lulita es señorita y así quiero que se quede. Nada de popocitos en las áreas comunes y... nada de ladridos. Ahí en el reglamento viene todo, todo.

Los cuatro se quedaron callados. Los ladridos de Wasabi-el-de-los-saludos-efusivos, se escuchaban como música de fondo.

—Bueno, la mayoría de los animalitos aquí son muy educados. Aunque nadie como mi Luli, ¿verdad que sí, osita? —otro par de besos—. El del 601 es un desastre, ese perro se ha hecho ca... popocito hasta en el elevador.

—¡Vaya! —atinó a decir Lucía, con cara de sorpresa.

—Espero que puedan hacerle algo a su perrito para que se calle... ¿cómo dicen que se llama?

—Wasabi —contestó Catarina.

—¡Ay! Pues hay que hacer algo para que ese *Wasagui* no ladre tanto, porque sí es un poquito molestito —señaló Pacita.

—¡No le vamos a poner un bozal! —replicó Catarina.

—¡Bueno! No tiene que ser un bozalito, hay collares que dan toques y también se pueden operar las cuerdas vocales. Rociarles vinagre o chile piquín disuelto en agua, también funciona retebién.

Catarina abrió la boca para decir algo en defensa de los derechos caninos, pero su mamá le puso la mano rápidamente en el hombro.

—Vamos a platicar con el veterinario —intervino—. A ver qué nos sugiere.

—Claro, claro —repuso Pacita—. ¡Ay! Se me hace tarde para llegar a misa, así que ya los dejo. Ya saben, cualquier cosita que se les ofrezca, nada más me dicen. Y si no estoy en casa, me dejan el recado con Lulita, es tan lista que sólo le falta hablar, ¿verdad que sí, cosita?

Pacita puso a Lulita en el suelo después de darle otro beso. Y en eso, nadie lo vio venir, Catarina se agachó y alargó la mano para acariciarla. La perra, sin aviso de ningún tipo, le lanzó una mordida y luego le gruñó ferozmente. Ella quitó la mano rápido y no pasó nada, pero se asustó.

—¡Chut, chut! —exclamó Pacita, viendo a Lulita con cara de enojo fingido—. A la gente no se le muerde, Lulita, ya te lo he dicho. La niña sólo quiere saludarte. Disculpa… —Pacita miró a Catarina y se quedó esperando a que su nombre llegara.

—Catarina —dijo su mamá.

—¡Ah! ¡Catarina! Es que Luli no está acostumbrada a los extraños.

La viuda volvió a cargar a su bola de pelos, se dio la vuelta con una sonrisita de satisfacción en la boca y caminó toda modosa hacia el elevador. Los cuatro Pachones se quedaron en el pasillo, mirándola.

—¡Caray! —exclamó Fernando en cuanto las puertas del elevador se cerraron—. Y a esta señora, ¿no se le podrá poner un bozalito?

—¿O un collarcito de los que dan toques? —añadió su esposa.

# El Instituto para el Crecimiento Infantil Integral

El lunes su mamá los despertó temprano: tenían que ir a ver escuelas porque en una semana comenzaban las clases. Mientras tomaba su café, Fernando repasaba una hoja con muchas cuentas.

—Tenemos poco dinero para las inscripciones —comentó.

—Pues sí, tendremos que buscar una escuela con precios muy razonables. ¡Bueno! Creo que las colegiaturas astronómicas del Harrow son más bien raras.

—Oye, Lucy, ¿y una pública? Digo, ahí no habría que pagar nada.

—Pues sí, sería buena opción, pero ya habíamos tenido esta conversación: las inscripciones ya pasaron.

Una larga exhalación escapó de los pulmones de Fernando.

—Trata de encontrar un trabajo —apremió su esposa—. En

cuanto ellos entren a la escuela, yo también buscaré uno, ¡digo!, algo tendrá que salir.

Esa mañana hicieron un recorrido por cuatro escuelas en la colonia Nápoles y en la Del Valle. Lucía tenía una lista con varios nombres y direcciones. En la primera que visitaron resultó que había lugar para los dos. Era bastante grande, estaba toda pintada de gris y no había un solo árbol o flor. Ni en maceta. Catarina observó que las ventanas de los salones tenían barrotes.

—¿Es para que no se escapen los niños o para que no entren los ladrones? —le preguntó a su mamá cuando salieron.

—No sé, pero parece cárcel —contestó Lucía meneando la cabeza mientras tachaba la escuela gris de su lista.

La segunda era una escuela pequeña, con un patio diminuto. El director era buena onda, pero nada más había lugar para Catarina. Su mamá volvió a poner un tache en su lista. Después llegaron a la tercera opción, una escuela grande que tenía unas letras doradas en la entrada: Instituto para el Crecimiento Infantil Integral. La secretaria de la directora, muy seria, los hizo pasar a su oficina. La directora llegó momentos después. Saludó sin sonreír, luego se sentó y los examinó como si fueran bacterias en caja de Petri. Tenía cierta cara de malestar estomacal.

—Y dígame, señora, ¿qué le hace buscar una escuela para sus hijos cuando faltan unos días para que empiece el año escolar?

—Pues mire, señora… —comenzó la mamá.

—Doctora Urquiza —interrumpió la directora.

—Eh… doctora… —corrigió Lucía, frunciendo un poco las cejas— acabamos de cambiarnos de casa y…

—Me imagino que usted acaba de separarse de su marido, ¿verdad? —interrumpió la doctora entrecerrando los ojos.

—No, no es eso, es que…

—Entonces, su marido tendría que estar presente en esta entrevista, señora.

Lucía no dijo nada durante un momento, pero cerró los puños.

—Esta no es una entrevista, doctora, sólo vinimos a pedir informes. Y mi marido habría venido si no estuviera ocupado en buscar un trabajo, porque no tiene. ¡Ah! Y por cierto, no soy "señora", tengo una maestría, así que puede decirme "maestra".

La doctora levantó las cejas fríamente ante la rección de la mamá. Catarina y Rodolfo se miraron con ojos de susto.

—Con gusto, maestra —replicó, enfatizando la palabra—, es sólo que yo tengo que hacer esta pregunta porque en esta institución no aceptamos a hijos de madres solteras o padres separados o divorciados. Es una regla que impusimos hace varios años, cuando notamos que estos niños suelen ser nefastos y sólo traen problemas.

Lucía se puso roja y se levantó de la silla.

—¿En qué demonios hizo su doctorado, en intolerancia?

La doctora no se movió, sólo hizo otra vez su gesto de cejas levantadas, aunque esta vez, apretó la mandíbula. Le hubiera caído bien un jugo Pooper de los que hacía su papá. Y un Antiflat, de paso.

—No, maestra, mi doctorado es en psicología y a leguas se nota que estos niños son un costal de problemas, digo, mírese: usted misma tiene poco autocontrol.

La mamá tomó su bolsa y le hizo una seña a los niños para que la siguieran.

—¡Vámonos! ¡Ni aunque esta escuela fuera gratuita traería a mis hijos a educarse con unos fascistas!

Lucía salió de ahí casi corriendo, seguida por Rodolfo y Catarina.

—Pero, ¿qué clase de gente es ésta? —rugió en cuanto estuvieron en la calle.

—¿Qué es fascista? —preguntó Catarina.

La mamá respiró hondo. Caminó en silencio, con el ceño fruncido, mientras pensaba en la respuesta. De camino al coche había una miscelánea y compró unos Boings de triangulito para los tres. Cuando se subieron al coche los miró, mientras se tomaba su Boing de uva.

—Fascista es que te crees dueño de la razón; que piensas que tu verdad es la única y lo que opinan los demás es equivocado; que te consideras superior al resto y que digas que alguien es "nefasto", como la santa directora, sólo porque no es o no piensa como tú. Es el colmo de la intolerancia, es... es como una forma de racismo —soltó Lucía vehemente, casi sin tomar aire, luego arremetió—: además, los fascistas creen que su criterio, así sea del tamaño de un microbio, es EL orden de todas las cosas y, si es necesario, hay que usar la fuerza bruta para imponerlo. Ellos son dictadores y no les importa lo que los demás piensen.

Catarina y Rodolfo se quedaron callados. La doctora Pooper les había caído mal a los tres.

—Mmmm, ¿la Nonna Rossi es fascista? —aventuró Catarina.

Lucía se atragantó con el Boing. Los niños sabían que la abuela Rossi no era la ilusión de su mamá, pero no solía hablar de ella.

—Es que le gusta que todos piensen como ella y si no… —comentó Catarina, pasándose el dedo por el cuello mientras sacaba la lengua y hacía ojos de huevo cocido—. ¿Te acuerdas el día que mi primo Alonso traía el pelo largo y de repente llegó por atrás con las tijeras y comenzó a cortárselo, regañándolo porque parecía mujer?

—¿Y te acuerdas cuando se enteró de que mi tía Aída se fue a vivir con su novio? —añadió Rodolfo con cara de susto.

Lucía volvió a atragantarse con el Boing.

—¿Y ustedes? ¿A qué hora se enteraron de esas cosas? ¿Quién les dijo?

— Pues yo estaba ahí cuando lo de Aída —contestó Rodolfo. Los berridos escandalizados de la Nonna Rossi todavía resonaban en sus oídos—. Entré a la cocina por un jugo y la Nonna gritaba que cómo era posible que no se hubieran casado como Dios manda y que la prima iba a vivir en pecado.

—Pero... ¿ustedes qué saben de...? —la mamá no parpadeaba.

—¡Ay, mamá! —rezongó Rodolfo—. No somos bebés.

—A mí, el día que le cortó el pelo a Alonso, me dijo la Nonna: un hombre que se cree mujer, es maricón —atizó Catarina.

Lucía los miró sorprendida un momento, luego soltó un resoplido.

—¡Oshhh! ¡Mi suegrita, pontificando! —bufó—. Es la reina de la intolerancia. Si Aída se quiere ir a vivir con el novio, ¿a ella qué? ¿Le da algo, le quita algo? Arrejuntarse o casarse, por el civil o por la iglesia o por el santo rito de las chachalacas, ¡cada quién decide! Y luego, lo de Alonso... ¡es lo mismo! Cada quien que traiga el pelo como le dé su gana.

—¿Y eso es ser maricón? —preguntó Rodolfo, alzando una ceja.

La mamá suspiró y los miró, calculando su respuesta.

—¿Tú sabes qué significa? —le soltó a su hijo, a quemarropa.

—Que a un hombre le gustan los hombres —contestó él, alzando los hombros.

Catarina abrió mucho los ojos.

—¿Y que a una mujer le gustan las mujeres? —preguntó.

—Se llaman lesbianas —aclaró Rodolfo.

—Pues sí —repuso Lucía—. Es la manera más fácil de decirlo. La cosa es que los seres humanos nacemos libres. Si un hombre o una mujer es homosexual, que esa es la palabra, es asunto suyo. Y a su familia, le toca respetar, comprender y querer; porque no dejas de querer a alguien por esa razón. Y tener el pelo largo, o corto o punk no tiene nada que ver... ¡la Nonna llega a ser ridícula!

—¿Y por qué le decimos Nonna? —preguntó Catarina.

—¡Ah! ¡Eso! —su mamá miró al cielo—. Resulta que un pariente muuuy lejano, algo así como un tataratatarabuelo, era italiano. Nonna es abuela en italiano, por eso, apenas empezaron a hablar, les decía a sus nietos: "Dime Nonna, yo soy la Nonna". Y además, "Nonna Rossi", para que sonara más italiano.

Los tres se miraron y se rieron.

—¡Bueno! —exclamó Lucía, mientras tachaba un nombre más de la lista—. El colegio de la dictadora, queda fuera.

La mamá puso los envases de Boing en una bolsa que siempre llevaba para la basura del coche y miró a sus hijos de soslayo. Sentía que en las últimas semanas habían crecido más que nunca: preguntaban cosas, entendían cada día más y su expresión era tan diáfana como siempre. Por fuera, seguían siendo iguales, pero por dentro era como si algo suave y maleable se hubiera expandido dentro de ellos. Arrancó el coche con una pequeña y casi invisible sonrisa.

Ese día vieron un par de escuelas más. En una había lugar para Rodolfo, pero no para Catarina y en la última les dijeron que la lista de espera era de doscientos niños y que todos ellos habían hecho su solicitud con mínimo dos años de anticipación así que, con un poco de paciencia y chorros de buena suerte, en unos tres años habría lugar para los dos. Con el ánimo bastante aplastado, regresaron a su casa. El papá estaba en el sillón de la sala, con el teléfono a un lado y muchos periódicos junto a él.

—¿Encontraron escuela? —preguntó en cuanto los vio.

—No —contestaron a coro tres voces.

—¿Encontraste trabajo? —quiso saber su esposa.

—Mañana tengo varias entrevistas.

Ese día los cuatro comieron más bien en silencio. Comentaron el caso de la doctora fascista, pero nadie dijo ni pío de la Nonna Rossi.

Más tarde, Rodolfo se dio una cita con el diccionario, que por suerte ya había salido de la caja donde estaba guardado, y buscó una palabrita que se había quedado rondando en su cabeza desde la mañana, "pontificar: exponer opiniones en tono dogmático y suficiente". Como no sabía que era dogmático, buscó el significado: "inflexible, que mantiene sus opiniones como verdades inconcusas." Claro, tuvo que buscar otra palabra: "inconcuso: firme, sin duda ni contradicción."

Por suerte, la Nonna Rossi vivía en Monterrey.

# Mascotitas

Al día siguiente, su papá salió temprano a sus entrevistas. La mamá les propuso ir a otro recorrido de escuelas, pero Catarina y Rodolfo no querían para nada.

—Ya van a empezar las clases y no hemos hecho nada divertido —lloriqueó Catarina.

Sus chilloteos casi siempre irritaban a Rodolfo, pero ese día, la secundó.

—¡Sí! ¡Es cierto! ¡Ni hemos ido al cine! —protestó, imitando la voz de su hermana.

—No gimoteen —dijo su mamá, que le decía gimotear a chillotear—. Tenemos que decidir lo de la escuela, porque si no, llega el primer día de clases y ustedes aquí, sentaditos.

—Pero hoy no, ¡por favor! —volvió a lloriquear Catarina.

—¡Está bien, está bien! —convino Lucía—. Los voy a llevar al parque, hay unos juegos y luego vamos a tomar un helado a una heladería buenísima que hay por aquí, se llama Chiandoni. Vamos a llevar a Wasabi, el pobre perro ha estado muy encerrado.

—Yo prefiero ir al cine— protestó Rodolfo.

—No tengo dinero para eso. Sólo me alcanza para un helado, y de una sola bola —contestó su mamá.

—Pero es que yo quiero ir al cine —insistió Rodolfo.

Lucía torció la boca.

—Aunque quieras, no me alcanza —remató.

Cuando ya se iban, se toparon con Pacita y Lulita en la entrada del edificio. En cuanto vio a Wasabi, ella cargó a su bola de pelos. Seguramente quiso evitar un efusivo saludo canino. Wasabi le movía la cola con mucho entusiasmo a Lulita, aunque estaba lejos de él, en brazos de su dueña. Luli le enseñaba los dientes

—¿Se van de paseíto? —les preguntó.

—Sí, al parque —contestó Catarina.

—¡Ay, está retebonito! —dijo Pacita—. También está allá Carlita, la chica del 201, con sus mascotitas, ¡ay! ¡Están tan lindos! ¿Ya los conocen?

Los tres negaron con la cabeza.

—Ella es una muchacha delgadita, alta, que está embarazadita, ¡seguro la van a ver!

El parque estaba como a dos cuadras y era bastante grande. Rodolfo estaba de malas: no pensaba disimular su enojo por la falta de dinero para el cine. Seguramente los juegos del parque eran una tontería para bebés y él iba a sentirse un babotas en los columpios, como niño de kínder. Pero cuando por fin llegaron y vio los juegos, tuvo que admitir que algunos estaban bastante buenos y le dieron ganas de jugar, pero estaba decidido a poner mala cara todo el tiempo que fuera necesario y no pensaba cambiar de opinión. Su mamá se sentó en una banca, amarró al perro a su lado y se puso a leer un libro. Él se sentó en la misma banca, pero lo más lejos que pudo de ella. Catarina no tuvo ninguna solidaridad con el berrinche de su hermano y, apenas vio que la tirolesa estaba libre, fue a aventarse. Se veía muy divertida. Después de que se echó seis veces, Rodolfo consideró que a lo mejor el helado estaba bueno, lo del cine no era para tanto y fue con su hermana. Se echaron muchas veces, hasta que se juntaron más niños que querían subirse y los mandaron a la cola. Hacía un calor muy fuerte, a él le escurrían gotas de sudor y hubiera preferido ir por el helado en ese momento, pero Catarina a fuerza quiso ir a la pared para escalar. Al llegar ahí, comenzó a subir por las piedras simuladas.

—¡A que te gano! —retó a su hermano—. No puedes subir porque estás gordito, ja, ja, "rueda, Rodo, rueda, estás bien pachón".

A Rodolfo le reventaba que le cantaran esa canción en la escuela, pero que se la cantara ella para jorobar, era el colmo. Se puso rojo y comenzó a escalar enfurecido. Aunque estuviera tres metros más arriba que él, la bajaría de un jalón.

—¡Te voy a gana-a-ar! —lo provocaba Catarina, mientras subía con la agilidad de un gato.

Rodolfo iba atrás de ella a todo vapor y estaba por atraparla del tobillo cuando se movió la piedra de plástico donde tenía apoyado el pie derecho y, como es lógico suponer —dada su mala suerte— se vino abajo. Se lastimó feo el codo, pero lo más raspado fue su orgullo. Mientras se sobaba, se dio cuenta de que no sólo la flaca de su hermana menor subía mejor que él por la pared de escalar: un montón de niños más chicos había llegado más alto sin caerse. Unos lo miraban asustados, otros se reían, él lloraba.

Su mamá llegó corriendo y junto a ella, una chica alta, con una inocultable panza de embarazada.

—¿Estás bien, Rodolfo? ¿Te duele algo? —preguntó Lucía con cara de susto.

—Me duele aquí —repuso, sobándose el codo—. ¡Y todo por culpa de Catarina!

Su mamá volteó a ver a Catarina, que venía bajando.

—¿Te empujó? —quiso saber su mamá, al tiempo que le examinaba el codo.

—¡No! ¡Me dijo que yo no podía ganarle!

—Traigo árnica, señora, por si se le ofrece —intervino la chava alta, mientras extendía la mano con un tubo de pomada.

Lucía aceptó la pomada y le untó un poco a Rodolfo. Catarina se había bajado y estaba junto a los demás mirones.

—Además, me cantó la canción de "rueda, Rodo".

—¡Catarina! —la regañó la mamá.

—¡Ay bueno! —dijo Catarina haciendo ojos de huevo—. Yo no lo empujé, ¿verdad? Él se cayó solito por torpe y porque quería agarrarme un pie y tirarme. Y como siempre, tiene más mala pata que un perro atropellado.

Rodolfo le mostró muy complacido el dedo medio en alto.

—¡Rodolfo! —lo reprendió su mamá con unos ojos de bola de cañón que no le gustaron nada.

Los tres se fueron a una banca cercana. La chava del árnica se acercó a ellos. Empujaba una carreola donde iba una niña como de dos años, dormida. Pegado a ella iba un niño de unos cinco años.

—Gracias por el árnica —le dijo Lucía mientras le devolvía el tubo.

—De nada —dijo sonriente—. Me llamo Carla, ¿ustedes no son la familia nueva en el Edificio Duquesa?

—Sí —contestó la mamá—. Y tu eres... ¿Carla?

—Sí. Ellos son mis hijos, David, Natalia y aquí está el tercero —tocó su panza—, que se llamará Mateo. Saluda, David.

David los miró, se escondió detrás de su mamá y no dijo nada.

—¿Tienes mascotas? —preguntó Catarina.

Rodolfo, todavía enojado con ella, pensó que era una metiche.

—No —contestó extrañada.

—Es que la otra vecina, Pacita, dijo que tenías mascotitas.

—¡Ah! Es que Pacita les dice "mascotitas" a mis hijos —contestó sonriente—. Pero no tengo animales. Con dos personas en cuatro patas, por el momento, es suficiente.

Lucía y ella se rieron de su chiste y se pusieron a platicar. La mamá le preguntó a qué escuela iba su hijo.

—A ninguna —contestó Carla—. Está conmigo en la casa, hacemos *homeschooling*. O sea que yo le enseño.

Lucía alzó las cejas y miró soprendida a Carla, mientras asentía lentamente con la cabeza.

—Lo hago bien, no creas que no: soy guía Montessori —dijo Carla, poniéndose un poco roja.

—¡Perdón! —exclamó la mamá, apenada—. La verdad pensaba en mis hijos… no sé cómo sería tenerlos en la casa todo el día…

—Ni lo sueñes, mamá —intervino Catarina, con lo cual recuperó un poco del cariño fraternal de Rodolfo.

—Primero muerto —apoyó él.

—Bueno, no es para todos… —comentó Carla— y es difícil entrarle cuando los niños ya están en primaria. Sé que por aquí hay buenas escuelas…

—En ésas no hay lugar —suspiró la mamá—. Si no encontramos una para la próxima semana, yo seré su maestra. Cuando veníamos al parque, vi un anuncio de una escuela que se llama Wisconsin.

—¡Ah, sí! El Instituto Wisconsin —dijo Carla.

—¿Lo conoces? —quiso saber Lucía.

—Está muy cerca de nosotros, en la calle de Wisconsin, obvio. El sistema es un poco raro, yo no metería ahí a mis hijos, pero…

—¿Tiene secundaria? —interrumpió la mamá.

—Tiene hasta prepa. Sé que es una escuela chiquita, con pocos alumnos, pero como guía Montessori, me parece que el método…

—¡Vamos ahorita mismo! —dijo Lucía, poniéndose de pie al tiempo que tomaba su bolsa y desataba a Wasabi.

—¿Y el helado? —preguntó Rodolfo.

—¡Después, primero vamos al Wisconsin!

Apenas se despidieron de Carla, que todavía tenía la frase incompleta en la punta de la lengua y siguieron a su mamá, que corría como si supiera exactamente dónde estaba la calle de Wisconsin. Sólo Rodolfo alcanzó a escuchar a la vecina, cuando terminó de hablar:

—… no es el mejor.

# Auxilio. . . (socorro, mayday, SOS)

Rodolfo no corrió como su mamá, Catarina y el perro. Caminaba arrastrando los pies, media cuadra más atrás. La mamá, en realidad, no sabía dónde estaba la calle, así que preguntaron. Al llegar al Instituto Wisconsin, se detuvieron afuera. Era una casa y no parecía escuela. En la fachada tenía unos mosaicos azul claro y un escudo que tenía un árbol. El tronco era una "W" y las ramas decían: *leadership, environmentalism, success, compassion*. Los tres dieron unos pasos hacia la puerta principal. Lucía se acomodó la blusa y el cabello y estiró la mano para tocar el timbre.

—Con estos mosaicos, no sé si parece un gran baño o una gran fonda —comentó Rodolfo con la boca de lado y mirando a la casa con inocultable desdén. Su mamá suspiró.

—Bueno, pues es esto, o en la casa conmigo —contestó.

Su hijo tocó el timbre como impulsado por un resorte. Contó unos diez segundos, nadie les abrió, así que volvió a tocar. De pronto se abrió una ventanilla y se asomó una señora de pelo blanco.

—Buenas tardes —saludó la mamá—. Quiero pedir informes y saber si hay lugar para mis hijos..

—Yo soy la secretaria. Los informes son con el director —informó mientras abría la puerta para dejarlos pasar.

La siguieron al segundo piso de la casa, que olía a pintura fresca con Pinol. Les pidió que pasaran a una oficina donde había dos sillas. Catarina y la mamá se sentaron, la secretaria trajo otra silla para Rodolfo.

—Espérense tantito, ahorita viene —dijo y miró a Wasabi—. ¿El perrito no se hace?

—Ya se hizo en el parque —aclaró Catarina.

La secretaria cerró la puerta sin decir nada.

Al quedarse solos observaron la oficina. Además del escritorio y las sillas, había unos libreros y un cuadro de un señor con un vestido largo y café que le hacía cariños en la cabeza a un lobo. Su mamá les dijo que el vestido se llamaba hábito y que el señor era san Francisco. También había una foto de un señor vestido de blanco, con un gorrito extraño. Además, había muchas fotos de otras personas. Todos tenían su nombre y a qué se dedicaban. Había deportistas, escritores, médicos, pintores, políticos, de todo.

—¿Quién es ése? —preguntó Catarina, señalando al señor del gorro blanco.

—El Papa —contestó su mamá.

—¿El papa? —se rio Catarina—. ¿Y el calabaza?

Los dos hermanos se rieron.

—¡Shhh! —los calló su mamá—. El Papa es el dirigente de la iglesia católica. No sabía que esta escuela fuera religiosa.

Iban a hacer otro comentario con tema de verduras cuando entró el director. Era un señor alto, de traje, con corbata de moñito y un olor a loción que olfatearon aun antes de que entrara a su oficina. Tenía el pelo corto, medio cano y muy relamido.

—¡Buenos días! —saludó sonriente, dándole la mano a cada uno—. Soy Ernesto Almazán Auxilio.

Catarina se rió y su mamá la miró con cara de "¡Cállate!".

—¡No se preocupe! Todos se ríen de mi apellido.

—Mucho gusto… eh… ¿licenciado? —dijo Lucía con cautela—. Quiero saber si hay lugar para mis hijos.

—¡Ay! ¡Por favor! No me diga licenciado. Profesor Ernesto, porque eso es lo que soy: profesor, y a mucha honra, pues los niños son los líderes del futuro.

La mamá asintió echándole a sus hijos una miradita fugaz.

—Soy muy preguntón, señora —dijo el profesor mientras se sentaba—, y quiero saber… ¿por qué están buscando escuela ahorita que casi empiezan las clases?

—Acabamos de cambiarnos de casa, vivimos aquí cerca.

—¿En qué escuela estaban? —preguntó el profesor.

—En el Colegio Harrow —repuso Lucía con un suspirito de fondo.

—¡Ah! ¡En el Harrow! —exclamó él con los ojos muy abiertos—. ¡Gran escuela! Y… ¿por qué se cambiaron de casa?

—Mi esposo perdió su empresa —contestó Lucía—, tuvimos que vender nuestra casa y estamos viviendo en un departamento que tiene mi suegra aquí cerca.

El profesor Ernesto cerró los ojos con gesto preocupado, asintiendo mientras escuchaba a la mamá.

—Ya veo… —dijo—, es una situación difícil, ¿para qué año está buscando lugar?

—Rodolfo entra a sexto y Catarina a cuarto.

—Veré las listas… la memoria luego falla, ya sabe, el alemán…

—¿Cuál alemán? —preguntó Catarina en voz muy baja.

El profesor se rio mientras abría un cajón y sacaba las listas.

—Herr Alzheimer, Catarina —contestó con risa—. Pero es pura broma…

Lucía y el profesor se rieron. A todos les quedó claro que el profe tenía buen oído. Después de una rápida búsqueda, cerró las listas y se echó para atrás en su silla. Tenía un lápiz en la mano y conmenzó a golpear suavemente el escritorio con la goma, mientras los observaba entrecerrando los ojos. Rodolfo se sintió pulga en microscopio.

—Sí hay lugar y sería un honor para mí que inscribiera aquí a sus hijos —dijo, mirando a Lucía—. Pero tengo que decirle algo: el método de esta escuela es distinto al del Harrow, que es semiactivo. Aquí es tradicional. Sin embargo, es una escuela para líderes.

La mamá no dijo nada, pero lo miró con cara de pregunta.

—Toda nuestra filosofía está enfocada a lograr el éxito personal a través de las Leyes del Liderazgo, por eso tenemos aquí estas fotos —explicó el director, alargando su brazo hacia la pared—. Todos ellos son líderes en su campo, gente famosa. Conocer sus vidas inspira a los niños. También hay líderes espirituales, claro…

Lucía miraba todo con los ojos muy abiertos, sus hijos también.

—Eh… quiero saber, profesor, ¿la escuela es religiosa? —preguntó.

—Bueno… —el director dudó un poco—. Tomamos a san Francisco, que era un gran líder, como santo patrono de nuestra causa, pues el respeto al medio ambiente es primordial, pero no tenemos nada que ver con la orden franciscana, si ésa es su pregunta…

La mamá suspiró quedito.

—Sí. Bueno, la verdad es que no somos practicantes —explicó—. Diría que somos católicos por herencia, pero nada más.

El profesor sonrió cerrando los ojos.

—Sí, sí, no se preocupe. Nosotros tenemos una filosofía de tolerancia y compasión, por eso, una vez a la semana, los niños tienen una clase de Moral del Líder Occidental.

—¿Qué es eso? —preguntó Lucía.

—Los valores cristianos, la moral, usted sabe. Todo líder debe conocer esas cosas.

Rodolfo estaba entretenido observando el diálogo entre su mamá y el profesor. No pudo evitar darse cuenta de que algo se tensaba adentro de ella. Era como una hoja de papel que alguien tiraba en sentidos contrarios y estaba a punto de romperse.

—Bueno, si hay lugar para mis hijos... podríamos probar —dijo ella, disimulando una exhalación—. ¿Cuál es el costo de la escuela?

—Dos mil setecientos pesos de inscripción y dos mil quinientos pesos de colegiatura por cada uno.

Lucía asintió con alivio. Los costos eran mucho menores de lo que había imaginado.

—Le voy a dar una hoja de inscripción, para que ponga los datos de los niños. También voy a necesitar otros documentos...

La mamá comenzó a escribir los datos de sus hijos en las hojas que le dio el profesor mientras Catarina se revolvía en su silla, aburrida. Un minuto después, se levantó y fue a ver los libreros. Luego regresó con su mamá y le tocó el hombro.

—Tienen muchos libros en francés, mamá —comentó.

—¿Ah, sí? —dijo Lucía, apenas levantando la vista de la hoja.

—Tú podrías leerlos —insistió Catarina.

—¿Usted habla francés? —preguntó el profesor con interés.

—Pues sí... —respondió la mamá—. Siempre estudié en una

escuela francesa e hice una maestría en la Sorbona antes de casarme… hace mucho de esto…

—¿Y qué estudió?

—Filosofía. Y mi maestría fue en lo mismo. Ya sabe: una es joven, tiene ideales, cree que va a cambiar al mundo filosofando.

—Hay gente que cambia al mundo… señora… —el profesor se asomó a la hoja donde ella había puesto los nombres— señora Pachón.

Lucía se rio.

—Perdón. Es que casi nadie me dice señora Pachón. Prefiero mi nombre de soltera: Vaca.

El profesor se puso bastante rojo. Era evidente que quería explotar a carcajadas.

—Ríase con confianza —dijo Lucía—. Con esos apellidos, a cualquiera le da risa, como con Auxilio.

El director carraspeó ante la mención de su apellido y se puso serio. La mamá terminó de escribir los datos y le dio las hojas.

—¡Perfecto! —exclamó el profesor. Puede pasar a caja a hacer el pago de inscripción. Ahí le dirán qué otros documentos se necesitan…

—¡Gracias! —dijo Lucía.

—Es un placer conocerlos y tenerlos aquí el próximo año —añadió el director, dándole la mano a cada uno otra vez.

El trámite en la caja duró unos minutos más. Mientras tanto, Catarina y Rodolfo hicieron un recorrido para explorar la escuela. Era una casa grande y vieja, aunque todo estaba recién pintado de blanco nube. A un lado, en lo que debió ser el garage, había un patio y al fondo un jardín grande con una araña para treparse y unos columpios. Les dijeron que el kínder estaba a la vuelta y la prepa era la casa de junto.

Momentos después, Lucía los alcanzó en el jardín y les hizo una seña para que fueran con ella. Justo cuando se disponían a cerrar la puerta, el profesor se asomó por una ventana y le dijo a la mamá que lo esperara un momento. Bajó corriendo las escaleras y llegó en unos segundos.

—Estaba hablando con mi esposa, que es la subdirectora —jadeó—. Necesitamos profesores para francés, ética y lógica en prepa. Parece que usted tiene la preparación necesaria. No sé si tenga trabajo, pero si no es así, podría considerar dar clases aquí. Si acepta, sus hijos tendrían 70% por ciento de beca este año y, a partir del próximo, 100%.

Rodolfo sintió un pequeño y helado soplo de viento reptar por su columna. En algún lugar de su cabeza pensó que su mamá nunca aceptaría, pero al ver su cara de esperanza, todas sus memorias de mala suerte se activaron y pensó en la escena de la película de *Indiana Jones*, cuando una piedra gigante va rodando tras él. Que su mamá trabajara en la misma pequeña escuela donde iba a estar él, le parecía como si la piedra enorme lo persiguiera. Antes de que pudiera decir nada, ella casi gritó:

—*Mais oui!*

Y no hay que ser muy franchute para saber que eso significa "sí" con ganas.

Cuando salieron de ahí, la mamá iba toda sonriente. Rodolfo sentía que la piedra le había caído encima y había quedado como plátano apachurrado. Indiana Jones se salvaba por un pelo de morir aplastado, pero él no. Indi tenía demasiada buena suerte.

—¿Vamos por el helado? —recordó Catarina.

Caminaron unas cuantas cuadras hasta la heladería. Rodolfo estaba que se lo llevaba el diablo, sentía que se había comido una serpiente viva que se revolvía adentro de él y le fastidiaba todo… ¡ashhh! Tenía ganas de patear algo: una llanta, una pared, lo que fuera, aunque con su suerte, seguro se rompería la pata. La mamá y Catarina parecían ajenas al tornado que viajaba de la cabeza al corazón de Rodolfo y luego volvía a subir. En el camino, de lo más feliz, Lucía les contó que los helados Chiandoni estaban ahí desde que ella era chica y eran los mejores que había.

—¡Guau! ¡Hace años que no venía y nada ha cambiado! ¡Hasta son los mismos muebles de cuando yo era niña! —exclamó cuando llegaron—. ¡Las mismas mesas y sillas!

—*Cool,* qué retro —repuso Rodolfo de malas. No le veía nada de emocionante a unas sillas del año del caldo con cubierta de plástico—. Yo hubiera preferido ir a un Starbucks, este lugar está espantoso.

Su mamá lo miró extrañada mientras arrimaba una silla para sentarse.

—¿Y a ti qué te pasa? —le preguntó.

—Nada —refunfuñó Rodolfo. Luego dobló los brazos sobre la mesa para esconder ahí la cara.

Sentía las lágrimas a punto de salir disparadas y eso nunca le gustaba. Siempre que lloraba, venía alguien a decirle: "no seas bebé". Así que no, no quería llorar, pero tampoco pudo evitarlo.

—Nada es nada y eso es algo, ¿qué tienes? —insistió su mamá.

—...

—¿Me vas a decir?

Sabía que su mamá no iba a parar hasta lograr su objetivo y eso no hacía más que subir los grados centígrados de su enojo.

—¡YA! —gritó—. ¡Tú no te das cuenta de nada!

—¿De qué hablas?

—¡Mira nada más la escuelucha donde nos vas a meter! En el Harrow siempre nos decían que los que salían de prepa se iban a la universidad que querían... ¿ya viste esa escuela? ¡Por fuera parece un baño! ¡Allá había muchas cosas, era muy grande! ¡Ésta es una casa vieja! Y... y... —de pronto sintió que no podía hablar más. Una horda de lágrimas indisciplinadas escaparon rodando por sus mejillas. Con un enojo que le raspaba la garganta, Rodolfo siguió, porque todavía no había terminado—: ¡Y encima! ¡Encima vas a trabajar ahí! ¡Yo no quiero verte en el recreo! ¡Yo extraño mi escuela! ¡Y a mis amigos! ¡Y mi vida! ¿Te das cuenta de que papá arruinó mi vida?

Cuando terminó de gritar, volvió a esconder la cara entre sus brazos y empezó a sollozar. Estuvo así varios minutos. Cuando por fin levantó la cara, su mamá lo miraba con la expresión más triste que le había visto en su vida. Sus ojos estaban llenos de lágrimas. Catarina se le había adelantado: sus cachetes estaban empapados de llanto silencioso. Un poco lejos, tras el mostrador, la mesera los veía con cara de susto y los menús en la mano, sin atreverse a ir a su mesa.

—Rodolfo, yo también me siento mal por todo esto, ¿qué quieres que te diga? —suspiró su mamá.

—Extraño mi casa, mi cuarto, mi jardín, mi escuela y mis amigos, mamá —agregó él, limpiándose las lágrimas—. Y quisiera no acordarme, pero me acuerdo, no puedo echar mis recuerdos al caño, ¿entiendes?

—Nadie te pide que te deshagas de ellos, Rodolfo, pero la vida-vida no son los recuerdos, es lo que pasa aquí y ahora. Okey, sí, es feo lo que nos pasó… ¿y qué con eso? ¡Aquí estamos ahora!

Los dos se miraron torciendo la boca.

—Las cosas no pasan gratis, así nomás —añadió Lucía, encogiéndose de hombros—: siempre pasan por una razón. No era buena idea tener tantas deudas, estar tan apalancado. Muchas veces pensé que la vida que teníamos era, hasta cierto punto, prestada: no era tan nuestra como creíamos. Yo no crecí así, con tantas cosas, y a veces, no lo niego, me sacaba de onda tanto viaje, la escuela cara y el coche de lujo... No niego que me la creí: ya ven, ni trabajaba, ahí estaba nomás viendo qué hacía con mi tiempo. Que si club, que si amigas, que si clases de esto o lo otro. Muchas veces pensé que era una vida bastante hueca. Sí, la pérdida de los jugos fue un terremoto para todos, pero los temblores sirven para acomodar la tierra: hay cosas que se caen, cosas que se quedan y tienes que volver a construir... así es el asunto.

—Ahora vas a trabajar —terció Catarina.

—Ahora tengo que trabajar, no hay de otra —enfatizó su mamá—. No sé cuándo encuentre algo su papá... y no podemos comer aire, ¿o sí? ¡Este trabajo me cae de maravilla! ¡No puedo decir que no!

Los tres se quedaron callados un momento y la mesera aprovechó para llevarles el menú. Los miraba con bastante curiosidad y tres gotas de recelo. Cuando una familia protagoniza una escena de ésas, los testigos se sienten raros.

A Rodolfo se le antojó un *banana split*. Su mamá le dijo que era tan caro como un boleto del cine, que pidiera algo más chico. Él insistió con el banana. Lucía recorrió la carta con la vista. Era la mismísima que tenían cuando ella era chica: de papel plastificado y sin fotos; para cada postre había un dibujo. Los precios iban cambiando y los dueños simplemente ponían una etiqueta para tapar el anterior y escribir el nuevo. Ella había sido una niña sin lujos, pero cuando la llevaban a Chiandoni, pedía lo que quería: le había dado la vuelta —incontables veces— a toda la carta. Un sentimiento incómodo comenzó a serpentear por su pecho, pero ella no lo dejó ir muy lejos. Tragó saliva, llamó a la mesera y le pidió el *banana split* para Rodolfo.

—¿No que de una bola? —protestó de inmediato Catarina.

—¿Cuál se te antoja a ti?

—¡El *hot fudge!* —contestó de inmediato.

—Bueno, pues un hot fudge para ella y para mí, un vaso de agua.

La mesera se alejó y los hermanos la miraron muy serios, con los ojos muy redondos. Querían preguntarle por qué no había pedido nada, pero la pregunta sobraba. Cuando llegó lo que habían ordenado, Rodolfo se sintió mal al ver el platanote y las tres bolas de helado copeteadas con crema batida y mermelada de fresa, así que pidió otro platito y le dio la bola de vainilla a su mamá. Catarina también le compartió de su *hot fudge*. Rodolfo tuvo que reconocer que era uno de los helados más ricos que había comido en su vida. Antes de irse, mientras Lucía esperaba a que le trajeran su cambio, les dijo:

—Sé que sienten que papá tiene la culpa de todo. Y pues sí, puede que yo piense igual que ustedes, pero hay personas que nacen con sueños y para ellas sus sueños son todo. Si no los cumplen, se marchitan y se pasan los días y los meses como un foco fundido. Papá es una de esas personas.

Esa noche, mientras cenaban quesadillas con su mamá, llegó su papá.

Primero se escuchó la puerta que se abría, luego unos pasos lentos, un suspiro, la puerta que se cerraba y unos cuantos pasos después, el papá entró a la cocina.

—¡Mamá tiene trabajo! —gritó Catarina.

Fernando levantó las cejas y sonrió levemente.

—¿En dónde? ¿Qué pasó? —preguntó mientras se lavaba las manos en el fregadero.

Entre los tres le contaron todo lo ocurrido en el Wisconsin. El papá alzaba las cejas y asentía mientras se comía una quesadilla.

—Con que setenta por ciento de beca… ¿es muy cara la escuela?

—Comparada con el Harrow, la colegiatura del Wisconsin es casi un regalo —contestó la mamá—, y en este momento no podemos rechazar una beca.

Fernando miró a su esposa un momento, con los ojos entrecerrados.

—Huerca, no estás convencida.

Catarina y Rodolfo miraron a su mamá con atención. Ella les echó una rápida ojeada y soltó una risita nerviosa.

—¿Te acuerdas del francés como para enseñar? ¿Y de la filosofía? —continuó el papá.

—¡Bueno! Voy a tener que repasar, ¡claro! Tengo que ver el plan de estudios…

El tono de voz de Lucía no se escuchaba tan convencido como en la mañana. Era claro que quería decir algo, pero se aguantaba. Los tres la miraron para que siguiera hablando.

—Cuando el director me ofreció el trabajo me sentí muy contenta, porque, ¡vaya que necesitamos dinero! —explicó un poco nerviosa, sin mirar a nadie—. No puedo rechazar su oferta, y fue buena gente, ¡digo! ¡Ni me conoce!

—¿Pero…? —intervino el papá.

—¡No sé…! —exclamó ella—. Algo me olió rarito. Y luego, esa corbata de moño, era un poco…

—Era ridícula, mamá —remató Rodolfo.

—¡Tendremos que probar! No hay otra opción —suspiró Fernando torciendo la boca.

—Hay *homeschooling* —apuntó Catarina.

Rodolfo la miró como si quisiera meterle la quesadilla por la oreja.

—¡Sobre mi cadáver! —gritó.

—No —su mamá zanjó el asunto—: eso no funcionaría.

Catarina bostezó y se despidió para irse a dormir. Lucía les recordó que lavaran sus platos y vasos. El papá y la mamá levantaron lo que quedaba en la mesa y Rodolfo fue a la pequeña zotehuela que estaba junto a la cocina, donde dormía Wasabi. Le sirvió comida y agua. Desde ahí oyó que sus papás seguían hablando y paró la oreja.

—... A mí me parece todo un poquito siniestro... —susurró su mamá.

Seguramente sospechó que él estaba atento a lo que decía, por eso usó una palabra dominguera. Rodolfo entró a la cocina con cara de circunstancias. Fernando y Lucía lo vieron sin sorprenderse de que él estaba ahí. Les dijo buenas noches y fue directo al diccionario: "siniestro: avieso y malintencionado. Infeliz, funesto o aciago". Claro, luego tuvo que buscar otras palabras: "avieso: torcido, fuera de regla", "funesto: aciago, que es origen de pesares o ruina. Triste y desgraciado", "aciago: infausto, infeliz, desgraciado, de mal agüero".

¿De qué hablaba su mamá? Seguro que la ridícula corbatita del director no era para tanto. Con muchas cosas en la cabeza, se lavó los dientes. Ya en su cama, pensó en su papá. No se sentía contento con él, eso era un hecho. Sí, los sueños eran suyos, no cabía duda, pero al venirse abajo, el derrumbe fue para todos. Y ahora, algo desconocido, siniestro, avieso, funesto y aciago estaba por ocurrir. Volvió a sentir la sensación de haberse tragado una serpiente viva que daba vueltas en su estómago como la ropa en la lavadora. Lo malo de la serpiente era que lo agobiaba y parecía pedirle que mordiera a los demás. Rodolfo sabía que la gente pensaba en él como un gordito bonachón —un cochinito lindo y cortés, como el de la canción—, pero a veces lo que sentía no tenía nada que ver con la idea del gordete buena onda. Nomás no podía dormir, así que se sentó en su cama, dispuesto a hacer algo mientras llegaba el sueño. Y, con la luz de la luna que entraba por la ventana, lo vio y la palabra "siniestro" rebotó en su cabeza una vez más. Ahí estaba Lord Vader, mirándolo con gesto acusador. Por un momento no lo vio como su personaje favorito, sino como el recuerdo de un pasado donde tenía lo que quería. Se acordó del berrinche que hizo un día, al llegar de la escuela, porque el traje del Vader no estaba bien sacudido: su temor de que la más pequeña partícula de polvo se notara a un kilómetro, se había cumplido. Ese día, que ahora le parecía tan lejano como si hubiera ocurrido en otra vida, se puso como un tirano y regañó a Mari. La vergüenza que sintió con el recuerdo le hizo sacudir la cabeza. ¡Qué no daría por la ayuda de Mari un solo día a la semana, ahora que ellos tenían que hacerlo todo! Algo le decía que pronto iba a necesitar toda la suerte del mundo y pensó en sus calzones, pero había que darles un tratamiento especial y Darth Vader ayudaría, sí.

Para limpiar un cuarzo de cualquier mala vibra acumulada, hay que dejarlo una noche y un día a la intemperie en agua con sal de mar. Un calzón no es un cuarzo, claro, así que no está sujeto a las mismas leyes; pero es buena idea limpiar las malas vibras de un amuleto: siendo los pararayos de todas las desgracias, uno nunca sabe qué barbaridades puedan guardar. Le puso los calzones a Lord Vader. Obvio, no le quedaban, pero como pudo se los acomodó en una pierna. Corrió las cortinas y acercó el maniquí a la ventana para que lo bañara la luz de la luna. Lo dejaría ahí tres días y tres noches, con eso bastaría.

# Café pooper

Al despertar al día siguiente, Rodolfo sintió el filo de una guillotina rozando su pescuezo. El primer pensamiento que asaltó su mente apenas abrió los ojos, fue el Instituto Wisconsin, con su pared de mosaicos de baño y los escasos cinco días que separaban el momento presente del encuentro con su destino. No tenía ganas de levantarse de la cama, pero su mamá entró poco después, dispuesta a hacerlo cambiar de opinión.

—¡Tenemos que ir a la escuela! —anunció.

—Las clases empiezan el lunes, no hoy —contestó Rodolfo tapándose la cabeza con las cobijas.

—¡Ya lo sé! Pero hay que ir a comprar uniformes y me acaban de hablar, que la subdirectora quiere entrevistarme en una hora, así que: ¡a levantarse!

Lucía acompañó sus palabras con un jalón de cobijas que lo puso de muy mal humor.

—¿Uniforme? ¡Noooo!

—Sí. Y punto.

Rodolfo sabía demasiado bien que cuando su mamá terminaba una discusión con la frase "y punto", no había posibilidad de llevarle la contra. Diez minutos después estaba en la mesa de la cocina, con la ropa del día anterior y los pelos parados, decidido a visitar el Wisconsin en ese estado. Ver a Catarina recién bañada y peinada con cola de caballo y a su papá en piyama, con los escasos tres pelos que le quedaban más revueltos que los suyos y leyendo la sección de trabajos del periódico, acabó por hacerlo sentir como una piedra hundida en el fondo de un pantano.

—Hola —lo saludo su papá.

Algo parecido a un gruñido escapó de su garganta. En eso, se dio cuenta de que su mamá lo observaba.

—No pensarás salir así —le dijo.

Él asintió mientras se servía un cereal de una marca rara. Ella miró el reloj.

—Te hubiera dado tiempo de bañarte.

Otro gruñido huyó de su garganta, combinado con sonidos de deglución y atragantamiento.

—¡Mamá! —escupió—. ¿Qué porquería es ésta?

—Es cereal.

—¿Por qué no compras el de siempre?

—Porque éste cuesta la mitad... esa es una buena razón, ¿no crees? —replicó ella con sarcasmo.

No había mucha oferta para el desayuno, así que se comió aquello. Catarina parecía disfrutarlo y hasta bailaba en su silla. Rodolfo desayunó sin ganas, lavó su plato y fue a lavarse los dientes.

—Al menos péinate —le dijo su mamá.

Rodolfo se dio cuenta de que, cuando uno se lava los dientes, no puede gruñir.

Cuando llegaron a la escuela, los hicieron pasar a una sala. De una oficina salió una señora con el pelo del color de una crayola naranja. Era bastante más alta que Lucía y pesaba como treinta kilos más que ella. Sonreía todo el tiempo y tenía un vozarrón que seguramente se escuchaba hasta la calle.

—¡Señora Pachón! —gritó—. ¡Es un placer conocerla! Yo soy la maestra Meche, la esposa del profesor Ernesto.

La mamá sonrió. Abrió la boca, probablemente para aclarar que no le gustaba que le dijeran señora Pachón, pero la maestra Meche no la dejó hablar.

—Ustedes deben ser Catarina y Rodolfo —rugió, mientras le daba la mano a cada uno. Ellos sólo asintieron, luego miró a su mamá—. Señora, pase con ellos a comprar sus uniformes, luego viene conmigo a la oficina, para platicar y enseñarle nuestro plan de estudios.

El uniforme era café. Rodolfo abrigaba la esperanza de que, al menos, fuera azul marino, pero no: era café pooper. Su mamá lo pagó y luego fueron a la oficina de la maestra Meche. La puerta estaba abierta y les dijo que pasaran.

—Señora Pachón, quiero platicar un rato con usted sobre la escuela, el plan de estudios y su sueldo. No sé si los niños quieran esperarla afuera.

—Nos vamos caminando a la casa —aventuró Rodolfo.

Lucía dio un brinco. Catarina dio otro. En el silencio de gallinero vacío que se hizo, Rodolfo se dio cuenta de que nunca había andado en la calle solo.

—Mejor espérenme —pidió su mamá.

—No, mamá, qué aburrición —replicó él—. ¡No pasa nada! Estamos muy cerquita.

—Bueno... —intervino la maestra Meche— muchos niños vienen y se van solos. ¿En qué calle viven?

—En Louisiana —contestó la mamá.

—Les diré qué haremos: mi secretaria tiene que ir a comprar unas cosas a la papelería de Texas, que está a dos cuadras de su calle. Le pediré que los acompañe hasta la esquina de Louisiana.

Tres pares de ojos miraban a Lucía en espera de una respuesta.

—¿La secretaria no puede acompañarnos hasta la casa? —preguntó Catarina con los ojos de canica.

—Un buen líder es autónomo, independiente y puede caminar media cuadra solo —observó la maestra—. ¿Usted qué opina, señora?

—Está bien —dijo la mamá, mecánicamente.

—¡Hecho! —voceó la maestra y fue al escritorio de la secretaria a darle instrucciones.

Lucía miraba a sus hijos como si estuvieran a punto de irse en un cohete a Plutón y nunca más volvieran a verse.

—Rodolfo: cuidas a tu hermana. No se separen de la secretaria ni un segundo, fíjate, volteas a los dos lados cuando crucen calles, si ves algo raro, gritas y…

—Mamá: son cuatro cuadras —interrumpió él.

—Es cierto, sí —Lucía asentía nerviosa, mientras buscaba algo en su bolsa—. Aquí están las llaves, por si no está papá: ésta es de la puerta de vidrio de la calle y ésta es la del departamento, ¡se cuidan mucho!

Los niños le dieron un beso y la dejaron con la maestra Meche. Su mamá los miraba como debió hacerlo la madre del astronauta Neil Armstrong el día que se subió al Apolo.

Carmen, la secretaria, era la señora de pelo blanco que los recibió la primera vez. Los miró con una sonrisita apretada y caminó a su lado sin decir ni pío. Para ellos fue un momento extraño. Nunca habían estado sin su mamá —o alguna otra mamá— en la calle. Era como si tomaran la primera bocanada de aire callejero de su existencia; como si fuera la primera vez que veían los edificios, las casas, los coches, a las demás personas que iban por la calle. Hasta los árboles. ¡Qué diferente era caminar sin alguien que los cuidara! Porque Carmen iba simplemente a su lado, pero apenas los miraba. Al llegar a Louisiana, les dijo que esa era su calle y que se veían en la escuela el lunes. Cuando Catarina y Rodolfo llegaron a la puerta del edificio, él tenía la importante misión de abrirla, pero no pudo.

# Galleto y Cocol

—Rodolfo apúrate, quiero hacer pipí —presionó su hermana.

—¿Por qué no hiciste en la escuela?

—Ahí no tenía ganas.

—Pues te esperas.

Ya tenía cinco minutos de intentos con Catarina quejotéandose, cuando vieron acercarse a una señora que cargaba con trabajo varias bolsas del súper. Seguramente era otra vecina que no conocían.

—Esta cerradura tiene maña —les dijo, mientras dejaba las bolsas en el suelo.

Rodolfo se hizo a un lado.

—Hay que hacerle así —explicó mientras jalaba la puerta hacia ella y le daba vuelta a la llave.

Después cargó sus bolsas. En eso a Rodolfo le entró lo decente y se ofreció a ayudarle. La señora le dio dos que pesaban como si trajera piedras.

—Tú carga una —le ordenó a Catarina, que lo miró con ojos de pistola.

—Yo me llamo Concha —les informó la señora en cuanto se cerraron las puertas del elevador—. Soy la vecina del 301.

—Mucho gusto, nosotros somos Rodolfo y Catarina, del 501 —anunció Catarina, que también tuvo su brote anual de buena educación.

—¡Ah! Son los del perrito que ladra —comentó la vecina. Ellos asintieron con la boca de lado.

Cuando Concha abrió la puerta de su departamento, los ojos de los niños no sabían bien dónde posarse: si en las paredes tapizadas de cuadros, en el árbol de Navidad de plástico con adornos todos polvosos que, hicieron cuentas, estaba ahí al menos desde hacía ocho meses o en el par de gatos extraordinariamente obesos que salieron a recibir a su dueña con maullidos melosos. Del sentido del olfato, ni hablar: el olor agrio y picante de la orina rancia de gato penetraba en las fosas nasales como una estampida.

—¡¡Oyyy, cosita!!! —exclamó Catarina, aparentemente ajena al hedor, agachándose para acariciar al felino más cercano—. ¿Cómo se llama?

—Ese es Galleto —contestó Concha, mientras dejaba una bolsa en el suelo para hacerle cariños al otro—. Éste se llama Cocol.

—¿Dónde dejo sus cosas? —preguntó Rodolfo.

—Acá —dijo Concha, mientras se encaminaba a la cocina. Rodolfo la siguió.

La vecina le pidió que dejara las bolsas sobre la mesa y comenzó a sacar sus compras, con Cocol restregándose en sus piernas. Cuando Rodolfo fue con su hermana, la vio sentada con las piernas cruzadas en el suelo y el tal Galleto en su regazo, ronroneando a todo vapor, como si fuera una tetera hirviendo. Él sentía que su cerebro comenzaba a aturdirse con los efluvios gatunos.

—¡Vámonos! —le susurró a Catarina—. ¿No querías ir al baño?

—Ya no tengo ganas y este gato está hermoso.

Concha llegó de pronto con un plato lleno de galletas rellenas de malvavisco.

—Tengan, cómanse una —les dijo, poniéndolas en la mesa.

La vecina tenía un copete muy grande y esponjado que flotaba sobre su frente y se movía cuando ella hablaba. Rodolfo tomó una galleta y Catarina le pidió que le pasara otra. El gato seguía con su ronrón, parecía que tenía un motor adentro.

—¿Hace mucho que vive aquí? —preguntó Catarina.

—¡Uy!, desde que el edificio era nuevo, hace más de 40 años.

—¿A poco es tan viejo? —agregó Rodolfo.

—No son tantos años… ¿A qué escuela van?

—Vamos a ir al Wisconsin —contestó Catarina.

—¡Ah! Ésa es nueva. Antes era un colegio de monjitas. Muchos años fui secretaria ahí.

—¿Ya no trabaja? —quiso saber Rodolfo.

—No. Vivo de la pensión de mi esposo, que murió hace unos

años. Y también tejo suéteres y los vendo. A mi edad, ya no te dan trabajo.

—Pues, ¿cuántos años tiene? —preguntó Catarina.

Rodolfo la miró con el ceño fruncido. Su mamá siempre les dice que la edad no se le pregunta a la gente mayor, menos a las señoras.

—Sesenta y cinco —dijo Concha seria.

—¡Ay! No es tan grande. Mi abuela Olga tiene como ochenta y da clases.

—No tiene ochenta —intervino Rodolfo.

—Como ochenta y cinco —aumentó su hermana.

—¿Ya conocen a los demás vecinos? —preguntó Concha.

—A algunos —dijo Rodolfo.

—El otro día escuché en el elevador que el hijo del doctor Fergüerdo…

—¡¿Fergüerdo?! —gritaron sorprendidos Catarina y Rodolfo.

Concha se rio.

—Segismundo Fergüerdo, así se llama —añadió la vecina.

—Yo me llamo así y me doy un tiro —repuso Rodolfo. Pachón se le hizo el apellido más bonito del mundo.

—¿Qué pasó con el hijo? —preguntó Catarina.

—Escuché que vendría a vivir con su papá. Bueno, es que ustedes no saben nada de ellos, seguramente. El doctor perdió su trabajo hace algunos años, él era investigador en la universidad y le dio por la bebida…

—¿Por cuál bebida? —preguntó la niña.

—¡Ay! pues, ¿por cuál será, Catarina? —rezongó Rodolfo.

—Se volvió borracho… —aclaró Concha—. Y su esposa lo dejó. Ella se fue a vivir a Estados Unidos con los hijos, una niña y un niño. Y ahora, manda al hijo a vivir con su papá… ¡Pobrecito! Y con ese horror de perro que tiene el doctor… un día, Cocol se salió de mi departamento y subió las escaleras. ¡En eso, el doctor abrió la puerta y su monstruo salió a corretear al Cocolito! ¡Casi lo mata! ¡Hasta le dio diarrea del susto!

Los tres se quedaron callados un momento. Ya no había galletas en el plato y Rodolfo se quería ir. Se levantó y quitó a Galleto de las piernas de Catarina. Ese gato pesaba al menos una tonelada.

—¿No querías hacer pipí? —le recordó a su hermana, haciéndole ojos de "me quiero ir".

Ella asintió y se despidieron de Concha.

—¡Púuuf! —exhaló Rodolfo cuando estuvieron fuera del departamento—. ¡Ese lugar olía mal!

—Sí, un poco.

—¿Un poco? Y tú ahí, echadota con ese gato gordo.

—Y tú ahí, tragando galletas —reviró Catarina.

Cuando llegaron al departamento, su papá no estaba, su mamá no había llegado y Wasabi ladraba como loco.

Poco después, Lucía tocó el timbre de la calle.

—¡Voy a ganar dieciocho mil pesos! —exclamó contenta apenas le abrieron la puerta del departamento.

—¡Qué bueno! —dijeron los niños.

—Claro, van a ser seis horas diarias, con diferentes grupos. Y son tres materias: francés, lógica y ética.

—¿Y sabes todo eso? —preguntó Catarina.

—Pues sí... se me ha olvidado un poco, pero tengo mis libros en unas cajas en casa de la abuela, le voy a hablar para ir por ellos... ¿me acompañan?

No había nada mejor que hacer, así que aceptaron. Como nada más tenían un coche y su papá se lo había llevado, tomaron un taxi a Coyoacán, donde vivía la abuela Olga.

Hay abuelas que le tejen a los nietos, les hacen galletas y les cantan canciones. Otras los llevan de vacaciones, al cine, a montar a caballo, a nadar y les regalan juguetes el día de su cumpleaños. La abuela Olga no hacía nada de eso. Ella les regalaba libros. Cuando Rodolfo cumplió seis años le regaló el diccionario que todavía usaba, y le dijo: "para que le entiendas a tu mamá". Cuando sus papás se iban de viaje y Catarina y Rodolfo se quedaban con ella, los sentaba en la mesa del comedor y les daba clases de francés. Además, no se vestía como el resto de las abuelas que uno conoce. Olga tenía el pelo algo largo, lacio y blanco como algodón. No se pintaba nada y cuando no usaba overoles de mezclilla, le gustaban las faldas largas de la India.

—¡Felicidades! ¡Por fin tienes un trabajo! —le dijo a Lucía en cuanto les abrió la puerta.

—Hola, Olga —saludó ella, que no solía decirle "mamá" . Se dieron un beso rápido. Luego, la abuela abrazó a sus nietos.

—¡Qué bueno que los veo! ¡Tengo unos libros para ustedes!

Los tres la siguieron por el caminito de piedras que llevaba al cuarto de atrás, donde estaban las cajas con los libros de Lucía. A la abuela le había dado por sembrar hortalizas y tener gallinas y un guajolote.

Catarina y Rodolfo fueron a los gallineros. El guajolote no se veía amigable. En cuanto los vió se puso todo esponjado, abrió su cola como un abanico, se quedó quieto y comenzó a darle una extraña temblorina. La abuela estuvo con Lucía unos minutos y luego fue con sus nietos, les enseñó su hortaliza y les pidió que le ayudaran a recoger los huevos.

—¿Qué le pasa al guajolote? —preguntó Rodolfo.

—¡Ay! ¡Es un malhumorado! —contestó la abuela—. De todo tiembla.

—¿Por qué te ha dado por sembrar? —quiso saber Catarina.

—En estos tiempos, el que tenga tierra debe ponerla a producir. La tierra ociosa ya no es posible. Los jardines con pasto y flores son un lujo del pasado que ya no podemos permitirnos en esta ciudad.

—En donde vivíamos todos los jardines eran así —comentó Catarina.

—Es que ése es un lugar burgués y pretencioso.

—¡Mamá! —ladró de pronto Lucía, que estaba a un metro,

cargando varios libros en los brazos. La abuela pegó un brinco—. ¿Por qué les dices eso?

—Porque… es la verdad.

La mamá giró los ojos al cielo.

Cuando regresaron a su casa, Wasabi corría emocionado por toda la sala. El papá no había llegado.

—Vamos a sacar a pasear al perro —sugirió su mamá.

Los dos dijeron que sí y le pusieron su correa. Al abrir la puerta, se toparon con Pacita, que traía cargando a su bola de pelos.

—¡Buenas tardeees! —saludó, sin quitarle el ojo a Wasabi—. ¿Van a llevar de paseíto a *Wasagui?*

—Como puede ver —contestó Rodolfo cortante, de malas nomás de ver al burro de Wasabi moviéndole el rabo a Lulita, todo emocionado.

Pacita lo miró seria.

—¡Rodolfo, saluda bien! —su mamá lo vio con ojos de tornado y luego se dirigió a la vecina—. Buenas tardes, ¿qué se le ofrece?

—El sábado hay juntita en mi casa, con la administradora, ¡van a ver qué muchacha tan mona, tan educadita! Y su esposito, ¡ay, un joven taan decente! Ya ve que siempre hay mejoritas que hacer en los edificios, para que se vean más bonitos. Es a las doce del día. Ahí los espero.

Salieron al pasillo y caminaron hacia el elevador junto a ella.

—¡Ay! ¡Ahora tengo que ir con el del 601! ¡No sabe qué pesar me da ir con él! —se quejó—. ¡Luego tiene un aliento a tequila! ¡Pero antes paso a dejar a Lulita a mi casa! Ese demonio de perro que tiene es capaz de quitarme de en medio para olisquear, o algo peor, a Lulita.

—"¿O algo peor?" —comentó Rodolfo, cuando estuvieron en la calle, sin Pacita.

Los tres se rieron.

En la noche, estaban viendo la tele cuando llegó su papá. Abrió la puerta, entró, suspiró, cerró la puerta. Catarina fue a saludarlo, la mamá se levantó, Rodolfo se quedó en el sillón.

—Hola, Rodolfo —le dijo su papá.

—Hola —contestó él, sin quitar la vista de la tele.

—¡Cuatro entrevistas y nada! —comentó Fernando de camino a su cuarto, mientras se quitaba el saco—. Y en una, me hicieron esperar hora y media para atenderme.

Antes de dormir, Rodolfo le echó un ojo a sus calzones, los que estaban en la pierna del Lord. No habían cambiado ni nada, tampoco cambia un cuarzo cuando se le limpia. Dos noches más y estarían listos, liberados de toda mala vibra.

# Los recaudadores

El jueves estuvieron todo el tiempo con su papá. Él tenía varias entrevistas el viernes, pero el jueves los llevó a andar en bicicleta a la ciclopista de Ciudad Universitaria y luego a tomar un helado, ahora sí, de una sola bola. En la tarde fueron a los juegos del parque. Aunque sus cejas se juntaban muchas veces en una expresión preocupada, se rio y jugó con ellos como solía hacerlo en otros tiempos.

El viernes su mamá estuvo trabajando intensamente. Les pidió que estuvieran un rato en su cuarto, leyendo o haciendo algo, pues ella tenía seis libros abiertos sobre la mesa del comedor y, como la sala era el mismo espacio, no podían ver la tele. Tampoco los dejó ir al parque solos. Rodolfo y Catarina se aburrieron como almejas en frasco toda la mañana. En la tarde salieron con su mamá un rato. Notaron que también ella fruncía el ceño a cada rato.

El sábado en la mañana, cuando Rodolfo fue a desayunar, todos estaban en piyama. Su mamá tenía un cuaderno y hacía cuentas.

—Gas, luz, teléfono, agua, comida, transporte, gasolina, mantenimiento, colegiatura, alguna salida al cine... nos va a alcanzar muy justo con mi sueldo. Y hay que tener un ahorrito para cualquier cosa que se necesite. Lo bueno del uniforme es que no hay que comprar ropa.

—Espero encontrar algo pronto, huerca —dijo el papá alzando las cejas—. ¡Ay! Es que esto está difícil, el trabajo está muy mal pagado.

—Bueno, mi sueldo no es el de la reina de Inglaterra —replicó ella—, pero tuve que tomar este trabajo. Creo que vas a tener que aceptar el que salga sin ponerte piquis.

Fernando suspiró.

—No me pongo piquis: la cosa es que salga. Ayer, en la primera entrevista me dijeron que buscaban a alguien que tuviera máximo treinta años. En la segunda, me salieron con que me veía muy serio y ellos querían alguien sonriente. En la tercera dijeron que tenía más estudios de lo que necesitaban y en la cuarta, donde me hicieron esperar hora y media, la entrevistadora me salió con que yo era muy creativo y no iba a aguantar en esa chamba, porque era muy rutinaria.

De pronto, se escuchó una música clásica a todo volumen. El papá abrió una ventana para escuchar de dónde venía aquello. Era obvio que procedía del edificio.

—¿Y eso? —preguntó Lucía.

—Parece que el vecino de arriba está inspirado —contestó él.

Ella miró su reloj.

—Fer, llévate a los niños al parque o algo, tengo que trabajar en mis clases. Y llévense a ese perro, que no para de ladrar. Al rato es la junta de vecinos, ¿puedes ir tú solo?

El papá frunció la nariz.

—El departamento es de la Nonna Rossi —le recordó Lucy—. Y yo tengo mucho qué hacer. Y además, acuérdense que hoy es día de aspirar, así que cuando lleguen de la junta, ni modo: ¡a chambear!

Los juegos del parque estaban bastante bien y no se aburrían de ellos. Como era temprano, había pocos niños y pudieron echarse de la tirolesa todas las veces que quisieron. Mientras jugaban, Fernando revisaba la sección de trabajos del periódico. Regresaron a su casa todos rojos y se bañaron. Cuando el papá estuvo listo para ir a la junta, Catarina dijo que quería acompañarlo. Rodolfo también quiso ir.

—No sé si ésas juntas son nada más para los adultos —observó Fernando.

—No creo que pase nada si van —comentó su mamá sin levantar la vista del libro que estaba leyendo.

El papá se encogió de hombros.

—Si se aburren, se regresan —les dijo.

Al abrirse la puerta del elevador, ahí estaba el famoso vecino de arriba, que los miró sonriente. Su aspecto era impresionante. Medía casi dos metros, era robusto tirándole a gordo y su pelo, no precisamente corto, era chinísimo y un poco cano. En cuanto entraron al elevador le dio un apretón de manos tipo sacudida a cada uno.

—Segismundo Fergüerdo, para servirles —se presentó.

—Mucho gusto, soy Fernando Pachón y ellos son mis hijos, Catarina y Rodolfo.

—¿Usted es el de la música de hoy en la mañana? —preguntó Catarina.

—Sí, sí, era la quinta sinfonía de Mahler, ¿te gustó? —contestó Segismundo.

—Para nada —dijo ella.

Rodolfo solía pensar que su hermana tenía descompuesto el botón de lo que no se dice, pero en ese momento, estuvo totalmente de acuerdo con ella. En eso se abrió el elevador y se encontraron en el pasillo con Carla, su esposo Luis y sus hijos, que venían por la escalera. Todos se saludaron y Fernando dijo más "mucho-gustos".

La puerta del departamento de Pacita era diferente a las otras. Estaba pintada de blanco, tenía unos adornos dorados y la manija era de cristal transparente. Tocaron el timbre y sonó una musiquita más larga que la sinfonía de Mahler. Pacita les abrió, la bola de pelos de inmediato comenzó a gruñirles y su dueña la cargó.

—¡Ya, ya, chut, chut, Lulita! ¡Saluda a los vecinos! —le dijo

Pacita, que estaba más maquillada que de costumbre y olía a un perfume muy dulce.

Su departamento era muy limpio y blanco. Sobre la mesa de la sala había unos platones con galletas y papas. David fue directo por una galleta.

—No, no, *Deivid* —dijo su mamá—. Deja esa galleta y ven conmigo acá.

Carla llevaba una bolsa de lona muy grande, fue a una esquina de la sala, se sentó en el suelo y sacó un montón de juguetes de madera y rompecabezas. Natalia se sentó junto a ella y se puso a jugar. David se comió la galleta y luego fue con ellas. Pacita los miraba.

—¡Ay, qué linda mamita! ¿Verdad? Siempre trae algo para entretenerlos… es lo bueno.

—Buen día —dijo una voz desde la puerta, que había quedado abierta. Era un joven delgado, muy peinado, con un bigote pequeño—. Vengo a la junta.

—Qué tal, Juan Pablo. La junta es para propietarios y tú sólo eres inquilino —replicó Pacita con tono meloso y cara de pugido.

—Lo sé, pero los dueños me pidieron venir en su nombre.

—Pero no puedes votar —remachó Pacita, sin quitar el tono ni la cara.

—¡Paz! Ya deje en paz al muchacho —intervino Segismundo—. Ya le dijo que nomás viene a ver qué se va a decidir.

Pacita miró a Segismundo con ojos de ventisca. Si hubiera podido gruñir como la bola de pelos, lo habría hecho.

—Ay, bueno, bueno —aceptó Pacita—. Pásale y siéntate, ahí hay cafecito y galletitas.

Todos —excepto Carla, que estaba en el suelo con sus hijos— se sentaron en los sillones de blancura sin mancha. En la mesa había muchos adornos. Catarina tomó una caja de cerámica azul con forma de molino y la abrió para ver qué tenía adentro.

—¿Te gusta? Me la trajeron de Holanda —comentó Pacita mientras quitaba el molino de sus manos y lo ponía otra vez sobre la mesa.

En eso se oyó el timbre.

—¡Ay! —brincó Pacita y corrió a la puerta—. Ésa es Verito, seguro.

—Son los recaudadores —susurró Segismundo.

—¿Quiénes son ésos? —le preguntó Catarina, también susurrando.

—Los que mandaba el rey para quitarle su cosecha al pueblo.

—¡Ah!

Cuando Pacita abrió, una pareja dio un paso adentro. Ella tenía el pelo largo, café claro y muy lacio. Aunque su boca sonreía, sus ojos eran raros. Su marido era flaco y un poco jorobado.

—Buenos días —saludó Verónica.

—Verito, él es Fernando Pachón, el hijo de Rosita. A los demás ya los conoces —dijo Paz.

Verónica saludó al papá con un gesto de cabeza y luego contó a los presentes.

—Falta una vecina —observó.

—Conchita, la del 301 —comentó Pacita con cara de puchero—. No sé si venga, ya sabes, con todo lo que debe...

—Más le vale que sí —rezongó Verónica y se sentó en el último espacio libre en la sala, luego ordenó—: ¡Gerardo! Tráele una silla a Paz y tú siéntate en otra.

En ese momento, alguien tocó a la puerta, no al timbre. Pacita abrió como rayo: era Concha.

—Pásale, Conchita, te estábamos esperando.

Concha entró tímidamente. Segismundo se puso de pie.

—Siéntese, Concha —le dijo. Él fue por otra silla.

—Bueno, ya estamos todos —declaró Verónica—. Vamos a comenzar por el punto más importante: las cuentas y los arreglos que hay que hacer. Tenemos en el banco unos quince mil pesos de ahorro.

—¿Tenemos? —preguntó Segismundo.

—Bueno, es de ustedes, pero lo tengo yo.

—Entonces se dice "tienen", porque ese dinero no es tuyo.

Verónica se puso un poco roja y apretó la boca.

—El asunto es que hay que hacer unas reparaciones. Se han caído muchos mosaicos de la fachada, hay que darle mantenimiento al elevador y pintar las cocheras. Además, Paz tiene una idea muy buena: adaptar la azotea, que está espantosa, para hacerla un *roof garden* bonito, como todos los edificios modernos. Y con lo que tienen, no alcanza.

—¿Ya tienes el presupuesto de esas mejoras? —preguntó Luis.

—Cincuenta mil —contestó Verónica.

Se escuchó un cuchicheo generalizado: "¿Quéee? ¡Es muy caro!"

—¿Quién hizo ese presupuesto? —quiso saber Fernando.

—Gerardo tiene un amigo arquitecto y él…

—¡Ah, nooooo! —arremetió Segismundo—. ¡Qué conveniente! ¡El amigo! ¡Para nada! Si hay que hacer un arreglo aquí, le preguntamos a un buen albañil, todos conocemos uno. Y vemos el mejor precio. Además, ¿pintar las cocheras? ¿Acaso los coches van a estar más contentos si su lugar está recién pintadito? ¿*Roof garden*, Paz? ¿Para que saque a cagar a su perro?

Verónica resopló y apretó otra vez los labios. Las aletas de la nariz se le movían como *flaps* de avión. A Pacita le dio una especie de temblorina de indignación. Rodolfo se acordó del guajolote esponjado de su abuela.

—Aquí el único perro desagradable y que se cag… hace sus necesidades donde no debe, es el suyo, Segismundo.

—Doctor Fergüerdo para usted, Paz.

Paz resopló. Verónica movía la nariz sin parar, seguramente

se le haría de toro, de tanto que la hacía grande y pequeña. Mientras tanto, Concha se frotaba las manos nerviosa. Catarina y Rodolfo tenían en sus piernas el platón con papas y ya quedaban muy pocas. Pacita no se había dado cuenta del atasque que se estaban dando. De pronto, su papá los miró y les ordenó en voz baja que lo pusieran en la mesa y ya no comieran más.

—Estos arreglos se harían sin problema si ustedes no tuvieran morosos —disparó Verónica y, mirando directamente a Concha, siguió—: usted debe tres años completos de mantenimiento, más recargos. Y lo que va de este año. Son casi cuarenta mil pesos, ¡si paga, les alcanza para todo!

Pacita no miró a Concha, pero asentía a todo lo que decía Verónica con un gesto raro, no se sabía si tenía hemorroides o le habían informado que a Lulita le quedaban diez minutos de vida.

—No tengo para pagar ahorita —explicó Concha—. Tengo mi pensión muy modesta, hago mis suéteres y me alcanza para vivir, pero no puedo pagar deudas.

—Pues venda algo, señora —insistió Verónica.

—¡No tengo nada! —exclamó Concha, enojada.

—Entonces vamos a demandarla en la procuraduría social. Ahí es donde se llevan los casos de los morosos —intervino Gerardo por primera vez.

Todo el mundo se quedó callado. Sólo se oía el crujido de Catarina masticando papas, porque tenía el platón otra vez en las piernas.

—¡Ustedes no pueden hacerme eso! —exclamó Concha asustada.

—¡Sí podemos! —gritó Gerardo, poniéndose de pie y, señalándola con el dedo índice, remató—: ¡A usted la hemos mantenido por años!

—¡Pero a ti qué te pasa! —tronó Segismundo poniéndose de pie frente a Gerardo, que tuvo que mirar para arriba porque le sacaba una cabeza, por lo menos—. ¡Deja de decir idioteces! ¿De dónde sacas que la has mantenido?

—Por años, ella ha disfrutado de luz en los pasillos, elevador, limpieza y portero sin pagar un centavo.

—¿Y a eso le llamas mantener a una persona?

—¡Yo siempre he vivido aquí! —chilloteó Concha.

—¡Tú no vas a demandar a nadie! —aulló Segismundo—. ¡Sólo los propietarios podemos demandarla y no cuenten con mi voto para eso!

Gerardo abría y cerraba la boca como si masticara migajón. Quería decir algo y no encontraba las palabras.

—¡En este lugar hay mucha pelusa! —logró decir al fin, mirándolos a todos con desprecio.

Se hizo un silencio espeso y lo siguiente que escucharon fue un chillido de Natalia.

—¡Ya la hicieron llorar con tanto grito! —se quejó Carla.

—Sí. Yo creo que mejor nos calmamos —sugirió Luis.

Segismundo miró a Gerardo de arriba abajo con desprecio y

luego se sentó otra vez, dándole unas palmadas en el hombro a Concha, que se limpiaba las lágrimas. Nadie sabía muy bien qué decir. Para ese momento, Catarina —después de terminarse las papas—, tenía en las piernas el platón de las galletas y se las estaba despachando con la ayuda de Rodolfo.

—Yo no sé ustedes —dijo de pronto Juan Pablo, mirando a todos menos a los recaudadores y a Pacita—. Pero si yo fuera propietario, ahorita mismo despediría a estos dos sujetos. Se puede conseguir otra clase de administradores, yo creo.

—No nos pueden despedir —comentó Verónica con una sonrisita de satisfacción—. Tenemos un contrato y todavía no termina.

—¡Pues qué desgracia! —suspiró Juan Pablo.

—Verito es una persona muy decente, Juan Pablo —la defendió de pronto Pacita—. No es como tú, que haces mucho ruido y metes a toda clase de gente.

—Juan Pablo nunca molesta, Paz —se metió Segismundo—. No hace ruido, sino una música preciosa con su violín cuando ensaya. Y no mete gente, su novio viene a visitarlo, ¿usted tiene problema con la homosexualidad, Pacita?

—¡¡Shut!! —siseó Paz, tapándose las orejas como si se las quemaran—. ¡¡Hay niños presentes!!

Segismundo volteó a ver a Natalia, que estaba jugando, y a David, parado junto a Catarina y Rodolfo, comiendo una galleta tras otra, como una oruga devoradora de hojas. Nadie había visto el montoncito de migajas que dejaba caer en la blanca alfombra mientras comía.

—¡Ay, Paz! —exclamó, y soltó una carcajada—. Estos niños le dan tres vueltas y le puedo asegurar que saben más de la vida que usted.

Verónica, Gerardo y Pacita se quedaron serios, los demás se rieron. La administradora miraba a Segismundo con ojos raros. Rodolfo se acordó del gecko de su amigo Emilio. Así eran los ojos de Verónica: fríos y distantes, como de reptil.

—¡No bueenooo! —replicó—. ¡Nunca había visto gente como ustedes! Y eso que soy administradora de varios edificios...

—¡Inocentes! —dijo Segismundo.

—Para acabar con esta junta... —intervino Luis—, sugiero que contratemos un albañil para que arregle los mosaicos. Conozco uno que puede hacernos un buen precio.

—Yo conozco una empresa que se dedica al mantenimiento de elevadores —comentó Fernando—. Puedo pedirles un presupuesto.

—Con lo que tenemos ahorrado alcanza —agregó Carla.

—Mi mamá tiene muchas macetas que no usa —dijo Juan Pablo, poniéndose de pie mientras se alisaba la camisa—. Puedo traerlas a la azotea y entre todos, sembramos algo en ellas y la arreglamos.

—¡Me parece muy bien! —apoyó Segismundo.

En eso Fernando reparó en el platón de galletas, donde sólo

quedaban tres, y lo puso sobre la mesa. Verónica y Gerardo dijeron un "adiós" general y se fueron con prisa. Los demás se levantaron, salieron del departamento con calma y comenzaron a despedirse en el pasillo. Nadie se fijó en David y, en eso, escucharon que algo se rompía. Todos regresaron a la sala, donde el molino azul traído de Holanda estaba roto sobre la mesa y David tenía cara de: "¿Qué hice?". Carla voló hacia su hijo para ver si no le había pasado nada y Pacita corrió a ver el estado de su adorado molino: hecho añicos.

# Calzones limpios... de mala vibra

Lo primero que pensó Rodolfo cuando se despertó el domingo, fue en sus calzones. Según sus cálculos, ya estaban limpios de toda mala vibra pasada y listos para cumplir de nuevo con la obligación de ser su amuleto oficial. El único detalle era que no le subían más arriba de las rodillas.

—Mamá —la interrumpió en voz baja, mientras ella estaba leyendo en la mesa del comedor.

—¿Mmm? —contestó ella, sin levantar la vista.

—Tengo que pedirte un favor.

—¿Qué necesitas? —preguntó, con los ojos fijos en el libro.

—¡Hazme caso! Esto es importante —dijo él, impaciente.

Ella volteó a verlo.

—¿Te acuerdas de mis calzones de la buena suerte?

—¿Los de dinosaurios?

—Ajá.

—Mmm… pues sí, me acuerdo que existían.

—Existen. Aquí los tengo —los puso sobre la mesa.

Su mamá abrió mucho los ojos.

—No estarás pensando que todavía te quedan, ¿verdad?

—Obvio no. Y no estoy gordo.

—Nadie dijo eso.

—El asunto es que los necesito. Son la única cosa en este mundo que me libra un poco de mi mala suerte.

Su mamá no dijo nada, sólo asintió levemente.

—Mañana entro al Wisconsin —continuó Rodolfo—. Necesito un amuleto. Por favor, recorta los dinosaurios y luego cóselos en los calzones que tengo ahora.

Lucía lo miró, considerando la situación. Lentamente subió una ceja.

—Sí sabes que esto es una superstición tonta, ¿verdad? Y que si hago eso, estaré alentando un montón de creencias inútiles.

Rodolfo dijo que sí, aunque no estaba nada convencido de eso.

—También sabes que mañana empiezo a trabajar y tengo que dar clases a grupos de seres humanos de dieciséis y diecisiete años, ¿verdad? Y que todavía no sé ni cómo voy a hacerle, ¿sabes?

—Y tú sabes que yo tengo la peor suerte de todo el universo, ¿verdad?

Su mamá torció la boca. Era claro que admitía que eso era más verdad que nada.

—Yo creo que tú puedes, perfectamente, recortarlos y coserlos —sugirió.

—¡Yo no sé hacer eso! —se defendió Rodolfo.

—¡Yo tampoco! ¿Cuándo me has visto coser?

—Pero tú tienes un costurero.

—Sólo sé ensartar la aguja y pegar botones —alegó su mamá—. Y no tengo tiempo de nada.

Rodolfo comenzó a sentir que unos vientos iracundos se formaban en su estómago.

—Papá se volvió otra persona, ¿y tú también? —chilleteó.

—¡Rodolfo! —replicó su mamá con los ojos como limones—. ¡Seguimos siendo los mismos!

—¡No es cierto!

—¡Tú puedes hacer lo de tus dinosaurios tan mal como yo!

—¡No es eso! —dijo Rodolfo, con un par de lágrimas rodándole por los cachetes—. Es que siento que con todo esto de tu trabajo, ya ni me pelas. Y cuando seas maestra y todo, menos nos vas a pelar.

Su mamá soltó un suspiro y no pudo evitar poner ojos de sufrimiento. Las palabras de su hijo habían salido de su boca con puntería de cazador para dar justo en el centro de su culpa. Ella sabía que con el trabajo, apenas tendría tiempo para sus hijos.

—Está bien —suspiró de nuevo—. Pero tú recortas a los dinosaurios, ¿ok? Y sólo voy a coser un calzón, nada de que todos.

—Sí. Mamá… —ahora era Rodolfo el que torcía la boca— ya sabes que esto es un secreto entre los dos, ¿verdad?

Su mamá asintió cerrando los ojos y suspiró. Rodolfo fue a su cuarto, cerró la puerta y se puso a recortar los dinosaurios. Sus tijeras no tenían mucho filo, así que no estaban quedando tan bien. Algunas patas, orejas y colas murieron en el intento. Cuando los tuvo listos, los contó: eran treinta y ocho. Fue a la cocina por un *tupper* para guardarlos, no fueran a perderse.

Pese a las buenas intenciones de su mamá, el día avanzaba y el momento de coser no llegaba. A eso del mediodía, Rodolfo fue a enchincharla. Apenas se acercaba, ella decía: "Ahorita, no, ¿qué no ves que estoy muy ocupada?". Él estuvo con cara de pocas pulgas todo el tiempo. Lo peor es que no podía armar mucho escándalo sobre el asunto: no quería que su papá y Catarina supieran nada de eso y, si armaba la gorda, se enterarían. Así que sufrió en silencio. En la tarde fueron al súper. Antes de salir, su mamá le informó que coserían el calzón al regresar.

—¡Uno no es nada! —bufó Rodolfo—. ¡Me va a servir para lo que se le unta al queso!

—Te va a servir para un día, así que no te quejes.

—Pero yo quiero los dinosaurios distribuidos entre todos mis calzones. Ya hice la cuenta y le tocan como tres a cada uno.

—Bueno, te propongo algo: me ves mientras coso estos tres dinosaurios. Así aprendes y luego tú haces el resto, ¿de acuerdo? Pero ya no quiero que me lo recuerdes, ¿ok?, porque como puedes ver, no tengo tiempo ni de ir al baño.

Ella lo miró con ojos de ciclón, así que a Rodolfo no le quedó de otra que asentir con la boca de lado. Las clases de costura ocurrieron hasta la noche, cuando Catarina ya se había acostado y su papá estaba en su cuarto leyendo algo. Rodolfo y su mamá fueron a la mesa de la cocina. Ella le enseñó a ensartar la aguja y sacó un huevo de madera de su costurero, que servía para zurcir. Puso al huevo bajo la tela del calzón y ahí se apoyó para coser al primer dinosaurio. Rodolfo se fijó lo mejor que pudo, pero el sueño iba poniendo diminutos trozos de arena en sus ojos y pronto sintió que le picaban. Entre bostezos observó a su mamá coser al pequeño triceratops, que algún día fue verde. Para cuando Lucía terminaba al segundo, que era un tiranosaurio azul, Rodolfo se había dormido sobre la mesa. Ella sonrió y le hizo un cariño en la cabeza.

—Bueno, ya viste cómo se hace. Vete a dormir, lo dejo en tu buró.

Rodolfo le dio un beso y se fue a su cama. Se durmió de inmediato, sin embargo, no fue una noche tranquila: le preocupaba la fauna que se encontraría en el Wisconsin. Se pasó la noche dando vueltas y despertándose a cada rato. La última vez que le echó un ojo a su despertador eran las tres de la mañana. La alarma sonaría a las seis treinta, ¡todavía faltaba! Con la luz del reloj vio que en su buró no había ningunos calzones. De un brinco se levantó y fue a la cocina, si su mamá los había dejado ahí y Catarina los veía, lo iba a fastidiar con eso hasta que tuviera noventa años. Y sí: ahí estaban, sobre la mesa, junto al huevo, la aguja —todavía con hilo blanco— y unas tijeras. El tercer dinosaurio era un diplodocus. Se sentía enojado con su mamá por semejante descuido, pero también estaba agradecido porque lo había hecho. Tomó el calzón y regresó sigilosamente a su cuarto. Se durmió en cuanto su cabeza tocó la almohada y ya no despertó hasta que sonó la alarma.

# PARTE III
# El Wisconsin

# Bienvenidos al circo

Se puso el uniforme café pooper con resignación y fue a la cocina. Ahí estaba su papá, cocinando. Fue extraño ver a su mamá arreglándose para ir a trabajar mientras su papá preparaba el desayuno, con delantal y todo. Les hizo jugo de naranja con guayaba, partió una papaya y preparó *hot cakes*. Dijo que era un desayuno especial de buena suerte para todos. Mientras comían, Lucía le hizo los encargos del día. En pocas palabras, su papá se quedaba de amo de casa y parecía estar cómodo en su nuevo papel.

—Voy a ir a una entrevista a la una, pero les dejo la comida lista para cuando lleguen —comentó.

Lucía asintió y Fernando les dio un abrazo a los tres.

—¡Que les vaya bien, vatos!

En el camino a la escuela, iban callados y a paso más bien lento. Había tiempo de sobra para llegar temprano. Rodolfo sentía una mezcla de cosas que le daban vueltas como nido de serpientes en el pecho y hacían que sus pies pesaran como botas de plomo. Lucía tenía cara de discurso contenido. Cuando faltaba una cuadra se detuvo, se volteó hacia sus hijos y los miró muy seria.

—Ya sé que se sienten raros. Yo también me siento así —confesó.

Catarina y Rodolfo le devolvieron una mirada silenciosa.

—Los cambios siempre dan miedo —siguió su mamá. Se veía que tenía muy preparado lo que iba a decir—. Por ejemplo, éste: no sabemos con qué nos vamos a topar en esta escuela. Ni yo como maestra ni ustedes como alumnos —suspiró hondo antes de continuar—: en la mañana, me sentí mal del estómago.

—Yo extraño el Harrow —dijo Catarina.

—Yo también —añadió Rodolfo.

Su mamá torció la boca.

—Ya lo sé —reconoció y les dio un abrazo.

Para Rodolfo, las palabras de su mamá le dieron una forma confusa al porvenir inmediato y un carácter bastante amenazador. A cada paso que daba, sentía que el futuro se aproximaba a él desde algún lugar del cosmos. Cuando llegaron frente al Wisconsin y vio la marea de niños vestidos de pooper, el futuro se impactó sobre su persona como un enorme asteroide color café.

—¿Ese no es el vecino? —preguntó Catarina de repente.

—¿Cuál? —preguntó Lucía, que no lo conocía.

—Ese señor alto de allá.

El inconfundible Segismundo Fergüerdo estaba con alguien que sin lugar a dudas era su hijo, del otro lado de la calle, viendo al Wisconsin como si fuera un ingeniero evaluando cómo demoler el edificio. De pronto los vio y les hizo una seña para que se acercaran.

—Supongo que eres la esposa de Fernando —saludó, dándole la mano a Lucía—. Él es mi hijo, Martín Sócrates.

—Sí, soy Lucía, ellos son Catarina y Rodolfo.

—Ya los conocía —contestó Segismundo, dándole la mano a cada uno.

Lucía también le dio la mano al hijo de Segismundo. Los dos niños saludaron a Martín Sócrates con una sonrisa tímida.

—¿Entonces? ¿Ustedes también acabaron en este lamentable changarro? —preguntó Segismundo.

—Pues sí —Lucía se rio nerviosa.

—Nosotros fuimos a ver las escuelas de la zona. No había lugar en ninguna y en la que pudo haber, la directora era una tal doctora, pentonta y reaccionaria.

Lucía y sus hijos se miraron y sonrieron.

—¡Méh...! —Segismundo se encogió de hombros e hizo un gesto de desprecio—. A ver cómo nos va en este lugar, ¿qué nos queda?

—¿En qué escuela estabas antes? —le preguntó Catarina a Martín Sócrates.

—El año anterior viví en Austin, con mi mamá —explicó—. Y antes de eso estuve en una escuela que era un experimento de unos amigos de mi papá.

—¡Una excelente escuela! Tenían los métodos de enseñanza más avanzados, basados en el desarrollo del lenguaje. Publicaban sus textos en un periódico escolar. También sembraban, había una huerta orgánica. Un proyecto genial.

—¿Y por qué no regresaste a esa escuela? —quiso saber Catarina.

—Porque la cerraron —replicó Martín Sócrates con risa—. El proyecto genial no funcionó.

—¡Méh! ¡Este país no está listo para nada inteligente! —exclamó Segismundo con sorna—. Pero su madre dijo que estaría bien que viviera un rato conmigo, así que aquí estamos.

En eso, la maestra Meche los vio y gritó a todo pulmón desde la puerta del Wisconsin:

—¡Niños Pachón! ¡Profesora Vaca! ¡Fergüerdos, padre e hijo! ¡Bienvenidos!

Toda la gente que estaba en la calle volteó a verlos. Incluso de las casas y departamentos vecinos se asomaron algunos nomás para ver a los dueños de semejantes apellidos. Miss Meche, con ese pelo que podía verse desde una estación espacial, agitaba los brazos en alto. Segismundo sonreía irónico.

—¡Bienvenidos al circo! —dijo en voz baja, luego se volteó hacia su hijo y le dio una palmada en el hombro—: Nos vemos en la tarde, ¡buena suerte! ¡La van a necesitar!

Rodolfo pensó intensamente en el dinosaurio que traía cosido al calzón y, prácticamente, le encomendó su vida entera.

# Mofeto

Al entrar a la escuela repararon en un jardincito que no estaba el día que fueron por sus uniformes. En un minúsculo cuadrito de pasto habían sembrado algunas plantas y colocado una estatua de piedra de un señor con barba que tenía un pájaro en una mano y una ardilla en la otra. A la ardilla, la miraba muy sonriente. A su alrededor había muchos animales viéndolo, como si fuera Blanca Nieves. Un letrerito de madera en el suelo decía: san Francisco de Asís.

—Vas en sexto, supongo —le dijo Martín Sócrates a Rodolfo.

—Sí.

—Yo también. Vamos a estar en el mismo grupo, porque aquí nomás hay un salón de sexto. Igual que en la escuela de los amigos de mi papá. La escuela en Austin era muy grande.

—¿Tu mamá quiso que estuvieras con tu papá?

—Mmm… más o menos. Lo que pasó es que ella se consiguió un novio gringo muy mamón. El tipo y yo no nos aguantábamos. Entonces ella salió con que lo mejor era que viviera con mi papá.

En eso sonó el timbre. Hubo algunos grititos de emoción de unas niñas. Miss Meche se subió a un templete que había a un costado del patio y pidió a todos que se formaran en su fila. Catarina y Rodolfo se despidieron con la mano y cada uno buscó su grupo. Los dos tenían cara de susto.

En ese momento, en el patio, mientras miraba su nueva escuela y a sus nuevos compañeros, Rodolfo sintió que la memoria del Harrow era como el ardor punzante y comezonudo de una herida que no cierra. Ese día en particular, cada cosa que pasaba, cada rincón del Wisconsin, cada cara nueva, le recordaba su antigua escuela, causándole ardor en la herida. En ese momento, hasta hubiera querido estar con sus compañeras, las que le cantaban: "Rueda, Rodo, rueda...". Mientras esperaban a que se organizaran todos y trajeran el micrófono para miss Meche (con esa voz no lo necesitaba, pero ella quería), tres niñas y un chico que se veían de secundaria salieron de la casa, caminaron en fila india y se subieron a la tarima. La maestra Meche los miró como si fueran sus hijos y acabaran de ganar el premio Nobel. El chico iba con un traje gris como de oficinista. Las niñas estaban pintadas, llevaban unos minivestidos de fiesta —de taparrabo— y unos tacones de quince centímetros de alto. También tenían un listón con letras cruzado en el pecho, como si fueran Miss Universo. Ahí arriba, los cuatro cuchicheaban y las niñas soltaban risitas. Martín Sócrates las miraba idiotizado. De pronto notó que Rodolfo lo estaba viendo y se puso rojo.

—¡¿Qué?! —exclamó.

—¿Qué de qué? —dijo Rodolfo, haciéndose el disimulado.

—¡Están bien buenas! —comentó Martín Sócrates con desenfado.

Carmela, una niña que estaba delante de ellos en la fila, volteó a verlo con ojos de tornado.

—¡Lo que nos faltaba! ¡Los nuevos son unos neanderthales!

—Yo lo digo con respeto —repuso Martín Sócrates muy serio—. Mira, no están muy bonitas, pero están buenotas.

Los dos niños se miraron con la cara roja, pero la carcajada se les congeló en pleno estallido, cuando miss Meche les echó una mirada letal. Luego carraspeó y comenzó a hablar:

—¡Buenos días, chicos! Estoy aquí en representación del licenciado Almazán, nuestro director, que este día fue a inaugurar el nuevo año escolar con sus compañeros de bachillerato… ¡Es una alegría tenerlos aquí, en el Instituto Wisconsin! Recuerden que la gran misión de nuestra escuela es la formación de los líderes del futuro, aquellos que el día de mañana van a dirigir las empresas y el gobierno de este país. Yo no descansaré hasta que un presidente de la nación sea exalumno del Instituto Wisconsin…

—¡Mierda! —murmuró Martín Sócrates, con la boca de lado—. ¡Pues sí que va a cansarse!

—Y ahora, como buena líder, dejaré que los demás hablen de sus logros. Aquí tenemos a sus compañeros de secundaria, líderes del futuro. A partir de secundaria, recuerden que tenemos nuestro certamen anual para reconocer a los alumnos más destacados de la escuela. Primero que nada, les presento a Miss Liderazgo, el premio más importante, ¡un aplauso, por favor!

En medio de un mar de aplausos, una niña, con un vestido amarillo pollo que brillaba mucho, se acercó al micrófono.

—Gracias, maestra Meche —agradeció muy sonriente. Luego tomó aire, puso una cara muy seria y arrancó como si le pusieran *play*—: ¡Compañeros! Esta cinta que porto en mi pecho es muy importante para mí y dice todo lo que soy. Yo vine a este mundo a hacer un cambio…

—¿Por qué no tienes corona? —interrumpió una niña de primero. Miss Liderazgo la miró y parpadeó varias veces.

—Porque no es un concurso de belleza —contestó toda seria—, sino de aptitudes para ser líder.

Después hubo un silencio. Miss Liderazgo tenía que acabar su discurso, pero se había quedado como en pausa. Miraba a un punto fijo y movía la boca sin emitir sonido. Era obvio que, si no soltaba todo el rollo de un jalón, no podía retomarlo donde lo había dejado. De repente puso cara de puchero.

—Decías que viniste a este mundo a hacer un cambio… —le ayudó la maestra Meche justo a tiempo, pues Miss Liderazgo estaba a punto de soltar el llanto.

—Ah, sí, sí… —de nuevo se puso en *play* con otra secuencia de parpadeos, pero como que se había quedado sin batería—:

Yo vine a hacer un cambio, sí… y lo haré, estoy segura… gracias, gracias a todos…

Una niña se adelantó a darle un ramo de rosas y Miss Liderazgo lo aceptó sin sonreír. La maestra Meche tomó el micrófono de sus manos sin mirarla. Miss Liderazgo tenía cara de perro pateado. Todos la escucharon decir quedito: "Perdón, miss, perdón".

—Ahora nos dará su discurso Miss Ecología, quien ha hecho una labor muy hermosa —anunció la maestra Meche—, ¡un aplauso, por favor!

Otra lluvia de aplausos cubrió el patio mientras una niña con vestido verde se adelantaba, micrófono en mano.

—¡Buenos días, compañeros! —comenzó, casi gritando. Algunos niños de primero se taparon los oídos.

—Sólo le falta un sombrero con una hoja verde y sería Peter Pan —comentó quedito Martín Sócrates.

—Un líder no puede serlo si no está consciente de su lugar en el planeta —gritó la niña verde—. Para mí, lo más importante son los gatos. Un gato callejero, sin hogar, es un ser vivo que sufre y necesita todo el cariño de una familia. En el último año recogí a cincuenta gatos de la calle y los llevé a mi casa, les di alimento, vacunas, hogar y cariño. La mayoría de ellos fueron colocados con una familia que los ama… ¡eso hace un líder!

—Esas son puras mentiras —musitó Carmela—. Mi mamá conoce a la suya y le contó que al papá le dio asma con tanto gato y puso a dormir a cuarenta y cinco de los cincuenta.

—¡Qué mala onda! Pobres gatitos —intevino Rosana, la mejor amiga de Carmela, que estaba a su lado en la fila.

Miss Ecología terminó con muchos aplausos, le dieron sus rosas y le tocó el turno a una niña con vestido rosa que sonreía todo el tiempo. La maestra Meche la presentó como Miss Obras de Caridad.

—El año pasado, yo hice muchas cosas por otras personas, porque, neta, ¿qué nos pasa? Si no hacemos algo por los demás, o sea, ¿qué onda?

Al escuchar el acento fresa de Miss Obras de Caridad, la memoria de Rodolfo tuvo un poderoso *flashback* al pasado reciente y se vio otra vez en el patio del Harrow, donde ese acento llenaba los oídos de cualquier paseante.

—¿Esta miss tiene una papa en la boca? —preguntó Martín Sócrates.

Rodolfo se puso rojo de risa, pero dejó la carcajada presa en su garganta. El acento fresa, con todo y que no lo extrañaba, tampoco le molestaba. Era como escuchar el acento norteño de su papá, o el acapulqueño, el yucateco o el veracruzano. Sólo que el acento fresa no dependía del lugar donde vivías, sino de lo que eras… o querías ser. En el Harrow había fresas de todo tipo: estaban los que tenían pedigree y su fresura venía de varias generaciones e incluía el paquete *vip*: casa-coche-viajes-ropa; los fresas modelo recién llegado, cuyo acento era más notorio y esmerado y que, además, se empeñaban en hacer evidente el paquete *vip*. Luego venían los fresas esforzados, cuyos papás trabajaban como locos para permitirse *algunos* lujos; y al final, los fresas *wannabe*, que imitaban el acento fresa sin ninguna de las ventajas del paquete *vip*. Como quiera, Rodolfo pensaba que el fresa tenía su gracia y era el lenguaje más fácil de aprender, porque se componía de trece palabras, ocho expresiones: "*O sea, wey, es que, neta, obvio, oso, cien por ciento, no mames*." Cualquiera de sus combinaciones dan la cuadratura del fresa perfecto.

La palabra oso le caía bien. Su mamá le dijo que se usaba desde que ella era chica y era una abreviatura de todo lo que termina con "oso" y tiene que ver con ciertos momentos: penoso, bochornoso, vergonzoso, embarazoso… oso, pues. Rodolfo estaba perdido en sus cavilaciones sobre la fresez cuando escuchó más aplausos, acompañados por un codazo de Martín Sócrates.

—¿Viste al señorito? —preguntó.

—Sí —mintió. Ni cuenta se había dado de lo que dijo el chico.

—¡Qué cursilería! —se rio Martín Sócrates.

La miss que les tocaba tenía un letrero que decía "Paty". Era una señora bajita, delgada, de pelo corto, con lentes como de ojo de gato. Comenzó a caminar y todos la siguieron. Martín Sócrates y Rodolfo eran los más altos y estaban al final de la fila. De pronto sintieron que alguien les tocaba el hombro.

—Fergüerdo y Pachón —dijo la maestra Meche en cuanto voltearon—. Espero que la risa de hace rato no haya sido una burla a sus compañeros, los líderes ganadores del certamen.

Martín Sócrates y Rodolfo se miraron un segundo y negaron con la cabeza.

—Un buen líder es un buen compañero. Aquí no permitimos ninguna clase de desprecio ni bromita pesada. Acuérdense de eso —al terminar los miró alzando una ceja, luego soltó una carcajada y les dio una palmada en el hombro a cada uno—. ¡Andando a su clase!

Su salón era un cuarto en el segundo piso de la casa. En él había cuatro filas con cuatro mesas. Cuando llegaron, la mayoría de las mesas estaban escogidas. Todo el mundo, para marcar territorio, sacaba un estuche, un cuaderno o la mochila y lo aventaba sobre la mesa. Miss Paty se acercó a ellos. Era más bajita que cualquiera de los dos.

—Escojan un pupitre juntos —ordenó.

El único que quedaba era el último de la segunda fila. Ninguno había visto un pupitre en su vida y lo miraban como mensos. Era una mesa pequeña y baja, con una gran tapa ligeramente inclinada, que tenía unas ranuras para colocar lápices y plumas. La tapa se levantaba y abajo había un hueco para guardar libros y cuadernos. Olían a pintura fresca, pues estaban recién pintados de verde pistache. Aunque la pintura ocultaba resanes y marcas, se notaba que esos pupitres habían participado en batallas campales y habían sido cómplices en más de un intento por dejar grabadas las respuestas de los exámenes.

—¡Vaya! Estos deben ser del siglo dieciocho —comentó Martín Sócrates, acariciándolo con respeto.

—Acomoden sus cosas, chicos —pidió miss Paty—, para que empecemos a trabajar. Voy a revisar pupitres, déjenlos abiertos, el más ordenado tendrá una estrella roja.

Después de la revisión de pupitres, miss Paty decidió que el más ordenado era el de una niña y le dio una estrella roja, de papel brillante, como del tamaño de la palma de una mano.

—¿Para qué sirven las estrellas, miss? —preguntó otra niña que también era nueva.

—¡Ah, los nuevos! ¡Se me olvidaba! —exclamó miss Paty—. Les explico: diez estrellas rojas se canjean por una plateada. Cinco estrellas plateadas, por una dorada. Cada estrella dorada equivale a dos puntos en una calificación bimestral, o sea que, en un examen, pueden sacarse 8 y con una estrella dorada queda en 10. O pueden sacarse 6 y les queda en 8. Claro, ningún alumno con estrellas doradas saca un 6. El que junta más estrellas doradas en el año y no las cambia por puntos en los bimestrales, tiene un premio especial del director. El año pasado, Federico Gálvez ganó una iPad, con 45 estrellas doradas.

Se oyó un cuchicheo de asombro.

—Marianita, ¿puedes pasar a rezar al frente? —le pidió miss Paty a la misma niña que acababa de ganar la estrella roja—.

Todos los días debemos encomendarnos al líder máximo antes de empezar nuestro trabajo.

Marianita se puso de pie, caminó al frente, volteó hacia el grupo y comenzó a decir unas palabras que Rodolfo (y por lo visto, Martín Sócrates) nunca habían escuchado, pero no importaba. Al ver a su compañera, la cuerda que mantiene juntos los pensamientos simplemente se deshilachó y ambos se deslizaron al paraíso. Rodolfo incluso tuvo la más dichosa corazonada de que su suerte cambiaría pronto y para siempre. Él no sabía si Marianita era de este planeta o no, su belleza excedía la órbita de la Tierra y no importaba qué tanto pidiera con sus rezos, seguro el líder máximo se lo iba a conceder todo, sin trámites y sin largas filas de espera.

—Dios existe —dijo quedito.

—Y bien que existe —lo secundó Martín Sócrates.

Marianita tenía el pelo largo, la nariz pequeña y unos ojos enormes, con unas pestañotas. Lo mejor era su sonrisa: además de provocar la suspensión total del pensamiento, podía iluminar un estadio de futbol en plena noche.

—Gracias, Marianita. Ahora, los nuevos —dijo miss Paty, tomando su lista—. Pasen al frente a presentarse, a ver... Rodolfo Pachón.

Al escuchar su nombre, Rodolfo sintió como si lo hubieran pateado fuera de la nube de algodón de dulce donde estaba soñando. Pasó al frente sintiendo que su cara se había convertido en un horno eléctrico. Miss Paty le hizo algunas preguntas y él masculló algunas respuestas ininteligibles. Luego pasó una niña y al final, Martín Sócrates caminó confiadamente hacia el frente del salón.

—¿Cómo prefieres que te digamos? —le preguntó la maestra—. ¿Martín, Sócrates o los dos juntos?

—Bueno… —comenzó, poniéndose las manos en los bolsillos— yo vivía en Austin y allá me decían Marty en la escuela, pero no me gusta, es ridículo. Mi hermana se llama Genoveva y ese nombre lo escogió mi mamá. Como era horrible, mi papá dijo que él escogería el del segundo hijo, que fui yo. Me puso Martín por Heidegger, el filósofo, y Sócrates por el futbolista brasileño, pero tengo un primo que me dice Mofeto, porque según él, después de las doce del día, huelo a mofeta. Creo que prefiero que me digan Mofeto.

Todos se rieron, pero miss Paty se quedó muy seria.

—Martín Sócrates, yo no puedo decirte Mofeto. Un líder no tiene apodos denigrantes.

—¡Bueno! Las mofetas son simpáticas, miss. Créame: ellas no se sienten mal de ser lo que son.

Hubo más risas, pero miss Paty lo miró sin hacer ningún gesto.

—Para usted, soy Sócrates —dijo al fin Mofeto, encogiéndose de hombros.

—¿Por qué regresaste a México? —preguntó alguien.

—Por… el novio de mi mamá. Es un gringo mamón y las cosas se pusieron peludas entre él y yo. Por eso mi mamá me mandó con mi papá, que vive aquí.

Miss Paty, que estaba sentada en su escritorio, se paró de un brinco. Sus lentes casi se caen y los tuvo que colocar bien sobre su nariz.

—¡Sócrates Fergüerdo! Ese lenguaje es totalmente inaceptable en mi salón y en esta escuela, ¡un líder nunca habla con ese vocabulario! —exclamó con los cachetes rojos.

Mofeto la miró alzando las cejas, pero su cuerpo seguía relajado.

—¡Perdón, miss! —se disculpó—. Yo sé que soy un poco corriente. Si fuera trapo, sería jerga y si fuera galleta, sería de animalitos.

Todo el salón se carcajeó. Miss Paty apretó la boca y les dedicó una mirada silenciadora que fue bastante eficaz.

—¡A tu lugar, Fergüerdo! —por lo visto, nunca le diría Sócrates—. ¡Y cuidadito con tu boca!

Sócrates sonrió de lado y regresó a su pupitre con pasito tranquilo.

Cuando sonó el timbre del recreo, varios niños se acercaron a ellos.

—¿Estás en mi equipo? —le preguntó uno a Rodolfo—. Yo me llamo Beto.

—¿Equipo de qué?

—De espiro. En el recreo ponen espiros, y como estás grandote, vas a ser bueno.

—No sé jugar —dijo Rodolfo.

—Es fácil, yo te enseño.

—No hay que ser alto y fuerte para poder jugar —intervino un niño flaco, de lentes, bastante chaparro.

Rodolfo sonrió, contento de que sus compañeros pensaran que él era grandote, alto y fuerte.

—Gerry, no te metas —dijo Beto—. La última vez que jugaste espiro te rompieron los lentes y la nariz.

—Es que me distraje, pero soy bueno —se defendió.

—Piérdete, Gerry, no vas a jugar hoy —gruñó Beto.

Gerry tomó su bolsa de lunch y se fue meneando la cabeza. Sócrates estaba con otros niños que lo habían invitado a su equipo. Se pasaron todo el recreo jugando y resultó que ambos lo hacían bastante bien. Sócrates sudaba como si le hubieran echado una cubeta de agua en la cabeza. Sonó el timbre del final del recreo y todos los que habían jugado espiro se retacaron el lunch en dos minutos; lo bueno era que Rodolfo llevaba agua y pudo pasarse fácilmente los dos *hot cakes* que su papá le había puesto.

Mientras subía las escaleras a su salón al lado de Sócrates, se dio cuenta de que su compañero despedía un tufo amargo parecido al epazote. Le quedó claro que el apodo de Mofeto le quedaba como anillo al dedo. Le hubiera venido bien un Odour-beater como el que hacía su papá.

El Wisconsin se jactaba de ser "totalmente bilingüe", como decía el letrero que estaba en la calle, pero el concepto de la totalidad bilingüe es diferente para cada escuela. Después del recreo, los de sexto tenían la mitad del día en inglés, con miss Tony. La pronunciación de miss Tony provocó la peor nostalgia por el Harrow que había sentido esa mañana. Rodolfo sabía que su inglés no era la gran cosa, el de Catarina era mucho mejor, pero si algo era bueno del Harrow, eran las maestras de inglés, pues como requisito tenían que ser nativas de un país angloparlante, o sea que había un surtido de misses de Canadá, Estados Unidos, Inglaterra y hasta una irlandesa a la que no se le entendía nada, pero todos sabían que hablaba inglés. Alguien tenía que decirle a miss Tony que ella no hablaba inglés, sino un dialecto que todavía no tenía nombre.

—¿Qué idioma hablará esta señora? —dijo Mofeto con cara de estómago descompuesto.

—¡A saber! —contestó Rodolfo.

—*And now childs, open your books on page* ciento veintisiete, *sorry me, numbers have never be easy for me. I want you to see the photo, we will discuss what is happen.*

El resto del grupo no se daba cuenta de los errores de miss Tony y observaba el libro con toda calma. Mofeto y Rodolfo se miraron y se rieron.

—*What is so funny back there? Do you want to...* compartir... *your joke?*

Mofeto, más rojo que un jitomate, se retorcía de risa.

—*What is your name?* —preguntó miss Tony.

—Mofe... Sócrates —respondió entre risas.

—*Put yourself on your feet...*

—¡¿Qué?! —preguntó Mofeto, con un nuevo ataque de risa.

—Que te pongas de pie. *I mean, stand up*! —gritó miss Tony, roja de coraje.

—*You too* —le ordenó a Rodolfo. Todo el salón volteó a verlos.

—¿Qué es tan chistoso? —rugió la maestra, furiosa.

Los dos se miraron y comenzaron a convulsionarse en un ataque de risa nerviosa. Cualquiera, al ver la cara de miss Tony, se hubiera callado y hubiera puesto expresión de perro regañado. Desafortunadamente, la risa nerviosa es más contagiosa que un virus.

—*Go for miss Meche!* —le ordenó a una niña—. A ver si quieren reírse tanto con ella...

En unos momentos, llegó miss Meche. Apenas los vio, meneó la cabeza.

—¿Ahora qué? —preguntó.

—¡Estos niños! —empezó a vociferar miss Tony.

—*In English, please, miss Tony* —le pidió la maestra Meche. Miss Tony bufó por la nariz antes de seguir hablando—: *This childs, miss, they feel very funny, they... they are...*

—*¿Laughing?* —Mofeto acabó la frase. De repente se había puesto serio. Miss Meche entendió rápidamente de qué se trataba.

—¿Quieres decir algo, Fergüerdo?

—Sí. Miss Tony no habla bien inglés. Yo viví dos años en Austin, y puedo decirle que ella no habla bien.

Un grito ahogado le dio la vuelta al salón. Prácticamente todos brincaron y voltearon la cabeza hacia miss Tony.

—E-es mi segundo año aquí, maestra —comenzó a decir miss Tony nerviosa.

—*In English* —insistió la subdirectora.

—*Yes… and no one did told me something like that last year…*

Por una fracción de segundo, los ojos de la maestra Meche se abrieron como de búho y respingó tantito. Luego miró a Rodolfo.

—Pachón, ¿algo qué agregar?

Rodolfo negó con la cabeza. La subdirectora resopló.

—Miss Tony: Fergüerdo, como ya le dijo, vivió en Estados Unidos. El inglés es muy importante en esta escuela, los líderes del futuro deben hablarlo bien… ¿no mostró usted diplomas cuando la contratamos?

—Sí, miss. Tomé un curso por internet, ya se lo había dicho… No tomé cursos directamente con maestros… pero antes me habían tocado niños que hablaban peor que yo.

Miss Meche abrió los ojos como platos y ahogó un grito.

—Acabe su clase y viene a mi oficina, ¿si?

Rodolfo y Catarina habían acordado que, a la hora de la salida, iban a esperar a su mamá adentro de la escuela, junto a la puerta. Catarina llegó sonriente, con una niña más bajita que ella. Hay personas que observas con interés, porque hay algo en ellas que llama la atención de manera inusual. Esta niña era así. Morena, de cara muy redonda, ojos oscuros y rasgados y sonrisa permanente, tenía unas trenzas largas, de cabello delgado y rubio. La combinación de su cara, su tez y su pelo era muy rara. Mofeto y Rodolfo la miraron sorprendidos.

—No miren a mi amiga como si fuera un insecto —los regañó Catarina.

Mofeto abrió la boca para hablar, pero en eso llegó Lucía, muy apurada.

—¿Me esperan media hora? El director tiene que explicarme unas cosas —dijo con prisa.

—¡Mira, mamá! —exclamó Catarina—. Ella es mi amiga, se llama Mandarina Berenjena.

—¿Cómo te llamas? —preguntó Lucía sorprendida. Mofeto y Rodolfo se rieron.

—¡Oooh! ¡Siempre lo mismo! —exclamó ella con una sonrisa, contonéandose mientras volteaba los ojos al cielo—. Así me llamo. Mi mamá quería ponerme Margarita y mi papá Berenice y no se ponían de acuerdo. Entonces dijo mi mamá: "pues que se llame Mandarina Berenjena". Casi todos me dicen Bere.

Lucía sacudió la cabeza.

—Mucho gusto, Bere. Entonces, ¿me esperan? —insistió. Catarina y Rodolfo se miraron indecisos.

—No se preocupe, señora —intervino Bere—. Yo vivo en Oklahoma, que es una calle después de Louisiana. Ya sé cuál es su edificio: el de los mosaiquitos rotos, siempre paso por ahí cuando me regreso. Es que yo ya soy vieja en esta escuela. Puedo acompañar a sus hijos, si quiere.

—¿Acomp...? ¡Pero si estás más chica que ellos! —exclamó Lucía.

—Voy a cumplir diez, pero ya sé andar sola. Mis papás a veces vienen por mí, pero no siempre. Además, estos chicos hombrezotes nos cuidan a Catarina y a mí... ¡Bueno! ¡Como quiera! ¡Yo ya me voy!

Catarina y Rodolfo miraron a su mamá con cara de regaño. Si Bere se iba sola y ellos no, era una afrenta.

—Yo también me voy a ir solo —comentó Mofeto, encogiéndose de hombros.

—¡Ay, bueno! Váyanse solos, pero se cuidan mucho —les recomendó Lucía, viéndolos otra vez como la madre de Neil Armstrong.

Los cuatro comenzaron a caminar.

—Oye, ¿te pintas el pelo? —le soltó de repente Mofeto a Bere.

—¡Oooh! —contestó ella—. ¡Siempre la misma pregunta! ¿Tú qué crees?

—Pues no sé... mi hermana una vez se lo pintó de güero y le quedó como de zacate... pero a ti no se te ve así...

—¡Pues es que no me lo pinto!

—Pero no pareces güera.

—¡Ashh, Martín Sócrates! ¡Ya cállate! —intervino Catarina.

—Le dicen Mofeto —aclaró Rodolfo.

—Pues como te digan: ya cállate —repitió Catarina. Bere se reía divertida.

—Te voy a decir qué pasa: mi mamá es zapoteca, de Oaxaca y mi papá es alemán. Mi papá es antropólogo y vino a estudiar a México. Mi mamá también estaba en la universidad y se conocieron —explicó Bere con un tono cantadito— y se casaron y me tuvieron a mí y luego vivimos en Alemania dos años, cuando yo era bebé…

—¿Por qué regresaron?

—Mi mamá no aguantó el frío. Y mi papá no aguantó a los alemanes, dice que prefiere a los mexicanos y que está en proceso de mexicanización.

Siguieron caminando. Catarina y Bere platicaban, Mofeto y Rodolfo iban en silencio.

—¿En qué trabaja tu papá? —preguntó Mofeto de repente, cuando faltaba una cuadra para llegar al Edificio Duquesa.

—Mi papá no tiene trabajo —contestó Rodolfo, con la boca de lado—. Tenía una empresa, hacía jugos… es una larga historia. Le fue muy mal.

—A mi papá también le fue mal. Ahora pesca cualquier trabajo, lo que caiga…

—¿Y qué hace? —quiso saber Rodolfo. Ya habían llegado a la puerta de vidrio de su edificio.

—Pues…

Justo en ese momento, un Atos pintado de blanco con rosa, que venía por la calle, enfiló hacia la cochera del Edificio Duquesa. La puerta se abrió y del diminuto carro salió Segismundo Fergüerdo, desenrrollándose como hoja de helecho.

—¡Apenas quepo en esta cosa! —se quejó. Luego abrió la puerta de la cochera y metió el auto.

—… es taxista —terminó Mofeto, mirando al suelo.

# El señor más rico

Ese día, Fernando les contó que había ido a una entrevista y que probablemente le darían trabajo de medio tiempo como supervisor de piso de una tienda departamental. Era sólo por tres meses. Dijo que empezaría el siguiente lunes y se veía animado.

—Mis maestras se llaman miss Paty y miss Tony —comentó de repente Catarina—. Miss Tony no habla un pepino de inglés. No se sabe bien los números ni todos los meses. La tuve que corregir dos veces. La segunda vez me regañó.

—¡Tenemos a las mismas maestras! —exclamó Rodolfo—. Mofeto y yo…

—¿Mofeto? —interrumpió Lucía.

—Es el apodo de Martín Sócrates, se lo puso un primo suyo.

—Está espantoso —opinó Fernando.

—Si lo olieras después del recreo, entenderías —dijo Rodolfo.

Lucía hacía como que escuchaba, pero Rodolfo sabía ver en sus ojos cuando no estaba escuchando, porque como que no se enfocaban del todo en la persona que hablaba. De pronto se paró de la mesa y fue corriendo por una hoja, donde se puso a escribir cosas.

—¿Qué escribes? ¡Estamos hablando! —reclamó Rodolfo.

—Sí, sí, pero si no escribo ahorita lo que tengo que hacer en la tarde, se me olvida.

—Hoy quedaste de llevarme a reparar mis tenis: el miércoles tengo deportes —le recordó Catarina.

—Sí, sí, ya lo puse en la lista…

La lista llenaba toda la página.

—¿Te va a dar tiempo de todo? —preguntó Fernando.

—Cuando se tienen muchas cosas que meter en él, el día tiene cien bolsillos —contestó la mamá. Los tres la miraron, Catarina con un pedazo de pollo camino a su boca—. ¡Eso lo dijo Nietzche, el filósofo! ¡Tengo que leer tantas cosas de filosofía y no sé ni a qué hora!

—También tienes que llevarme a la papelería por unas cosas que me pidieron —añadió Rodolfo.

—¿Muchas? —su mamá lo miró con cara de preocupación.

—… un juego de geometría, unas tijeras…

—Creí que ya les había comprado todos los útiles.

—Faltaron esos, miss Paty me dijo.

—¡Ay, el juego de geometría! ¡Ni lo usan! —resopló Lucía—. Bueno, pues te llevo a comprarlos. Pero mañana comerán tacos de huevo… o sardinas de lata… o a ver qué, porque hasta que no me paguen, apenas tenemos dinero.

—¿Qué está más lejos? —preguntó Fernando.

—El changarro donde vulcanizan tenis —contestó Lucía.

—Yo llevo a Catarina a eso —se ofreció Fernando—. Tú lleva a Rodolfo a la papelería, así regresas y lees a tus filósofos.

A Rodolfo le tocaba lavar los trastes. Lo hizo mientras su mamá alzaba la cocina y luego salieron rumbo a la papelería.

—Vamos al Súper Office, no me encanta y está más lejos pero yo necesito un cartucho de tinta para la impresora —le comunicó Lucía.

Al llegar a la parada del autobús la fila era muy larga. En el primero no pudieron subirse porque venía muy lleno.

—En el próximo sí entramos —aseguró Lucía.

Diez minutos más tarde, llegó otro autobús y se subieron en medio de una marea de empujones. Rodolfo iba atento a la gente alrededor de él, pues era la primera vez que se subía al trasporte público. Había algunos niños con sus mamás, pero la mayoría era gente que regresaba a su casa del trabajo. Algunas personas iban platicando con alguien, otras iban serias, calladas, con el cansancio del día reflejado en el rostro.

En el Súper Office, Lucía comparó los precios de todo y eligió lo más barato. La cuenta fue de 386.80. Buscó en su monedero para ver si tenía los ochenta centavos. Sólo tenía una moneda de cincuenta centavos.

—Sólo traigo 386.50, ¿puedo deberle treinta centavos? —le preguntó a la cajera.

—No, señora, tiene que ser exacto o lo redondea al siguiente peso.

Lucía le dio 387 pesos, la cajera metió el dinero en el cajón de la caja registradora y le dio la nota. Ella la guardó en su bolsa y extendió la mano. La cajera la miró extrañada.

—¿Y mi cambio? —exigió Lucía.

—No tengo monedas de veinte centavos —contestó la cajera.

—Lo siento. Usted no aceptó que yo le debiera treinta centavos, yo tampoco acepto que usted me deba veinte. Consígalos por favor —reclamó Lucía.

La cajera abrió su cajón de nuevo y lo miró como si mágicamente fueran a aparecerse los veinte centavos.

—Es que no tengo —repitió, señalando su cajón sin monedas.

—Pues los consigue, señorita. Yo no me voy a ir de aquí sin mi cambio.

Algunas personas voltearon y la cajera sonrió de lado mientras le preguntaba a la de junto si ella tenía cambio. Tampoco.

—Es que no hay cambio, señora —explicó la otra cajera.

Una señora que ya había pagado en la otra caja, se regresó al escuchar la discusión.

—¡A mí me hicieron lo mismo! —exclamó, mostrando su nota—. Mi cambio eran treinta centavos y salen con que no los tienen. Yo vengo a esta tienda muy seguido, ¡nunca tienen cambio y no aceptan ni un centavo menos!

—¡No pueden exigirle centavos a los clientes si ustedes no los tienen! —reclamó Lucía, casi gritando—. ¡Usted me da mis veinte centavos o no me muevo de aquí!

—¡Yo tampoco! —se sumó la otra señora—. ¡Ya basta!

Los demás clientes y empleados miraban la escena con atención. Rodolfo quería que el cajón de la caja registradora se abriera y lo engullera.

—Pues es que no hay, señora —repetía la cajera.

—¡Ya me dijo eso! —replicó Lucía—. Ahora, consígalo: háblele al gerente.

Eso no fue necesario, el gerente ya había llegado a ver cuál era el problema.

—Sí, señora, es que mire, no manejamos lo que viene siendo el cambio en monedas de diez y veinte centavos —explicó.

—Entonces, ¿por qué sus productos tienen los precios con centavos? Si no tienen centavos, ¡tampoco los cobren!

—Sí señora, por lo mismo que ya le dije, no manejamos el cambio.

—Mire señor, no me hable con ese lenguaje de zombi que les enseñan aquí. Quiero mi cambio, sin pretextos. O que me devuelvan mi peso completito.

En ese momento, la otra cajera le cobró a otro cliente, cuya cuenta era de 37.70. Obviamente, no tenía el cambio y el señor se unió al reclamo centavero. Al gerente comenzaron a juntársele una veintena de gotitas de sudor en la frente.

—¡Por eso el dueño de esta tienda es el señor más rico del

mundo! —gritó Lucía, esta vez, dirigiéndose al resto de los clientes—. ¡Porque se queda con los centavos de toda la clientela! Fíjense que fácil: las cosas tienen los precios con centavos, la cuenta siempre da centavos y la tienda, ¡nunca tiene cambio!

—Deberíamos ir a la procuraduría del consumidor —dijo la señora.

—¡Para qué! En este país no le hacen caso a nadie más que a los ricos —agregó el señor de la otra caja.

—¡Cóbrele a los demás! A ver cuánto dinero queda debiéndonos —le exigió Lucía al gerente—. Quiero ver con cuántos pesos engordamos el monedero del dueño.

—Yo voy a hablar a un noticiero —amenazó la señora.

El gerente se limpió el sudor con la manga, miró su reloj, tomó su billetera, sacó un billete de cincuenta pesos y llamó a uno de los dependientes de la tienda.

—Ve al banco y que te lo cambien, ¡córrele antes de que cierren! Puras monedas de cincuenta, veinte y diez centavos…

De regreso, Rodolfo y Lucía iban en silencio. De pronto su mamá abrió su monedero, sacó la moneda de veinte centavos y la puso en su mano.

—No me puse así por estos centavos: me da coraje el abuso. Mira a todas estas personas —Lucía movió la cabeza como un péndulo—. Muchas de ellas viajan dos horas en la mañana y otras dos en la tarde para llegar a su trabajo, casi siempre mal pagado. Y el señor más rico del mundo, quedándose con los centavos.

# ¡Ora, ora!

Al día siguiente, apenas llegaron a la escuela, Carmela se acercó a Mofeto y a Rodolfo con cara de pocas pulgas.

—Por su culpa corrieron a miss Tony.

—Ahora tendrá tiempo para tomar clases de inglés —dijo Rodolfo, haciéndose el chistoso.

—¡No es de risa! —cortó Carmela—. Miss Tony tiene que mantener a un hijo, el marido los abandonó y no le da un centavo.

Los dos se quedaron callados.

—Bueno… podría dar clases de algo que sí sepa —comentó Mofeto, encogiendo los hombros.

—¡Mmpf! —Carmela lo miró con desprecio—. ¡A que ni saben quién nos va a dar mientras encuentran a alguien!

—¡¿Quién?!

—La maestra Meche… ¿contentos? ¡Nos va a traer cortitos! —Mofeto y Rodolfo se miraron e hicieron la boca de lado—. ¡Bueno! Mientras no traigan a la Chape de regreso…

—¿Quién es esa? —preguntó Rodolfo.

—La que nos daba antes.

—¿Así se llama?

—Así le decíamos, por chaparra y pedorra: un día se echó uno en en la clase. Y se rio como si fuera lo más chistoso —contó Carmela. El recuerdo la hizo sonreír y su enojo disipó tantito—. Al día siguiente la corrieron. Luego supimos que se pedorreaba siempre y luego se zurraba de risa. ¿Saben lo que le dijo la maestra Meche?

—¿Los líderes del futuro no se pedorrean? —sugirió Mofeto.

—Exacto. Yolo.

—¿Yolo? —preguntó Mofeto.

—¿Nunca habías oído eso, niño Austin? —dijo Carmela—: *You Only Live Once*. Yolo. Yolo te salva de todo, neta. Como yo ayer: mi mamá armó un pancho en el súper porque un señor abrió la puerta de su coche y le pegó tantito al nuestro. Fue un rayoncito, pero mi mamá quería que le pagara mil pesos para componerlo y se puso muy mal. Me dio mucha pena, pero me tapé la cara con el suéter y pensé: yolo.

—Mi mamá también la armó de jamón en el Súper Office porque no tenían centavos para el cambio, ¡y había gente! —comentó Rodolfo, con las orejas rojas nada más de acordarse.

—¿Y qué hiciste? —preguntó Carmela.

—¿Morirme de pena?

—Yolo.

—Eso no es de yolo —intervino Mofeto—, esos momentos son para pedorrearse de la pena.

—Velo así —dijo Carmela—: no es tan grave, no lo vas a volver a vivir: yolo.

—Con mi mamá, yo sí lo voy a volver a vivir —repuso Rodolfo.

—Con mi papá también —agregó el Mofeto—. Él es de los que se quejan y protestan por todo, nunca se queda callado.

—Lo que les digo: yolo —remató Carmela.

En todos sus años escolares, Rodolfo nunca había visto una clase como la de miss Meche. Les contó que su mamá era canadiense y ella vivió hasta los diecinueve años en Toronto, así que su inglés era nativo. No podía ocultar su desagrado al oir la pronunciación de los futuros líderes. Ahora tendrían que escuchar sus palabras favoritas en inglés: *the leader of the future* esto y lo otro… La imponente pelirroja traía el silencio consigo: en su clase podía escucharse la respiración de una cochinilla. Todos, hasta Mofeto, estaban callados, como si les hubieran robado cualquier sonido. Ella parecía tener más ojos que una araña y la sensibilidad auditiva de los murciélagos, porque sabía qué estaba sucediendo en un radio de trescientos sesenta grados alrededor de su persona.

—*Marianita, stop drawing flowers in your notebook… Gerardo you are sleeping, wait until night time to count the sheep… Laura don't check your math homework in my class… Carmela don't even think about eating that popcorn now… Roberto, you are doing it very slowly and you think you can outsmart me, but you are chewing gum:* THROW IT IN THE BIN NOW!!

Aunque estuviera escribiendo en el pizarrón, sabía lo que estaban haciendo. O tenía cámaras en los lentes, como el 007, o tenía poderes sobrenaturales desconocidos para sus alumnos. De pronto los puso a trabajar en equipo con los del pupitre de enfrente.

Al moverse para ponerse frente a frente, todos sintieron que salían de un letargo, hasta se estiraron para desentumirse. Ella repartió unas hojas que tenían un texto, después debían contestar algunas preguntas. A Rodolfo y Mofeto les tocó trabajar con Carmela y Rosana.

—Les dije que nos iba a traer cortitos —enchinchó Carmela con ojos de ventisca.

—¡Qué tal! —exclamó Rosana, casi sin mover la boca.

—¿Cómo le hace? —preguntó Rodolfo, disfrazando sus palabras detrás de un bostezo.

—¡Ni idea! —dijo Carmela, mientras intentaba abrir su estuche para sacar una pluma. El cierre estaba atorado y ella tironeaba para zafarlo. Al fin lo logró, pero se cayeron algunas cosas y exclamó—: ¡Ora!

—¡Ora, ora... que se atora! —se le salió a Mofeto como si no pudiera evitarlo y luego remató—: ¡Ira, ira... que se estira!

Carmela y Rosana clavaron una profunda mirada de asco en su compañero.

—¡Eres un puerco! —exclamó Carmela con desprecio absoluto.

—¡¡¡SEÑOR FERGÜERDO!!! —voceó la maestra Meche con voz de trombón—. ¡¡Pero qué clase de vulgaridad es esa!!

Rodolfo estaba impresionado. O su oído era supersónico o traía un aparatito para la sordera, bien escondido, que amplificaba hasta el parpadeo de un mosquito. Luego se acercó a su lugar como lagarto embravecido, mientras señalaba con el dedo a la pared.

—¡Los cuatro, ahorita, ahí parados! —bramó.

—Pero, miss, nosotras no hicimos nada —alegó Rosana.

—¡Los cuatro! —repitió la maestra Meche.

Cuando estuvieron junto a la pared, los miró de manera larga y fulminante, mientras caminaba lentamente, como un león saboreándose a la gacela antes de zampársela. Todos notaron que respiraba hondo para calmarse.

—No van a hacer este ejercicio y no tendrán estos puntos. Cada cosa que se hace en mi clase, cuenta para la calificación. Esto es una deshonra a la Ley del Triunfo —sermoneó—. Carmela, explícale a Fergüerdo cuál es esa.

—Mmm… ¿los líderes hacen que su equipo gane?

—Exacto. No tengo más que decir. Esperarán aquí de pie hasta que el grupo termine.

Cuando la maestra se dio la vuelta, Rosana y Carmela hicieron la boca de lado y menearon la cabeza enojadas. No pudieron evitar lanzarle una mirada borrascosa a Mofeto, que se encogió de hombros y movió la boca para decir: "yolo".

# Un auténtico *hot-dog*

A la hora de la salida, Lucía les avisó a sus hijos que se quedaría un rato más, así que otra vez se regresaron con Bere y Mofeto. Cuando faltaba una cuadra para llegar al edificio, vieron a Pacita paseando a su bola de pelos por la otra acera. Del mismo lado caminaba hacia ella un chavo con un dóberman. Al verlos, Pacita cargó a su borla y se hizo a un lado, mientras la protegía y le daba besos. El chavo y su perro pasaron sin mirarlas. Luego, Pacita puso a su perra en el suelo y siguió su camino. Catarina y Bere emitieron pugidos extraños y de supuesta ternura al ver a la pelota esponjada que era Lulita.

—¡Parece la pantera rosa recién salida de la secadora! —comentó Bere, con voz enmielada.

Mofeto se rio con burla.

—Esa señora odia a Sauron —dijo.

—¿Quién es ese? —preguntó Rodolfo.

—Mi perro.

—¡Ah, sí! Lo detesta… ¿qué raza es? ¿Rottweiler? Digo, con ese nombre.

—¿Qué? —rio Mofeto.

—Pues sí… Pacita dice que es un monstruo que anda tras su bola de pelos esa…

—¡¡Jaja!! Paz piensa que la virginidad de su pompón blanco corre peligro con un perro de peluche —se rio Mofeto.

—Mofeeetooo —replicó Bere.

—Miren: la verdad es que Sauron es un salchicha y es un auténtico *hot-dog*. No conocen su historial. Mi perro ha tenido más hijos que un semental pastor alemán con pedigree. La cosa es que son hijos ilegítimos.

—Mofeeetooo —lo regañó ahora Catarina.

—¡Es en serio! Sauron tiene hijos salchihuahuas, salchidálmatas, salchicockers, salchipekineses, salchilabradores, salchiwesties, salchicollies, salchigolden, también tuvo unos corgisalchi, esos salieron a su mamá. Hasta tiene salchidóbermans. Yo los he conocido a todos. Le faltan los salchipoodles, por eso le trae ganas a la cosa esa. También tiene problemas de incontinencia. Toda mi casa es su excusado y cuando lo sacamos a pasear, nunca se espera a llegar a la calle, se hace en las escaleras o en el elevador.

—Qué agradable —comentó Catarina.

—Yo también tengo un perro. Es macho, pero no se porta como el tuyo —comentó Bere—. El mío está bien educado. Todas las tardes lo saco a pasear al parque con mi papá, para que se canse.

—¡Vamos a sacarlos juntos! —sugirió Catarina toda emocionada—. ¡Yo llevo a Wasabi!

—Pasamos por ti a las cinco —dijo Bere—. ¿Vienes, Mofeto? Así conocemos a tu bestia.

A las cinco en punto, Bere llegó con su papá, que se llamaba Harald. Era muy güero, alto y un poco gordito. Sonreía mucho y hablaba poco. Su perro golden se llamaba Drakkar y era un caballero entre los canes. Sauron, en cambio, era una fuerza de la naturaleza. Parecía tener un olfato hiperdesarrollado, capaz de oler a una hembra a kilómetros. A pesar de su tamaño, los arrastraba por la calle y después por todo el parque en pos de las doncellas caninas. Mofeto les contó de todos los problemas que habían tenido con los dueños de las perras que él había preñado, así que iba preparado con un aspersor relleno con agua helada. En cuanto el can se interesaba en una hembra, Mofeto le rociaba la nariz. No era que se le bajara la calentura con eso, pero al menos le daba tiempo al dueño de la perra para alejarse. Lo malo era que Sauron se reponía de la mojada y buscaba una nueva víctima.

—¿Por qué no operas a ese perro? —preguntó Bere, después de haberle dado una vuelta entera al parque interrumpiendo la calentura del salchicha a punta de rociadas.

—Mi papá dice que eso va contra los derechos caninos —contestó Mofeto.

—Las perras también tienen derechos —protestó Catarina.

—Ya sé, por eso aquí está el súper enfriador de machos cachondos —dijo Mofeto, presumiendo el rociador.

—¡Eso suena como un jugo de los que hacía mi papá! —sonrió Rodolfo.

Drakkar era un perro muy listo. Harald le aventaba una pelota de tenis, él la recogía y se la llevaba de regreso. Así estuvieron todo el tiempo. Sauron y Wasabi no eran capaces de tanto.

Regresaron a su casa como a las siete de la noche, cansados y con el rociador de agua fría vacío. Cuando entraron al Edificio Duquesa, vieron que la luz del elevador se reflejaba sobre el pasillo, eso significaba que la puerta estaba abierta.

—¡Córranle! —gritó Catarina, que llevaba a Wasabi—. ¡Ya ven que luego se tarda años en llegar y yo muero por hacer pipí!

La puerta comenzaba a cerrarse, así que Rodolfo se apuró, metió un pie y la detuvo. Catarina y Mofeto, con Wasabi y Sauron, llegaron corriendo y lo empujaron dentro. Durante un instante, las seis personas que quedaron en el pequeño elevador se miraron sorprendidos. Ahí estaban Pacita —con Lulita—, Gerardo y Verónica, la pareja de administradores. Los tres perros comenzaron a olerse con las orejas en estado de alerta roja. Una fracción de segundo antes de que Pacita reaccionara, Sauron intentó montar a Lulita, que le gruñía y le lanzaba mordiscos.

—¡Ay! ¡No! ¡Qué horror! ¡El monstruo! ¡Agarren a esa cosa!

En la gritadera, Paz soltó la correa de su bola de pelos, que corría entre las piernas de los seis, huyendo de Sauron. Todos se agacharon para agarrar a una o al otro y se dieron de cabezazos. En lo que se sobaban, Sauron quiso montar a Lulita otra vez y, en medio del caos, Wasabi intentó montar a Sauron. El salchicha se puso loco y comenzó a pelearse con Wasabi, momento que Paz aprovechó para rescatar a su perra. Mofeto y Rodolfo separaron a sus canes. La poodle, en brazos de su dueña, le gruñía ferozmente a Sauron.

—¡Habrase visto semejante perro! ¡Ese animal debería estar preso y castrado! —refunfuñaba Pacita, acariciando a Lula—. Ya, ya, mi chiquita, estás con mamita…

—¿Alguien le picó ya al piso uno? —preguntó Verónica con un resoplido impaciente, todavía sobándose la cabeza. Aunque el botón estaba prendido, Gerardo lo oprimió de nuevo.

—Ya, ya osita, al fin que nada más es un pisito… —Paz consolaba a su can, meciéndola como si fuera un bebé.

El elevador comenzó a subir lentamente. Rodolfo echó un ojo alrededor. Seis personas y tres perros eran probablemente más de lo que el pequeño vejestorio resistiría, ¿debía advertirles? Porque con su mala suerte, estaban en peligro. Suspiró sonoramente para ahuyentar esos pensamientos y justo en ese momento, el elevador dio un respingo tembloroso, se detuvo y la puerta se abrió. Frente a ellos apareció una pared de ladrillos telarañosa. Sólo en los últimos centímetros de arriba se veía el pasillo del primer piso.

—¿Y esto? —preguntó irritada Verónica.

—¡Ya se descompuso esta ruina! —contestó su esposo.

—¡¿Qué?! —gritó Pacita—. ¡No puede ser! ¡Aquí estamos, en dos metros cuadrados, con esta bestia del averno!

—¿Cuál? ¿Su bola de pelos? —exlamó Mofeto enojado.

Pacita se puso roja de coraje.

—¡Eres igualito a tu padre! ¡Gente sin oficio ni beneficio! ¡Buenos para nada! ¡Irresponsables! ¡Irrespetuosos!

—¿No era tu papá el que iba a encargarse del mantenimiento de esta porquería? —le preguntó Gerardo a Rodolfo, con una mirada tóxica.

—Por lo visto, no lo hizo —intervino Verónica con una risita venenosa—. Mucha desconfianza en los administradores, ¡claro!, pero la gente es inútil y no hace las cosas.

—¡Mi papá no es inútil! —lo defendió Catarina.

—Paz ya me contó: tu papá perdió su empresa y no tiene trabajo. Eso lo hace un inútil.

—¡Mi papá es muy listo! —atizó Catarina.

—¿Sabes? La gente lista tiene trabajo así de rápido —siseó Verónica chasqueando los dedos.

—¡El tiene muchas ideas! —la voz de Catarina comenzaba a temblar.

—Si tan listo fuera, esto no habría pasado —cortó Verónica irritada, moviendo la cabeza para señalar el panel de control del elevador.

Catarina era de esas personas que había nacido sin el botoncito de lo que no se dice y también de lo que no se hace. Sin pensarlo dos veces le dio un puntapié en la espinilla a Verónica, que gritó de dolor.

—¡No te metas con mi papá! —rugió.

Verónica la miraba con ojos de odio puro y líquido. Parecía una serpiente a punto de aventarse sobre un ratón y quizás eso hubiera ocurrido sin la intervención heróica de Wasabi, que estaba en brazos de Rodolfo y comenzó a gruñirle y a enseñarle los dientes con fiereza. Su cuerpo estaba tenso, listo para brincarle encima si era necesario. Luego comenzó a ladrarle, pero no eran los ladridos locos de beagle típicos de Wasabi: eran unos ladridos furiosos. Rodolfo lo apretó con fuerza mientras Verónica retrocedía asustada a la esquina, es decir, cinco centímetros más allá.

—¡¡Calma a tu perro!! —exigió Gerardo con la cara descompuesta.

—¡¡Que se calme ésta!! —Mofeto señaló a Verónica—. ¡¡Ella empezó!!

—¡¡Nos calmamos todos!! —gritó Rodolfo—. Ahorita hay que ver que nos saquen de aquí.

Con los gritos se les había olvidado oprimir el botón de emergencia, cosa que Mofeto hizo y se escuchó un timbrazo. Lo oprimieron muchas veces, con la esperanza de que el portero oyera.

—Anatolio no está —explicó Paz—. Fue a su pueblo a ver a su mamá y llega hasta mañana.

La única esperanza era que alguien escuchara el timbre al pasar. Así se fueron cinco minutos de impaciente espera, entre timbrazos, suspiros, resoplidos, quejidos contenidos de perro y Catarina mirando a su hermano con ojos de conejo atribulado, recordándole quedito que se estaba haciendo pipí. Mofeto puso a Sauron en el piso y luego siguió tocando el timbre. Después comenzaron a gritar.

—¡Auxilio!

—¡Sáquenos de aquí!

—¡Ayuda!

En eso, escucharon la puerta de la calle y unos pasos de zapatos de tacón que se acercaban.

—¡Ay, Jesús! ¿Quién grita? —se oyó exclamar a Conchita.

—¡Conchita! ¡Conchita! —gritó Catarina—. ¡El elevador se atoró!

Concha subió por las escaleras y en unos segundos vieron su cara asomarse por el hueco de arriba.

—¡Qué barbaridad! —declaró sorprendida—. ¡Voy a ver quién más está en el edificio!

La vecina se fue corriendo. Los minutos pasaban lento. Sauron, sin ningún problema, comenzó a olfatear la esquina más cercana y echó un chisguete con toda confianza. Wasabi, por supuesto, no podía quedarse atrás y también hizo lo propio, pero no fue un chisguete, sino un santo chorro de medio litro. Mofeto y Rodolfo se miraron sonriendo y alzaron las cejas. Paz y los administradores veían la escena con total repugnancia.

—¡Ashhh! ¡Esto es asqueroooosooo! —croó Verónica.

Catarina tenía los ojos llenos de lágrimas angustiosas.

—Yo quiero hacer lo mismo —dijo queditito, pero Verónica la oyó.

—¡Ni te atrevas, escuincla! —amenazó con ponzoña.

En eso se oyeron unos pasos apresurados. Venían todos en tropel: Fernando, Lucía, Segismundo y Conchita. Fernando fue el primero que se puso de rodillas y los miró a través del hueco.

—¿Están bien? —les preguntó a los niños.

—Estaríamos mejor en un barril lleno de coralillos y con la tapa cerrada, pero sí, estamos bien —contestó Mofeto.

—¡Por su culpa! —berreó Verónica, señalándolo furiosa con el índice—. ¡Usted dijo! ¡Usted se comprometió!

—Ya sé, ya sé… —Fernando asintió resignado.

—¿A qué te comprometiste? —preguntó Lucía.

—A ver el mantenimiento del elevador con Sergio.

—¿Y por qué no le hablaste? —insistió su esposa.

—¡Ay, huerca! ¿No has visto cómo he estado con las entrevistas? ¡Ni me acordé de eso!

—Pues muy mal: ahí están atrapados nuestros hijos.

—¡No se van a morir, huerca! Ahorita los sacan.

—¿Quién? ¿Los bomberos?

—Le voy a hablar a Sergio —dijo Fernando.

—¡Pues háblale! —exigió Lucía.

Fernando habló con Sergio, fue una llamada rápida.

—¡Estamos de suerte! Acaba de terminar un servicio en la colonia Del Valle y viene corriendo, lo que hace de allá para acá —explicó.

—¡Mamá! —chilleteó Catarina—. ¡Tengo muchas ganas de hacer pipí!

—¡Ay, Catarina! ¿Cómo le hacemos?

—¡No sé!

En eso vieron la cara de Segismundo asomándose por el hueco. Le sonrió a los niños, pero cuando vio a Pacita y los administradores, su gesto cambió.

—¡Vaya, Paz! ¿Qué hacía usted con este par? ¿Iban a conspirar un golpe de estado?

—Usted cállese —contestó Pacita, con el fleco desaliñado—. Yo puedo tomar un café en mi casa con quien yo quiera.

—La gente se junta con los de su misma especie, Paz, no se lo discuto —reconoció Segismundo, encogiéndose de hombros.

En eso sonó el celular de Fernando .

—Es Sergio, que ya está aquí afuera —les dijo—. Voy a abrirle.

Poco después se escucharon voces y pasos que se acercaban.

—Tengo que ver la instalación del elevador en la azotea —comentó Sergio.

—Voy contigo —dijo Fernando.

—¡Mamáaa! —chilleteó Catarina—. ¡Ya no puedo más!

—¡Ay, Catarina! Pues no sé cuánto tarde esto...

—¿Por qué no le trae una jerguita y que se haga ahí? —sugirió Conchita.

—¡Nooo! ¡Nooo! —gritó Catarina—. ¡No voy a hacer pipí enfrente de todos!

—¡Qué aaascooo! —relinchó Verónica—. ¿Qué clase de gente son ustedes? ¡Que se aguante la escuincla!

En una fracción de segundo, la cara de Lucía se asomó por el agujero. Cómo la habrá visto Verónica, que pegó un brinco.

—Mi hija no tiene por qué aguantarse. Voy por una jerga y cuando haga pipí, más vale que te voltees para el otro lado.

—Pero es que yo no quiero hacer eso... —susurró Catarina.

Lucía caminó hacia las escaleras. De pronto, Sauron se acercó a Gerardo con cierta mirada de decisión.

—¿Qué le pasa a este animal? —le preguntó a Mofeto, que sólo se encogió de hombros. Temía lo peor, pero no haría nada por evitarlo.

De un solo movimiento rápido y certero, Sauron se trepó a la pierna de Gerardo y comenzó a montarlo con furia.

—¡Pero qué cochinada de perro! ¿¡Qué está haciendo!?

Los niños soltaron la carcajada.

—¡Creo que le gustas! —rio Mofeto.

—¡Ay, qué horror de animal! ¡Hasta con las personas! ¡Nunca había visto un perro así! —gritaba Pacita.

—¡QUÍTAMELO, QUÍTAMELO! —aullaba Gerardo, mientras sacudía su pierna.

—¡ÉCHATELO, SAURON, ÉCHATELO! —arengaba Segismundo, a grito pelado desde el hueco.

—¡QUÍTAMELOOO!

Pero Sauron se le había pegado como una lapa y no se desprendía ni con las sacudidas. Verónica parecía estar a punto de vomitar. Gerardo alargó una mano para quitar al perro, pero Sauron no quería moverse y le lanzó una mordida. El administrador retrocedió asustado y el salchicha no paraba. Mofeto era presa de un ataque de risa nerviosa. Cuando por fin pudo respirar, se agachó para quitar a su perro de la pierna de Gerardo. Su pantalón había quedado embarrado de una sustancia blanquecina.

—¡Jamás te vuelvas a poner esos pantalones! —bramó Verónica—. ¡Ahorita mismo te los quitas y los tiras a la basura!

—¿Y qué? ¿Me quedo en calzones?

—NO ME IMPORTAN TUS CALZONES, ¡no te vas a subir a mi Smart con esos pantalones!

En eso todas las miradas se voltearon hacia Catarina: de la risa, se había hecho pipí. Tenía cara de susto y estaba a punto de llorar. Debajo de ella había un charquito.

—Es que estuvo muy chistoso —se disculpó, con la cara roja.

De pronto su mamá se asomó con una jerga en la mano.

—¡Me hice, mamá! —lloró.

—¡Ay, Catarina! Pues ni modo, sécalo y luego lo limpiamos.

—¡Esta gente está loca! —relinchó Verónica—. ¡Yo voy a necesitar un calmante!

De pronto el elevador se zarandeó, subieron medio metro y volvió a pararse con un zangoloteo.

—¿Nos salimos? —preguntó Mofeto, cuando vio que ya cabían por el agujero.

—Esperen, esperen —ordenó Segismundo—, ¡todavía no salgan! ¡Ahorita viene el técnico!

En eso se oyeron los pasos apresurados de Fernando y Sergio por la escalera.

—La muela de la polea ya está rota —explicó Sergio, mostrando una pieza redonda de metal que se veía muy gastada—. Tengo que cambiarla por una nueva, eso será hasta pasado mañana. Mientras, no pueden usar el elevador. Ahorita lo movimos manualmente y lo aseguramos, pero hasta ahí llega, van a tener que trepar para salir.

—Voy a traerles un banquito que tengo, para que alcancen —ofreció Conchita.

Mientras regresaba, los niños sacaron a Wasabi y a Sauron. Fernando le pidió a Paz que le pasara a Lulita, pero ella no quería dejar a su perra ni un segundo sola con el salchicha.

—¡De ninguna manera! ¡Yo no quiero que ese monstruo se acerque a mi Lulita!

—Yo la cargo, Paz, si no, no podrá salir —se ofreció Lucía.

—¡Para nada! —se negó Paz—. Aquí se la encargo a Verito.

Antes de que la administradora pudiera protestar, Pacita le endosó a la perra en sus brazos, se subió trabajosamente al banquito y alzó los brazos como para que la cargaran. Sergio y Fernando se miraron y exhalaron.

—¿Cómo se llama, señora? —preguntó Sergio.

—Paz Oyarve, viuda de Carrillo.

—Mire Paz: nos tiene que ayudar empujándose un poco, porque si la jalamos de los brazos, la podemos lastimar —le pidió el técnico.

Pacita resopló. La agilidad no estaba dentro de sus habilidades. Apoyó las manos en el piso uno e intentó impulsarse hacia arriba, pero volvía a caer pesadamente en el banquito.

—¡Eso es, Paz, inténtelo otra vez! —la animaba Sergio.

Paz lo volvió a intentar y logró subir un poco más.

—¡Ayúdenme, ayúdenme, que ya no puedo! —chilló.

Fernando y Sergio la tomaron de las axilas, pero no conseguían subirla lo suficiente. Segismundo se acercó para ayudar.

—¡Usted no me toque! —le gruñó Pacita—. ¡No se atreva a acercarse!

—Señora, con sus dimensiones, usted no sale si no le ayudamos —replicó Segismundo. Y tenía razón, porque las piernas de Pacita colgaban mientras Fernando y Sergio la detenían de las axilas.

—¡Usted es un majadero! ¡Yo no quiero que usted me ayude!

—¡Aaaashhh! —resopló Verónica, aventando a Lulita al suelo sin ningún cariño. La perra ahogó un chillido y se fue a un rincón con el rabo entre las patas—. ¡Yo le ayudo o no salimos en toda la noche!

Acto seguido quitó a su marido del paso, puso las manos en el trasero de Paz y la empujó con todas sus fuerzas hacia arriba. Gracias a eso, casi todo el rechoncho cuerpo de la señora quedó boca abajo en el primer piso. De inmediato, Gerardo le pasó a una temblorosa Lula. Después salieron Mofeto, Catarina, Rodolfo, Verónica —que no paraba de despotricar— y al final Gerardo, con actitud de perro pateado. Nadie había visto que el administrador cargaba un pequeño portafolios.

—¡Pásame tu portafolios, para que sea más fácil! —sugirió Sergio.

—¡No, no! ¡Yo puedo! —contestó Gerardo, que no quería soltarlo por nada del mundo.

Para salir, apoyó ambas manos en el piso, con el portafolios en la derecha, y se impulsó. No se dio cuenta de que el seguro del portafolios se había abierto y, al levantarse, todos sus papeles se esparcieron por el piso. Uno de ellos fue a dar a los pies de Segismundo, que lo levantó, lo leyó en silencio y luego en voz alta:

—Procuraduría Social. Denuncia condominal contra la señora Concepción Álvarez González, por falta de pago de cuotas de mantenimiento... ¿qué significa esto?

Verónica se rascó la nuca con nerviosismo, mientras su marido la miraba asustado, sin saber qué decir. Todos observaban a los administradores en silencio, como gatos acechando a un ratón.

—Me parece que es muy claro —contestó Gerardo con un carraspeo.

—¿Usted sabía esto, Paz? ¿Para eso se junta usted con estas alimañas? —la cuestionó Segismundo.

—Hace falta dinero para los arreglos del edificio y Conchita, qué pena con su situación, pero debe mucho —argumentó Paz.

De los nervios, a Conchita le temblaba el copete.

—¿Y de dónde cree que voy a sacar para pagar? —preguntó.

—Pues a lo mejor rentas tu departamento… o lo vendes y te vas a otro lado —sugirió Paz sin verla a los ojos.

—¡¡¿Qué?!! —preguntaron al mismo tiempo Conchita, Segismundo y Lucía.

—Ustedes son unos tibios —intervino Verónica—. Déjenla sin pagar, después otros sin trabajo harán lo mismo —dijo, mirando a Fernando con ojos virulentos—, y este edificio se irá a la desgracia. Sus departamentos no van a valer nada.

—Lo que tú no sabes —acometió Segismundo— es que, para que esto proceda, necesitas la firma del 75% de los propietarios. Y creo que sólo vas a tener la de Paz.

—Eso no es cierto —arremetió Pacita alzando una ceja—. Hablé con Carlita y lo va a pensar. Los dueños del departamento de Juan Pablo…

—Viven en Escocia y dudo mucho que se interesen en sus actividades mezquinas, Paz —clamó Segismundo.

—Yo tampoco pienso firmar —añadió Lucía.

—La que firma es su suegra —aclaró Paz—. Y estoy segura de convencerla.

Lucía miró a Fernando expectante, pidiéndole con los ojos que dijera algo. Él sabía que la mirada de su esposa estaba toda entera sobre su persona, pero clavó la vista en el suelo. Un silencio incómodo y cansado cayó sobre todos.

—Mamá... ¿me puedo ir a bañar? —preguntó Catarina, que estaba toda mojada. Lucía asintió y Catarina se fue.

—Estos dos son unas cucarachas, Paz —sentenció Segismundo moviendo la cabeza hacia los administradores—. Y usted es una intrigosa, tenerla de vecina es como dormir con una víbora bajo la almohada.

Paz puso cara de puchero digno, con las cejas fruncidas. De pronto comenzó a mover la nariz como conejo hambriento y movió la cabeza un centímetro hacia Segismundo.

—¡Usted! —rechinó, entrecerrando los ojos, con la cara roja como una uva—. ¡Huele a tequila! ¡Seguramente ha estado tomando toda la tarde! ¡Usted no es más que un beodo!

—¿Acaso me ve borracho?

Segismundo la miraba muy serio. Quizás hubiera sido buena idea olfatearlo, pero se veía bien y hablaba normal.

—¡Usted es un ebrio! —le espetó Paz, con el copete todo desarreglado.

—Mire Paz: a mí, lo borracho se me quita con un café, pero a usted lo desagradable no se le quita con nada.

Pacita concentró todo el enojo en su cara, se puso morada y la cabeza le tembló de coraje.

—¡Usted es un tipo HORRIBLE! —gritó—. ¡Si fuera mi esposo, le daría veneno!

—¡Uy, Paz! Si usted fuera mi esposa, me lo tomaba.

Paz y los administradores le dirigieron a Segismundo una mirada colmada de ponzoña.

—¡Bueno! ¡Yo me despido! —dijo Sergio con ojos de susto—. ¡Nos vemos en dos días!

—¡Nosotros nos vamos! —soltó Verónica y miró a su marido con cara de repulsión—: ¡Y tú! ¡Te quitas esos pantalones antes de subirte a mi coche!

Al mismo tiempo, como si se hubieran puesto de acuerdo, el grupo se dividió: Paz entró a su casa, los recaudadores se fueron escaleras abajo y los demás, hacia arriba. Conchita iba llorando. Al llegar al tercer piso, Fernando, Lucía y Segismundo se quedaron a hablar con ella, Mofeto y Rodolfo subieron a sus departamentos. En cuanto estuvo en su cuarto, Rodolfo se aventó sobre su cama mientras esperaba a que Catarina saliera del baño.

Se quedó callado, con la cara hundida en la almohada. Los niños no lloran, le habían dicho mil veces, pero eso son mentiras. Quiso cerrar con seguro la puerta de su cuarto, pero ni eso servía en ese departamento roñoso. Se acostó en su cama y se puso a llorar sin consuelo. Las palabras de Verónica en el elevador se le atragantaban como una bola de estambre lanudo en la garganta. Cualquiera se daba cuenta de que su papá no podía ni conseguir un trabajo. Rodolfo sentía algo frío y denso instalarse en su pecho mientras se daba cuenta de que él pensaba igual que la administradora que nadie quería: a él también se le había ocurrido que a la gente lista no le pasaban esas cosas. Empujándose como cientos de marchantas con canastas queriendo entrar al metro en hora pico, sus recuerdos irrumpieron sin freno.

Él iba en cuarto de primaria. Durante meses, su grupo había estado trabajando en un proyecto sobre la fabricación de alimentos. Varios expertos fueron a platicar con ellos: chefs, ingenieros en alimentos, una señora que fabricaba galletas y panqués en su casa. Y su papá. Todavía estaba fresco el orgullo que sintió ese día, cuando fue a recibirlo a la puerta de la escuela y él llegó todo entusiasmado, con pruebas de sus jugos para todos. Sus compañeros estaban impresionados: alguien que, de verdad, había tenido una idea y la había llevado a cabo. Una persona de carne y hueso que conocían de siempre y en serio tenía una fábrica. Ese día, la admiración de Rodolfo era tan grande que hubiera podido llenar el mundo. Eso había ocurrido dos años atrás… apenas veinticuatro meses antes, admiraba a su papá más que a nadie y pensaba que él podía hacer todo. Pero en ese momento, mientras su almohada se humedecía con las lágrimas clandestinas que un hombre de doce años tiene prohibido llorar, se daba cuenta de que eso sólo eran ilusiones de niño chiquito. Su vida anterior le parecía un sueño que había pasado hacía tanto tiempo. Si le hubiera vendido los jugos al bigotón ese, si no hubiera sido tan necio, si le hubiera hecho caso a su mamá y a Federico, si no se hubiera endeudado…

Se quedó dormido, no supo por cuánto tiempo. La puerta de su cuarto se abrió y su papá se acercó a él.

—Rodolfo —susurró—, ¿no quieres ponerte la piyama? ¿No quieres cenar algo? ¿Te vas a bañar?

Él sentía la cabeza pesada y el pecho cargado de tristeza. No le contestó.

—Rodolfo —insistió Fernando, poniéndole la mano en el brazo. Rodolfo endureció el hombro obstinadamente. No quería verlo de frente. Luego se sacudió la mano de su papá de un manazo.

—¡Vete! —gruñó.

—Rodolfo…

—Sólo vete —susurró—. Quiero estar solo.

# Visitas

Al día siguiente, Lucía despertó a Rodolfo más temprano que de costumbre.

—Rodolfo, hueles a patas con sudor reconcentrado. Si a la maestra Meche le llega el tufo que traes, que no sería difícil, te regresa a la casa, así que báñate ahorita. Tienes cinco minutos.

Rodolfo se metió a la regadera de mala gana. Se sentía pesado, sus movimientos eran lentos y el tiempo parecía deslizarse a la velocidad de un tlaconete amodorrado. Mientras se enjabonaba, pensó en sus dinosaurios: sólo uno de sus calzones tenía cosidos tres dinosaurios: poca cosa para un amuleto. Era claro que no contaba con su mamá para ese asunto, así que lo haría él mismo y rapidito, porque no podía ir por la vida sin un amuleto decente.

Al llegar a la cocina, su mamá y Catarina ya habían terminado de desayunar y su papá estaba lavando los platos. Se le había hecho tarde, sólo tenía tiempo de engullirse el licuado de plátano con huevo que había para él. Esos revoltijos con huevo crudo lo mataban del asco, pero su mamá era capaz de provocar un terremoto si no desayunaban. Sin respirar, para no olfatear el olor a huevo, se engulló el batido y corrió a lavarse los dientes tres veces. El regusto de huevo crudo casi lo hizo vomitar.

Catarina se despidió de su papá con un beso rápido. Fernando miró a Rodolfo, esperando el beso de despedida de todas las mañanas, pero él sólo movió la cabeza, su papá hizo lo mismo.

Al regresar de la escuela los recibió un olor muy agradable. La mesa estaba puesta, el agua de limón lista y su papá estaba sentado en la mesa de la cocina, leyendo la sección de empleos del periódico.

—¡Huele bien! —exclamó Lucía.

—Hice tortilla de huevo con papas y ensalada —contestó Fernando.

—¿Tortilla de huevo para comer? —preguntó Rodolfo escandalizado.

—¿Por qué no? —replicó Fernando.

La tortilla se veía apetitosa, Rodolfo no podía negarlo, además tenía mucha hambre. Pero todavía sentía algo espinoso hacia su papá por lo que había pasado el día anterior y estaba dispuesto a llevarle la contra hasta donde fuera necesario.

—Pues, ¿qué creen? —dijo de pronto Lucía cuando todos estuvieron sentados a la mesa.

—¡¿Qué?! —preguntó Catarina, como si su mamá fuera a contarles el máximo secreto del universo.

—Nada, pues que me habló Lorena, la mamá de Emilio.

Lucía miró a Rodolfo a los ojos y él se sintió incómodo. Emilio era su mejor amigo en el Harrow. Las mamás se llevaban bien y habían hecho cierta amistad, pero desde junio no sabía nada de él.

—Dice Lorena que hace mucho que ustedes no se ven —continuó Lucía.

Rodolfo se revolvió en su asiento bajo la mirada inquisitiva de su mamá. La tortilla de huevo, descansando en su plato, era una invitación para concentrarse en algo sin tener que verla, así que le dio una probada. Fernando suspiró y miró a su esposa.

—¿Qué traes, Fer? —preguntó Lucía, adivinando en él un pensamiento de ésos que arrancan suspiros.

—Nada... ¡digo! Lorena me cae bien y Emilio era buen amigo de Rodolfo, pero... ¡bueno!... A veces uno tiene necedades en la cabeza.

—Tú siempre, huerco... ¿ahora cuáles son?

Fernando movió la cabeza como péndulo, no sabía si decir lo que pensaba o no.

—Es que siento que nuestras vidas son muy diferentes ahora. La de ellos y la nuestra. No siento que tengamos mucho que ver, estamos en canales totalmente distintos.

—¿Y dónde quiere que nos veamos? —quiso saber Rodolfo.

—Quiere venir aquí, a conocer el departamento. La invité a comer el viernes de la próxima semana.

Fernando puso cara de barro exprimido.

—¿Por qué quiere venir?

—¡No sé! La gente es curiosa.

—¡La gente es metiche! —replicó Fernando—. Esa nada más va a venir a oler para estornudar.

—¡Ja, ja! —rio Lucía—. ¡Hablas como tu mamá!

—No, no, es en serio. Nunca me dio buena espina.

—Éramos amigas, acuérdate que tomábamos la clase de fotografía juntas. No tiene nada de malo que vengan…

Rodolfo siguió comiéndose la tortilla de huevo, en realidad estaba muy sabrosa. Al mismo tiempo, pensaba que no tendría nada de malo la visita de su amigo Emilio si su cuarto no fuera una cuarta parte del que tenía antes y si el Edificio Duquesa se viera un poco mejor por fuera. Eso, sin contar la alfombra naranja.

—A mí no me da pena —continuó Lucía, sospechando los pensamientos de todos, luego le dijo a su esposo—: quita esa cara, vato.

—Es que ellos son muy estirados, huerca. Se van a burlar de este lugar, digo, namás acuérdate de su casa.

—¡Ay, no creo que se burlen! —resopló Lucía—. Además, ya me habrán pagado mi primer sueldo y voy a poder comprar flores para adornar la casa. Eso siempre se ve bonito.

Los tres la miraron con la boca de lado: unas flores no serían gran remedio. Lucía decidió cambiar el tema.

—Oye, Fer, por cierto, quiero preguntarte algo: ¿por qué ayer que Paz dijo que ella convencería a tu mamá de firmar la denuncia contra Conchita, tú no abriste la boca?

—¿Para decir qué? —reviró Fernando subiendo el hombro y la ceja izquierdos.

—Pues para decirle que tú también puedes convencer a tu mamá. Eres más importante tú para la Nonna Rossi que Paz… supongo.

—Psé, huerca, pero… no es tan fácil… No pagar el mantenimiento siempre causa muchas broncas. Acuérdate cuando no pagamos allá donde vivíamos. Digo, pobre Conchita, es muy mala pata, pero está en problemas.

—No se vale que digas eso —arremetió Lucía enojada—. Tú ni siquiera estás pagando nuestra cuota. La voy a pagar yo con mi sueldo. Y si no la pagara, estaríamos como Conchita… ¿te gustaría que Paz nos estuviera denunciando? ¿Te gustaría que Conchita firmara en tu contra? ¡No creo!

Fernando abrió la boca para contestar, pero la cerró y no dijo nada. Se quedó muy aplastado y acabaron de comer en silencio. Rodolfo miró su plato vacío: ¡la tortilla de huevo había estado buenísima!

# Todo tiempo pasado...

El sábado fueron otra vez al parque con Mofeto, los perros y el papá de Bere. Lucía tenía que preparar varias clases y pidió un buen rato de silencio y tranquilidad para concentrarse. Fernando estaba animadísimo con la idea de hacer pizzas para comer. Preparó la masa, luego tomó una vieja pelota de futbol de la bodega y alcanzó a sus hijos en el parque mientras la levadura hacía su trabajo. En cuanto llegó al parque le lanzó la pelota a Rodolfo. Con cada bote del balón, su enojo con su papá se fue desinflando y en cinco minutos, estaban entregados a la cascarita con Mofeto y Harald.

Bere y su papá se fueron temprano, los demás se quedaron un rato más. Cuando iban de regreso, se les emparejó un pequeño taxi y se detuvo. Segismundo Fergüerdo los saludó con la mano.

—¿Qué tal el parque? —preguntó.

Las caras sudorosas y sonrientes de todos fueron la respuesta.

—¿Más chamba? —preguntó Fernando, señalando al coche.

—¡No! ¡Suficiente por hoy! Voy a llegar a la casa a ver qué

preparo de comer. A este fino —señaló a Mofeto con la cabeza— no le gustan las latas de atún.

—Yo tengo suficiente pizza en la casa, ¿por qué no vienen a comer?

—¿En serio? —preguntó Segismundo.

—¡En serio! —contestó Fernando—. Si quieres tráete unos refrescos.

Rodolfo sonrió ante la idea de comer con ellos, pero cuando volteó a ver a su amigo lo notó serio. Cuando llegaron a su casa, Lucía estaba quitando sus libros de la mesa. Fernando le contó que tenían invitados y fue a terminar las pizzas. Cuarenta y cinco minutos después, llegaron los dos Fergüerdos, con la cara muy lavada, Segismundo olía a loción. Además de varios refrescos, traía dos *six pack* de latas de cerveza.

—¡No somos tantos! —exclamó Fernando al ver la docena de cervezas.

—Nunca sobran, nunca sobran —replicó Segismundo mientras entraba con confianza a la cocina y abría el refri para meter todas las latas menos una, que de inmediato destapó. Fernando y Lucía lo miraron con curiosidad—. Me gusta llevarme puesto lo que traigo —explicó—. ¿Ustedes quieren una?

Lucía aceptó, Fernando puso las pizzas en el horno y Rodolfo fue con Mofeto a su cuarto.

—¡Guuáaau! ¡Este Darth Vader está súper chido! —exclamó Mofeto, admirando a Lord Vader.

—Es un recuerdo de otros tiempos, en los que podía pedir lo que fuera.

—Otros tiempos menos pobres, ¿eh? Fiúuu —silbó—, esto debe haber costado una millonada.

Rodolfo alzó los hombros mientas su amigo seguía inspeccionando sus cosas. De pronto, Mofeto reparó en la batería.

—Fiúuu —silbó de nuevo—. ¡Y una batería! No he oído que la toques.

—No he tenido tiempo. Además, creo que a Pacita no va a gustarle.

—¡¡Ja-ja!! Seguro se pondría nerviosita su perrita, "ya, ya, mi chiquita, ahorita le digo al mocoso que deje de dar tamborazos..." —la imitó. Los dos se rieron—. A ver, préstame las batacas.

Rodolfo las sacó de un cajón, Mofeto se sentó en el banquito, conectó la batería y comenzó a tocarla. Estaba encantado.

—¡Muchachos! —gritó Lucía, después de un rato—. ¡A comer!

Cuando llegaron a la mesa, sonrieron contentos al ver sobre ella dos pizzas redondas, con el queso todavía burbujeante.

—¡Esto se ve suculento! —exclamó Segismundo.

—¡Mejores que en la pizzería! —añadió Catarina—. Tiene un amigo que le enseñó a aventarlas para arriba, para que salgan flacas.

Fernando sonrió satisfecho al ver que todos disfrutaban de

sus pizzas. Segismundo tomaba una cerveza tras otra. De postre, Fernando había preparado flan de cajita y Lucía hizo café.

—Entonces, das clases de filosofía a chavos de prepa —le dijo Segismundo a Lucía—. ¿Y qué tal te va en el circo Wisconsin?

—Pues… a veces se interesan. Depende cómo enseñes las cosas. Las próximas dos semanas vamos a ver a Nietzsche y supongo que los pondrá a pensar.

—¡Ahhh! Nietzsche y sus aforismos: "La distinción que encontramos en el infortunio es tan grande, que si decimos a una persona: 'Pero, ¡qué feliz es usted!', por lo general protesta" —exhaló Segismundo.

Lucía y Fernando se rieron, pero luego se quedaron pensativos.

—Yo soy físico, doctor en astrobiología por la universidad de Stanford, ¡nada menos!, experto en organismos extraterrestres marinos. Y manejo un taxi en el que apenas quepo, friéndome las neuronas en esta ciudad de locos.

Un silencio espeso flotó como niebla sobre la mesa.

—¿Puedo preguntarte qué te pasó? —dijo Lucía.

—Pasó que fui un idiota. Yo trabajaba en un laboratorio en California. Estudios sorprendentes para la NASA. El equipo de laboratorio más sofisticado que existe. Y hubo un programa de repatriación de cerebros.

—¿Qué es eso? —preguntó Catarina con ojos de plato, imaginándose cosas terribles.

—Mi cerebro está bien, ¡ja,ja! —Segismundo se rio con mirada distante—. Así se dice cuando un gobierno recupera a los científicos que están trabajando en otro país y los lleva de regreso al suyo. La mamá de Sócrates no quería regresar, ya teníamos allá cinco años y mi hija estaba recién nacida, pero yo sí quise: me entró una onda nacionalista. Y regresamos a un gran proyecto de investigación para ciencias nuevas. Astrobiólogos, astrofísicos, físicos cuánticos y qué se yo cuántas cosas más. Dos años después, se canceló y todos nos fuimos al carajo por la crisis. Algunos repatriados regresaron a sus trabajos en el extranjero, pero yo no pude: mi puesto se ocupó apenas salí del centro de investigación en California.

Segismundo se quedó callado, viendo fijamente al servilletero, entrecerrando los ojos mientras enfocaba la vista en las servilletas blancas.

—¡Ejem! —carraspeó Lucía, tratando de aligerar el momento—. También dabas clases, ¿no?

Trabajosamente, Segismundo giró los ojos hacia ella.

—Di clases en la UNAM y tuve una beca de investigación que después me quitaron porque la universidad se quedó sin presupuesto para ciencias exóticas como la mía.

—¡Qué mala onda! —exclamó Fernando.

—Sí, pero aquí no tienen idea de lo que es la astrobiología, ni les importa.

—¿Y qué es eso? —dijo Catarina.

—Es una ciencia rara. Queremos probar la existencia de vida en el universo, además de nosotros. Analizamos las aguas termales submarinas para buscar rastros de vida elemental; nos ayudamos de los telescopios más potentes para leer los colores de los elementos y ver la posiblidad de que haya agua, y por lo tanto vida, en algún sitio del sistema solar, o del universo —explicó Segismundo mientras se ponía de pie y caminaba hacia el refrigerador por otra cerveza.

—¡Qué interesante! —exclamó Lucía con un suspiro inquieto.

—No para todos, no para todos —suspiró Segismundo negando con la cabeza—. Desde hace dos años, trabajo en lo que puedo: clases aquí y allá, de cadenero en un antro, pero nada estable.

Todos se quedaron callados, viéndolo. Él le dio varios tragos a su cerveza.

—Por eso, siempre digo: ¡todo tiempo pasado, fue mejor! —voceó, con la lata en alto—. ¡Brindo por el pasado, que no ha de volver! ¿Y tú, Fernando? Cuéntame, ¿ya tienes una chamba?

—No —contestó.

—¿Cómo que no? ¿No empiezas el lunes en la tienda esa? —preguntó Lucía sorprendida.

—No —replicó Fernando, alzando las cejas—. Ayer me hablaron. Que para sustituir a una persona que se va sólo tres meses, preferían dejar a alguien de adentro. Según ellos, para cuando yo haya aprendido, voy a tener que irme y les sale más caro.

—¿Y cuándo pensabas decirme? —Lucía se molestó.

—Cuando tuviera otro trabajo. La próxima semana tengo tres entrevistas.

Segismundo sonrió con burla al ver la escena.

—No se enojen, algo saldrá, Fernando, ya verás. Al menos se tienen ustedes dos.

Fernando y Lucía se voltearon a ver y torcieron la boca.

—Algo saldrá, Lucy —repitió, mientras le tomaba una mano.

—Yo estoy juntando dinero para comprarme mi propio coche y entrar a Uber, porque ahorita trabajo para un neanderthal —continuó Segismundo—. Diría que es un mandril, pero cito a Nietzsche: "Los monos son demasiado buenos para que el hombre pueda descender de ellos".

Mofeto resopló. Su papá volteó a verlo y también a Catarina y a Rodolfo.

—¡Ustedes, niños, y nosotros! —dijo con voz rasposa, señalando a los anfitriones y a él mismo con el dedo índice—. ¡Somos hijos de la crisis desde que nacimos! Hemos vivido ocho sexenios, ocho presidentes que nos han dejado cada vez más pobres y más jodidos.

—Es cierto. Y con las crisis la verdad es que se acaba la confianza —agregó Lucía con un suspiro amargo.

—¡Y la decencia! —exclamó Segismundo—. Todo el mundo se siente con derecho a transar, a abusar de los demás, porque la gente piensa: si el gobierno lo hace, ¿yo por qué no?

Luego los miró entrecerrando los ojos y se acabó la cerveza de un jalón. Lucía y Fernando lo miraban con nerviosismo.

—¿Quieres café? —le preguntó Fernando.

—Yo necesito otra cerveza —dijo con voz ronca, sus palabras parecían reptar en su paladar.

Mofeto se puso en pie de un brinco.

—¡No, papá! —dijo bruscamente—. ¡Ya vámonos!

Segismundo, con los ojos vidriosos y la mirada ausente, lo miró trabajosamente, como si le costara mucho centrar la visión en su hijo. Lucía también se levantó y recogió algunas cosas de la mesa con disimulo.

—Bueno, bueno... no hacen falta tantas sutilezas. Ya nos vamos —anunció Segismundo, levantándose penosamente—. ¡Adiós, muchachos! ¡Gracias, Fernando! ¡Gracias, Lucy!

Antes de dar el primer paso, el hombretón alargó la mano para apoyarse en Mofeto. Conforme avanzaba, se iba sosteniendo en las sillas del comedor y el sillón de la sala, pero cuando se le acabaron los apoyos, se tropezó y su corpachón fue a dar al suelo.

Fernando corrió para ayudarlo. Segismundo no quería, pero aceptó sostenerse también en el hombro de su vecino y así se fueron por la escalera.

Catarina, Rodolfo y su mamá se quedaron callados y confundidos. Fernando regresó unos minutos después.

—¿Cómo lo dejaste? —quiso saber Lucía.

—Entre Martín Sócrates y yo lo pusimos en su cama y le quitamos los zapatos… —contestó Fernando, pasándose la mano por su escaso pelo—. El chico no podía ni verme a los ojos.

Los cuatro se miraron, cruzando miradas perplejas. Un ánimo callado y preocupado se coló en la casa y los acompañó el resto de la tarde, hasta que se fueron a dormir.

# Los niños son bien brutos

Al día siguiente, Fernando despertó a sus hijos temprano con huevos revueltos y el anuncio de que los llevaría a la avenida Reforma a andar en bici. Lucía se quedó a terminar sus clases. Antes de irse, entraron a la cocina a llenar sus termos de agua y la oyeron canturreando mientras lavaba los trastes.

—¿Por qué estás tan contenta? —le preguntó Catarina.

—Esta semana me pagan mi primer sueldo en el Wisconsin —sonrió—. El próximo sábado podré invitarles una ida al cine o unos tacos.

Los tres le devolvieron la sonrisa, le dieron abrazos y se fueron. Después de comer, Rodolfo se sintió aburrido. Quiso ver a Mofeto y fue a buscarlo, pero no se oía ningún ruido en su departamento: ni pasos ni voces ni la música de Mahler a todo volumen ni Sauron. Regresó a su casa desilusionado y se le ocurrió que una buena idea para matar el tiempo era coser los dichosos dinosaurios en sus calzones, así que se puso manos a la obra. A cada uno de los seis que tenía limpios en su cajón les cosió un dinosaurio. Con el que había hecho su mamá, ya eran siete: una semana completa de protección.

El lunes, en la escuela, Mofeto estuvo callado y distante. Aunque se sentaban en el mismo pupitre, no le dirigió la palabra a Rodolfo y lo evitó todo lo que pudo. Miss Paty les pidió que trabajaran en parejas para pintar unos mapas. Mofeto se puso en pie de un brinco y fue casi corriendo con Beto a pedirle que hiciera equipo con él. Rodolfo frunció el ceño desconcertado y se puso a trabajar con Gerry Malacara, quien también estaba distraído y serio. Rodolfo suspiró resignado. De repente los colores de Gerry se cayeron al suelo. Se agachó para recogerlos y Rodolfo se acercó a ayudarle. En una de ésas se estiró para recoger un lápiz que había rodado un poco más lejos y Rodolfo vio que tenía un moretón en el brazo, abajo del hombro. Antes no se veía porque lo tapaba su camisa.

—¿Qué te pasó ahí? —le preguntó, señalando el moretón.

—Me caí —contestó Gerry sin verlo a los ojos.

Ninguno de los dos había visto a miss Paty, que caminaba entre ellos para ver cómo iban los trabajos y se había acercado cuando se cayeron los colores.

—A ver… —intervino la maestra, subiendo la manga de la camisa de Gerry para apreciar el moretón. Él se quedó hincado en el suelo, con sus colores en la mano y la mirada huidiza.

—¡Sss! —exclamó Miss Paty con ojos de horror cuando vio el golpe completo—. Gerry: esto no es una caída.

Rodolfo estaba muy cerca y vio lo mismo que la maestra: el moretón eran las claras marcas de unos dedos. Gerry comenzó a llorar y el salón se quedó más callado que un témpano de hielo. Miss Paty se veía incómoda y miraba a Gerry sin saber qué hacer.

—Mi papá nos pega, miss. A mí y a mi mamá.

Miss Paty lo miró con cara de susto.

—Casi nunca lo vemos —sollozaba Gerry—, y cuando viene a la casa, está borracho, nos pega y nos grita.

—Ya, ya —lo consoló la maestra, dándole unas palmadas en el hombro—. No llores.

Pero Gerry no podía dejar de llorar. Rodolfo estaba muy cerca. Quería ponerle la mano en el hombro, pero algo, parecido a la vergüenza, se lo impedía. Al ver llorar a Gerry de esa manera, sus propias lágrimas comenzaron a amotinarse en algún lugar de su garganta. Miss Paty se enderezó y resopló intranquila.

—A ver, todos, vamos a rezarle al líder máximo para que el papá de Gerry ya no se porte así.

La maestra comenzó a rezar y todo el salón la siguió.

—¡¡¿Usted cree que si rezamos, su papá va a dejar de pegarles?!! —interrumpió Mofeto desde el fondo del salón.

—Pues claro —asintió miss Paty, muy convencida.

—A lo mejor en su planeta miss, pero en éste, eso no pasa.

Varias niñas ahogaron un grito de espanto.

—¡La Virgen de la Covadonga me ampare contigo, criatura! —replicó miss Paty indignada—. ¡Qué falta de respeto!

—¡No es falta de respeto! —Mofeto alzó la voz y se puso

rojo—. Nada más digo que si nadie hace nada, las cosas no van a cambiar para Gerry.

—¡PARA ESO ESTAMOS REZANDO, PARA QUE LAS COSAS CAMBIEN! —cróo la miss, francamente alterada.

—¡PUEDE REZAR 24-7 SI QUIERE, NO VAN A CAMBIAR CON ESO! —reviró Mofeto a grito pelado.

De pronto la puerta se abrió de golpe y miss Meche entró como huracán.

—¿Qué pasa aquí? —voceó. Todos la miraron con ojos de pánico—. ¡Sus gritos se oyen por toda la escuela!

Marianita se puso de pie y de inmediato se ofreció a ponerla al tanto.

—Yo le digo, *teacher*. Es que Gerry, ¡perdón: Gerardo! tiene un moretón en el brazo y nos contó que su papá le pegó, parece que lo hace seguido y también se emborracha. Miss Paty pidió que rezáramos para que mejoren las cosas en su casa y... Sócrates no está de acuerdo, dice que eso no sirve para nada.

Miss Meche se puso los dedos índice y pulgar en la frente, cerró los ojos y suspiró.

—Ok, ok... Gerardo, ven a mi oficina —le ordenó—. Miss Paty, continúe con su clase. De ti me encargo después —le dijo a Mofeto, echándole una mirada de tormenta eléctrica.

Gerry regresó, ya más calmado, después del recreo. Nadie le preguntó nada ni se habló del tema. Mofeto ni siquiera volteó a ver a Rodolfo el resto del día. A la salida, Lucía les avisó que llegaría después a la casa, porque el director quería hablar con ella otra vez. Catarina, Bere y Rodolfo echaron a andar. En eso, Rodolfo vio a Mofeto en la esquina, comprándose un helado del carrito que se ponía ahí. Sin dudarlo y con los cachetes calientes, se adelantó y fue hacia donde estaba su amigo.

—¿Qué te pasa? —le soltó—. ¿Por qué no me hablas?

Mofeto lo miró sin decir nada y se dio la vuelta. Rodolfo, absolutamente enchilado, lo tomó del hombro y lo volteó hacia él. El movimiento fue tan brusco, que se cayó el helado. Mofeto lo miró furioso y le lanzó un golpe a la cara que Rodolfo, por supuesto, le devolvió. En dos segundos estaban en el suelo pegándose. Catarina, Bere y otros niños los separaron. Rodolfo sentía un cachete muy caliente, Mofeto tenía hinchado el labio superior, se tocó con la mano y de inmediato sintió húmedo y vio sus dedos teñidos de rojo. Se pusieron de pie mirándose retadoramente. Catarina y los niños que los habían separado seguían junto a ellos, atentos a cualquier cosa: era evidente que los ánimos seguían calientes. Mofeto se cruzó la calle y Rodolfo fue tras él sin fijarse. Oyeron que un coche rechinó llantas y el conductor les gritó de cosas, pero ni lo miraron.

—¡Te pregunté una cosa! ¡Creí que éramos amigos! —aulló Rodolfo.

—¡Yo no tengo amigos! —bramó Mofeto—. ¡No me gusta la gente alrededor!

—¡Eso no es cierto, te llevas bien conmigo!

—¡No me gusta que la gente me conozca!

Rodolfo estuvo a punto de decirle que a él no le importaba saber que su papá era alcohólico, pero no se atrevió. Mofeto lo vio directo a los ojos por un instante y luego miró al suelo.

—¿Qué les pasa? —intervino Catarina enojada. Mofeto y Rodolfo no querían hablar, sólo se miraban con ojos furiosos y labios apretados. Rodolfo se dio la vuelta y comenzó a caminar rápidamente.

—Yo te lo digo, los niños son bien brutos: se matan y al rato verás que están como si nada —le susurró Bere a Catarina.

Cuando llegaron al Edificio Duquesa, se subieron al elevador en completo silencio.

—De veras son brutos —opinó de pronto Catarina, meneando la cabeza—. ¿Ya vieron como quedaron los dos?

Rodolfo y Mofeto se miraron. Mofeto tenía un moretón hinchado y con sangre arriba del labio. Rodolfo se tocó el pómulo y sintió una bola que le ardía.

—Te busco en la tarde —le dijo Mofeto en cuanto se bajaron en el quinto piso.

Catarina resoplaba y meneaba la cabeza.

—Ponte hielo en la boca —le recomendó Rodolfo.

Su papá no estaba, se había ido a una entrevista. Rodolfo fue directo al baño a verse el golpe. En efecto, tenía un chichón en el pómulo. En las orillas comenzaba a ponerse morado. Sabía que tenía que ponerse hielo, pero estaba hambriento y decidió comer primero. En la mesa de la cocina había agua de jamaica, salsa verde y unas sincronizadas más bien frías adentro de un refractario. También había espaguetti. Empezaron a comer, su mamá llegó poco después.

—¡¡¿Qué te pasó?!! —exclamó, acercándose a analizar la cara de su hijo como si tuviera un boquete y se le viera el cerebro.

Mientras le contaba lo que había pasado, Lucía le puso hielo envuelto en un trapo. Luego preparó una pasta de vinagre con azúcar que apestaba y se la embarró. Al final, se sentó a comer.

—¡Qué onda con Mofeto! —comentó, mientras meneaba la cabeza—. ¡Bueno! También imagínate que la gente vea a tu papá cayéndose de borracho. Seguro siente mucha pena y por eso no quiere ni hablarte, pero resolver las cosas a golpes, ustedes dos…

—Dice Bere que los niños son brutos —añadió Catarina.

De pronto, Lucía reparó en la comida sobre la mesa.

—¿Tortillas de harina y sopa de pasta? ¿Qué quiere su papá? ¿Engordarnos para Navidad?

—¡Está rico! —exclamó Catarina.

—Estará rico, ¡pero nada sano! Antier pizzas, ahorita pasta, ¿qué sigue? ¿Torta de tamal? ¿Y la ensalada, la verdura, la sopa?

—¿Qué quería el director? —preguntó Rodolfo, que no encontraba tan mal los menús de su papá.

—¡Ah! —Lucy hizo los ojos para arriba—. Me ofreció más

trabajo. Algunos alumnos están muy mal en francés y quieren clases en las tardes para regularizarse, también algunos papás quieren aprender. Me ofreció un salón para eso.

—¿Y qué dijiste? —quiso saber Rodolfo.

—Pues que no —contestó su mamá, mordiendo una sincronizada—. En las tardes estoy con ustedes. Además, bastante tengo con preparar las otras clases, ¿a qué hora quiere que haga todo? Claro, me pagarían más...

—¡No aceptes, no aceptes! —suplicó Catarina.

—No acepté.

Los tres sonrieron tranquilos. Rodolfo contó lo que había pasado con Gerry. Catarina añadió que los gritos de Mofeto y miss Paty se oían hasta su salón y por eso la maestra Meche había salido corriendo a ver qué pasaba. Su mamá estaba indignada.

—¡No puedo creerlo...! No es que uno rece o no rece, pero estoy de acuerdo con Martín: el problema de Gerry no se va a resolver rezando.

—Mofeto dijo que me buscaría en la tarde —comentó Rodolfo de pronto.

—Si vas a ir con él, primero haces tu tarea —le pidió su mamá.

En la tarde, Rodolfo y Mofeto fueron al parque y estuvieron como si nada. También se había puesto hielo en el labio y ya no lo tenía hinchado, aunque sí tenía una cortada.

—Perdón —dijo secamente.

—Tú también perdóname —repuso Rodolfo, igual de parco.

Rodolfo se imaginó a Catarina recordándoles lo brutos que eran. Él no sabía si era cierto o no, sólo sabía que las cosas eran simples: discutes, te pegas, te arreglas, se acabó. O no te arreglas y de todas formas, tan tán. Dos años antes, había acabado a golpes con otro amigo y después de eso, no se habían vuelto a hablar.

# Después de muchísimos días nublados

El miércoles, Lucía los esperaba a la salida con una sonrisa de oreja a oreja: le habían pagado. Hacía meses que no se sentía tan contenta. Pasaron al banco a retirar el dinero. Cuando llegaron a su casa, Fernando había vuelto a hacer tortilla de huevo.

—¡Vamos a poder comprar carne! —canturreó ella, sacudiendo en la mano los billetes sujetos con una liga.

—¡Qué bueno, huerca! —la abrazó Fernando—. Estoy seguro de que esta semana tendré buenas noticias.

Comieron la tortilla de huevo contentos, riéndose de todo, como si estuvieran llenos de burbujas de risa, como si saliera el sol después de muchísimos días nublados. Más tarde, mientras Fernando estaba en una entrevista y Catarina y Rodolfo hacían la tarea en la mesa del comedor, Lucía se puso a hacer montoncitos de dinero para luego ponerles un clip y un papelito que decía para qué eran: agua, luz, teléfono, gas, comida, mantenimiento...

—Voy a poder comprar algo decente para la comida del viernes… espero que sí me alcance para una ida al cine el fin de semana… —decía en voz baja. En eso, tocaron el timbre.

—¡Buenas tardes! —saludó Juan Pablo, el vecino de abajo, cuando Lucía abrió la puerta.

—¡Hola! —lo saludó ella.

—Eeeh… me da mucha pena, pero tengo un problema: no estuve aquí por dos semanas, andaba de gira con la orquesta y al llegar vi que el techo de mi baño, que está abajo del suyo, tiene una gotera y… moho. Supongo que un tubo de su desagüe está picado.

—¡No me digas! —exclamó Lucía preocupada.

—Pues sí… ¿quiere verlo?

Ella asintió.

—¿Puedo ir? —preguntó Catarina.

—Sí, vengan todos si quieren, pero no crean que está muy simpático el asunto —dijo Juan Pablo.

Todos fueron directo al baño, donde pudieron ver el techo, manchado de negro y con gotitas que caían sobre la regadera y una parte del mosaico del piso.

—¡Ay, no! —exclamó Lucía con cara de aflicción—. ¡Claro que es nuestro baño!

—Me da mucha pena —insistió Juan Pablo.

—A mí me da más —admitió Lucía, meneando la cabeza mientras miraba al techo y luego al piso.

—¿Tú conoces a un plomero? —preguntó ella.

—Pues sí, conozco a uno no muy carero. Si le parece bien, le diré que venga a verla mañana.

—Pues sí, de una vez —repuso Lucía—. También vamos a necesitar a un albañil, porque ahí van a tener que romper, arreglar y luego pintar…

Cuando llegaron a su casa, Lucía se recargó en la puerta y dio un suspiro largo, largo. Luego chasqueó la lengua.

—Ahí se va a ir una buena parte de mi primer sueldo.

Los tres se miraron con la boca de lado. La sensación de día soleado que los había acompañado a la hora de la comida se había ido por completo, ahuyentada por el chaparrón que caía en el baño de Juan Pablo.

# Es que no tenía zapatos

Al día siguiente, cuando llegaron de la escuela, Fernando no estaba, pero les había dejado una nota en la mesa de la cocina: que no podía usarse el baño de su cuarto. El plomero había estado ahí en la mañana y había roto el mosaico en dos lugares para ver cómo estaban los tubos. Le dijo que le hablaría a Lucía en la tarde para darle el presupuesto. Los tres fueron a ver el baño. Olía a cemento fresco. Había un hoyo adentro de la regadera y otro abajo del lavabo. Los tubos se veían húmedos.

Después de comer, Lucía le encargó a los niños que aspiraran y sacudieran la sala y el comedor porque ella tenía que ir al tianguis de los jueves por la carne. Ninguno quiso acompañarla, se quejaban del olor a vaca muerta. Tampoco les encantaba la idea de aspirar, pero no tenían de otra: al día siguiente venía Emilio con su familia a comer y la idea era tener la casa lo más presentable posible. Cuando Lucía se fue, comenzó la discusión entre Catarina y Rodolfo: los dos querían aspirar la sala, que era más fácil. En el comedor había que mover las sillas. Catarina sugirió hacer un volado, pero eso era un golpe bajo para Rodolfo: con su suerte, siempre los perdía. Lo hicieron y por supuesto, a Rodolfo le tocó el comedor.

—Sacude bien todo —ordenó Catarina—. Acuérdate de que luego Lucía revisa si hay polvo.

Su mamá regresó con un ramo de claveles que acomodó en un florero y una carne que puso a cocer en la olla de presión. En la noche, Fernando llegó cansado y con muchos suspiros. Rodolfo estaba en la cocina, haciéndose unas quesadillas.

—¿Tuviste suerte? —le preguntó su esposa.

Él negó con la cabeza.

—Esta semana tuve seis entrevistas —exhaló—. Y en todas me dijeron que no por la edad… ¿qué le pasa esta gente? ¿Acaso soy un anciano? ¿Creen que la experiencia no sirve de nada? ¿No ven que estoy en perfecta edad para trabajar?

—¿Mañana tienes alguna?

—A la 1:30 tengo una. También me habló Federico, que si como con él. Me imagino que quiere recordarme cómo están todas mis deudas. Si yo ya sé cuánto debo.

—¿Vas a ir?

Fernando alzó los hombros y puso cara de resignación.

—¿Qué otra? Con esconderme como avestruz no voy a resolver nada.

—Bueno… tampoco tenías ganas de ver a Lorena y a sus hijos.

—¡Mañana vienen! —exclamó Fernando, aflojándose la corbata—. ¡Me salvé de eso! La hermana chica era muy chillona, estaba muy consentida.

En eso sonó el teléfono y Lucía contestó. La llamada fue corta y sólo se oyó un: "¿Quéee? ¿De verdad eso es lo menos que puede cobrarme? ¡Es un robo!"

Cuando colgó los tres la miraban con cara de pregunta. Ella suspiró hondo y meneó la cabeza.

—¡Cobra diez mil pesos! —exclamó—. ¡Es más de lo que me pagaron!

El viernes en la mañana, Lucía se levantó más temprano, puso la mesa, deshebró la carne y la dejó en el refri.

—¿Quieres que haga una sopa de papa con poro? —ofreció Fernando.

—¡Sí! ¿... y una ensalada? —pidió Lucía.

Fernando asintió, ella le dio un beso y apuró a sus hijos, se les estaba haciendo tarde. Cuando se abrió la puerta del elevador, ahí estaba Mofeto con Segismundo.

—¡Buenos días! —voceó Segismundo—. ¿Quieren aventón? Tengo cita en el Circo Wisconsin.

—Gracias —repuso Lucía—. ¿A qué vas?

—Vamos a hablar de las blasfemias de este hereje contra el líder máximo —contestó, dándole un codazo a su hijo—. A ver qué nos dice el tribunal de la Santa Inquisición.

Lucía asintió con la cabeza y sonrió. Catarina y Rodolfo se

miraron con cara de no entender nada. El corto camino a la escuela fue bastante silencioso.

Miss Paty entró al salón quince minutos tarde. Tenía cara de pocas pulgas y la boca apretada. Mofeto llegó media hora después, como si nada.

—¿Qué tal estuvo? —le preguntó Rodolfo en un susurro.

Mofeto resopló y torció la boca como respuesta. A la hora de la salida, vieron el taxi de Segismundo parado afuera de la escuela.

—Te busco en la tarde, voy a comer con mi papá —le dijo Mofeto a Rodolfo, inclinando la cabeza hacia el taxi. En eso llegó Lucía a paso veloz.

—¡Córranle! —los apuró—. Tengo que llegar a ponerle las verduras al salpicón.

Cuando llegaron a su casa se organizaron como abejas: a Rodolfo le tocó hacer el agua, a Catarina poner una toalla bonita en el único baño que servía y revisar que todo estuviera ordenado. Lucía se dispuso a calentar la sopa y agregarle el aguacate, el jitomate y el cilantro al salpicón. Cuando todo estuvo listo, sonó el teléfono. Era Lorena, que estaba afuera del edificio y quería ver si podía meter su coche, porque no había lugar en la calle. Los tres bajaron para abrirle la puerta del garage. Rodolfo sintió raro, como si hubieran pasado años desde la última vez que se habían visto y no sólo tres meses.

—¡Amigui! —y abrazó a Lucía—. ¡Te extraño mil!

Cuando iban en el elevador, Lorena puso el brazo sobre el hombro de Lucía.

—¡Cuánto tiempo sin verte! —le dijo—. Me haces falta en las clases de foto...

En eso su hija chica, que se llamaba Gaby, empezó a hacer puchero.

—¡Ay! ¡Ya, Gabriela! —ladró su mamá, luego miró a los demás y explicó—: venía haciendo berrinche en el coche.

Al llegar al departamento, la primera que entró fue Lorena, seguida de Lucía. Rodolfo rara vez se fijaba en la ropa de la gente, pero cuando vio a Lorena de pie en la sala, evaluando su departamento, la diferencia entre su mamá y ella fue evidente. La mamá de su amigo iba a la moda, con un chaleco negro, unos jeans y unas botas de tacón: todo se veía nuevo. Sus uñas eran muy largas, de acrílico. Estaba muy bien peinada y muy pintada. Lucía llevaba unos pantalones beige, una blusa de florecitas y unos zapatos bajos, todo lo tenía de años atrás. Casi no se maquillaba y sus uñas eran cortas, sin barniz.

—¡Bueno! —exclamó Lorena, mientras asentía con cara de aprobación—. ¡Este lugar está muy bien!

—Mira el color de la alfombra —pidió Lucía.

Lorena abrió los ojos como lunas espantadas.

—¡Ni como ayudarle! Pero... ¡digo! ¡El tamaño del depa está bien! ¿Para qué quieres más?

—¡A mí me gustaba mi casa! —repuso Lucía—. Claro, no puedo quejarme: tenemos un techo. Y mi suegra, por el momento, no nos cobra nada.

Lorena torció la boca.

—¡Algo querrá después! O sea, *¿hellloooo?* ¡Es tu suegra, *darling*!

—¡Ya lo sé! —exclamó Lucía, luego miró a los niños—. ¿Por qué no se lavan las manos? ¡Todo está listo!

En un momento, todos estaban en la mesa. Gaby estaba chilletas y cada vez que ponía cara de llanto, Lorena le gruñía que se callara, mientras le echaba una mirada de tromba. Cualquiera se callaba con esos ojos.

—¿Qué hicieron en las vacaciones? —les preguntó Lorena a Catarina y a Rodolfo.

—¡Nada! Empacar la otra casa y desempacar ésta —contestó Catarina.

—Las mudanzas son horribles —repuso ella. Luego se apresuró a contarle su verano a Lucía—: nosotros fuimos a Miami a ver a mi hermana, ya ves que vive allá. Luego pasamos unos días en Nueva York y después nos fuimos a un crucero por el Mediterráneo.

—¿Y cómo está tu hermana? —quiso saber Lucía.

—Más o menos. Mi cuñado perdió su trabajo hace meses, está buscando y todavía no encuentra. Está de malas todo el tiempo… ¡ni cómo ayudarle! Es que a cierta edad, ya no es tan fácil.

—Pues sí… lo mismo le pasa a Fernando —suspiró Lucía, alzando las cejas.

—¡Ay, amigui! ¡Perdón! O sea, *¿hellooooo?* ¡Soy una idiota! ¡No quise ser insensible!

—No, ya sé —la calmó Lucía.

—¿Estás muy mal de lana? —preguntó Lorena.

—Un poco, pero habrá tiempos mejores.

—Si necesitas dinero *darling* sólo dime, o sea, *¿helloooo?* ¿Para qué estamos las amigas si no es para esto? ¡Mmm! Buenísimo tu salpicón.

El postre era un pastel que había traído Lorena y estaba muy bueno. Rodolfo se estaba aburriendo con la plática de las mamás, así que le dijo a Emilio que fueran a su cuarto. Catarina invitó a Gaby a jugar con sus muñecas y se fueron.

—¡Pues sí que esto es diferente al cuarto que tenías antes! —comentó Emilio—. *All your stuff…*

—¡Ni me lo recuerdes! —exclamó Rodolfo.

Emilio subió su mochila a la cama y sacó un iPad, un iPhone y una Mac Book, todo de última generación. Rodolfo se quedó con la boca abierta.

—¿A poco llevas todo eso a la escuela? —preguntó impactado.

—La Mac, no. Hoy la traje para enseñártela —dijo mientras la ponía en las manos de su amigo—. ¿Ya viste que no pesa ni un kilo?

—¡Fffiiiúuu! —silbó Rodolfo sorprendido—. ¡Está padrísima!

—¿Y tu Xbox? ¿Y tus juegos? ¡Tenías todos!

—Los tuve que vender —contestó Rodolfo torciendo la boca.

—¿O sea que a tu pa sí le fue mal con el dinero? —a Emilio le costaba trabajo creerlo. Rodolfo asintió.

Emilio le enseñó su música, sus juegos y videos de sus viajes y de la escuela. Esa Mac estaba padrísima. Comparada con esa, la computadora de su casa parecía de museo. Luego chismearon del Harrow y otras cosas, pero se quedaban callados a cada rato. Eran mejores amigos desde que iban en kínder, pero ese día, sentados en la cama de Rodolfo, en el departamento de la Nápoles, con Lord Vader y la batería como testigos amontonados en esa pequeña habitación, Rodolfo sintió que algo había cambiado.

Era como si entre ellos hubiera surgido una burbuja incómoda. De pronto oyeron muy cerca las voces de las niñas. Cuando era más chica, a Catarina le encantaban los cochecitos para sus muñecas y tenía una buena colección. En el pasillo había más espacio para jugar. Las mamás estaban platicando en la cocina. Rodolfo fue a cerrar la puerta de su cuarto y regresó junto a Emilio a ver sus fotos. En eso la voz de Gaby se escuchó muy cerca, seguida de un golpe en la puerta, seguramente uno de los cochecitos.

—¡Y púuum, la mamá atropelló a la niña pobre! ¡Mami, mami, párate, la lastimaste! —Gaby hacía las voces de la mamá y de la niña—. ¡No importa! ¡No voy a meterme en un problema por una niña que no tenía zapatos! ¡Ya vamos tarde! ¡Mami, mami, párate!

Emilio, pálido, se puso en pie de un brinco —casi tira su Mac— y abrió la puerta.

—¡Cállate, Gaby! —siseó. En el suelo había una muñeca pequeña, tirada. En el coche había una barbie manejando, con un vestido largo y plateado, y otra barbie niña en el asiento de atrás.

—¡Pero se quedó tirada! —gimoteó Gaby.

—¡Te dijo mi mamá que no dijeras nada! —susurró enojado Emilio.

—¡Estaba lastimada! —sollozó Gaby.

Con el llanto y las voces, llegaron las mamás.

—¡No fue mi culpa, mamá! —se justificó Emilio, asustado—. Le dije que se callara.

Gaby lloraba con tanto sentimiento que se estremecía. Lucía se hincó junto a ella.

—¿Qué pasa, Gaby? —le preguntó.

—Es que atropellamos a una niña —chilloteó.

—¿Cómo? ¿Cuándo?

—Ahorita. Con el coche.

—¡¿Qué?!

—¡O sea, *helloooo*! ¡La niña está jugando! —se defendió Lorena, nerviosa.

—N-no —Gaby sacudió la cabeza, su cara de horror era verdadera—. Mi mamá dijo que no importaba porque la niña no tenía zapatos.

—¡LORENA! —arremetió Lucía, poniéndose en pie de un brinco—. ¿Dónde está esa niña?

—¡Gabriela está inventando! —alegó Lorena, alzando los hombros.

—No, mamá —intervino Emilio.

—¿Dónde fue, Emilio? —Lucía taladró a Emilio con los ojos.

—Cuando veníamos para acá —contestó él, con la mirada clavada en el suelo.

—¡Saca tu coche, Lorena! —ordenó Lucía mientras tomaba su bolsa y caminaba a la puerta—. ¡Vamos a ver cómo está la niña!

—¡NO voy a ir! —bufó Lorena—. ¿Cómo demonios se le ocurre a la escuincla bajarse del camellón cuando vienen los coches? Además, ¿a quién le importan? ¡ERAN UNOS INDIOS!

Lucía entrecerró los ojos con furia. Por un momento, parecía que iba a zangolotear —o algo peor— a Lorena.

—Emilio —Lucía lo aprisionó con la mirada—. ¿Tú sabes dónde fue?

Emilio movía los ojos de una mamá a otra, indeciso.

—¿Sabes o no? —presionó Lucía.

—Sí, creo que sí —contestó nervioso.

—¡Vámonos en taxi!

—¡ASHH! —exclamó Lorena, jalando bruscamente a Gaby del brazo—. ¡Yo los llevo! Pero te lo advierto, Lucía: no voy a hacerme responsable.

Lucía no le contestó. Tomó la llave de la casa del llavero que tenían en la entrada y caminó aprisa hacia el elevador. Todos salieron tras ella, Rodolfo cerró la puerta. Se subieron en silencio a la camioneta de Lorena. Lucía se fue adelante con ella, Catarina y Gaby en los asientos de en medio, Emilio y Rodolfo hasta atrás. Cuando salieron, comenzó a llover.

—¿En dónde fue? —preguntó Lucía cortante.

—En una avenida que está acá arriba… —contestó Lorena sin mirarla.

La lluvia se convirtió en tormenta en unos momentos. Los seis iban sumidos en un silencio rígido. Gaby suspiraba para ahogar los sollozos, Catarina le hacía cariños en la cabeza. Llegaron a una avenida ancha, con muchos camiones. En el camellón no había nadie.

—Ahí estaba la señora, pidiendo dinero en el alto —le susurró Emilio a Rodolfo—. La niña tenía una naranja, se le fue a la calle y corrió por ella. Mi mamá arrancó y no la vio, sentimos un golpe y la niña se quedó tirada.

La mamá de Emilio lo miró por el espejo retrovisor.

—¡Cállate! —gruñó.

—¡Párate aquí! —exigió Lucía. Lorena se orilló.

Algunos camiones que iban detrás comenzaron a tocar el claxon. Lucía se bajó del coche, pues con la lluvia no se veía desde adentro y caminó hacia un puesto de tacos que tenía un techo de lona. Se agachó para hablar con alguien que estaba en el suelo. Al verla, el señor de los tacos se acercó a ella para decirle algo. Gesticulaba mucho y señalaba a la persona que estaba en el suelo y a la camioneta de Lorena. Lucía —que ya estaba empapada— regresó y abrió la puerta del coche.

—Ahí está la niña, con su mamá. Está muy lastimada, al menos tiene la pierna rota —declaró, mirando fijamente a Lorena.

—¿Y? Ella se cruzó, yo ni la vi —replicó Lorena a la defensiva.

—Cuando hay un atropellado, el conductor siempre tiene la responsabilidad, ¿no sabías? —reviró Lucía.

—O sea, ¿*helloooo*, Lucía? ¿Qué parte de ella-se-cruzó no entiendes?

—La que no entiende nada eres tú, Lorena. Norberto, el señor de los tacos, vio todo, apuntó tus placas y, ¿qué crees? Tiene un hermano judicial, lo están esperando para ir al ministerio público. Pidió una ambulancia desde que pasó el accidente, pero no ha llegado. Lo único que puedes hacer para que no te vaya peor es llevar a esa niña a un hospital y pagar los gastos. Tienes que hacerte cargo, ni modo.

—Pues que llamen a otra ambulancia y la lleven a ver a dónde, a la Cruz Roja o algo, luego me avisan cuánto fue.

De pronto, la mamá de la niña empezó a gritar a todo pulmón. Norberto llegó corriendo.

—¡La criatura está inconsciente! —aulló—. ¡Hay que llevarla a un hospital ahorita!

Lorena tensó cada músculo de su rostro. El hueso de la mandíbula se le saltaba como si estuviera mordiendo piedras.

—¡En mi camioneta no se va a subir esa niña ni su mamá!

Lucía resopló y caminó hacia la calle. Se asomó a ver si venía un taxi, pero todos estaban ocupados. Chorreando, regresó junto a la puerta de la camioneta.

—Voy a esperar a un taxi, Lorena, pero si a esa niña le pasa algo grave, yo en persona me encargo de que tú acabes en la cárcel. No sé cómo no te das cuenta de tu situación: hay un herido, hay testigos, saben que fuiste tú.

—Esto es tu culpa, Lucía —acusó Lorena—. Si no hubiéramos regresado, esto no habría pasado.

Al escuchar las palabras de Lorena, Rodolfo sintió algo caliente y furioso estallar en su pecho. No era posible que ella pensara así. ¿En qué momento era culpa de su mamá que una niña estuviera atropellada e inconsciente en una avenida, en esa tarde fría y lluviosa? Gaby lloraba quedito, Catarina miraba la escena pálida, con los ojos muy abiertos. Rodolfo volteó hacia Emilio, pero su amigo, serio y tenso, miraba a su mamá fijamente.

—Mamá… ¿y si se muere? —dijo de pronto, con la voz quebrada—. Llévala a un hospital. Yo no quiero que te vayas a la cárcel.

—¡Claro que no me voy a ir a la cárcel! —rugió Lorena, con la cara descompuesta—. ¡Hay maneras de arreglar esto!

La mamá de la atropellada seguía llorando desesperada. Sin esperar más, Norberto cargó a la niña, se acercó a la camioneta, abrió la puerta trasera y la metió. Catarina y Gaby se pasaron al asiento de atrás de un brinco y entre Lucía y el señor acomodaron a la niña, que tenía unos tres años, en el asiento.

Su mamá, llorando y empapada, se subió junto a ella. Decía muchas cosas en una lengua indígena. Lucía cerró la puerta de la camioneta y luego se subió.

—¡Al hospital y rápido, Lorena! —ordenó.

—¡¡Pero qué se creen estas indias!! —bramó ella—. ¡¡AHORITA MISMO SE ME BAJAN LAS DOS O LAS BAJO YO!!

Justo cuando Lorena puso la mano en la manija para cumplir su amenaza, llegó un coche blanco que se estacionó a pocos centímetros y le impidió abrir la puerta. De él se bajó un hombre alto, moreno, con una gabardina negra. Primero le echó un ojo a la camioneta y luego a la placa. Después, le tocó en el vidrio a Lorena.

—Tengo entendido que un vehículo de este modelo, marca, color y placas atropelló a una niña hace unas horas, ¿es usted la dueña? —le preguntó.

Lorena respiraba con dificultad y miraba al judicial con los ojos desorbitados.

—¡Oficial! —intervino Lucía, mientras señalaba al asiento

trasero—. ¡La niña y su mamá están aquí! ¡La herida está inconsciente! ¡Hay que llevarla a un hospital ahorita mismo!

El judicial se asomó adentro de la camioneta.

—¡Las sigo! —exclamó, se subió rápido a su coche y prendió la sirena.

—El hospital más cercano es el inglés, ¡apúrate!

—¿El ingl...? ¡Es demasiado para esta gente! Vamos a ir a uno de la Roma del que mi tío es el direc...

—Esta niña no llega a la Roma —interrumpió Lucía con ojos de fuego. Lorena apretó la boca y se encaminó al hospital inglés.

En el camino, Lucía le llamó a Fernando y a la abuela Olga y les explicó la situación. Ambos quedaron de llegar al hospital. Al mismo tiempo, Lorena le habló a su esposo y le contó su versión de los hechos.

—¿Para qué va a ir la abuela? —preguntó Catarina.

—Ella conoce organizaciones que trabajan con personas que vienen de los estados, no hablan español y viven en la calle. Va a ir con una trabajadora social.

Al llegar al hospital, todo sucedió muy rápido. La niña fue admitida en urgencias y de inmediato salió un doctor con gesto preocupado.

—¡No podemos aceptar este caso! —dijo muy serio—. ¡No es un hospital de beneficencia!

—Soy el oficial Gustavo Moreno —se presentó el judicial,

mostrando su placa—. La señora es responsable, ella va a pagarlo —dijo, moviendo la cabeza hacia Lorena, que miraba al doctor con ojos huecos.

El doctor le echó una ojeada a todos, los secos y los mojados y asintió.

—¡Tráiganles unas mantas! —le pidió a una enfermera.

Minutos después, llegó Norberto junto con otro hombre y un niño como de ocho años, quienes fueron directo con la mamá de la niña y la abrazaron: eran su esposo y su hijo. Todos lloraban.

—¡¡YO LA VI CON MIS PROPIOS OJOS!! —le gritó furioso Norberto a Lorena, señalándola con el dedo índice—. ¡¡La atropelló y se largó!! ¡¡Ni miró pa'trás!! ¡¡A USTED QUÉ MÁS LE DA UN INDIO MENOS!!

—¡Calma, calma! —intervino Gustavo—. Apenas sepamos el estado de la niña, vamos al ministerio público y levantas la denuncia. Si quieres, vete adelantando.

Pero Norberto no se calmaba.

—¡¡Mírelos nada más!! —clamó, señalando a la familia indígena—. ¡¿Cómo puede, méndiga vieja, cómo puede?!

En eso salió una señorita vestida de rosa. Vio toda la escena con ojos de zorrillo asustado.

—Eeeh, señor —le dijo quedito a Norberto—. No grite, es que hay enfermitos… es un hospital…

Norberto, resoplando, se salió al estacionamiento justo en el momento en el que llegaba la abuela Olga con una trabajadora social. Fueron directo con los papás de la niña. La trabajadora llevaba una maleta de la que sacó algo de ropa seca para ellos. Olga le dio a su hija una sudadera para que se cambiara. Luego se la llevó un poco más lejos y habló con ella. Después regresaron adonde estaban todos.

—¿Alguien puede venir por ustedes? —le preguntó Olga a Emilio—. Lucía ya se va, ella no tiene más que hacer aquí. Yo me quedo con la familia de la niña.

—Mi papá y mi tía vienen en camino —contestó Emilio. Olga miraba a Emilio y a Gaby con cierto gesto de ternura que no era muy común en ella.

—Esta niña está muy pálida, mira nada más qué ojeras —observó, tocándole el cachete a Gaby, luego volteó hacia su nieto mientras sacaba su monedero—: Rodolfo, ve con Catarina a la maquinita y traigan diez chocolates calientes y diez paquetes de galletas. Van a tener que hacer varios viajes.

Gaby quiso acompañarlos, Emilio se sentó en una silla y puso la cara entre sus manos. Su mamá se sentó junto a él, pero Emilio no quería verla.

Abuela Olga repartió los chocolates y las galletas entre todos, empezando por la familia de la niña atropellada. Les preguntó sus nombres: la mamá era Ramira, el papá Poncio, el niño Juan y la niña herida también se llamaba Gabriela. Venían de Oaxaca, eran mixes. En eso se abrió la puerta y entró Fernando, con cara de susto.

—¡Qué bueno que llegas! —exclamó Olga.

—¿Cómo está la niña? —preguntó preocupado.

—No sabemos, la están atendiendo —contestó Lucía.

—Hija, ya vete a tu casa, estás empapada —dijo Olga, mirándolos a ella y a Fernando—. Llévense a los niños. Yo me quedaré aquí hasta que se resuelva la situación de Gabriela y su familia.

Lucía, Rodolfo y Catarina se despidieron de la familia mixe. El policía se acercó a pedirle a Lucía su teléfono, por si tenía que llamarla para declarar. Ella no quiso dárselo.

—Ya hice suficiente, oficial. Yo no fui testigo del accidente —contestó. El policía le dio su tarjeta y no insistió.

Cuando vio que se iban, Gaby puso cara de puchero y abrazó a Catarina. Emilio se despidió con la mano, tenía la cara roja de llanto. Lorena vio a Lucía a los ojos durante un instante. Rodolfo nunca había visto una mirada así: era una mezcla de odio, enojo y asco.

Cuando caminaban por el estacionamiento rumbo a su coche vieron de lejos a Juan Carlos, el esposo de Lorena. Con gesto furioso se dirigió a ellos.

—¡Tú, bueno para nada! —le gritó a Fernando, levantando el dedo índice hacia él—. ¿Por qué no controlas a la idiota de tu mujer? ¿Ni para eso sirves? ¿Ella quién se cree?

—Cálmate, Juan Carlos —contestó secamente Fernando—. Y no insultes a Lucía.

—¡¿Ya viste lo que provocó?! —graznó Juan Carlos, señalándola rabioso.

—Sí —afirmó.

—¿Y qué vas a hacer?

—Nada —Fernando se encogió de hombros—. Menos mal que Lucía supo qué hacer: la niña está atendida, su familia en buenas manos y la responsable se hará cargo.

El rostro de Juan Carlos se descompuso completamente y adquirió un tono morado que se notaba a pesar de la luz amarilla del estacionamiento. Parecía que se estaba inflando como una manguera tapada a punto de explotar. Dio un paso y su cara quedó a unos centímetros de la de Fernando. Luego pareció calmarse, pero esas calmas son las peores: vienen acompañadas de una tirria pastosa y condensada.

—No sé que pienses tú —su voz parecía un gruñido espeso—, pero gente como esos indios y como ustedes, no sirven para nada, no deberían existir. Los únicos que deberíamos existir somos nosotros: los que sí trabajamos, tenemos dinero y somos inteligentes y caucásicos, si me entiendes. Lo quieras o no, somos superiores. Y tú, ¡mírate!, buscando justicia para ellos y no tienes ni en qué caerte muerto.

—Ya vete, Juan Carlos —intervino Lucía—. Espero que cuando crezcan, tus hijos recuerden este día y sean más humanos que tú.

Juan Carlos volteó a ver a Lucía como quien mira a una lombriz y sonrió con burla. Luego se dio la vuelta y se fue. Los cuatro caminaron aprisa hacia su coche y se subieron. Como si estuvieran en el lugar más seguro del mundo, una vez adentro, todos soltaron suspiros. Lucía lloró. Fernando la abrazó. Catarina se sumó al abrazo, las lágrimas también le rodaban por las mejillas. Rodolfo sentía algo comprimido, apretado y denso en el pecho. Al final, puso una mano en el hombro de su mamá.

—No llores por ese tipo —la consoló Fernando—. No vale la pena.

—No lloro por Juan Carlos —sollozó Lucía—. Lloro por esta tarde, por la familia mixe, por la prepotencia de Lorena, por la cara de susto de sus hijos. Dos familias, dos Gabrielas, dos universos totalmente distintos…

# PARTE IV
# Negocios

# Plan de negocios

Llegaron a su casa a las diez de la noche. Catarina se había quedado dormida en el coche, se bajó toda amodorrada y se aventó a su cama vestida. Fernando fue a su cuarto y se dispuso a acostarse. Lucía se veía muy distraída y suspiraba mucho. Rodolfo sentía la cabeza tan llena de cosas que no podía pensar, se movía como si fuera una máquina. Se encontró con su mamá cuando salió del baño y ella le dio un abrazo corto, pero muy apretado. Se acostó sobre las cobijas con una sensación extraña en el corazón y de inmediato se durmió como si se le hubiera terminado la batería. Cuando despertó a la mañana siguiente, notó que estaba adentro de su cama y en piyama, pero no se acordaba cómo había pasado eso. Con la cabeza nublada, pensó que lo ocurrido la tarde anterior había sido una pesadilla, pero conforme se espabilaba, la realidad fue haciéndose camino: sí había pasado. Una sensación fría invadió su pecho al tiempo que se daba cuenta de que su amistad con Emilio había terminado. Y no por lo que había pasado. Todos los años y todas las cosas que habían compartido en ese tiempo —juegos, fiestas, travesuras, campamentos, incontables recreos y horas de escuela—, habían quedado en otro lugar. No era exactamente el pasado, era otro sitio y ya. Una ácida gotita de remordimiento estalló en su pecho: sí, había sido su mejor amigo, pero tampoco podía decir que lo había extrañado en los meses en que no se vieron. Todo había sido tan rápido y era definitivo que Rodolfo se sentía como un pez al que habían cambiado de pecera y tenía que seguir nadando y respirando, aunque en un ambiente distinto, con otros peces, otra comida y otras piedritas en el fondo. Pero había algo más grande que la gota ácida. "Bueno para nada", le dijo el papá de Emilio a su papá. Cuando lo gritó, Rodolfo sintió un derrame de lava hirviendo en el estómago. Sabía que no era justo ni cierto, sabía que el papá de Emilio había actuado de manera grosera, pero aun así, sintió vergüenza.

En eso alguien tocó el timbre y Rodolfo vio su reloj: eran las diez de la mañana. Pensó que todos estaban durmiendo, pero no quiso levantarse a ver quién era, total, seguramente no lo buscaban a él. Escuchó a su mamá hablando con Juan Pablo sobre los costos del arreglo de su baño.

—Cobra diez mil, ya me dijo.

—Pues sí. Tengo que ser honesta contigo: sé que tengo que pagarlo, pero esa cantidad es más que lo que recibí de sueldo.

—Mmm… ¿Cuánto puede pagar ahorita?

—Ya hice mis cuentas. Ahorita puedo pagar tres mil —ofreció Lucía.

—Ok, yo le presto los otros siete mil y me los paga en dos meses, ¿cómo ve? —propuso Juan Pablo.

—Mmm… ok, me parece bien.

Puestos de acuerdo, el vecino se fue y se oyó otro suspiro de Lucía, marca elefante. En unos momentos, todos comenzaron a arrastrarse de sus camas hacia la cocina. Fernando fue directo al refri a sacar unas cosas.

—Con esto del plomero, no me va a quedar de otra: voy a tomar las clases que me ofrece la escuela por las tardes —anunció Lucía. Catarina y Rodolfo pusieron cara de pulpo congelado—. Ya sé que no les gusta, pero no será mucho tiempo. Voy a decirle al señor Almazán que lo haré nada más hasta enero.

Fernando puso a calentar unos frijoles.

—¡Bueno! No vamos a estar solos, papá está aquí en las tardes —comentó Catarina. Lucía miró a Fernando, pero él siguió concentrado en los frijoles.

Más tarde, Mofeto pasó por ellos para ir a pasear a los perros al parque. Ahí estaba Bere con su papá, que les compró a todos una paleta helada del carrito. Sentados en una banca, mientras lamían sus paletas, Catarina y Rodolfo les contaron a los otros lo sucedido la tarde anterior.

—¡Qué onda con tus cuates! —exclamó Mofeto.

—Einstein dijo: "Hay dos cosas que son infinitas: el universo y la estupidez humana. Y del universo, no estoy muy seguro". Yo estoy de acuerdo —comentó Harald meneando la cabeza.

—A mí no me importa ser medio zapoteca —Bere se encogió de hombros.

—¡Al contrario! —intervino su papá—. Es un motivo para sentirte orgullosa.

Bere iluminó a todos con una de sus sonrisas. Harald terminó su paleta y se fue a jugar a la pelota con Drakkar.

—Estoy pensando en algo... —dijo Catarina con cara de intriga.

—¿Qué? —preguntó su hermano.

—Bere, ¿a ti te dan domingo? —quiso saber Catarina.

—¿Domingo?

—Sí, dinero para gastar.

—¡Ah! Mi papá le dice mesada. Sí, me da como... doscientos pesos al mes.

—¿A ti te dan, Mofeto?

—¡Qué me van a dar!

—¡Esa es la cosa! —discutió Catarina—. No tenemos ni para un chicle.

—No esperes que mi mamá nos dé domingo, Catarina... ¡estás viendo! —le reprochó Rodolfo.

—No, no, no. Nadie nos va a dar nada. Vamos a hacer negocios.

Bere, Mofeto y Rodolfo la miraron con ojos desconfiados.

—¿Negocios?

—Hay una niña en nuestro salón que vende galletas —dijo Catarina.

—¡Ah, sí! —añadió Bere—. Y están buenas.

—Yo no sé cocinar —intervino Mofeto.

—Hay que ver qué sabemos hacer —propuso Catarina.

—¡Yo no quiero trabajar! —Bere se encogió de hombros—. ¡Tengo mis doscientos!

Rodolfo, Mofeto y Catarina se pusieron a pensar en sus habilidades. Eran escasas.

—Yo sólo sé comer, ver la tele, estar echado y sacar a pasear a Sauron —les informó Mofeto.

—¡Ahí está! —gritó Catarina, con los ojos redondos—. ¡Ese va a ser nuestro negocio!

—Nadie cobra por estar echado —repuso Mofeto extrañado.

—¡No, no! ¡Sacar a pasear perros! ¡Hay gente que lo hace!

—¡Es verdad, en mi edificio hay un chavo paseador de perros! —agregó Bere.

—Es todo un oficio, ¿qué no sabían? —Catarina miraba a los otros como si fueran unos completos ignorantes.

—¿Y qué propones? ¿Que saquemos a pasear a Lulita con Sauron?

—No, no, escuchen —exclamó Catarina, poniéndose de pie—: nosotros ya tenemos dos perros, podemos decir que son de nuestros clientes, para ser más convincentes. Vamos a todos los edificios de la calle, tocamos en los departamentos y les decimos que somos paseadores de perros y que cobramos por el servicio.

—A mi mamá no le va a gustar nada que andemos en la calle paseando perros —objetó Rodolfo.

—Ella no va a estar, ¿te acuerdas?

—¿Y papá? —insistió.

—A papá lo convencemos.

—También pueden bañar perros y gatos —sugirió Bere—. Pueden poner un letrero afuera de su casa: servicios para mascotas.

—¡Claro! También vamos a quitarles las pulgas —se burló Mofeto.

—¡Sí! ¡Es muy fácil, yo sé cómo! —exclamó Bere.

—Mofeto, ya diles que no digan tonterías —rezongó Rodolfo.

Se sentía totalmente escéptico ante las ideas de su hermana, además de que lo había puesto de malas al recordarle no tenían ni para un chicle.

—¿Cuánto cobra tu vecino por pasear perros? —le preguntó Catarina a Bere.

—Cincuenta pesos por cuarenta y cinco minutos, pero juega con ellos, ¿eh? ¡Los regresa bien cansados!

—¡Está perfecto! —gritó Catarina.

—Puede que no sea tan mala idea —opinó Mofeto.

—¡¡¿Qué?!! No es en serio, ¿verdad? ¿Quieres sacar a tu bestia hormonosa a que se eche al plato a todas las hembras que nos encarguen? —chilló Rodolfo, señalando a Sauron, que en ese momento tiraba de su correa para ir tras una perra gran danés que pasaba por ahí.

—Yo sé cómo controlar a la bestia —contestó, agitando la botellita de agua helada en las narices de Rodolfo.

En eso, el papá de Bere la llamó y les dijo adiós con la mano.

—¡Ya me voy! —se despidió Bere—. ¡También pueden cuidar bebés!

—¡Claro! —se emocionó Catarina—. ¡Qué padre! ¡Podemos ayudarle a Carla, la vecina!

Mofeto y Rodolfo la miraron con repugnancia.

—¡¡Yo no voy a cambiarle el pañal cagado a nadie!! —declaró Mofeto.

—¡Ni yo! —agregó Rodolfo de inmediato.

Al llegar a su casa, ahí estaba la abuela Olga, iba a comer con ellos y después los llevaría al cine. En la comida, Lucía y su mamá hablaron bastante de la familia mixe, que se apellidaban Kïp. Según le había contado el papá, quiere decir árbol. Los niños estaban curiosos, Fernando parecía distraído y bostezaba mucho. Olga lo miraba de soslayo, pero no dijo nada.

—¿Tú no vas, ma? —preguntó Catarina cuando se alistaban para el cine. Lucía negó con la cabeza.

—No puedo, tengo que preparar clases por adelantado. Acuérdate de que en las tardes ya no voy a poder.

—Abuela Olga los llevó al cine en un centro comercial, después dieron una vuelta. Ese día, viendo los aparadores de las tiendas, Rodolfo sintió una especie de fastidio en el estómago. Todo se le antojaba: tenis, playeras, balones, juegos. Miró a su hermana y le notó cierta cara de antojo. Los dos veían las cosas como cuando te mueres de hambre y te llega un olor de carne asada, plátanos machos fritos o ves un fabuloso plato de tacos frente a ti. Estaban prácticamente salivando. Abuela Olga se dio cuenta.

—¿Extrañan la compradera? —preguntó, con la ceja levantada.

—¡Sí! —contestó Catarina, enfática—. Abuela, no tenemos ni para un pepino.

—Vendrán otros tiempos —los consoló.

—¡Chin! ¡Yo la verdad no veo para cuándo! —exclamó Rodolfo con desconfianza.

—Yo sé que ahorita sienten feo porque no se pueden comprar nada —observó la abuela—. Pero, aunque no lo crean, el dinero no lo es todo.

—Sí, sí, sí... el dinero no es la felicidad, la gente siempre dice eso— intervino Catarina.

—Pero vieras que ayuda —añadió Rodolfo.

La abuela alzó las cejas y exhaló.

—El dinero se necesita, no digo que no. Y hay cosas que nos gustan y queremos tenerlas —dijo—. Lo que quiero decir es que si pensamos que esas cosas nos van a hacer más felices, o mejores personas, no es así.

Siguieron caminando, entre la marea de gente con bolsas llenas de compras.

—Voy a hacer un experimento para que veas, abuela —dijo Catarina, con una mirada rara—. ¿Aceptas?

—¿Qué es?

—Tú sólo mira.

Catarina se puso a ver con atención a la gente. De pronto se fijó en unos chavos como de catorce y dieciséis años. Estaban afuera de la tienda de videojuegos y admiraban su recién comprado *Call of duty*. Catarina se acercó a ellos.

—¡Buenas tardes! Quiero hacerles una pregunta —les dijo sin la menor pena.

Los dos pusieron cara de curiosidad.

—Están contentos con su juego, ¿no?

Los chavos asintieron con entusiasmo. Era evidente que eran hermanos.

—¿Lo pagaron sus papás?

Ambos movieron la cabeza de un lado a otro, dudando, luego se miraron.

—Más o menos... lo compramos nosotros, con nuestro domingo —contestó uno.

—¡Muy bien! —aprobó Catarina con tonito de maestra. Rodolfo tenía ganas de darle un zape—. Y... ¿cómo son más felices: con el juego o sin el juego?

Los hermanos se miraron y se rieron.

—¡Con el juego, claro!

—¡Gracias! —exclamó ella.

Después, Catarina volteó a ver a su abuela con una sonrisa de triunfo de tres kilómetros.

Cuando regresaron a su casa, olía a café. Su mamá estaba trabajando en la mesa del comedor y su papá estaba en su cuarto, dormido. La abuela recibió una llamada en su celular y al terminar, les dijo que era la trabajadora social. Contó que Gabriela Kïp, estaría en el hospital una semana. Tenía rotos el fémur y el peroné. Tendría que estar en reposo un buen rato y luego iba a necesitar fisioterapia.

—¿Y qué va a pasar con esa familia? —preguntó Lucía.

Abuela Olga se encogió de hombros.

—Por el momento están en el albergue de la ONG. Van a ver si ambos padres son candidatos para recibir los apoyos que dan. Si los aceptan van a enseñarles español; también les ofrecen terminar la secundaria y aprender un oficio para que puedan tener algún trabajo —explicó.

—¿Y supiste algo de Lorena? —indagó Lucía.

—Están pagando todo.

Cuando se fue la abuela, Catarina, Rodolfo y su mamá jugaron *Malefiz*, el juego de mesa favorito de Catarina. Fernando no se levantó de la cama.

—¿Está enfermo? —preguntó Catarina.

—No. Sólo está cansado —contestó Lucía con un suspiro.

—¿Cansado de qué? —preguntó Rodolfo con fastidio. Su mamá lo miró enojada.

—Es estresante no tener trabajo y tener tantas deudas —contestó cortante—. Por eso está cansado.

Catarina también le echó ojos de pistola. Rodolfo se quedó muy aplastado. Después de jugar, fue a su cuarto, se echó en su cama y ahí se quedó un buen rato, mirando al techo. De pronto escuchó unas voces y se dio cuenta de que se había quedado dormido: era la una de la mañana y estaba en su cama, vestido. Se puso la piyama. Tenía una sensación pastosa y desagradable en la boca, quería lavarse los dientes. Camino al baño, escuchó que sus papás estaban hablando en su cuarto. Se acercó a la puerta para escuchar lo que decían.

—En la noche todo se ve peor, en serio, huerca, ahorita no hablemos de eso —decía su papá.

—Pero es que… ¡es una deuda enorme, ponte a ver: ocho millones de pesos! —la voz de Lucía se oía preocupada.

—Ya sé cuánto es, no me lo tienes que recordar.

—Pero te pueden embargar lo poquito que tenemos: los muebles, el coche… ¿Qué vamos a hacer? ¿Comer en el suelo?

Se oyó un suspiro enorme de uno de los dos.

—¿No oíste como que uno de los niños andaba en el pasillo? —preguntó Lucía, que tenía oído supersónico.

—Voy a ver —dijo Fernando.

Rodolfo voló. De un paso llegó a su cuarto, apagó la luz y en dos segundos se metió en su cama y cerró los ojos. Oyó los pasos de su papá acercándose, pensó que iba a checar si estaba dormido, pero sólo lo tapó. Esa noche se durmió sin lavarse los dientes.

Al día siguiente, Fernando se levantó temprano para hacer el desayuno. Luego despertó a sus hijos para ir a andar en bicicleta a Reforma. Rodolfo notó que su papá estaba callado y distraído. No vio a un peatón que cruzó la calle corriendo y se estampó con él. Los dos se cayeron al suelo, fue muy aparatoso. Fernando tenía un raspón horrible en una rodilla, llegaron unos socorristas y le ayudaron a levantarse, luego le limpiaron la herida, le pusieron desinfectante y una venda. Durante toda la curación estuvo muy serio, Rodolfo y Catarina también. El peatón, un chavo como de veinte años, se raspó las manos y un poco el tobillo, donde Fernando le había pegado con la llanta, pero estaba menos lastimado que él. Mientras le ponían la venda, se acercó a disculparse.

—Perdón, señor, es que vi a mi novia del otro lado.

—A la próxima, te fijas —contestó Fernando secamente.

El chavo asintió y caminó hacia su novia, que estaba a unos pasos.

—¿Qué te dijo el ruco? —le preguntó. No estaba tan lejos como para que los dos hermanos no la oyeran.

Devolvieron las bicicletas y caminaron hacia el coche. Fernando cojeaba. Rodolfo tomó la mano de su papá y la puso sobre su hombro, para que se apoyara. En todo el camino de regreso, no dijo una sola palabra. Cuando entraron al departamento, Lucía los vio sorprendida y luego miró su reloj: esperaba que estuvieran fuera más tiempo. Luego notó que Fernando estaba lastimado y le ayudó a caminar hasta el cuarto mientras Catarina hacía la crónica del incidente con lujo de detalle. Fernando se sentó en su cama y le enseñó el golpe a su esposa.

—¡Ssssss! —exclamó Lucía con una mueca de horror—. Eso está feo… ¿quieres ver a un doctor?

—Claro, como estamos nadando en la abundancia —ironizó Fernando—. Mejor me acuesto un rato, quiero dormir.

Lucía cerró las cortinas de su cuarto y mandó a sus hijos a bañarse. El resto del día estuvo raro. Afuera hacía frío, las nubes eran plomizas, cargadas de una lluvia que decidió caer temprano. Fernando durmió sin parar hasta la noche. Rodolfo y Catarina comieron con su mamá y luego esperaron a que la lluvia se quitara para sacar a pasear a Wasabi en el parque, pero a las 5:30 de la tarde, estaban de regreso. Rodolfo estaba más aburrido que una ostra seria. Pensó en Mofeto, así que fue a buscarlo a su casa. Tocó tres veces, pero nadie abrió. El único que se acercó fue Sauron, que olisqueaba por el huequito abajo de la puerta. A pesar de que era un perro muy loco, casi no ladraba. Algo bueno debía tener. Cuando alguien tocaba el timbre del departamento de Rodolfo, toda la cuadra se enteraba gracias a Wasabi.

De regreso en su casa y motivado por la más profunda desesperación, Rodolfo fue a buscar a su hermana. Ella lo miró con desconfianza.

—Vengo a hablar de negocios —dijo él, con la boca de lado.

—¿De cuáles?

—Pues de los tuyos, babotas, de lo que estabas hablando ayer.

—¡Aaaah!

Catarina estiró un brazo para tomar un cuaderno que tenía en su buró. En la primera página decía: "Plan de negocios". En la segunda, en un recuadro con dibujos de todo tipo, incluyendo patas de perro, jabones, mamilas, corazones, margaritas y demás babosadas, se leía:

Martín, Dolfo & Lady Bug
Ofrecen sus servicios para:
Paseo de perros,
atención a mascotas
(desempulgue, baño, pensión)
& servicios de *baby sitting*.
Precios razonables.

—¿*Baby sitting*? —preguntó Rodolfo con cara de espanto.

—Servicio de niñera.

—¿Martín?

—No le iba a poner Mofeto, ¿verdad? Y Sócrates está espantoso.

—¿Lady Bug? —inquirió su hermano, con cara de fuchi.

—Catarina en inglés es *lady bug*. Acuérdate que si pones las cosas en inglés, venden más.

—¿Pensión de perros? ¿Es broma, verdad?

—Donde está Wasabi caben dos jaulas más. Por lo menos.

Rodolfo meneó la cabeza receloso. Eso de los negocios le daba mala espina. Su papá, se suponía, era muy listo para esas cosas y sin embargo estaban en la situación en la que estaban por él. Y Catarina había salido a su papá.

# Martín, Dolfo & Lady Bug

—¿Y cómo sabes que Mofeto y yo vamos a aceptar?

—La necesidad, hermano, la necesidad —contestó Catarina, alzando las cejas mientras cerraba los ojos.

—Tenemos que discutir el asunto de cuidar bebés.

—Todos le entramos a todo o no hay trato.

—¿Quién crees que va a dejarle su bebé a tres morros?

—Nunca falta quien necesite que le echen ojo a su bebé un ratito. No les vamos a hacer nada y yo sé que cambiar pañales es muy fácil.

—¿Cuándo vamos a empezar?

—Mañana vamos a sacar copias del volante.

—¿De cuál volante?

—El que haremos en la computadora, babas, ¿has oído hablar de la publicidad, verdad?

—No le vas a poner estos dibujitos ridículos.

—¿Por qué ridículos? ¿Tú que sabes del toque femenino?

—Sólo hay una computadora y la está usando mamá.

—Pues vamos a esperar a que acabe.

Lucía estaba tardando mucho, así que fueron a pedirle —cautelosamente, por supuesto— si les prestaba su laptop. Después de un rato se las dejó e hicieron unos volantes que eran simplemente los siete renglones con dibujos de perros, un par de mamilas y un bebé. Vaya que sus servicios eran variados. En cada hoja cabían tres volantes. Catarina y Rodolfo vaciaron sus alcancías para sacar las copias: entre los dos juntaron noventa y tres pesos. Alcanzaban para unas 186 copias, 558 volantes.

Al día siguiente se regresaron de la escuela sin su mamá. Ella se quedó para informarle al director que aceptaba dar las clases. De camino pasaron a la papelería para encargar las copias.

—Martín, Dolfo y Lady Bug, ¡tssss! ¡Qué cursi! —se quejó Mofeto.

—En la tarde, tenemos que recortar los volantes y luego salir a repartirlos —dijo Catarina, ignorando el comentario de Mofeto.

—Nada más para saber… ¿nuestros papás van a ser informados? —preguntó Mofeto.

—Sí, sí… pero no hoy —acotó Catarina.

—Yo digo que es mejor que sepan —aconsejó Bere.

—Yo también, pero no quiero que vayan a decirnos que no —comentó Catarina. Rodolfo y Mofeto estuvieron de acuerdo.

—Les contaremos cuando el negocio marche —añadió Rodolfo.

—Bere suspiró y miró al cielo. Cuando llegaron Catarina y Rodolfo a su casa, su papá les abrió la puerta en pants y sudadera, con los pelos todos parados. En el fondo se oían las voces del plomero y su ayudante, componiendo el baño. Toda la casa olía a cemento fresco, humedad y soldadura.

En la tarde, Mofeto y los hermanos fueron a recoger las copias. Encerrados en el cuarto de Rodolfo recortaron cien hojas y luego salieron a repartir folletos acompañados de Sauron y Wasabi. La idea era deslizar uno debajo de la puerta de cada departamento, pero sólo pudieron hacerlo en dos edificios, pues no en todos lados los dejaban pasar. Eso sí, pusieron uno en todos los buzones de las casas y pegaron muchos con cinta adhesiva en paredes y en árboles. También los repartieron entre algunas personas que paseaban a sus perros en la calle. Cuando llegaron a su casa, Lucía estaba trabajando en la mesa del comedor.

—¿Dónde andaban? —les preguntó, un poco sorprendida.

—Pues… caminando por aquí, con los perros —contestó Catarina.

—¡Ah! ¿Y ya hicieron la tarea?

—Yo tengo muy poquita —repuso Catarina, mientras caminaba hacia su cuarto.

—¿Ya hablaste con el director? —le preguntó Rodolfo a su mamá.

—Sí. Empiezo el lunes próximo.

Rodolfo sonrió y fue a su cuarto a hacer la tarea. Una sensación cosquilleante le daba vueltas en la panza. En verdad deseaba que mucha gente viera sus folletos.

# ¡¡¡¿Pensión para perros?!!!

Al día siguiente, mientras desayunaban, Catarina estaba muy pensativa.

—Mamá, ¿te acuerdas cuando hacíamos fiesta el 15? —le preguntó.

—¿Cuál 15? —quiso saber Rodolfo.

—Pues el de septiembre, menso, el día del grito de Independencia, ¿o en dónde vives tú? —replicó su hermana.

—Ah, sí... —Lucía puso cierta cara de nostalgia—. Pero, ¿por qué me dices que si me acuerdo, como si hubiera sido hace dos siglos?

—Ya va a ser el 15 y no se ve que vayamos a celebrar.

—¿Por qué no? —exclamó Lucía con cara de extrañeza.

—Pues porque ya no hay gente —insistió Catarina.

Rodolfo entendió a qué se refería. En el condominio donde antes vivían, cada familia llevaba algo de comer y se armaba la pachanga en la casa club.

—¡Claro que hay gente! Ya se nos ocurrirá algo —dijo Lucía—. Pero ahorita, apúrense.

Al irse, Catarina le dio un beso a su papá, que estaba con el mismo atuendo desde hacía dos días: en pants, sudadera, con el pelo revuelto y ahora, con algo de barba.

—¡Tu barba pica y hueles a león! —se quejó Catarina—. Hoy sí te vas a bañar, ¿verdad?

—Ayer el plomero tuvo que quitar el agua para reparar el tubo, por eso no me bañé —se justificó Fernando.

Cuando se abrió la puerta del elevador, ahí estaban otra vez Mofeto y su papá, que los saludó con la misma efusividad de siempre.

—No les ofrezco aventón porque tengo un servicio ahorita —explicó—, pero quiero invitarlos el sábado a mi casa.

Rodolfó le echó un ojo a Mofeto, que miraba intensamente a su papá.

—Es justo que celebremos el día, ¿no creen? Ayer me encontré a Juan Pablo y también lo invité.

—Te leyeron la mente —Lucía le sonrió a Catarina, luego le dijo a Segismundo—: ¿Qué te llevamos?

—Después nos ponemos de acuerdo con eso de las viandas —sugirió el vecino.

En cuanto llegaron a la escuela, Carmela y Rosana se acercaron a ellos.

—Tenemos noticias —informó Carmela—: Miss Meche trajo a un maestro de inglés nuevo. Dicen que es su sobrino y que es canadiense.

Mofeto y Rodolfo se miraron.

—¿Yolo? —dijo Mofeto, a falta de algo mejor qué decir.

—¿Yolo? —rezongó Carmela—. Dicen que no habla un pepino de español y que es muy raro.

—¿Cómo saben? —preguntó Rodolfo.

—¡Yo lo vi ayer! ¡Y está bien *weirdo*! —declaró Rosana.

Sonó el timbre y se fueron a formar. La noticia del sobrino ya le había dado la vuelta tres veces al pequeño Wisconsin y todo el mundo hablaba de eso. A la hora del recreo, Catarina y Bere fueron corriendo a darles el informe.

—¡El sobrino está bien curioso! —exclamó Bere.

—Sí, está exótico. Y no habla ni papa de español —dijo Catarina—. Muchos sufrieron bastante por eso, pero miss Meche lo tiene bien entrenado, si no le entendemos, nomás dice: "*English is the language of the leaders, you must learn it*".

Después del recreo, miss Meche entró muy solemne al salón, seguida del sobrino, que medía algo así como dos metros y estaba un poco choncho. Su pelo era rubio casi blanco y sus ojos, intensamente azules, miraban a las ventanas, no a los niños.

—*This is my nephew, Edward* —lo presentó.

—*You can call me Ted* —dijo él, con una sonrisa boba y un vozarrón como el de la tía.

—*He will be your new English teacher* —explicó la maestra Meche—. *He has experience teaching children in Canada. You will like him very much.*

La maestra se fue y los dejó con Ted. Antes de comenzar la clase, los miró a todos. De pronto, reparó en Mofeto y Rodolfo y les pidió que se acercaran al frente. Ellos no sabían qué se traía y caminaron lentamente, mirándolo con desconfianza, igualitos a Wasabi cuando ya sabe que hizo una trastada y le va a tocar al menos una nalgada, pero Ted sólo les pidió que le ayudaran a cargar el escritorio para ponerlo frente a la pared. Dijo que no le gustaba ver a los niños mientras trabajaban.

Después de eso, comenzó la clase. Ted hablaba rapidísimo. Mofeto y Rodolfo apenas le entendían, los demás le pedían que repitiera y que hablara más despacio. Ted no se desesperaba y repetía todo en cámara lenta. Luego les dijo que quería ver cómo escribían y les pidió que contaran un chisme, aunque fuera inventado, en una página. Los alumnos intercambiaron miradas con cejas levantadas, pero él ni caso les hizo, se sentó, sacó su laptop y se puso a hacer cosas. Como era muy alto, la silla y el escritorio de miss Paty le quedaban como muebles de casita de muñecas, así que alejó la silla a medio metro del escritorio y se sentó como araña despatarrada, con las piernas abiertas. Todos lo veían hipnotizados, mientras su cuerpo se repantigaba sobre la silla. De pronto se dio cuenta de que sus alumnos estaban inmóviles y volteó, pero no como voltearía cualquier persona: dejó la mano derecha sobre el escritorio, levantó el codo, asomó la cabeza por el triángulo que hacía su brazo y los miró con ojos de tifón. Todos pegaron un brinco y se pusieron a escribir. Sí que era raro el tal Ted.

A la hora de la salida, Lucía les dijo que se adelantaran, ella tenía cita con tres alumnos que querían tomar clases de francés. Cuando llegaron a su casa, su papá —bañado y rasurado— abrió la puerta y les clavó una mirada seria, con las cejas fruncidas.

—¿Martín, Dolfo y Lady Bug? —preguntó sin preámbulos. Catarina y Rodolfo se miraron nerviosos.

—¿De qué hablas? —aunque estaban acorralados, Catarina fingió no saber nada.

—De que habló una señora, dueña de un pastor belga, que dijo tener un folleto de Martín, Dolfo y Lady Bug, que paseaban perros.

—¿Y... qué le dijiste? —aventuró Rodolfo.

—Que esas tres personas estaban en la escuela, pero que me dejara su teléfono.

—Ah... —los dos suspiraron aliviados.

—¿Me quieren explicar? —insistió Fernando, con ojos de perforadora.

Catarina resopló y le echó a su hermano una miradita rápida para solicitar apoyo.

—Empezamos un negocio —explicó ella.

—Mofeto es nuestro socio —añadió él.

—Vamos a pasear perros —siguió Catarina, teniendo buen

cuidado de no mencionar nada de los bebés, ni mucho menos de la pensión.

—Y… vamos a cobrar algo por eso —agregó Rodolfo.

—Es que no tenemos dinero para nada y…

—… y pensamos que podemos trabajar y ganar algo…

Eso del apoyo fraterno funcionó: el gesto de su papá se suavizó un poco.

—¿Y pensaban decirnos? —Fernando no quitaba del todo las cejas fruncidas.

—Sí, sí —afirmó Catarina, toda entusiasta.

—Estábamos esperando al primer cliente… que ya habló —terció Rodolfo. Por fin Fernando relajó la cara y suspiró.

—Okey, okey. Bueno, ojalá que les vaya bien con eso. Todavía no le hablen a la señora, hasta que mamá y yo platiquemos, ¿sí…? ¿Van a llevar a Sauron a los paseos?

—No creo que Mofeto quiera dejarlo —dijo Catarina.

—Sauron puede ser un problema —observó su papá.

Apenas llegó Lucía se sentaron a comer y Fernando sacó el tema. Lucía tenía cara de preocupación y desconfianza absolutas. Pidió ver sus folletos. Catarina y Rodolfo pusieron la boca de lado. En cuanto vio lo de los bebés y la pensión, su mamá se descompuso.

—¡De ninguna manera! —cloqueó—. ¿Cómo creen que van a cuidar bebés? ¡Si algo le pasa a las criaturas, ustedes no van a tener la menor idea de lo que se debe hacer!

—Nada más es cuidarlos un ratito. Cambiarles el pañal, darles su leche —explicó Catarina.

—A ver: los bebés se meten todo a la boca, qué tal que uno se empieza a ahogar, ¿qué hacen? ¡Se les muere el bebé! ¿Y luego?

Los hermanos se miraron con cara de perro pateado.

—¿Y si lo sacudimos tantito? —sugirió Rodolfo tímidamente.

Lucía resopló.

—Que paseen perros, pasa, pero de los bebés, ni hablar. Si les hablan para eso, dicen que no —graznó.

Fernando asentía, viéndolos muy serio.

—¡Te dije que era mala idea! —le recriminó Rodolfo a su hermana. Ella le sacó la lengua con desprecio.

—Por lo demás, está bien que quieran ganar su dinero, huerca —intervino el papá.

—Pero los paseos tienen que ser temprano, entre las cuatro y las cinco y media, máximo, para que no se les haga de noche —les advirtió su mamá—. Y nada más por aquí, nada de cruzar avenidas.

Los dos asintieron.

—¡Y cuidadito y no hagan la tarea por andar de perreros! —sentenció.

—¿Podemos hablarle a la señora del pastor? —preguntó Catarina.

Lucía apretó la boca y movió la cabeza en un gesto indefinido que el par interpretó como un sí. Los dos corrieron al teléfono y ahí se paralizaron. Susurrando, discutieron sobre quién debía llamarle, qué voz daría más confianza y qué iban a decirle. En eso se oyó un grito desde la cocina, una especie de mugido, relincho y gruñido:

—¡¡¡¿Pensión para perros?!!!

# La cachorrita

Para el 15 de septiembre, la cosa iba bien: tenían cinco clientes para pasear a sus perros los lunes, miércoles y jueves. Serían 750 pesos a la semana, 250 para cada uno. Los tres se sentían millonarios. Eran un cocker, un dálmata, un schnauzer, el pastor belga y un westie. Lucía les compró en el súper, a precio de remate, un hueso de plástico donde se guardaban las bolsas para recoger las popós. Comenzarían el siguiente lunes.

Mientras desayunaban, se oyó el teléfono y Catarina contestó. Era alguien que necesitaba urgentemente servicios de pensión para su perra. Tenía que salir de emergencia el fin de semana y ninguna pensión tenía sitio.

—Déjeme ver si hay lugar, señor —dijo Catarina y fue corriendo a decirle a sus papás. Lucía puso cara de síncope cardiaco.

—¡Pero mamá...! —gimoteó Catarina—. Te prometo que Dolfo y yo vamos a cuidar muy bien a la perra y no va a hacer nada.

Lucía estaba muy renuente. Catarina exhaló.

—Mira: si aceptas, te damos la mitad de lo que nos pague. Va a darnos tres mil porque dice que es una perra muy fina y no quiere dejarla sola.

Su mamá abrió mucho los ojos y puso cara de pensarlo.

—Okey, la mitad —negoció, con un suspiro—. Pero no quiero absolutamente ningún estropicio.

Catarina brincó de gusto y fue corriendo al teléfono.

—Todavía nos queda un lugar —dijo hábilmente—. ¿A qué hora la trae?

—¡Viene en una hora! ¡Es una cachorrita! —exclamó toda sonriente cuando regresó a la cocina.

—¡Bueno! Pues por tres mil supongo que es una perra con mucho pedigree —comentó Fernando.

—¡Cachorrita! —Lucía alzó las cejas—. Ésas son las peores, hay que tener cuidado, lo muerden todo... ¿Te dijo qué raza?

—¡Ay, no le pregunté! —contestó Catarina, alzando las cejas.

Le avisaron a Mofeto, se bañaron y vistieron y una hora después, se oyó el timbre. Cuando Rodolfo abrió, casi dio un brinco de dos metros. La "cachorrita" era la perra gran danés que habían visto en el parque.

—¿Aquí es la pensión? —preguntó su dueño, asomando la cabeza con recelo.

—¡Sí! —contestó Catarina alegremente, como si tuviera años en el negocio. Los ladridos de Wasabi se oían como música de fondo.

—¡Claro! ¡Ahí se oye a otro pensionado! —exclamó el dueño. Los hermanos sonrieron.

Rodolfo tuvo que que admitir que Catarina tenía buena mano con los animales. Le hizo cariños a la perra, cuya cabeza no quedaba muy lejos de la suya y de inmediato la gran danés le lamió los cachetes y le movió la cola. Lucía, por suerte, se estaba bañando, pero su papá llegó en ese momento y puso ojos de plato sopero.

—¡¿Ésta es la cachorrita?! —dijo con cara de susto.

—Estos perros son cachorros hasta los veiticuatro meses —contestó Catarina, que había leído sobre diferentes razas.

—¡Así es! —exclamó el propietario, sorprendido de la cultura canina de Catarina—. Se llama Reina y tiene diecinueve meses. Es súper fina y bien educada. Se la encargo mucho.

El señor le hablaba al papá, pensando que el encargado del changarro era él.

—¡Sí, claro! —repuso Fernando.

—Vengo por ella mañana en la noche, como a las ocho.

El dueño se fue y los tres se quedaron ahí con la giganta, sin saber qué hacer.

—Mejor sáquenla a pasear al parque ahorita —sugirió Fernando—, antes de que la vea mamá.

Pero Lucía se había bañado más rápido de lo previsto y miraba la escena envuelta en una toalla, en la sala, con la boca abierta y los ojos fuera de órbita.

—¡¿Qué?! —fue lo único que atinó a decir.

En eso llegó Mofeto con Sauron. En cuanto vio a la perra, el salchicha se puso como loco. Fernando fue por Wasabi, puso su correa en las manos de Catarina, los mandó al parque y les pidió que trataran de estar ahí el mayor tiempo posible.

Todo el camino, Sauron intentó olfatear el trasero de Reina. La perra no le hacía más caso que a una pelusa flotando en el aire y el pobre salchicha, por más brincos que daba, no se acercaba ni a veinte centímetros de su objetivo. Eso les daba cierta tranquilidad, pero no del todo: con Sauron uno nunca sabía. Reina jugaba muy bien con la pelota, como Drakkar, pero no se cansaba por más que se la aventaban lo más lejos que podían. Sauron, Wasabi y los tres paseadores de perros acabaron con la lengua de fuera mucho antes que ella.

Después de comer, Lucía los envió otra vez a dar la vuelta con los perros. Cuando fueron por Wasabi lo encontraron dormido, tirado de lado en su cama. Solía emocionarse nada más con ver su correa, pero esa tarde, apenas movió la punta de la cola, levantó un poco la cabeza y la dejó caer: estaba agotado. Lucía les encargó que, de regreso, compraran jamón en la tienda de abarrotes que estaba a la vuelta. Mofeto no pudo acompañarlos, tenía que ayudar a su papá con la fiesta de la noche.

—Hace tres semanas, mamá no nos dejaba salir ni a la esquina, ahora vamos al parque, paseamos perros y nos mandan por el jamón —observó Rodolfo y, poniéndose rojo, admitió—: y a mí me da pena pedir el jamón.

—¿Pena? ¿Por qué? —preguntó Catarina.

—¿Has visto la cara del de la tienda?

—Sí —dijo ella, asintiendo con los ojos redondos—. Tiene cara de tiburón.

—De veras no quiero —insistió Rodolfo.

—Tengo una idea: tú lo pides y yo lo pago —sugirió Catarina, siempre negociando.

—¡Yo lo pago y tú lo pides, para el caso!

—Esta vez tú y a la próxima yo, o hacemos un volado —propuso ella.

Rodolfo tuvo que aceptar. Ya sabía que, si hacían un volado o piedra-papel-o-tijera, él iba a perder.

# El 15 de septiembre

A las 8:15 de la noche, la familia Pachón tocó el timbre en el departamento 601. Segismundo les abrió con una charola en donde había vasitos de tequila y unas copas de colores con piña colada sin alcohol. Él estaba tomándose una de ésas. Su casa estaba bien ambientada con campanas y cadenas verde, blanco y rojo hechas con papel de china. En el balcón había colocado una bandera enorme, la mesa estaba puesta con platos de barro y un mantel que tenía dibujos tricolor. La música de José Alfredo Jiménez a todo volumen llenaba su casa y, posiblemente, todo el edificio. Era la primera vez que Rodolfo iba a casa de Mofeto. Él salió de algún lugar y se acercó a saludarlos. Tomó tres piñas coladas, le dio una a cada uno y otra para él.

—¡Por el negocio! —exclamó, brindando con ellos.

—¡Por el negocio! —secundaron los hermanos.

—¿Cómo va Reina?

—¡Pfff! ¡Por suerte sólo son dos días! —soltó Catarina con voz cansada.

—Esto de trabajar está pesado —añadió Rodolfo.

—Y apenas empezamos —comentó Mofeto.

En eso tocaron el timbre. Eran Juan Pablo y su galán, que se llamaba Marco y era pianista. Dos minutos después llegó Conchita, con el copete tembloroso.

—O sea que invitaste a todo el ilustre Edificio Duquesa —le dijo Lucía a Segismundo.

—Carla y Luis, con los tornados, fueron a la casa de los papás de ella —explicó Segismundo.

—Sólo falta Pacita —ironizó Fernando.

Segismundo exhaló e hizo los ojos para arriba.

—Si hubiera venido, ella daría el grito... pero de terror. No tenía caso invitarla. Yo sé cuando no me quieren.

—Yo traje un disco —dijo Marco, mostrando una caja—. Acabamos de grabarlo, es de música mexicana tocada con la orquesta.

El anfitrión de inmediato quitó el disco de José Alfredo y puso el de Marco. Mofeto, Catarina y Rodolfo se dedicaron a comer botana hasta reventar. De pronto Segismundo fue a la cocina y salió con una olla enorme.

—¡El pozole está listo! —anunció.

Mofeto les pidió a los hermanos que le ayudaran a llevar las cazuelas con tostadas, lechuga, limones, chile piquín y orégano. Segismundo comenzó a llenar los platos de barro.

—¡Ejem! —carraspeó Juan Pablo cuando todos tuvieron su pozole enfrente—. Si me lo permiten, quiero dar gracias.

Todos lo miraron serios. Juan Pablo cerró los ojos, agachó un poco la cabeza y juntó las manos.

—Te agradecemos los frutos de la tierra con que nos alimentas. Que nos aprovechen, así sea —dijo solemnemente.

—No sabía que fueras religioso, Juan Pablo —comentó Lucía.

—Bueno... soy creyente de todas las religiones y practicante de ninguna en particular. Creo que hay sabiduría en las palabras de un budista, un católico, un judío, un musulmán... Dios es uno, ¿no creen?

—El líder máximo —suspiró Mofeto.

—¡No me acordaba! —exclamó Rodolfo—. ¿Qué te dijeron en la junta?

Mofeto miro a su papá, que meneaba la cabeza.

—Hace algunos siglos, a éste lo hubieran quemado en leña verde y a mí en su compañía —bromeó Segismundo.

—¿De qué hablan? —quiso saber Juan Pablo.

Mofeto, ayudado por Rodolfo y con algunas intervenciones de su papá, narró lo sucedido con Gerry, miss Paty y las peticiones al líder máximo.

—Pues sí. Yo argumenté que la escuela no era confesional, al menos no de manera abierta, así que no tenían motivo para ponerlos a rezar —explicó Segismundo acaloradamente.

—Además lo más importante es la situación de Gerry, que no se va a resolver con rezos —declaró Lucía.

—En fin, luego me salió con que san Francisco era ecologista y por eso era el santo patrono de la escuela. Digo, si lo que cuentan de él es cierto, pues… ¡vaya que era milagroso el amigo! Pero, ¿ecologista?

—Es que hablaba con los animales —intervino Catarina— y ellos le contestaban.

—Yo también hablo con mi perro y vieras qué bien me contesta y no por eso soy ecologista, ¡y menos santo! —se rio Segismundo, luego se puso serio y añadió—: El tema de fondo era Gerry. El director estuvo de acuerdo con que el asunto merece atención urgente. Quedó de hablar con los papás del chico. Le llamó la atención a la maestra. Y a éste —movió la cabeza hacia Mofeto— le pidió que respetara la buena relación que tiene miss Paty con el líder máximo.

—Bueno, parece que salió bien —intervino Fernando.

—Auxilio no es tonto —puntualizó Segismundo—. Tiene ideas un tanto extrañas y creo que no tiene dificultad en manipular a la gente, pero tonto, no es. Tampoco la pelirroja. Pasando a temas más amables, ¿qué les parece el pozole?

—¡Está excelente! —era la primera vez en la noche que se oía la voz de Concha.

—¡Buenísimo! ¡Muy sabroso!

Todos aplaudieron el pozole. Rodolfo pensó que después de la botana no iba a caberle ni un grano de elote, pero ya iba en el tercer plato.

—Es casi lo único que sé hacer —explicó Segismundo—. Martín me ayudó: él abrió las bolsitas donde venía el maíz.

—El pozole es un canto a la abundancia —agregó Marco.

Rodolfo y Mofeto cruzaron miradas y se aguantaron la risa: a los dos les pareció un comentario súper cursi.

—¿Qué es eso? —preguntó Segismundo, entrecerrando el ojo derecho con cara de desconfianza.

—¡Sí! —Lucía se sumó a la pregunta—. Me parece un concepto muy *new age*. Y muy sobado. Hay velas para la abundancia, rezos, libros, secretos, semillas, monedas, borregos, *feng shui*...

Marco y Juan Pablo se miraron y se encogieron de hombros.

—¡No somos expertos! —sonrió Marco.

—Bueno —intervino Fernando— a muchos de los que estamos en esta mesa, nos gustaría tener abundancia: ¡que sobre, no que falte!

Lucía y Concha asintieron.

—Yo creo que ése es el problema —opinó Juan Pablo—. Pensar que debe haber de sobra. La abundancia no es material, es algo que se siente aquí —explicó, tocándose el pecho.

—Es la sensación de estar satisfecho —añadió Marco—. De que nada te falta, tienes lo que necesitas y con eso estás bien.

—"Busca lo más vital, nomás, lo que has de precisar, nomás, y la naturaleza te lo da" —cantó Segismundo con voz de trueno, imitando al oso Baloo de la película *El Libro de la Selva*.

Todos se rieron… y notaron el parecido entre Segismundo y el oso.

—Nosotros estamos empezando un negocio para tener lo más vital —interrumpió Catarina—. Paseamos perros, cuidamos mascotas, desempulgamos gatos. Somos Martín, Dolfo y Lady Bug.

—¿Ya tienen clientes? —quiso saber Concha.

—Varios perros para pasear y una pensionada que ahorita está en la casa.

—¡Oigan! ¿Aceptan pericos? —intervino Marco.

Los tres asintieron, aunque intercambiando miradas dudosas.

—Una tía mía falleció hace un año y me dejó a su perico. Es un problema cuando salgo de gira: las pensiones no aceptan aves.

—¡Nosotros lo cuidamos! —se ofreció Catarina encantada. Lucía le echó ojos de remolino acuático.

—Sólo si te dan permiso —murmuró Juan Pablo con susto fingido, mientras movía la cabeza hacia donde estaba Lucía.

—Sí les doy permiso, ¡pero mi casa se va a convertir en zoológico! —se quejó ella.

Los adultos se pusieron a hablar de otras cosas y Mofeto invitó a sus amigos a su cuarto.

—Provecho —dijo Catarina muy decente cuando se levantó.

—Les hablamos para ver el dizque grito —informó Segismundo.

—Ustedes perdonen el tiradero —se disculpó Mofeto cuando prendió la luz de su cuarto—. No siempre hago la cama.

—¡Ni aspiras! —añadió Catarina, olfateando el polvo en el aire.

—¡Te azotas! —la criticó su hermano.

—Tiene razón —reconoció Mofeto—: la última aspirada fue... mmm... ¡hace dos semanas!

—¡Eres un marrano! —exclamó Catarina.

En ese momento, la mirada de Rodolfo se posó sobre una guitarra eléctrica Fender colgada en la pared.

—¡No manches! ¿Tienes una Fender? —gritó.

—Psí... yo también tengo mis cositas... como dice mi papá: todo tiempo pasado fue mejor —contestó Mofeto, encogiéndose de hombros.

—¿Y la sabes tocar? —preguntó Catarina.

—Claro que sí.

—¿Qué sabes?

—Bueno... la única que me sé completa, es una de Bob Dylan. Mi papá insistió en que me la aprendiera.

—¿Cuál? —indagó Rodolfo.

—Psss... creo que se llama *Blowin' in the wind.*

—A ver, tócala —le pidió.

—Y cántala —solicitó Catarina.

Sin hacerse del rogar, Mofeto bajó su guitarra de la pared y le limpió el polvo. Luego sacó un amplificador de su clóset, también lo limpió y al final, conectó la guitarra y se puso a afinarla.

—Hace meses que no toco. La última vez fue en Austin —explicó. Antes de cantar, miró a su público y se puso un poco rojo.

—Ya canta —ordenó Catarina con tonito de sargento.

Mofeto aclaró la garganta y comenzó a cantar. Tocaba mejor de lo que cantaba, de repente se le salía uno que otro gallo, pero no se equivocó con la guitarra.

—Esa canción es bonita —comentó Catarina cuando terminó.

—¡Eh! ¡Los de la música! —gritó Segismundo—. ¡Ya va a ser el grito!

Al llegar a la sala, la tele estaba prendida y todos estaban viéndola. En eso se oyó una explosión acompañada de un chispazo que iluminó las ventanas del Edificio Duquesa y se quedaron sin luz. Segismundo abrió la puerta del balcón y todos salieron. El aire olía a quemado y salía humo del transformador que estaba en la esquina. Había muchos vecinos en la calle y en los balcones y ventanas de los edificios vecinos: todos querían ver qué había pasado.

—¡Ya no tuvimos grito! —se quejó una señora en la calle.

—¡Claro que sí, señora! —voceó Segismundo desde el balcón, mientras tomaba la bandera que había puesto en una maceta, luego gritó con su vozarrón—: ¡Viva México!

—¡Viva! —corearon entusiastas sus invitados y los vecinos.

—¡Miren! —clamó Lucía de pronto.

Desde el sexto piso del edificio se veían los fuegos artificiales en muchos puntos de la ciudad. Rodolfo miró a Mofeto y notó que estaba sonriendo. En ese momento se dio cuenta de que él también sonreía.

# La inteligencia de un perro

Después del grito los invitados comenzaron a despedirse. Segismundo abrazó a Fernando con fuerza.

—Tú sabes que soy tu amigo —le dijo.

—Sí —contestó él.

—Pero tu amigo de verdad —insistió Segismundo.

Fernando asintió y su vecino lo abrazó de nuevo. Luego se despidió efusivamente de Rodolfo. Un tufillo inconfundible a tequila acompañaba el abrazo. Todos se encaminaron a las escaleras iluminados por los celulares.

La familia Pachón sólo bajó un piso y se despidieron de los otros. Cuando abrieron la puerta de la casa, sintieron una corriente de aire frío y un pellizco de sospecha puso la panza de Rodolfo caliente del susto. A veces, lo peor de lo más gravemente peor, es enfrentarse con lo pésimamente horrible.

—Creo que ese chiflón viene de aquí —supuso Lucía, mientras entraba a la cocina. De pronto oyeron un grito cuando sus sospechas se confirmaron—: ¡¡¡La perra!!!

En automático, apuntaron la luz del celular al comedor y

luego, a la sala. Y ahí, en el sillón, estaba Reina sentada como tal, mordiendo algo. El foquito del teléfono iluminó una escena de pesadilla: la perra había destruido todo el brazo del sofá y se entretenía royendo el relleno. Había pedacitos por toda la sala. A Lucía le temblaba el labio inferior, conteniendo el llanto. Fernando la miraba preocupado.

—¡Era un mueble muy fino! —rugió ella al fin.

Luego se sentó en una silla del comedor, se cubrió la cara con las manos y lloró. Rodolfo y Catarina se miraban entre ellos y a su mamá con cara triste. Catarina apretaba los labios. Rodolfo caminó hacia Reina, que seguía mordisqueando el relleno, su hermana lo siguió. Fernando puso una mano solidaria sobre el hombro de Lucía.

—¡Y ni un maldito centavo para arreglar eso! —gruñó ella.

Solos en la zotehuela, Rodolfo y Catarina cerraron la puerta e intentaron comprender qué había pasado. La misma Reina les dio la explicación: con toda facilidad alzó la pata hacia la manija de la puerta, de las largas que se abren jalándose hacia abajo, y la abrió. Rodolfo la cerró de inmediato.

—Te dije que cerraras con llave —lo regañó Catarina.

—A Wasabi nunca le cerramos.

—Wasabi es bastante bruto y encima, enano. Reina es un perro grande y listo. Hay que ver la inteligencia de un perro —comentó Catarina. Su hermano negó con la cabeza y tronó la boca.

—Creo que vamos a tener que darle a mamá todo lo que nos paguen, también nuestra parte— sugirió resignado.

Catarina asintió con la boca de lado. Cuando regresaron a la sala, después de cerrar con llave la zotehuela, sus papás estaban levantando el relleno del sillón y ellos se acercaron a ayudar. Su mamá llenó una bolsa de basura, fue a dejarla a la cocina y después fue a su cuarto. Ellos se quedaron solos con su papá.

—Pensamos darle a mamá todo el dinero que nos den por cuidar a Reina —ofreció Rodolfo.

Su papá asintió.

—Es buena idea. Esto fue mala suerte —dijo Fernando.

En ese momento, un grito de terror se escuchó en cada rincón de la colonia Nápoles.

—¡¡Esa perra se hizo caca en mi baño!! —aulló Lucía—. ¡¡Y LA PISÉEE!!

# Chamba es chamba

Rodolfo y Catarina limpiaron el desastre de Reina en el baño bajo la lucecita del celular de su papá. Las caquitas de Wasabi no eran nada frente al monte Everest que había hecho la perra.

La mañana siempre llega y la luz del sol ilumina hasta las cosas más oscuras. Claro que a veces, eso no es tan bueno. El sillón roído lucía peor con luz que sin ella. Catarina y Rodolfo le hablaron a Mofeto para que estuviera listo, luego desayunaron y se vistieron como rayos para sacar a pasear a los perros.

Todo ese día hubo un ambiente serio en su casa. Lucía puso un sarape sobre el sofá, porque no soportaba ver el destrozo. En la noche, cuando fue el dueño de Reina por ella, la perra lo saludó feliz, él agradeció que estuviera en buen estado y le pagó a Fernando. En cuanto cerraron la puerta, su papá puso el dinero en manos de Rodolfo y Catarina y ellos se lo dieron a su mamá.

—Bueno, pues se va todo a reparar el sillón. Y de los pensionados: debut y despedida, ni uno más —declaró.

Catarina y Rodolfo se miraron torciendo la boca y asintieron resignados.

El miércoles sería su primera tarde de sacar a pasear perros. En cuanto llegaron de la escuela su papá les abrió la puerta, con el delantal puesto y les contó que alguien más había hablado para pedir que pasearan a su poodle.

—¡Tengo que comer rapidísimo! Hoy empiezan mis clases vespertinas —interrumpió Lucía y luego miró a los niños—. ¡Oigan! ¿Seis perros no son demasiados?

—¡Sí podemos! —afirmó Catarina.

—Acuérdate que también llevamos a Wasabi y a Sauron —mencionó Rodolfo.

—Es verdad —aceptó Catarina mientras iba por el teléfono—. ¡Voy a hablarle a Bere, para que nos acompañe!

—Ya serían nueve perros con Drakkar —le recordó su hermano.

—Drakkar es muy decente y ella tiene dos manos —replicó Catarina, con el teléfono en la mano.

—Y tendremos que compartir las ganancias —remató Rodolfo.

Ella lo miró un momento e hizo sus cuentas.

—Si paseamos seis perros, serían novecientos pesos a la semana, doscientos veinticinco para cada quien con todo y Bere, pero si se nos escapan, va a ser peor —reflexionó Catarina.

Rodolfo lo pensó un momento.

—Okey, márcale.

Bere dijo que sí luego luego. Después de comer, Lucía corrió a la escuela, el papá lavó los trastes y luego les dio las llaves del departamento, por si llegaban antes que él, que se iba a una entrevista. A las 4:30 en punto, Bere los alcanzó en el Edificio Duquesa y comenzaron la colecta de perros. Mofeto llevaba a Sauron, al cocker y al pastor belga; todos ellos eran machos. Rodolfo al dálmata y al schnauzer, que era perra. Catarina se encargaba de Wasabi y del poodle, Bere de Drakkar y del westie. Al primero que recogieron fue al westie. Era un perrito blanco y alegre que saludaba con entusiasmo, moviendo el rabo como hélice y las orejas muy paradas, a todo cuanto perro se encontraba, aunque fuera mucho más grande que él. Con Sauron hubo un intercambio de gruñidos, pero nada serio.

—Ténganles la correa muy corta, así, para que nos obedezcan —les mostró Bere—. Si la dejamos larga va a ser un desastre. Que caminen a nuestro paso.

Bere lo decía fácil y sabía hacerlo, porque su papá le había enseñado a educar a Drakkar. Para Catarina y Rodolfo no fue tan difícil, pero para Mofeto, fue un reto que Sauron le hiciera caso. A pesar de que iba entre dos machos, él tenía la costumbre de treparse sobre cualquier cosa que tuviera cuatro patas. Además, en la colonia vivían todas sus conquistas anteriores: nada más con verlo venir, sus dueños se cruzaban presurosos la calle.

—Mi papá dice que si lo dejáramos suelto sería el Gengis Can —rio Mofeto.

—¿Por? —preguntó Catarina.

—Gengis Kan fue un conquistador mongol. Cuando atacaba una población, embarazaba a todas las mujeres que podía, ¡más de la mitad de China tiene sus genes! —explicó.

—Si dejamos que Sauron haga lo que quiera, habría salchiperros por toda la Nápoles —se rio Bere.

Aunque el paseo duraba cuarenta y cinco minutos, entre cuidar a Sauron, levantar cacas de todos tamaños y ejercitar a los perros en el parque, se les fue más tiempo y acabaron más cansados los paseadores que los canes. Cuando Rodolfo y Catarina llegaron a su casa, estaba sola y un poco oscura. Fue una sensación extraña. Catarina suspiró mientras prendía la luz de la sala.

—¿A qué hora crees que llegue mamá?

—Sepa —contestó Rodolfo.

Catarina se sirvió un vaso de leche, se comió dos galletas, se sentó en el comedor y se puso a hacer su tarea. Rodolfo se acostó en su cama. Todavía tenía mojado el pelo de tanto que había corrido con los perros. Sentía las manos sucias y pegajosas y un olorcillo agrio, seco y tierroso lo envolvía. Suspiró. Le habría gustado que alguien le hubiera preguntado cómo había estado su primera salida con los perros. Sabía que sus papás no tardarían en llegar, pero aun así, sentía algo incómodo. Tenía que hacer tarea, pero prefirió quedarse echado en su cama, mirando al techo.

Se despertó cuando escuchó la voz de su mamá hablando con Catarina. Hablaban de los perros mientras su mamá doblaba

calcetines y calzones sobre la mesa del comedor. Amodorrado, fue con ellas. Su hermana ya estaba en piyama y bañada.

—¡Hola, dormilón! —lo saludó Lucía.

—¿Por qué no me despertaste? —fue su saludo.

—Pues porque estabas dormido y no te gusta que te despierten. Además, llegué hace como cinco minutos.

—Pero tengo tarea.

—¿Y yo como iba a saber que no la habías hecho? —repuso su mamá, acercándose para darle un beso—. ¡Qué onda, Rodolfo! ¡Hueles a chivo! ¡Báñate!

De mala gana, Rodolfo fue al baño. El agua caliente lo puso de mejor humor, pero se sentía muy cansado como para hacer otra cosa. Fue a la cocina con su mamá y su hermana, que ya estaban cenando. En eso, se oyó que se abría la puerta y su papá entró acompañado de un resoplido de elefante. Con el saco colgándole del hombro derecho, se recargó en el marco de la puerta de la cocina.

—Por fin tengo una chamba —dijo sin mucho ánimo.

Lucía sonrió de oreja a oreja.

—¡Bravo! —exclamó—. ¿Qué es?

—Nada para presumir, la verdad.

—¿Qué es? —preguntó Catarina.

—Es en un *call center* especializado en cobro de tarjetas de crédito. Seré de los que le hablan a los que no pagan sus tarjetas.

—¡No mam...! —dijo quedito Lucía, compartiendo la desilusión de su esposo.

—¡Mamáaa! —exclamaron Catarina y Rodolfo, mirándola con ojos de regaño.

—¡Tiene razón! Es un trabajo horrible —convino Fernando, dejándose caer en la silla que quedaba libre—. Pero ahorita, chamba es chamba.

—¿Y cuándo empiezas? —quiso saber Lucía.

—La próxima semana. Primero tienen que aplicarme unos exámenes. Si los paso, me darán un curso para saber cómo hacerlo, porque tiene sus trucos. Hay que parecer intimidante.

—¿Intimidante? —preguntó Catarina.

—Pues... hay que dar miedo —explicó su papá.

—¿Cómo vas a hacer eso? —inquirió Rodolfo.

Fernando levantó las cejas y suspiró. Luego se lavó las manos en el fregadero y se dispuso a prepararse unas quesadillas.

—Ese trabajo no te va a gustar nada, Fernando —comentó Lucía.

Él se encogió de hombros.

—¿Qué otra, huerca? Lo bueno es que lo voy a hacer aquí. Necesito una computadora, eso sí. Y me van a dar un *software*.

Lucía no podía ocultar su desagrado. Cerró los ojos y negó con la cabeza. Luego se dispuso a lavar los trastes. Tomó una sartén y la observó, luego frotó un dedo contra la superficie y se lo mostró a Fernando: estaba negro de cochambre.

—Cuando laves las sartenes hay que ponerles desengrasante un rato, para que se les quite esto —le dijo seria.

En el fondo de su voz, de su gesto y de ese dedo indignado y cochambroso, levantado acusadoramente frente a él, se asomaba la pata peluda de un reproche. Fernando asintió con un solo movimiento de cabeza y suspiró otra vez. No fue un suspiro profundo. Fue corto, contenido, refrenado. De los que estallan en el pecho mucho antes de aliviar la tristeza que los produjo.

# No puedo controlar por más tiempo mis esfínteres

Justo cuando acababan de entrar al salón, llegó miss Meche con aire parsimonioso. Todo el grupo se puso de pie, como debía hacerse cuando ella o el señor Almazán entraban al salón.

—Bueeenooos díiias, miss Mecheee —saludaron a coro.

—Buenos días, chicos —devolvió el saludo con gesto serio—. Ayer tuvimos una junta con los maestros. Estamos preocupados por el lenguaje que escuchamos en el recreo, en los pasillos, en los salones de clase. Es de lo más vulgar. Por eso di instrucciones a los profesores —explicó, señalando a miss Paty con un movimiento de cabeza—, para que regulen y, si es necesario, castiguen el uso vulgar y soez de nuestro idioma.

—¡Mierda! —susurró Mofeto.

Rodolfo bloqueó las neuronas de la risa.

—Pero, miss, ¿cómo sabemos si...? —se oyó una vocecita.

Miss Meche levantó la mano derecha, acallando cualquier posibilidad de protesta.

—Esto queda a criterio de cada profesor. Miss Paty tiene mucha experiencia como maestra, estoy segura de que ella sabe qué puede permitir.

Faltaba media hora para el recreo, pero Carmela tenía que ir urgentemente al baño. Se revolvía en su asiento como un alga en un mar turbulento.

—¿Qué tienes, Carmela? —le preguntó miss Paty con gesto impaciente.

—¡Ay miss, es que ya me anda de la chis! —contestó Carmela con cara de sufrimiento.

Miss Paty se puso una mano en la frente y negó con la cabeza. Se acercó a su escritorio y suspiró contrariada.

—Carmela, ¿no escuchaste a miss Meche en la mañana? ¿Sabes lo mal que se oye "me anda de la chis"? ¡Es horrible!

—¡Sí! ¡Me anda horrible! —insistió Carmela.

—No-no-no, lo que es espantoso es que hablen así. Un líder jamás dice eso.

—¿Y entonces? ¿Me anda del baño? ¿Me voy a pipintar y a popolvear? ¿Me estoy mean...? —los rezongos de Carmela, que causaron varias risitas insurrectas, fueron interrumpidos por un nada discreto pellizco de Rosana para que las cosas no se pusieran mal.

—¡Carmela! ¡Qué vulgaridad! ¡Ustedes no entienden nada y están cada día peor! —arremetió miss Paty, pegando en el escritorio con la mano—. ¡A ver! Lo correcto es: "necesito hacer uso del sanitario", o... o...

—¡Ay, pero qué estupidez! Yo por mí diría que quiero ir a regar las plantas con mi agüita amarillita —susurró Mofeto.

Rodolfo quería reírse, pero la cara de miss Paty truncaba la mera posibilidad del esbozo de una sonrisa en la comisura de los labios.

—¡Ya sé! —interrumpió dulcemente Marianita—. Una tía mía decía: "no puedo controlar por más tiempo mis esfínteres".

—¡Eso Marianita chula! ¡Esa sí es una frase decente, propia de líderes!

—¡No manches! —dijo Mofeto quedito—. Para cuando terminaste de decir eso, ya te cagaste. Ni porque lo diga Marianita chula.

—¡Cállate! —susurró Carmela, retorciéndose—. ¡Ahorita no me hagas reír, porque me hago!

—Cuando yo era chica, en mi escuela —continuó miss Paty, ignorando la cara de aflicción de Carmela—, nos jalábamos el cuello de la blusa hacia arriba tres veces, así. Eso también pueden hacerlo.

Al tiempo que hablaba, miss Paty jalaba el cuello de su blusa para dar el ejemplo.

—¡Miss! —exclamó Mofeto alzando la mano—. En lo que nos demuestra cómo debemos expresar nuestras necesidades los líderes del futuro, ¿puede dejar que Carmela vaya al baño? ¡Es que se va a hacer!

—Primero, que lo diga correctamente.

Pero Carmela no pudo decir nada. De la risa nerviosa y la cara de congoja, pasó a la más absoluta consternación y comenzó a llorar.

—Yo sé que tú puedes, Carmelita, no es tan difícil —la instó miss Paty en tono condescendiente.

Carmela sólo negó con la cabeza. Rosana se levantó suavemente del pupitre, mirando a su amiga con vergüenza compartida.

—Miss, con su permiso, voy a ir por el conserje, para que venga a limpiar —anunció mientras caminaba hacia la puerta del salón.

Muchas manos se fueron a la boca mientras un grito ahogado le daba la vuelta al salón a la velocidad de la luz. Rodolfo y Mofeto miraron discretamente debajo del pupitre. A un lado y abajo de su vecina había dos charquitos amarillos y su falda goteaba. Carmela, a punto de ahogarse del bochorno que sentía, cruzó los brazos sobre la mesa y escondió la cara ahí. Mofeto se puso una mano sobre los ojos. Estaba rojo de coraje.

—¡Ay! —fue lo único que atinó a exclamar miss Paty—. Voy con miss Meche, a ver si tiene una muda que te preste.

Cuando miss Paty salió del salón, muchos se levantaron a ver el charco. Por todos lados había cejas alzadas, manos agitándose de arriba abajo y se oía uno que otro "¡ssssss!" sumado a varias risitas ahogadas.

—¡Ya siéntense, bola de buitres! —tronó Mofeto, poniéndose

de pie—. ¡Quiero verlos cuando se burlen de ustedes! ¡Si seguimos así, todos vamos a mearnos en estas cochinas bancas!

El grupo entero se calló, porque como quiera, Mofeto enojado imponía. Todos menos Marianita, que se puso pálida y lo miró con ojos de susto, como si sus castos oídos nunca hubieran escuchado semejantes palabras.

—¡Nos dijo miss Meche que no habláramos así! ¡Le voy a decir a miss Paty!

—¿Ah, sí? ¿Quieres que te diga por dónde me paso lo que diga miss Paty? —replicó Mofeto acalorado.

Muchas niñas ahogaron un grito, los demás tenían risa. Rodolfo tomó a su amigo del brazo y le dio un jalón para sentarlo.

—¡Ya cállate! —le ordenó—. ¡Te van a correr!

Las palabras de Rodolfo fueron como echar hielos en una fogata. Mofeto pensó en su papá: suficientes piedras tenía Segismundo en el costal como para agregarle otras. Durante un instante consideró las consecuencias de sus actos, pero la mirada retadora de Marianita era demasiada provocación. Él la miró igual, no pensaba retractarse.

—¿Pasa algo? —la voz de miss Paty, desde la puerta, interrumpió la batalla de ojos. Mariana se sentó en silencio.

—¿Marianita?

Ella sólo negó con la cabeza. Los demás, con aire sumiso, se acomodaron en sus asientos.

Esa tarde, cuando venían de regreso de pasear a los perros,

Rodolfo y Catarina se encontraron en el elevador con Conchita. Les contó que Galleto y Cocol se habían empulgado por un gato callejero que había entrado por su balcón y preguntó cuánto costaría una sesión de desempulgue.

—Tengo que consultar la lista de precios —contestó Catarina, siempre tan ejecutiva—. En cuanto la revise, le digo en cuanto sale y hacemos una cita.

—¿A poco tienes una lista de precios? —le preguntó Rodolfo cuando estuvieron solos en su casa.

—¿Cómo crees? Pero tenemos que preguntar cuánto cuesta el polvo matapulgas, ni modo que le cobremos veinte pesos por gato y qué tal que el mentado polvo cuesta doscientos.

—Eso sí.

—Bueno, pues yo me voy a hacer la tarea —anunció Catarina, mientras se sentaba en la mesa del comedor en compañía del consabido vaso de leche con galletas.

—Yo también… yo la hago en mi cuarto.

En la noche, cuando estaban los cuatro sentados a la mesa, Rodolfo contó lo sucedido con Carmela y que le andaba de la chis.

—Hay veces que no se qué pensar de esa escuela —comentó Fernando, meneando la cabeza.

Lucía meneó la cabeza con la mirada perdida

—¿Qué te pasa, huerca? Algo traes… —observó Fernando.

—Pues sí… es que hoy pasó algo con un alumno.

Los tres la miraron muy serios, esperando que ella continuara.

—¿Qué pasó?

Ella les devolvió una mirada pensativa, luego inhaló.

—Pues… reprobó y se puso un poco loco. Llegó a mi salón antes de que regresaran todos del descanso. Dijo que no estaba de acuerdo con su calificación. Le hice ver que no había entregado ninguna tarea, ningún trabajo, no había participado en clases y reprobó el examen. Y me salió con que su papá tenía influencias y no le gustaba que los maestros lo reprobaran.

—¿Y qué le dijiste? —siguió Fernando. Catarina y Rodolfo la miraban atónitos.

—Pues que si no quería reprobar, trabajara más. Entonces me amenazó. Dijo que eso no se iba a quedar así, que yo no sabía con quién trataba y que me iba a arrepentir. Se fue muy enojado, hasta azotó la puerta.

—¿Y le dijiste algo a miss Meche o al tal Auxilio? —preguntó Fernando.

—Los vi después, pero estaban muy ocupados. En la tarde no estuvo ninguno, pero mañana voy a buscarlos. La cosa es que, por el momento, hay que quedarnos con esta escuela. Ahorita no podemos cambiarlos: ahí tienen beca —Lucía sintió el peso de cada una de esas palabras y suspiró. Luego le preguntó a su esposo—: ¿Y a ti cómo te fue con el *call center*?

—Bueno, hoy sólo fui a unas pruebas. Si las paso ya me contratan y voy al curso. Tengo que comprar una computadora, porque la voy a usar todo el tiempo; me dijeron de un lugar en el centro donde venden usadas a buen precio.

Fernando hablaba sin ver a nadie y sin ocultar su desánimo. Después se levantó con un suspiro y comenzó a lavar los platos. Rodolfo y Lucía fueron a hacer otras cosas y Catarina se quedó sola con su papá. Le pasó los trastes sucios que quedaban en la mesa, metió al refri el queso y la leche, y recogió las migas de los muebles con un trapo húmedo. Todo el tiempo lo miraba con disimulo, para ver si algo cambiaba en su gesto triste y distraído, pero su papá estaba lejos de ahí, en lo suyo. No le agradeció su ayuda —siempre lo hacía—, ni siquiera volteó a verla cuando ella le dijo: "Buenas noches".

Un rato más tarde, en su cama, Catarina abrazó a su oso de peluche favorito. Era un oso colorido, hecho de una tela muy suave. Se acordó del día que lo compraron, cuatro años antes: estaban de viaje, su papá le dijo que le tenía una sorpresa y la llevó a una de esas tiendas donde venden los osos sin rellenar. Ella escogió el que más le gustó, lo rellenaron y tomaron un corazón de fieltro rojo al que le dio un beso. La señorita le preguntó si quería meterlo ella misma dentro del oso antes de que lo cosieran y lo hizo, feliz. Abrazó al peluche y ya no lo soltó, ni siquiera le dieron una caja para que se lo llevara. Se acordaba de que su papá la había cargado y ella lo había mirado a los ojos antes de darle un beso en el cachete. Y por una de esas veredas de su memoria que hacía tiempo no usaba, se deslizó la mirada de su papá hacia ella en ese momento. Era absolutamente feliz, como si supiera que había comprado un pedazo de alegría, un rayo de sol o miles de sonrisas y se los había regalado a su hija. Una motocicleta pasó ruidosamente por la calle mientras Catarina le daba un beso humedecido de lágrimas a su oso, gastado de tantos abrazos, y acariciaba su pecho: sabía que ahí adentro estaba su corazón.

# La ley del sacrificio

El viernes era un día especial: Mofeto y Bere estaban invitados a comer con Rodolfo y Catarina, su papá quedó en hacerles tacos de pollo para celebrar su primer sueldo. Los seis clientes de paseo perruno les habían dicho que pasaran en la tarde para recoger la paga de la semana: como el lunes había sido 15 de septiembre y no habían trabajado, sólo recibirían seiscientos pesos: ciento cincuenta para cada uno. En una semana normal, ganarían novecientos. A cada rato hablaban de lo que harían con el dinero, que después de tantos meses de estrechez, se les hacía como un millón de pesos.

A la hora de la salida, Lucía fue a decirles a Bere y a Catarina que se adelantaran porque miss Meche le había pedido que se quedara un momento para hablar del asunto del alumno reprobado. Mofeto y Rodolfo todavía no salían, así que los esperaron junto a la puerta de la escuela. En eso se acercó Camilo, que iba en el salón de Catarina y, con cierta pena, le dio un papelito doblado.

—¿Y esto qué es? Ten —dijo, devolviéndoselo.

—No, es para ti —repuso Camilo—. Te lo escribí.

—¡Osshhh! —exclamó Catarina, haciendo ojos de huevo cocido—. ¡Ya te dije que no me escribas poemas tontos!

—Bueno léelo y ya, ¿si?

—¡Osshhhh! ¡No-voy-a-leer-nada! —remachó Catarina mientras rompía el papel en pedazos frente a la cara de Camilo. Después los arrojó a su mochila con desprecio. Camilo estaba a punto de llorar. En eso llegaron Rodolfo y Mofeto.

—¿Nos vamos? —preguntó Rodolfo, un poco extrañado al ver el cruce de miradas entre Camilo y su hermana. La de Catarina echaba chispas incandescentes.

De regreso pusieron a Mofeto y a Bere al tanto del pedido de Conchita y preguntaron en la veterinaria del barrio cuánto costaba el polvo matapulgas: noventa pesos, y se llamaba Bolfo.

—¡Bueno, pues una parte de lo que ganemos, se va para el polvo! —anunció Catarina—. Y tendremos que buscarnos más gatos para recuperar la inversión, porque nos va a sobrar, van a ver.

—¿Y cuánto le vamos a cobrar? —preguntó Mofeto.

—Sesenta por gato —contestó de inmediato Catarina.

—¿Ciento veinte pesos? ¿A Conchita?— replicó su amigo.

—¿Qué tiene?

—Apenas tiene dinero, yo creo que va preferir las pulgas que pagarnos eso.

—¡Ay bueno, noventa! —aceptó Catarina—. ¡Nada más para sacar el costo del Bolfo!

—Yo no voy a ir a lo de los gatos, así que se lo reparten ustedes —informó Bere.

—¿Por qué? —quiso saber Rodolfo.

—Me dan alergia y no me gustan.

Cuando llegaron a su casa los recibió el olorcito de tortillas fritas. Esperaron a su mamá diez minutos, pero el rechinido de las tripas hambrientas pudo más y se sentaron a devorar tacos con Fernando. Él les contó que le habían hablado del *call center.* Que sus exámenes habían estado muy bien y el lunes comenzaría un curso, tenía que llevar su computadora y le darían un programa con el cual organizaría todo.

Al terminar de comer, echaron un volado de niños contra niñas, a ver a quién le tocaban los platos. Mofeto y Rodolfo perdieron y las niñas se fueron al cuarto de Catarina con todo y mochilas, riéndose de manera bastante sospechosa.

—Lavamos esto y nos vamos, ¿eh? —les avisó Rodolfo. Respondieron con un "sí" lejano.

En cuanto los trastes estuvieron listos, fueron por ellas. Sin avisar, abrieron la puerta del cuarto y las encontraron sentadas en la cama, armando el rompecabezas en que se había convertido la carta de Camilo y pegándolo con cinta adhesiva. Ellas los miraron con cara de risa.

—¡Catarina! —exclamó Rodolfo con los ojos como toronjas—. ¡Pobre Camilo!

—¡Ay! ¡Pecoso mocos secos! ¿No has visto que siempre tiene la nariz llena de mocos? ¡Se lo merece por cursi! Oye nada más:

Catarina: verte en las mañanas es como ver salir el sol, eres como un jugo de mandarina dulce, como el canto de los pájaros, como el cereal de avena con malvaviscos, como *hot cakes* recién hechos, calientitos, con mantequilla y miel…

Te amo siempre y el doble cada mañana,

Camilo

—¡Pobre morro! ¡Por eso nunca hay que escribirle poemas a una niña! —se compadeció Mofeto.

—¡Qué tierno! ¡Ya vámonos! —las apuró Rodolfo.

Les pusieron sus correas a Wasabi y a Sauron, que eran la imagen canina del negocio y los llevaron con ellos. Cuando se abrió el elevador en la planta baja, se toparon con Lucía, que los saludó distraída. Mientras iban por la calle, Rodolfo se quedó pensativo. A fuerza de verlos, ya había aprendido a leer los gestos de contrariedad de sus papás.

Lucía abrió la puerta del departamento. El aroma de las tortillas fritas todavía flotaba en el ambiente. En la cocina, su lugar estaba puesto y Fernando, sentado en una silla, tomaba un tequila. No solía tomar solo, así, un viernes en la tarde.

—¡Hola! —la saludó—. ¿Te caliento los tacos? ¿Pero qué te pasa, huerca? ¡Traes una cara!

Ella se sentó pesadamente en una silla, sin lavarse las manos, abrazando su bolsa.

—¡Qué bueno que no están los niños! —suspiró—. La plática con miss Meche fue bastante tensa. No quiero que sepan lo que pasó y lo que pienso de ella y de esa escuela. Es mi trabajo, de donde comemos, pero te juro que si pudiera me iría de ahí corriendo con todo y mis hijos.

Fernando le tomó una mano. Ella lo miró con tristeza. Entre los dos estaba el caballito tequilero. Él le dio un sorbo a la bebida, ella suspiró.

—¿Qué pasó? —preguntó Fernando.

—Casi a la hora de la salida fue a buscarme, me dijo que quería hablar conmigo sobre la calificación del niño ese. Supuse que el mocosito fue primero con ella. Cuando estuve en su oficina, me preguntó qué había pasado, ¡como si hubiera habido un problema! Le conté todo lo que pasó.

—¿Y qué te dijo?

—Pues nada, que el niño tenía muchos problemas en su casa y que por eso no había hecho nada de la escuela. Cuando le dije que me había amenazado, no dijo nada.

—¡¿Cómo que no dijo nada?! —exclamó Fernando.

—Bueno, sí dijo, pero me echó la culpa. Me salió con sus leyes del liderazgo. Primero dijo que yo tenía que respetar la ley de conexión, o sea que tengo que conectar con mis alumnos emocionalmente y hacer que les gusten mis materias —siseó Lucía—.

¡Y ahí no acaba! Luego me citó la ley de la victoria: cualquier resultado que no sea victorioso es inaceptable, así que si el alumno tomó la decisión de reprobar yo no puedo aceptarlo y tengo que pedirle un trabajo extra o volverle a hacer el examen, porque según sus nervios, él tiene que salir victorioso o yo estoy muy mal.

—Pero... ¿de dónde sacan esas leyes para idiotas?

—¡No sé! —exclamó Lucía con angustia—. Para rematar, me recetó la ley del sacrificio: yo no tengo derecho a pensar en mí, sólo puedo sacrificarme por mis seguidores, porque eso hace un verdadero líder.

Los ojos de Lucía se llenaron de lágrimas de frustración.

—Le dije que no estaba de acuerdo con ella, que estaba envolviendo con mentiras la irresponsabilidad de un estudiante patán y prepotente, y que era injusto que le repitiera el examen sólo a él cuando otros sí habían estudiado. No sabes con qué ojos me miró cuando le dije eso. ¡Ay, Fer!

Después de la palabra Fer vino un silencio espeso. Los dos se dieron cuenta del tiempo que había pasado sin que ella le dijera Fer. Para sacudirse la incomodidad, Lucía siguió hablando.

—Y al final, cuando se despidió me dijo: "¡Lucía! ¡Actitud positiva ante todo! No creas que este muchacho es el único que tiene problemas en la escuela. Le pregunté a miss Paty cómo iban tus hijos y mira..." Y me dio esto —dijo Lucía, sacando una fotocopia de su bolsa.

—¿Qué es eso?

—La lista de la miss, donde vienen todas las tareas entregadas y los resultados de los exámenes. Rodolfo no ha entregado ni una tarea en lo que va de septiembre y le ha ido bastante mal en las pruebas.

Fernando se puso la mano izquierda en la frente. Lucía asintió despacio, con un suspiro de acompañamiento.

—Le dije que si mi hijo estaba mal en la escuela, yo me haría cargo, nunca le pediría a miss Paty que le volviera a hacer exámenes, y jamás le permitiría ponerse prepotente y grosero.

Fernando le dio un abrazo. Ella recargó la cabeza en su hombro y sintió cómo le escurrían lágrimas que le sabían a rabia.

El timbre del hornito eléctrico sonó y Fernando se levantó por los tacos que había puesto a calentar.

—¿Quieres un tequila? —le preguntó.

Ella suspiró y asintió.

—Al menos ahora podrás brindar con alguien —contestó con cierta ironía que no pudo evitar.

Cuando Catarina y Rodolfo llegaron a su casa, con su dinero y el polvo antipulgas, se encontraron a sus papás platicando animadamente en la mesa de la cocina. Los dos se quedaron un poco extrañados ante la escena, pues hacía tiempo que no los veían platicar así. Ninguno notó los cachetes un poco más rojos de lo normal ni los ojos algo achispados. La botella de tequila estaba guardada en la alacena y Lucía había lavado los caballitos.

—¿Qué tal su primera paga? —preguntó Fernando.

—¡Bien! —exclamó Catarina sonriente, mientras ponía sobre la mesa algunos billetes y monedas—. Nos tocaron ciento cincuenta pesos a cada uno, menos sesenta que pusimos Mofeto y nosotros para el Bolfo y un cepillo para gatos: nos quedan noventa.

—¿Y eso para qué? —quiso saber su mamá.

Rodolfo le contó de los gatos de Conchita.

—Una vez yo desempulgué a mi gato... ¿ya saben cómo se hace, verdad? —dijo su papá.

—Yo ya leí las instrucciones —repuso Catarina.

—Mmm... las instrucciones lo pintan más fácil de lo que es —comentó Fernando—. Digamos que los gatos no suelen aceptar el asunto de buena gana.

—¿Cómo te fue? —interrumpió Rodolfo viendo a su mamá.

—Bien —contestó escuetamente echándole una mirada fugaz a Fernando.

Rodolfo sabía que su mamá no era sincera, pero no quiso insistir. Ella le sonrió agradeciéndole que no fuera más lejos.

—¿Quién quiere unas palomitas y ver la tele? —propuso.

Estaba por comenzar *Indiana Jones y la calavera de cristal*. Lucía tenía el recuerdo del joven y guapo Harrison Ford de las primeras películas y estaba feliz de verla. La permanencia de sus hijos en el Wisconsin le incomodaba cada vez más, pero arrellanados todos en la sala, en el sofá mordido por Reina —tapado con un sarape—, vieron la película y se olvidaron del mundo por un rato.

# Los gatos alemanes se portan mejor

Ese sábado comenzó temprano. A las 8 de la mañana llegó el tapicero por el sofá. A las 8:30 Fernando se fue al centro para comprar su computadora, y a las 11, Rodolfo, Mofeto y Catarina tocaban el timbre del departamento de Conchita. Iban equipados con una sábana vieja cortada a la mitad que les había dado Segismundo, el cepillo y el Bolfo. Concha no abría.

—¿Estará quitando el árbol de Navidad? —bromeó Rodolfo.

—¡Shhh! ¡Cállate! —lo regañó Catarina.

Después de unos minutos, les abrió. Estaba muy arreglada y su copete, tembloroso como siempre, se veía muy bien peinado.

—Pásenle, pásenle —dijo.

Tres pares de ojos se posaron de inmediato sobre el árbol de plástico y luego cruzaron miradas de risa aguantada mientras Conchita abría las cortinas de la sala y el comedor, que eran de terciopelo rojo. Ya se veían bastante gastadas y el color era opaco, pero todavía servían para mantener a raya la luz del sol. En un sillón de la sala —tapizado de terciopelo azul—, estaban dormidos los dos gatos más obesos que Mofeto había visto en su vida.

—¡Bueno! ¡Ahí les dejo a mis niños! Yo voy a pasar el día con mi hermana y mis sobrinos. Cuando salgan na'más se fijan que la puerta cierre bien. Les dejé unas galletas en la mesa de la cocina —dijo Conchita apresurada, luego abrió su monedero—: y les dejo cien pesos para los tres, porque noventa es muy poco.

Acto seguido tomó su bolsa, se despidió y se fue.

—Vamos a empezar con los gatos, ahorita que están ahí dormiditos —comentó Catarina.

—¡Dudo que este par de focas hagan algo además de dormir! —exclamó Mofeto.

Las instrucciones del polvo eran simples y claras: se toma al gato, se espolvorea con el producto, se le envuelve en un trapo (dejando la cabeza de fuera), se le mantiene ahí cinco minutos y al final se le cepilla, y además de pelo, uno verá caer las pulgas muertas. Decidieron comenzar por Galleto. Catarina era de la idea de tratar al minino con todo afecto para que no sospechara nada. Desafortunadamente, en cuanto lo pusieron sobre la sábana y comenzaron a espolvorearlo, las sospechas del morrongo se activaron de inmediato y salió corriendo, brincando por los sillones de terciopelo, donde dejó un rastro de polvo blanco como azúcar glass. Los tres corrieron tras él, pero pese a su obesidad era bastante ágil y se escondió pegado a la pared, debajo del ropero de Conchita, que era viejo, pesado y grande; desde ahí echaba zarpazos feroces. Fueron por una escoba para obligarlo a salir y a los zarpazos se sumaron unos maullidos roncos y salvajes. Aquel minino tierno y ronronoso se había convertido en una fiera. Por fin salió y Mofeto, que alguna vez había visto un documental de las mamás gato cargando a sus bebés por el pellejo del pescuezo, lo tomó rápidamente de la misma forma. Aunque Galleto estaba más o menos sometido, no disimulaba su disgusto: los maullidos profundos y furiosos no pararon y tenía las orejas totalmente planchadas hacia atrás, como de chilaquil. Rodolfo aprovechó el momento para espolvorearlo bien y bonito con el Bolfo, que olía a insecticida. Después, Catarina lo envolvió delicadamente con la sábana y se ofreció a sostenerlo mientras hacía efecto el polvo, pero su hermano se opuso.

—¡No! ¡Yo lo detengo! ¡Tú nada más lo vas a apapachar y se va a ir otra vez!

Fueron cinco minutos bastante largos. Cada segundo, el gato luchó, maulló y forcejeó por su libertad. Rodolfo sudó.

—Y luego tenemos que cepillarlo —les recordó Catarina.

El momento de la cepillada fue el más difícil. En teoría, tenían que extender la misma sábana bajo el micho y cepillarlo para ver a las pulgas caídas en combate, pero la paciencia del micifuz estaba en números rojos y se defendió, como suele decirse, como gato panza arriba, con mordidas y rasguños propios de una bestia salvaje y no de un minino casero. Al final no les quedó de otra que soltarlo, con el pelaje (áspero por el polvo), convertido en un cementerio de pulgas. Eso sí, como resultado de la refriega, algunas sí quedaron patas arriba en la sábana.

A Cocol, que no era nada tonto, le bastó atestiguar lo ocurrido con su compañero para ir a buscar un sitio verdaderamente recóndito en el cual esconderse. Lo buscaron por todos lados y al final lo encontraron debajo de la amplia cama de Concha, que era muy bajita, así que ninguno de ellos podía meterse para sacarlo. Además, estaba todo oscuro y, a juzgar por la cantidad de polvo que salió cuando fueron por la escoba para obligar al felino a salir, hacía meses que nadie pasaba la aspiradora por ahí. Por fin lograron sacarlo y repitieron el procedimiento. Lo malo fue que Cocol resultó más fuerte y agresivo que Galleto y el operativo antipulgas dejó como saldo más rasguños. A Mofeto incluso le tocó uno en la cara cuando intentó dominar al gato con la mirada. Al final los dos michos acabaron bajo la cama de su dueña y no volvieron a salir mientras ellos estuvieron ahí. Mofeto tomó el bote de Bolfo —que había quedado vacío— y leyó la etiqueta.

—¡Claro! ¡Hubiéramos visto esto antes! ¡Esto está hecho en Alemania! —se quejó, sobándose el cachete—. ¡Y los gatos alemanes se portan mejor! ¡Deberían escribir sus instrucciones después de probarlo con éstos dos!

Conscientes de que no podían dejar las huellas del desastre, se dispusieron a cubrirlas: Rodolfo sacudió las sábanas-panteón-de-pulgas en el balcón, luego limpiaron el polvo de los sillones con un trapo que encontraron. Después lo olfatearon, tosieron con los ojos llorosos y decidieron llevárselo para que Conchita no hiciera demasiadas preguntas.

Lucía había estado preparando sus clases toda la mañana, pero no podía concentrarse igual que siempre. A cada rato se acordaba de lo ocurrido con miss Meche y de la situación de Rodolfo. Debía hablar con él, eso era claro, pero tenía que encontrar el mejor momento para hacerlo. Dijeron que estarían de regreso de casa de Conchita a las doce, ya era la una y ni sus luces, así que fue a ver. Tocó el timbre de su vecina. Cuando le abrió Mofeto, la recibió una tufarada de insecticida que la hizo taparse la nariz y la boca.

—¡Pero...! ¡Ventilen, criaturas, parece que fumigaron toda la casa, se les van a derretir los nervios! —exclamó mientras entraba y se dirigía presurosa a abrir algunas ventanas.

Al salir de ahí les dolía la cabeza. Lucía les dio una aspirina a cada uno, con dos vasos de agua, según ella así se les saldría más rápidamente el insecticida del cuerpo. Luego los mandó a bañarse. La plática sobre las tareas tendría que esperar.

# Domingo negro

Rodolfo se despertó el domingo con una sensación extraña en la boca del estómago. Algo le decía que la mala suerte rondaba sobre él como un racimo de nubes negras en tiempo de aguas. Lo primero que hizo fue buscar sus calzones de dinosaurios. Tenía uno limpio y de inmediato se quitó el que traía y se lo puso. Más valía no arriesgarse.

En la cocina encontró a su mamá con cara de preocupación mientras ponía la cafetera. Lo saludó con un suspiro y aprovechó el momento para hablar con él sobre el tema de las tareas. Rodolfo estaba diez por ciento apenado y noventa por ciento enojado.

—Mamá, me choca esa escuela —confesó.

—Ya sé. Pero por el momento, hay que aguantar —repuso Lucía con cierto desaliento.

—Me choca miss Paty.

Lucía asintió y le dio un abrazo. Sabía que era mala idea darle cuerda a las críticas a la escuela, pero entendía a su hijo y se lo hizo saber con un largo resoplido de resignación.

—Échale ganas, Rodolfo, por favor —casi le suplicó.

Él asintió con la boca de lado. Después de desayunar, con total pachorra, se puso a hacer varias tareas que tenía atrasadas. La que más flojera le daba, era iluminar unos mapas. Sacó sus colores, todos tenían la punta chata. Sintió que Darth Vader lo miraba llamándolo al lado oscuro, a echarse en su cama a ver el techo y esperar que la tarea se hiciera sola. Él espantó esas ideas como quien espanta a una mosca, pero como las moscas, las ideas regresaban al mismo lugar.

Fernando durmió toda la mañana. A las tres de la tarde se levantó, parecía que le había pasado una aplanadora encima. Estaba en piyama, con los ojos hinchados, las ojeras a medio cachete y el poco pelo que le quedaba, más revuelto que nunca. Comieron hablando de cosas triviales.

En la tarde, Lucía y los niños fueron al súper, de regreso pasaron por un helado. Al llegar a su casa, Rodolfo y Catarina se bañaron. Rodolfo ya no tenía otros calzones de dinosaurios limpios. Lo pensó un poco y quiso convencerse de que ya no eran tan necesarios, el domingo estaba por terminar.

Se disponía a ver la tele con su hermana cuando sonó el teléfono. Su mamá estaba en la cocina, alzando los trastes de la comida. Su papá —que había pasado el día entero en piyama— contestó en su cuarto y todos notaron cómo le cambiaba la voz al saludar a su mamá. Al saber quién llamaba, Lucía se desinfló como un globo y frunció las cejas. Después de la llamada, que fue bastante corta, Fernando resopló varias veces, luego fue a la cocina a soltar la bomba.

—Era mi mamá, que viene el próximo fin de semana.

—¿Qué quiere? —preguntó secamente Lucía.

—No sé. Hablar conmigo, pero en persona.

—¿Contigo, sólo contigo?

—No, con los dos.

—Eso dijo o…

—Eso dijo, Lucy, no empieces.

—¡Ya sabía yo que este departamento no iba a ser gratis! ¡A ver con qué nos sale!

Fernando se dio la vuelta para regresar a su cuarto.

—¿Adónde vas? ¿Me vas a dejar hablando sola?

—No tengo tiempo ni ganas de esto —dijo él con gesto amargo.

Lucía salió de la cocina, dispuesta a seguirlo, a continuar la discusión, a que quedara clara su opinión sobre su suegra, pero Fernando ya estaba en su cuarto y había cerrado la puerta. Catarina y Rodolfo la veían fijamente. La tristeza en su mirada no se escondía.

Más tarde, cuando estaba en su cuarto, dispuesto a dormirse, entró su mamá.

—Rodolfo, a ver tu cuaderno de tareas, quiero ver qué hiciste hoy.

Él sintió que una nubecita negra negra, como de tromba, se

formaba sobre su persona. De mala gana le mostró la libreta y sacó la tarea. Los mapas estaban espantosos, y de español y matemáticas, no había hecho nada. Su mamá se encargó de que la nube negra descargara un chaparrón con tormenta eléctrica y granizo sobre él. Cuando salió de su cuarto, con la promesa de despertarlo al día siguiente una hora antes para que hiciera lo que faltaba y la advertencia de que revisaría su tarea todas las noches, Rodolfo se dejó caer en su cama.

Desde luego, no era la primera vez que sentía el terrible peso de la mala suerte caer sobre él como un tráiler cargado de plomo. Pero ésta vez era distinto: sentía que algo ominoso y denso se arrastraba desde algún ignoto lugar del universo y se dijo mil veces "tonto" por no haberse dejado los calzones hasta que terminara el domingo. No lo hizo por ponerse unos limpios después de bañarse.

Y ya lo decía su abuela Olga: de limpios y tragones están llenos los panteones.

# La muerte de las muertes

—Les presento al perico de mi tía, se llama Roco —dijo Juan Pablo cuando les entregó la jaula, la bolsa de alimento importado y cincuenta pesos a Rodolfo y a Catarina—. Con esa comida le alcanza para dos semanas. Además hay que darle plátanos machos, aquí les dejo para que le compren. Le gustan maduros. ¡Ah! Y si les sobran frijoles refritos, le encantan.

Los hermanos y el perico cruzaban miradas muy serias.

—Es gruñón y cascarrabias, pero a ratos es buena onda. No te recomiendo que lo toques, Catarina —le aconsejó Juan Pablo—, porque no es nada amigable y da picotazos. Eso sí: es muy platicador y repite todo lo que oye.

—Lo vamos a cuidar mucho —aseguró ella.

—Qué bueno que su mamá aceptó —dijo el vecino con tono de alivio.

—Nada más porque es perico y no perro —explicó Rodolfo.

—Cuiden mucho el alimento —les pidió Juan Pablo—. Es carísimo, pero es el único que le gusta a este sangrón. Los frijoles y los plátanos son nomás de entremés, pero esas plumas tan bonitas son por el alimento especial.

Roco resultó un perico de lo más piquis, empezando por la comida especial: era una mezcla de kiwi y fresas deshidratadas, mezcladas con semillas de girasol, farro y kamut, todo orgánico. Al plátano y a los frijoles les daba una mordidita: lo que realmente le gustaba era su colorido alimento importado. En las tardes había que tapar su jaula con un trapo para que se fuera a dormir. Esa tarde en particular, hacía mucho frío en la zotehuela y lo pusieron en el cuarto de servicio, pero el perico estaba acostumbrado a la gente, a estar en la sala de Juan Pablo, escuchando las voces y la música, así que se puso a gritar como loco cuando lo dejaron solo.

Lucía prohibió terminantemente la presencia del pajarraco en su sala, porque hacía un batidillo de cáscaras de semillas de girasol. Ni modo, lo llevaron a la pequeña cocina, donde su jaula estorbaba si querían abrir la puerta del refri o pasar hacia la estufa. Lo bueno era que de día podía estar en el balcón donde daba el sol.

En la noche, Fernando llegó cansado, pero algo más animado que otras veces. Era su primer día en el curso del *call center*, que duraba hasta el miércoles. El jueves comenzaría a trabajar. Les contó cómo debía convencer a la gente de que pagara sus tarjetas, los argumentos que le daban. Dependiendo de la deuda y del caso, había varias posibilidades: pedir el pago por las buenas; amenazar con que le iban a mandar al abogado; hablar sobre lo indecente que era pedir y no pagar…

—Ninguno de esos argumentos funciona conmigo —admitió—. Lo único que tienen los bancos es mi celular y ni les contesto.

Esa noche estaban de buen humor y Roco parecía un comensal más, a pesar de que su jaula estaba tapada. Si hablaban más animadamente él emitía unos gritos alocados y si las voces eran más suaves, se limitaba a hacer un sonido monótono, un "oeoeoeoeoe" ronco y rasposo.

—¿Cuánto tiempo vamos a tener al méndigo pájaro escandaloso? —preguntó Fernando.

—Dos semanas, mientras están de gira —contestó Catarina muy contenta.

—Nos van a pagar mil pesos —presumió Rodolfo.

—Nosotros deberíamos recibir comisión, porque este loro es una molestia —comentó Lucía.

Rodolfo y Catarina se miraron serios y negaron con la cabeza.

Cuando los niños se fueron a dormir, Lucía se acercó a Fernando y le hizo un cariño en el pelo:

—Te veo muy deprimido.

Fernando meneó la cabeza con un suspiro y miró a su esposa directo a los ojos:

—Psí, Lucy, no me siento nada bien —contestó él, con la mirada cansada—. Estoy a la mitad de la vida, pienso en todo lo que me falta y no tengo las menores ganas de empezar otra cosa, otro negocio, otra idea. ¿Para qué? Siempre dije que las buenas ideas todo el mundo se las roba y tenía razón: a veces pienso que en este país, tener una buena idea es, en realidad, malísima idea, es como mostrarle un cadáver de vaca a una bandada de buitres. Ahora que ha pasado el tiempo me doy cuenta de que el fin de NutriJuice fue la muerte de las muertes para mí: era el sueño de mi vida.

Lucía lo miró con ojos tristes, sin saber qué decir.

—Voy a caminar, regreso en un rato —informó, tomando las llaves del departamento.

La imagen que él mismo había conjurado, ese cadáver de vaca a merced de los buitres, lo hizo estremecerse mientras caminaba por las calles casi vacías. ¿Qué era de los sueños propios si acababan siendo el festín de otros? Él, que siempre había tenido ideas, sentía como si las aves rapaces se las hubieran arrebatado todas. Esa muerte de las muertes era una sensación de saqueo, despojo, atraco. Como si un barco pirata hubiera caído sobre el suyo y lo hubiera dejado vacío, hundiéndose. Como si la vida lo viera con una mueca cruel y burlona.

Cuando regresó al departamento, múltiples sensaciones le esperaban escondidas detrás de las puertas, los muebles y las paredes. Con cada paso que daba, le parecía que salían brincando de su escondite para interceptarlo. La primera fue el aroma del departamento, que olía a sus hijos, a Lucía, a él, a la reminiscencia del desayuno, la comida y la cena. Olía a su familia. Al pasar frente a las puertas de los cuartos de sus hijos le pareció rozar su presencia con las puntas de los dedos: el cachete macizo de Rodolfo, el pelo suave de Catarina. Llegó a su cuarto, se cambió y se lavó los dientes en silencio. La respiración acompasada de su esposa delataba la profundidad de su sueño. Se acostó junto a ella y se preguntó con qué soñaría. No se refería a los ires y venires de su inconsciente, sino a los otros sueños: los que te hacen desear la vida, los anhelos que te llevan en sus brazos de un destino a otro. Una sensación densa y sobrecogedora creció en su pecho hasta colmarlo. Sentía como si sus pulmones se llenaran de un líquido helado. A pesar de todas las ganas de cada una de sus células de derramarse en lágrimas, Fernando se contuvo. Ya había llorado y el llanto no aliviaba nada, hasta sentía que lo hacía hundirse cada vez más en un pozo oscuro. Y así quedaron sus lágrimas esa noche, atrapadas en una presa llena de grietas.

# ¡Casi me hago!

Al día siguiente, Fernando no se levantó a desayunar con ellos. Lucía partió un melón, les hizo unas quesadillas y apenas salieron a tiempo para llegar a la escuela. Mientras, él seguía en su cama dormido. Cuando llegaron a la hora de la comida, él estaba en su curso, los trastes del desayuno seguían sucios, las camas sin hacer, las toallas sin orear, el suelo alrededor del perico estaba lleno de cáscaras de semillas de girasol, en el balcón había varias cacas de Wasabi y las ventanas cerradas hacían que el ambiente se sintiera encerrado.

—Su papá no hizo nada —suspiró Lucía—. Ni modo. Vamos a tener que limpiar y luego comer quesadillas y sopa de lata.

—¡Pero yo me muero de hambre! —chilló Catarina. Rodolfo la apoyó.

—¡En lo que se calienta la sopa, hacen su cama y traen sus toallas a secarse a la zotehuela! —replicó Lucía con un tono que no dejó espacio para la discusión.

Apenas adecentaron un poco la casa, se sentaron a comer dos latas de arroz con caldo, con mucho jugo de limón.

—¿Por qué papá duerme tanto y está todo triste? —preguntó de pronto Catarina.

Lucía los miró y respiró hondo.

—Papá se siente así por todo lo que ha pasado —contestó con una exhalación.

Los hermanos se miraron alzando las cejas. De inmediato sintieron que su mamá no quería hablar de eso. Los tres siguieron comiendo en silencio.

Después de comer, Lucía se fue a dar sus clases de francés y Fernando no llegaba. A eso de las cuatro y media, alguien tocó el timbre con cierta desesperación y Catarina fue a ver.

Era Carla, que venía con David de una mano y Natalia en sus brazos. Se veía pálida y con cara de sufrimiento en grado extremo.

—¡Tengo contracciones! —cloqueó—. ¡Pero a Mateo le faltan tres meses para nacer!

Catarina no sabía bien de qué le hablaba, pero instintivamente le ofreció los brazos a Natalia.

—Se los voy a dejar un rato, en lo que llega mi mamá. Luis me está esperando en la calle.

—¿Y a qué hora llega? —preguntó Catarina, que sentía el peso de sus pocos años y todas las advertencias de su mamá sobre el cuidado de los niños pequeños bailar el bonga-bonga a su alrededor—. ¡¡Rodolfoooo!! ¡¡Ven rápido!!

—Como en una hora, hora y media, vive en Cuernavaca.

Rodolfo llegó corriendo y cuando vio la escena, miró a su hermana y a Carla con ojos de alarma.

—Aquí les dejo las llaves de mi casa, por si necesitan algo. Pueden irse allá, si quieren: están sus juguetes y los pañales y...

—¿¡Los pañales!? —exclamó Rodolfo.

—Natalita ya avisa, pero ahorita le dejé un pañal por si se le va la onda con tanto... ¡aúuuch! —Carla se retorció de dolor.

—¡Ya vete! —le ordenó Catarina.

—Pero mi mamá dijo que... —aventuró Rodolfo.

—¡Ésta es una emergencia! —le espetó Carla con mirada de fuego

—¡Ya vete! —insistió Catarina, casi empujándola hacia el elevador.

Sin pensarlo dos veces, al ver la cara de dolor de su vecina, Rodolfo la tomó del codo, la acompañó al elevador y luego a su coche, que estaba en la entrada, con un Luis pálido y preocupado, esperándola de pie junto a la puerta abierta del copiloto. Entre los dos la acomodaron. Después de un rápido "gracias", se fueron.

En cuanto su hermano regresó, Catarina lo instruyó a hablarle a Bere y a Mofeto, porque el asunto ameritaba la presencia de toda la compañía. Mofeto llegó de inmediato y Bere diez minutos después.

—¿Quieres jugar con plastilina? —le preguntó Catarina a David. Él asintió.

En lo que la buscaba, puso a Natalia en el suelo y a Mofeto y a Rodolfo a cuidarla, pero Natalia tenía la manía de correr por todos lados y eso fue exactamente lo que hizo. Lo peor no era que gritara mientras corría, alborotando al perro y al perico, ni que su cabeza pasara a un milímetro de los muebles: lo peor fue cuando llegó a la sala, se bajó el pañal-calzón y se puso a hacer pipí frente a ellos.

—¡¡¡¡¡NOOOOOOOO!!!!!! —gritaron los dos. Natalia ni se inmutó por el grito, se subió el pañal y siguió corriendo.

—¡Casi me hago! —exclamó.

—¿Cómo que casi? ¡Se hizo! —ladró Mofeto.

—¡Pero no encima! —aclaró Rodolfo.

Catarina llegó corriendo, con cara de espanto, a ver qué había pasado.

—¡Ese monstruo se hizo pipí en la alfombra! —gritó Mofeto.

—¡¡Límpienlo rápido o a mi mamá le va a dar algo!! —ordenó Catarina.

—¡Ay, sí! ¡Límpienlo! ¡Ja-ja! ¡Un disparejo a ver quién lo limpia! —protestó Rodolfo.

Hicieron el disparejo y Rodolfo y Bere tuvieron que limpiar la alfombra mientras Mofeto y Catarina cuidaban a los vecinitos. Catarina los llevó al baño y les enseñó que en su casa también había escusado, no fuera a pasar lo mismo otra vez. David se entretenía haciendo bolitas de plastilina que después embadurnaba en la pared.

—Si les dejaron las llaves, mejor vamos a su casa, seguro tienen más juguetes y allá que hagan sus batidillos —propuso Bere. A todos les pareció buena idea.

La casa de Carla olía chistoso, como a salón de jardín de niños, que suelen tener un aroma de crayola con plátano maduro. Bere le pidió a David que le mostrara el baño y él obedeció: el escusado era pequeñito, como para su estatura. Dejaron la puerta abierta y muy claro que no querían chistes.

En confianza y en su hábitat, David sacó sus cajas con juguetes. Tenía unos cochecitos y Rodolfo y Mofeto jugaron con él. Natalia tenía un pequeño refrigerador con comida de plástico. Sentó a sus vecinas en su mesa para jugar, les puso sus platos y luego hizo como que les servía de comer. Natalia estaba muy contenta, pero nadie sabía que todas las tardes hacía una siesta y si por desgracia se la saltaba, su carácter simpático sufría una transformación dramática y se convertía en una fiera chillona. El primer síntoma fue que comenzó a restregarse los ojos y a gimotear. Las niñas trataban de alegrarla, pero ella se ponía más llorona a cada segundo. De pronto se vio la panza y descubrió que traía pañal.

—¡Pañalito! —exclamó y de inmediato frunció el ceño y su cara se puso color betabel.

—¡Está pujando! —advirtió Bere.

—¡¡NOOOOOOOO!! —aulló Catarina, llevándola de la mano al baño. Mofeto y Rodolfo se asomaron a ver qué pasaba.

No hubo aullido ni carrera al escusado que impidiera lo que pasó. Natalia las miraba con cara de interrogación, como preguntándose qué harían ellas para remediar lo sucedido. Bere y Catarina no tenían idea. Pero Natalia era una persona con iniciativa y no iba a esperar: ella misma comenzó a bajarse los pantalones y el pañal-calzón.

—¡¡NOOOOOOOOO!! —clamó Bere, pero de nada sirvió. Las piernas, los calcetines y el pantalón de Natalia —además del piso del baño— estaban embarrados de caca. Después, la pequeña fiera intentó salir corriendo, pero las grandes la interceptaron.

—¡¡Ustedes!! —le dijo Catarina a Mofeto y a Rodolfo—. ¡¡No se queden ahí paradotes!! ¡¡Hay que hacer un piedra, papel o tijera para ver quién limpia esto!!

—¡Ah, no! —se defendió Rodolfo—. Bere y yo limpiamos la alfombra, esto les toca a ti y a Mofeto.

—¿Yo por qué? —preguntó Mofeto.

—Porque es lo justo —repuso Bere.

Natalia tenía cara de puchero y estaba a punto de llorar.

—¡Apúrate, Mofeto! ¡Pásame esas toallas para bebé que están ahí! —ordenó Catarina. Entre los dos le limpiaron las piernas.

—La cola yo sí no —aclaró Mofeto.

—Nada de que no: así como limpias las cacas de Sauron, vas a limpiar a Natalia —alegó Catarina, con mirada de barreno petrolero.

Mofeto estaba paralizado y no se atrevía. Natalia empezó a berrear. Catarina resopló y cargó a la niña para ponerla en el escusado y poderle limpiar el culín. Aquello olía a brócoli con huevo cocido. Los berridos de Natalia atrajeron a su hermano, que miraba la escena desde lejos, con las cejas fruncidas en señal de preocupación. Cuatro grandotes en el baño, torturando a su hermanita bebé, a la que él tenía estrictamente prohibido hacer llorar.

—Natalia toma leche y se duerme en las tardes —dijo, con la sabiduría de sus cinco años.

—¿Cuál leche toma? —preguntó Bere—. ¿Sabes dónde está su mamila?

—Es leche de cartón del refri —contestó David—. Y usa vaso.

En su papel de hermano grande, David le mostró a Bere dónde estaba todo. Había que calentar la leche y le dijo en cuál ollita, Carla no usaba microondas. Y ahí se quedó durante todo el operativo, dando su opinión: cuál era el vaso favorito de su hermana (uno de Winnie Pooh) y que la leche no le gustaba fría ni muy caliente. El fondo musical eran los chillidos de Natalia mientras Catarina buscaba otro pañal y unos pantalones y calcetines limpios. Cuando vio la leche estiró una mano hacia el vaso, luego miró a Catarina y puso la otra sobre el asiento de la mecedora que estaba en su cuarto, indicándole que se sentara. Cuando lo hizo, Natalia se subió en sus piernas y se tomó la leche recargándose en su vecina, quien se mecía y le hacía cariños en la cabeza. Bere cerró las cortinas con cuidado y al salir, cerró la puerta. Cuando vio que estaba bien dormida, Catarina le quitó el vaso de las manos y la cargó para llevarla a su cuna. Ahí sintió dos pesos: el de sus pocos años (otra vez) y el de una persona, por pequeña que sea, cuando se duerme. Al poco rato llegó la abuela y se sorpendió bastante al ver quiénes eran los cuidadores de sus nietos.

Bere se despidió. Los otros tres subieron a sus casas. Cuando entraron a su departamento, su papá estaba acondicionando lo que sería su "despacho" en una esquina del comedor. En una mesa de servicio puso el teléfono, su computadora y algunos papeles que le habían dado en el curso, para que tuviera presentes las frases que le habían enseñado.

—¿Qué haces? —dijo Catarina.

—Preparo mi espacio, mi rincón de trabajo —contestó Fernando—. ¿Y ustedes, dónde andaban?

—Cuidando a los niños de Carla.

—¡Pero mamá les dijo que no podían hacer eso! —exclamó Fernando.

—Fue una emergencia —repuso Rodolfo.

Entre los dos le contaron todo lo que había pasado.

—¡Uy! Ojalá que todo esté bien con Carla —comentó Fernando.

—Oye, Catarina, ¿ya viste tu lista de precios, a ver cuánto le vamos a cobrar? —quiso saber Rodolfo. Catarina negó con la cabeza—. ¡Porque fue un desmadre!

Los tres se quedaron pensativos.

—Oigan... mmm —comenzó su papá. Rodolfo y Catarina lo miraron. Fernando tenía cara de que les iba a decir algo serio—: no sé si sea buena idea cobrarles.

—¿Por? —inquirió Catarina.

—Porque también existen los favores que uno les hace a los amigos sin pedir nada a cambio.

—Pero Carla no es nuestra amiga, ni sus hijos —observó Rodolfo.

—Pues no, pero son nuestros vecinos, que es otra cosa. A lo mejor no somos amigos, pero convivimos en un espacio. Ellos tuvieron un problema que puede ser complicado y ustedes, por suerte, estaban aquí y les ayudaron.

—¿Por qué es complicado? —preguntó Catarina extrañada.

—Pues porque los bebés nacen a los nueve meses, no antes. Si nace ahorita sería prematuro, le faltaría desarrollo y tendría que pasar semanas en una incubadora.

—Luis se veía asustado —reconoció Rodolfo.

—También Carla —convino Catarina—. Y le dolía.

—Bueno, yo digo que lo piensen —intervino su papá—. Ya sé que es su negocio, pero no todo es ser negociante, a veces hay que ser generoso.

Catarina y Rodolfo se miraron serios, asintieron y fueron a su cuarto a hacer su tarea.

Poco después llegó Lucía, y Catarina llegó corriendo a contarle lo que había pasado, desde el principio hasta la sugerencia de su papá de no cobrarles. Lucía levantó los ojos hacia él, que estaba muy concentrado leyendo algo en su rincón de trabajo, y sonrió levemente. Después los hermanos se bañaron y vino la reglamentaria revisión de tareas a Rodolfo. Cuando estaban a punto de irse a dormir, oyeron el timbre y segundos después, la voz de Luis.

—¿Cómo está Carla? —preguntó Fernando.

—Bien, bien. Fuera de peligro, pero sí comenzó con contracciones. Se cayó jugando a las escondidillas con David.

—Pero no entró en trabajo de parto... —dijo Lucía.

—Por suerte, no. Pasará la noche en el hospital, en observación. Mi suegra está con ella. Va a tener que estar en reposo el resto del embarazo.

—¡Uy! —exclamó Lucía.

—¡Sí! Por cierto, quiero agradecerles a sus hijos y pagarles, porque sé que tienen su negocio de perros y bebés —comentó Luis, sacando su cartera.

Catarina y Rodolfo estaban en el pasillo, cada uno fuera de su cuarto, con ojos de sorpresa.

—¡Vengan! —los llamó Lucía. Luis abrió su cartera.

—No nos pagues —dijo tímidamente Catarina.

Luis miró a uno y a otro.

—Fue un favor —añadió Rodolfo.

—¡Pero ustedes nos salvaron! ¿Qué hubiéramos hecho si no nos ayudaban?

—No, pues… ¡qué bueno que aquí estábamos! —sonrió Catarina.

—Otro día a lo mejor tú nos salvas —agregó su hermano.

Luis sonrió y guardó la cartera.

—Bueno, pues lo mejor que puedo hacer es darles las gracias de corazón.

—De nada —repuso Catarina y, efusiva como siempre, le dio un abrazo que Luis devolvió sinceramente. Luego le dio otro a Rodolfo.

Los niños se despidieron y se fueron a dormir; Luis se quedó en la puerta. Fernando y Lucía lo miraron con curiosidad.

—Eeeeh… ¿puedo pasar un momento? Es tarde, pero quiero comentarles algo, no tardaré.

—Claro, pasa, ¿quieres un café? —le ofreció Lucía, esperando que no lo aceptara, porque tenía mucho sueño.

Luis dijo que no y, con algunos titubeos, los puso al tanto de las gestiones de Pacita y los recaudadores. Con tantas cosas en sus vidas, Fernando y Lucía se habían olvidado por completo de esos asuntos que no eran parte de su día a día y de pronto, cuando Luis lo trajo a cuento, sintieron que era como sacar algo polvoso de un cajón perdido. La demanda contra Conchita por la falta de pago del mantenimiento seguía en curso. Ya estaba redactada y sólo necesitaban las firmas de la mayoría de los dueños. Paz, desde luego, era la promotora. Todos sabían que Segismundo no votaría a favor. Los dueños del departamento de Juan Pablo avisaron desde Escocia que no apoyarían ninguna iniciativa de Paz, pero Carla y Luis estaban de su lado.

—¿Y tú por qué la apoyas? —preguntó Fernando.

—Mira, voy a ser muy sincero: Carla y yo compramos este departamento con trabajo y ahorros. Y no queremos que nuestra inversión se deteriore. Yo he vivido en condominio toda mi vida y por experiencia sé que cuando dejas que un propietario se vuelva moroso, las cosas acaban mal. Al rato, cualquier otro deja de pagar y, ¿con qué cara le exiges? Sí, la situación de Concha es muy difícil, pero nadie la tiene fácil: mañana otro dice lo mismo y si todos dejamos de pagar, no tendremos un peso para mantener el edificio.

—Los administradores se me hacen francamente siniestros —terció Lucía.

—A mí tampoco me gustan y será bueno cambiar, pero eso no quita que Conchita debe mucho dinero —repuso Luis y miró muy serio a Fernando—. Y Paz habló con tu mamá. Sabe que viene este fin de semana y tratará de convencerla: ella es el voto decisivo.

Fernando y Lucía lo miraron con los ojos de canica.

—Paz me dijo que iba a comentarlo con ustedes, pero veo que no saben nada —observó Luis, un poco incómodo.

—¡Pobre Concha! —suspiró Lucía cuando cerró la puerta detrás de Luis.

Fernando sólo asintió.

# ¡Rorro pedorro!

Los cuatro (y probablemente, también Wasabi) contaban los días que faltaban para que se fuera Roco. El perico era una verdadera monserga. Como la zotehuela era muy fría, lo sacaban al balcón, donde se pasaba todo el día haciendo un escándalo. El lenguaje básico que había aprendido con Juan Pablo y Marco era: "¡Chico guapo!" "¡Rorrito, rorro!" y "¡Chingao!". Todo el día gritaba en el balcón con un vozarrón que a veces no parecía de perico. Como estaba en el quinto piso, la gente en la calle no sabía quién decía esas cosas y volteaban para todos lados. Cuando sus gritos eran estridentes y lo callaban, se enojaba y hacía su ronco "oeoeoeoeoeoe" mientras balanceaba la cabeza de arriba abajo, como si fuera a volar. Lo peor era cuando llovía: tenían que meterlo a la casa y ahí seguía con su ruidero y su cochinero. Por si fuera poco, cuando el cotorro se ponía realmente intenso, Wasabi se alteraba más que de costumbre y entre los dos hacían un coro de parloteos y ladridos estentóreos capaces de enloquecer al más cuerdo.

En la mañana del jueves, Fernando tenía que comenzar con

las llamadas del *call center.* Entre el escándalo de Wasabi y Roco y su espacio de trabajo, sólo estaba la puerta de vidrio del balcón. A Wasabi se le metía en su casita con puerta y santo remedio, pero el perico era otra cosa. Primero llevó la jaula a la zotehuela. Luego luego se puso esponjado y comenzó a estornudar. Lo dejó en la cocina, pero no sirvió de nada, el ave seguía gritando: "¡Rorrito, rorro!" con toda la fuerza de sus pequeñas cuerdas vocales, que era bastante. Tapó la jaula como si fuera de noche, a ver si se calmaba, pero Roco no era nada tonto y sabía que era de día. Fernando tenía ganas de abrirle la puerta y ponerlo en libertad. Resolvió dejarlo tapado, cerró la puerta de la cocina —para amortiguar un poco la voz de tenor del loro— y se puso a trabajar.

El sistema del *call center* era sencillo. Lo difícil era convencer a la gente. Más aun, lo verdaderamente peliagudo era que la gente tomara la llamada. El programa de computadora le daba cada día una lista de cien nombres de personas y sus teléfonos. Todos eran deudores de tarjetas, el tamaño de su deuda variaba. Fernando había aprendido varios argumentos de persuasión en su curso. Ninguno había funcionado con él en el pasado, pero debía tener éxito si quería ganar algo más de los cuatrocientos pesos semanales que la empresa ofrecía como salario básico. Por cada persona que pagara su deuda, él ganaba una comisión, dependiendo del monto pagado. En los primeros treinta números que marcó no consiguió a nadie: no estaban y los horarios para encontrarlos eran chocantes, no contestaban, ya no vivían ahí o el teléfono estaba suspendido. El número treinta y uno resultó una mujer bastante amable que dijo que pagaría su deuda de doce mil al día siguiente. Eso era un avance, aunque la pobre señora no sabía que Fernando debía estar tras ella hasta verificar que hiciera el pago, o no había comisión para él. Fernando ya se había olvidado de Roco, pensó que seguramente había acabado durmiéndose. Lo que no sabía era que el perico estaba rumiando el berrinche de haber sido tapado todo el día. Si se hubiera acercado a su jaula, habría podido escuchar el "oeoeoeoeoeoeoe" que no presagiaba nada bueno.

Cuando fue por un café a la cocina después de la llamada número sesenta se le olvidó cerrar la puerta. El enfurecido perico había roto con su pico una parte del trapo que lo tapaba y había abierto su jaula, habilidad que nadie sabía que tenía, y voló hacia uno de los sillones de la sala, con una insolente expresión de triunfo, que Fernando no vio.

En la llamada ochenta y cinco y después de un largo diálogo de convencimiento estaba a punto de conseguir que un cliente saldara una deuda de más de cien mil pesos cuando un grito sonoro se interpuso:

—Chingao, chingao, ¡rorro pedorro! —gritó Roco muy cerca de él.

Fernando ignoraba que la última palabra se la había enseñado Catarina. Muerto de pena con el cliente, volteó a buscar al perico y lo encontró a unos centímetros, posado sobre una silla. Alargó la mano para pescarlo y el loro se defendió con un picotazo y más gritos. Furioso, dejó el teléfono en la mesa y fue tras Roco.

—¡Maldito perico! —masculló—. ¡Te voy a torcer el pescuezo!

Roco revoloteaba torpemente por la sala. Fernando por fin lo agarró y el pajarraco se defendió ferozmente dándole más picotazos marca navaja en los dedos. Lo echó a su jaula, cerró la puerta y regresó al teléfono. Pero el cliente había colgado. Volvió a llamarle, pero fue inútil, ya no contestó. Y Fernando tuvo que salir a caminar, a darle ocho vueltas a la manzana para que se le bajaran el coraje y las ganas de desplumar al perico.

# Algo horrible está pasando

Por supuesto, los crímenes de Roco hicieron que cayera sobre los hermanos un regaño tormentoso. Rodolfo soportó la gritoniza con una inocultable cara de sufrimiento y Catarina, a lágrima viva. Su papá los hizo sentir mal sobre mal y luego, todavía más mal. Los dos ofrecieron darle el dinero que les pagaría Juan Pablo por cuidar a Roco.

La tarde del viernes, Segismundo se encontró a Lucía en el elevador y le avisó que esa noche pasaría por su casa para hablar de "ciertas cosas importantes". Se ofreció a llevarle pan dulce. Ella le puso ojos de "y no traigas nada más". Un par de horas más tarde llegó con una bolsa de papel llena de conchas, donas, orejas y un cocol. Aunque no llevaba cervezas, era obvio que no iba sobrio. De inmediato, Fernando preparó café. Catarina puso el pan en una canasta y lo llevó a la mesa del comedor, donde también había jamón, queso y bolillos para tortas.

—En la mañana me topé con Paz y los recaudadores —comenzó el vecino—. Los tres me miraron relamiéndose, con cara de satisfacción. Me imagino que la denuncia contra Concha sigue viento en popa, ¿saben algo de eso?

—Pues sí, apenas el martes nos dijo Luis —contestó Fernando—. Ellos y Paz están a favor, los del 401 y tú están en contra. El voto de mi mamá es decisivo…

—… y mañana viene de visita mi suegrita, que seguro va a firmar —Lucía terminó la frase.

—Pues qué horror con esta gente, porque ya renuncié al sitio y si no consigo trabajo, yo seré el siguiente.

—¿Y qué vas a hacer? —preguntó Fernando.

—Psss… me ofrecí como chofer en Uber. Yo quería tener mi coche, eso sale mejor, pero no se pudo. Como quiera, ya tengo cierta experiencia de ruletero. Fui a una entrevista, pero todavía no me dicen nada.

—Ojalá que salga —comentó Lucía.

—Psss… sí, ojalá. Pero vuelvo a Concha: pensé en una solución para su caso: creo que ella puede rentar dos de los cuartos de su casa a estudiantes o a empleados, ésta es una zona muy céntrica, no le va a faltar gente y puede sacar el dinero para ir pagando su deuda.

—¿Y dónde viviría ella? Porque no creo que sea muy cómodo, a su edad, compartir su espacio con personas que no conoce —observó Lucía.

—Pues tendrá que adaptarse —repuso Segismundo—. Es eso o vender e irse.

—Puede ser buena idea —intervino Fernando—, pero…

—¡Su casa está espantosa! —soltó Catarina.

—¿Qué dices? ¡Todos los departamentos son iguales: espaciosos y luminosos.

—El suyo no. Es oscuro y sucio.

—Bueno, sí le hacen falta arreglos, pero podríamos ayudarle a limpiarlo y a ponerlo bien— intervino Lucía.

—Es lo que yo digo —apoyó Segismundo—. Miren: es una persona ya grande, es difícil que le den un trabajo y con esto de la demanda, la van a obligar a pagar.

—¡Mierda! —exclamó Mofeto—. ¡Tendríamos que ayudarle mucho para poner bonita su casa!

—Y quién sabe si ella quiera —comentó Lucía.

—Hay que hablar con los demás y con ella, claro —afirmó el vecino.

—Juan Pablo llega en una semana y no sé si Carla y Luis se apunten —razonó Fernando.

—Yo platico con los muchachos mañana, de paso saludo a los pequeños huracanes —se ofreció Segismundo.

En eso tocaron el timbre de la calle. Era la abuela Olga, que había pasado la tarde cosechando jitomates, papas y zanahorias y traía una canasta llena. Hasta arriba había unos huevos enormes, dijo que eran de su guajolota. No conocía a Segismundo y de inmediato hicieron migas. Catarina, Rodolfo y Mofeto prepararon algunas de las zanahorias con limón y chile piquín y se sentaron con los adultos. La plática era animada. De pronto sonó el celular de Olga, ella contestó y la conversación se detuvo.

—Calma, calma, ¿qué pasa? —preguntó. Alguien, en el teléfono, le contó algo que transformó su expresión risueña en una mueca de preocupación y susto—. Pero, ¿tú estás bien? ¿Los demás muchachos? ¡Enciérrate, apaga las luces! ¡No salgas a la calle! ¡Ay, qué cosa...! ¿Bueno? ¡¿Bueno?!

La llamada se había cortado. Olga miraba su teléfono ansiosamente, esperando que le hablaran de nuevo. Y sí que le hablaron, pero era otra persona. Por el teléfono se escuchaban gritos confusos.

—¿Cómo que una balacera? ¡No salgas de tu casa por nada del mundo! —exclamó la abuela.

Cuando colgó, todos la observaban expectantes. Ella intentó hacer varias llamadas, pero no conseguía comunicarse.

—¿Qué pasó? —inquirió Lucía, mientras su mamá marcaba.

—Mis amigos activistas que trabajan en Iguala dicen que algo horrible está pasando —contestó pálida—. Un enfrentamiento entre policías y estudiantes, una balacera, hay muertos y se llevaron a varios muchachos, no saben a cuántos.

Lucía ahogó un grito y se tapó la boca. Los demás se miraban unos a otros con cara de susto.

—¡No puede ser! —clamó Segismundo, golpeándose las rodillas con las palmas de las manos—. ¡¿Qué pasa en este país?! Matar jóvenes... ¡¿ya llegamos a eso?!

—No sé, no sé qué es... necesitamos averiguar más, ¡pero nadie me contesta! —repuso Olga nerviosa.

Ante el cambio de ambiente, los tres niños fueron al cuarto de Rodolfo. Algo había pasado, eso era claro, pero ellos tenían su vida, su mundo y sus propias batallas. Platicaron de los perros, la escuela y le contaron a Mofeto las atrocidades de Roco.

Cuando las visitas se fueron y estaba a punto de dormirse, Rodolfo pensó en el día siguiente. Él y Catarina echarían un volado para ver quién le dejaba la cama a la Nonna Rossi, que sólo estaría sábado y domingo. El que perdiera iba a dormirse en un *sleeping-bag* en el suelo, en el cuarto del otro. Su mamá había protestado ampliamente por la invasión de la Nonna, pudiéndose ir a un hotel por una noche, la muy tacaña tenía que arrimarse con ellos.

De pronto Rodolfo se acordó de las palabras extrañas que su mamá usaba y él buscaba en el diccionario. Tenía ganas de preguntarle por qué ya no lo hacía. Y luego se dio cuenta de que, en realidad, sabía la respuesta.

# PARTE V
# La Nonna Rossi

# A poner gorro

Ese sábado, Lucía se levantó muy temprano, dándose ánimos. Nonna Rossi llegaba a las dos de la tarde y para esa hora debía tener listas sus clases de la semana (no habría forma de trabajar con la Nonna ahí) y la casa lo más limpia posible, porque su suegra era bastante fijadita.

Desayunaron y de inmediato Lucía repartió las labores. A Rodolfo y Catarina les tocó aspirar la sala y el comedor y cada uno su cuarto. A Fernando lavar los trastes, trapear la cocina y hacer la comida y ella misma aspirar su cuarto y limpiar los baños. Empezó por esto último y, mientras los niños usaban la aspiradora, fue a comprar unas flores al puesto que se ponía los sábados en la esquina.

El volado para ver quién le dejaba el cuarto a la Nonna lo había perdido Rodolfo, con todo y que traía puesto un calzón con dinosaurios. Mientras le ponía sábanas limpias a la cama de su hijo, Lucía miró de soslayo a Lord Vader y pensó que él y su suegra serían buenos amigos. Justo antes de salir, hicieron algunos arreglos en la sala, poniendo dos de las sillas del comedor ahí, pues el tapicero traería el sofá hasta el martes y así no era tan notorio el hueco que dejaba.

A las dos de la tarde, los cuatro estaban en el aeropuerto para recoger a Nonna Rossi. Hacía más de un año que Rodolfo y Catarina no la veían. La relación con ella no era muy cálida, pero tampoco le tenían mal recuerdo. La que no podía ocultar su desagrado por la visita, era Lucía: todo el tiempo resoplaba, ponía ojos de huevo cocido y su actitud general era de impaciencia. Nonna Rossi se le dificultaba mucho y no era para menos. Su suegra tenía otra forma de ver la vida. Era la más grande de su familia, y se lo hacía saber a todo el mundo cada que podía: "soy La Mayor". Así, con mayúsculas. Nunca daba explicaciones de sus actos ni de su forma de pensar. Si alguien no estaba de acuerdo, pues tanto peor para esa persona. Su esposo había muerto hacía muchos años, dejándola con una posición económica muy desahogada, así que vivía una vida sin preocupaciones. De sus dos hijos, Blas siempre había sido su inocultable favorito y su esposa, Olivia, su nuera predilecta. Lucía le resultaba muy difícil de digerir y siempre se lo había dejado ver de una forma o de otra. Y Lucía, claro, se daba cuenta.

Por fin, entre toda la gente que salía por las puertas de las llegadas nacionales, la vieron salir. Alta, con tacones y el pelo pintado de güero, se acercó a saludarlos. Primero le dio un abrazo a su hijo, luego le dio un beso a cada nieto, acompañado de un: "¡Hola, huercos!" con un notorio acento del norte de México. Al final saludó a Lucía con un beso que apenas le tocó la mejilla. De inmediato se volteó hacia Fernando para comentarle cómo había estado su viaje y entregarle su maleta para que él la llevara. Caminaron hacia el estacionamiento, ella junto a Fernando, y Lucía con los niños, un paso atrás. Al llegar al coche, Nonna Rossi simplemente se situó junto a la puerta del copiloto y en cuanto se quitaron los seguros, se sentó en ese lugar. Lucía la miraba con desconcierto. La Nonna se dio cuenta.

—¿Me puedo ir adelante con mi hijo, al que hace mucho no veo? —preguntó por mera formalidad.

Lucía asintió haciendo acopio de paciencia.

Cuando llegaron al departamento, Nonna Rossi hizo una inspección detallada de todo el lugar, mientras se calentaba la lasagna que Fernando había preparado.

—Pues les quedó bien la decoración. Esa alfombra anaranjada es espantosa, pero, ¡bueno! Ya habrá dinero para poner algo más decente, ¿no? —comentó, mirando la alfombra con desagrado.

Mientras hablaba, pasó el dedo por la cómoda que estaba en la sala, para revisar que estuviera sacudida. Lucía se percató del gesto y sintió que un panqué gigante y caliente se inflaba en su panza. Otra vez, juntó paciencia.

—Rodolfo le dejó su cuarto, ¿por qué no acomoda sus cosas mientras está la comida? — le sugirió, al tiempo que le indicaba cuál era.

Luego fue a la cocina, donde estaban Fernando y los niños, a ocuparse de algo para no pensar. Se puso a hacer agua de limón con movimientos mecánicos, mientras Rodolfo y Catarina ponían la mesa, y Fernando, viéndola de soslayo, preparaba la ensalada.

Mientras comían, Nonna Rossi habló y habló... de su casa, del clima de Monterrey, de las tías y tíos que Fernando hacía mucho no veía, de la inseguridad en las carreteras, de los narcos. A los niños les daba risa cómo hablaba y a veces no le entendían.

—¿Te acuerdas, huerca, cuando fuiste a verme, que eras muy chica y quisiste que te hiciera puche en el columpio toda la tarde? —le preguntó a Catarina.

—¿Quéeee? —preguntó ella desconcertada.

—¡Sí! ¡Que te empujara en el columpio! Y Rodolfo se comió no sé cuántos sabalitos.

—¡Aaahhh! —recordó Rodolfo—, las congeladas, ¿verdad?

—Entonces, Lucy, ¿en qué estás trabajando? —dijo de pronto, dirigiéndose a su nuera.

Lucía se sorpendió. Era la primera vez, desde que había llegado, que le hacía una pregunta directa.

—En la escuela donde están ahorita Rodolfo y Catarina. Doy clases.

—¡Ah! ¿De qué?

—De ética, lógica y francés, en preparatoria.

—¡Ah! ¿Y qué tal los muchachos, puedes con ellos? ¡No han de ser materias que les interesen mucho!

Lucía sintió un resorte brincar dentro de ella por ese comentario, pero se apresuró a contestar.

—¡Sí les interesan! Todo depende cómo se les enseñe, por ejemplo…

—¡Ah! ¡Fer! —exclamó Nonna Rossi, volteando hacia su hijo, que estaba del otro lado de la mesa—. ¡Tengo que contarte de Blas!

Fernando se quedó serio y miró a su esposa, que estaba roja como un rábano.

—¡Mamá! —exclamó—. Lucy te estaba contando algo.

—¡Ah, sí, sí! Es verdad. Perdón, Lucy, es que… ¡estoy tan mortificada por Blas! —se disculpó la Nonna, con cara de aflicción—. Lo veo como que tiene mucho trabajo, pero como que algo le preocupa y cuando le pregunto, nada más sordea.

Lucía no quería escuchar, así que tomó varios platos para llevarlos a la cocina. Fernando la siguió con la mirada.

—¿A ti no te ha hablado? ¿Estará mal en su matrimonio?

—Hace mucho que no hablamos, mamá, ¡meses! —contestó Fernando.

—Bueno, ¡eso está muy mal: son hermanos! —reprochó la Nonna.

Lucía regresó a la mesa con los platos para el postre, que era un mousse de mango. Fernando se paró a poner el café.

—¡Bueno! Yo vine a decirles algo muy importante, ¡no crean que nada más vine a poner gorro! —proclamó la Nonna, mientras probaba el mousse.

—¿Qué es eso? —preguntó Rodolfo.

—A dar lata —contestó con énfasis su mamá, echándole una mirada poco amistosa a la Nonna.

—¿Qué es, pues? —preguntó Fernando.

—Es sobre Gil, el hijo menor de Blas. Ya sabes que le gusta mucho la música, ¿verdad? Es un muchacho muy bueno, serio, siempre tocando su guitarra. Es talentoso y muy dedicado.

Lucía y Fernando no interrumpieron la avalancha de elogios a su sobrino y miraban expectantes a la Nonna.

—Él tiene el sueño de estudiar en Julliard, ya saben, esa escuela de música muy famosa en Estados Unidos… ¡pero qué difícil es entrar ahí! Ni con todo su talento lo admitieron este año. Pero le dijeron que estudie mucho y lo intente el próximo. Blasito piensa hablar con el rector para ver qué mejoras pueden hacerse en el auditorio o algo así.

Lucía abrió los ojos y la boca, a punto de decir algo sobre los sobornos, pero Fernando le tomó la mano.

—¿Y entonces? —conminó a su mamá a continuar.

—Y, pues nada, le aconsejaron que estudie en una escuela de música aquí en la ciudad, que hay varias, y que intente entrar a Julliard o, de perdida, al Conservatorio, el próximo año. Claro que con su talento, seguro se va a Julliard.

Lucía entendió en el acto de qué se trataba la visita de la Nonna. Fernando, sin embargo, preguntó:

—¿Y nosotros qué tenemos que ver?

—Pues Blas quiere pedirte que Gil viva aquí con ustedes mientras estudia algo y luego entra a la universidad —anunció la Nonna.

Un silencio de esos que pueden tocarse y amasarse como plastilina cubrió la mesa del comedor y a todos los presentes. La cabeza de cada uno giraba como la rueda de un hámster, a diferente velocidad y en distinto sentido. Para Lucía era clarísimo que ahí estaba el cobro retroactivo y por adelantado de todas las rentas que la Nonna no les pidiera por vivir en ese departamento; a Fernando le preocupaba qué estaría pasando por la cabeza de su esposa en ese momento, también se preguntó por qué Blas, que podía pagarle un departamento a Gil, hacía eso y más aún, por qué su hermano no se lo había pedido personalmente. Rodolfo suspiró como un caballo, seguro de que con su mala suerte tendría que cederle el cuarto a su primo y acabar en el depósito de cursilerías de su hermana. Catarina sólo pensaba que Gil a lo mejor se sumaba al negocio de pasear perros.

—A mí la verdad se me hace mucho pedir —protestó Lucía acaloradamente—. Es un departamento donde apenas cabemos nosotros, no hay lugar cómodamente para otra persona, aquí estamos todos acostumbrados a trabajar y no creo que Gil sepa hacer nada de la casa, no hay espacio para instrumentos ni dónde pueda ponerse a ensayar sin molestar. Además, apenas nos alcanza con lo que gano, porque Fernando todavía no tiene un sueldo.

Nonna Rossi entornó los ojos y ambas se miraron retadoramente, parecía que sus redondas pupilas se habían convertido de pronto en franjas verticales de serpiente.

—Creo que sería una forma de agradecer la ayuda que se les está dando —siseó la Nonna.

—¿Ayuda? La ayuda es desinteresada. Mejor dicho, esto es una forma de cobrarse la "ayuda" y quedar bien con Blas —arremetió Lucía, dibujando en el aire las comillas.

—Blas, por supuesto, pagaría la manutención de su hijo —graznó la Nonna.

En ese momento Roco, nervioso con el tono que había adquirido la conversación, comenzó a gritar: "¡Chingao!" sin parar y la Nonna, que ni se había dado cuenta de que el loro existía, casi se desmaya.

—¿Qué dice ese perico? ¡Válgame Dios! —gritó indignada. En ese momento tocaron el timbre de la calle. Ella vio su reloj y se paró de un brinco.

—¡Esa es mi amiga Maruca! ¡Quedamos en tomar un café hoy en la tarde y luego ir de *shopping*! —parloteó—. ¡Tengo tanto que hacer en estos días, porque mañana voy a desayunar con Paz, la vecina! Fernando, dile a Maruca que ahí voy, por favor.

Nonna Rossi fue a arreglarse al baño y cinco minutos después salía apresurada. Le dio un beso a su hijo y se despidió de los demás con la mano.

—¡En la noche nos vemos! —dijo, antes de cerrar la puerta.

En cuanto la Nonna se fue y sin que la presencia de sus hijos lo impidiera, Lucía dejó caer la borrasca. Desde que supo de la visita de su suegra, miles de gotitas de frustración, enojo y desagrado anticipados se le habían ido acumulando adentro.

Ella sentía el mandato —porque no era una petición— de encajarles a Gil como un acto invasivo y dictatorial en el que ellos no tenían voz ni voto. Su furia era sólo comparable a la de un fenómeno meteorológico devastador. Hasta el perico se calló el pico.

—¡Es que no es justo lo que ella hace! —gritó—. ¡Y claro! ¡En lugar de hablar las cosas y enfrentar un posible no, se larga de compras con sus amigas y nos deja aquí nada más, temblando de coraje!

—Bueno, huerca, a lo mejor no es tan grave…

—¡Ni me digas eso, Fernando! Vamos a tener que poner a los niños juntos para que él tenga un cuarto privado. Él es bastante más grande, ¡digo, tiene dieciocho años! Además, a esa edad tienes otros intereses y no pienso estar de nana de nadie…

—Pero, mira… —Fernando trataba de conciliar.

—¡Pero miro nada! Te dije que tu mamá se la iba a cobrar, ¿cómo pudiste pensar que te prestaba este lugar por buena onda?

Fernando suspiró mientras meneaba la cabeza y miraba al suelo. Por segunda vez en ese día quiso salir corriendo de ahí. Sabía que el enojo de Lucía era con su mamá, pero no le gustaba que todo el barril de estiércol cayera sobre él. En eso, como una frase venida de un universo paralelo, escuchó lo último que le dijo su esposa:

—Y aunque te cueste mucho trabajo, y no le hables nunca, ahorita mismo vas a llamarle a tu hermano y le vas a decir que yo no quiero a Gil aquí, que le pague un cuarto a ver en dónde, ¡y si no le hablas tú, le hablo yo! —bufó Lucía hecha una dragona.

Acto seguido se fue a la cocina echando humo y se puso a lavar los trastes. Rodolfo y Catarina se quedaron en la mesa con su papá. Él no los miraba. Con la vista fija en un servilleta que había quedado olvidada en la mesa, meneaba la cabeza con gesto alicaído mientras suspiraba y apretaba los labios. Al verlo, Catarina sintió un pozo en el pecho que se llenaba de un líquido gélido, se acercó a él y lo abrazó, poniendo la cabeza en su hombro. Rodolfo se quedó sentado en su silla. Él no sentía algo triste, sentía cientos de arcos tensarse dentro de él y todas las puntas de las flechas apuntar hacia su papá, el responsable de que ahora, encima, tuvieran que aguantar al primo viviendo en su casa. Fernando puso su mano en la cabeza de Catarina, aceptando su abrazo, su compañía y, por más que quiso detenerla, por más que intentó impedir que saliera del almacén donde las guardaba celosamente, una lágrima escapó rodando por su cachete. Rodolfo sintió que todos los arcos disparaban las flechas mientras él se levantaba de su asiento como empujado por un resorte. Si además de todo, tenía que ver a su papá llorando, prefería ir a hacer su tarea. Entró a su cuarto en automático y vio las cosas de la Nonna sobre su escritorio. Resopló, tomó sus cuadernos, se fue al cuarto de su hermana y se sentó en su mesa llena de chucherías, calcomanías cursis y peluches, y se puso a dibujar el sistema digestivo.

Un rato más tarde, con tono agrio, Lucía le recordó a Fernando que le llamara a su hermano antes de que la Nonna Rossi llegara de su *shopping*. Resignado, Fernando se encerró en su cuarto y marcó el número de Blas mientras Lucía, Rodolfo y Catarina hacían alguna cosa en otro lugar del departamento... con la oreja parada para enterarse.

Fernando habló con su hermano en un tono tranquilo, que no denotaba tristeza ni enojo. Tal cual, habló sobre lo que la Nonna había venido a pedirles y sobre la situación de su familia y la renuencia de Lucía. Luego vino lo que seguramente era la respuesta de Blas y él sólo intervenía con frases muy breves. "Sí, no, ya veo, ya, ¡no sabía!, estoy en las mismas, ¡caray!, *ínguesu*, te entiendo".

—¿*Ínguesu*? ¿Qué es eso? —preguntó Catarina.

—¡Ay, Catarina! No seas mensa, es *chínguesu* —mugió Rodolfo impaciente.

Antes de despedirse, Fernando le dijo a su hermano que podía tenerle la confianza de platicar las cosas en persona, para que no interviniera la Nonna y que "quedaban en lo acordado". Cuando salió de su cuarto, todo el mundo parecía muy ocupado en lo suyo. Fue a la cocina, donde Lucía doblaba la ropa interior.

—¿Qué te dijo? —le preguntó.

—Fue muy raro todo —contestó Fernando extrañado, sobándose la nuca—. Parece que no le está yendo bien con sus negocios, o no tan bien como antes y tiene problemas de dinero, por eso no le puede pagar un departamento a Gil… ¡vamos! Dice que no puede pagarle ni la renta de un cuarto.

Lucía lo miró totalmente extrañada.

—¿¡Quéee!? —exclamó.

—¡Eso me dijo! Me comentó que había estado viendo las rentas de cuartos aquí en la Nápoles, para que estuviera cerca de nosotros y andan entre cuatro y cinco mil pesos. O sea que la renta de éste departamento debe ser de quince mil pesos, al menos —observó Fernando, mientras veía a su esposa con una mirada cargada de insinuaciones.

Lucía se quedó callada. No tenían ese dinero para pagar una renta así. Es más, no tenían para pagar una renta de ningún tipo. La Nápoles no era una colonia elegante, pero por su céntrica ubicación se había convertido en una zona con mucha demanda. Lucía soltó los calcetines y se llevó la mano izquierda a la frente.

—Me siento muy mal —reconoció, meneando la cabeza—. Eso no quita que tu mamá sea quien es y la trae conmigo desde el día que me conoció.

—Puede que sí —admitió Fernando—. Pero como quiera, en este asunto no podemos ponernos demasiado locos, Lucy. La Nonna no nos cobra nada y mi hermano no tiene para pagarle una renta a su hijo.

—Y tu mamá, ¿por qué si sabe que Blas tiene problemas de lana, anda diciendo que quiere sobornar a los de Julliard para que entre?

—¡No dijo eso!

—Bien que lo insinuó.

—¡Tú inventas, huerca! —replicó Fernando, frunciendo las cejas—. En todo caso, la Nonna no sabe nada de lo que pasa con Blas y él me pidió que no lo comente con ella, porque le haría más preguntas de las que ya le hace.

Lucía soltó un suspiro que se oyó hasta Marte.

—Va a ser una verdadera monserga mover a los niños de cuarto —resopló.

A pesar de que el departamento era lo suficientemente pequeño como para que la conversación se oyera en cualquier cuarto, Catarina y Rodolfo habían decidido ubicarse como espías, muy atentos, justo afuera de la puerta de la cocina. Al escuchar esta preocupación de su mamá, Rodolfo coincidió, asintiendo con la boca de lado.

—Bueno… mmm… —Fernando dudaba—. Blas conoce este departamento, o sea que sabe de qué tamaño es. Me dijo que no moviera a los niños, que él mandaría un poco de dinero para que arregláramos el cuarto de servicio para Gil.

—Ya estás dando por hecho que yo voy a decir que sí.

—Huerca…

En ese momento y de la manera más inoportuna, a Catarina se le escapó un estornudo que se oyó casi adentro de la cocina. Fernando y Lucía se asomaron rápidamente y los descubrieron con ojos de plato y cara de culpa.

—¿Y ustedes de quién se esconden? —les preguntó su mamá—. Este asunto del primo Gil no es ningún secreto y pase lo que pase, nos afectará a todos.

Lucía no lo sabía en ese momento, pero sus palabras serían proféticas. ¡Oh, sí! El futuro, en realidad, no hacía más que acechar y esperar escondido detrás de la puerta de la cocina, como Catarina y Rodolfo.

# Te veo muy chiruda

Para cambiar de aires, Fernando sugirió ir a pie a comprar un helado. Catarina y Rodolfo ya se habían vuelto fans del helado de mamey de Chiandoni, así que dijeron que sí de inmediato.

Antes de salir, mientras peinaba su escaso cabello en el baño, Fernando pensó en las pequeñas cosas que no dijo de su conversación con Blas. Su hermano le confió sus preocupaciones económicas y también, las que tenía con respecto a Gil, a quien veía muy reventado y desobligado. Pensaba que en Monterrey perdía el tiempo con malas amistades y estaba seguro de que vivir con los tíos en la Ciudad de México le haría bien. Fernando no estaba tan seguro de eso, pero se le hacía muy difícil negarse a que su sobrino viviera con ellos.

Cuando llegaron del helado, Catarina y Rodolfo se empiyamaron y se pusieron a ver la tele. Nonna Rossi llegó poco después, cargada con varias bolsas de compras que puso sobre la mesa del comedor.

—Fuimos al centro comercial —comentó, mientras ponía las bolsas con las compras en la mesa. Después comenzó a sacar las cosas, principalmente ropa para Catarina y Rodolfo y una camisa de cuadritos azul claro para Fernando, a Lucía le compró unos trapitos para la cocina. Entre los suéteres, jeans y camisetas, destacaba un vestido de florecitas rosas con el pecho de *smock*. A Catarina le sudaron las manos: esa prenda era para ella, obviamente. Nonna la tomó y se la puso encima.

—Éste es para ti, huerca, porque te veo muy chiruda —dijo la abuela y luego ordenó—: te lo pones mañana cuando vayamos a misa.

Catarina abrió los ojos como canastas para el pan.

—¿¡A misa!? ¡Si nosotros no vamos a misa!

Nonna Rossi giró en redondo para ver a su hijo y a su nuera de frente.

—¿A poco estos niños no han hecho la primera comunión?

Fernando y Lucía abrieron la boca para decir algo, pero Nonna no los dejó.

—¿Se dan cuenta de que viven en pecado?

—¡Yo no he hecho nada! —se defendió Rodolfo.

—Pensamos que es mejor que la hagan cuando sean más grandes y entiendan mejor de qué se trata —intervino Lucía pacíficamente.

La Nonna meneó la cabeza con desaprobación.

—¡Mañana me los llevo a misa a los dos! —insistió la abuela—. ¡Jesusanto! ¡Alguien debe encargarse de la educación religiosa de estos niños!

Rodolfo y Catarina se llevaron la ropa nueva a sus cuartos. Casi a punto de entrar al suyo, Catarina volteó hacia la Nonna.

—Nonna, ¿qué es "andar chiruda"?

—Ay, pues en esas fachas en las que siempre estás tú —contestó a bote pronto la abuela.

A la mañana siguiente, la Nonna se levantó temprano, se bañó, se acicaló esmeradamente y se perfumó. Catarina no dudó en preguntarle por qué estaba tan arreglada.

—Es domingo y en mi casa los domingos siempre fueron días especiales, días de ponerse guapa, salir a misa y comer fuera —repuso la Nonna, mientras miraba de soslayo a su nuera, que traía unos pants.

—En mi casa era similar, aunque no íbamos a misa —intervino Lucía, ignorando la mirada crítica de su suegra—. Casi todos los domingos íbamos a comer con mi abuela y mis tías.

—¡Invita hoy a abuela Olga! —pidió Catarina—. Así vemos a las dos el mismo día.

Fernando y Lucía cruzaron una mirada de miedo discreto. Los dos sabían que las consuegras eran como el agua y el aceite y nunca se habían caído bien. Pero a sus hijos les hacía ilusión juntarlas.

—Sí, no estaría mal —comentó la Nonna—. Hace años que no veo a... a...

—Olga —completó Lucía y añadió, deseando que su mamá

tuviera varios compromisos ese día—: le voy a hablar, pero no sé si pueda.

La Nonna se fue a desayunar con Paz y quedó de estar de regreso a tiempo para ir a la misa de las doce. Catarina y Rodolfo fueron a buscar a Mofeto para ir al parque con los perros.

—Por favor lleguen a las once para que les dé tiempo de bañarse y ponerse guapos o la Nonna va a salir con que están "chirudos" —les advirtió su mamá.

—¡El vestido está espantoso! —chilleteó Catarina al recordar que tenía que ponérselo.

—Ni modo —dijo Lucía con cara de resignación. No tenía ganas de atizar el fuego.

—Bueno, pero me lo voy a poner sólo para ir a misa y de regreso, me lo quito y me quedo "chiruda". Si alguien de la escuela me ve con eso, se van a burlar de mí el resto del año.

Lucía tenía toda la intención de hablarle a su mamá para no invitarla. Quería ahorrarse el saludo de las dos abuelas con frases escarchadas y miradas de carámbano. Estaba segura de que Olga iba a entender, incluso dudaba mucho que quisiera ver a la Nonna, pero hasta las mejores intenciones se olvidan en el camino del trabajo: Lucía se enfrascó en sus cosas y no se acordó de la llamada para nada.

A las 11:30, Nonna Rossi llegó a la carrera a supervisar el atuendo de sus nietos para la misa. Todo le parecía bien menos el peinado de ambos.

—Te voy a hacer una cebollita —le dijo, sentando a Catarina en una silla del comedor. El día anterior la Nonna había comprado lo necesario para peinar a su nieta: una dona gorda de esponja, alrededor de la cual se enrolla el pelo con varios incaíbles, como les decía a los broches. Después le arregló el pelo a Rodolfo.

—¡Qué bien te ves! —trató de suavizar Fernando cuando vio, no el vestido ni el peinado, sino la cara de borrego con colitis de Catarina.

Rodolfo quería hacer un comentario burlón, pero sabía que, con su suéter de cuello de tortuga —que lo hacía verse como un pez globo— y su cabello relamido con gel, su situación era tan ridícula como la de su hermana.

—Tú también deberías venir con nosotros —le dijo la Nonna a Fernando, con un dejo de reproche—. Cuando eras niño, siempre me acompañabas a misa.

—Pero ahorita tengo que preparar la comida: tú tienes que comer temprano, porque tu vuelo sale a las ocho y hay que estar en el aeropuerto a las seis.

La Nonna miró hacia donde estaba Lucía, pero no dijo nada, sólo hizo un gesto de asentimiento vago y se fue con los niños.

—Vamos a arreglarnos, porque la verdad es que sí estamos "chirudos" —observó Lucía cuando ellos salieron.

—Voy a hacer albóndigas al chipotle con arroz, ¿te parece?

—¡Sí, sí! Qué rico. Yo tengo que ir al súper por varias cosas.

Cuando Lucía estaba en la caja del súper, un mensaje llegó a su celular: era de su mamá, invitándose a comer. Que llevaba un postre. Lucía intentó llamarle, pero le contestaba el buzón. Resopló contrariada mientras subía las cosas a su coche.

# Sacudirse como un perro

Catarina, Rodolfo y Nonna Rossi llegaron después de una breve escala en Chiandoni, donde compraron helado para el postre. Apenas entró, la Nonna comenzó a sermonear a su hijo y a su nuera.

—¡Estos niños no tienen la menor idea de lo que es una misa! ¡No saben cuándo tiene uno que hincarse o pararse o decir nada! ¡Jesusanto, qué vergüenza! ¡Si estuvieran en Monterrey, ya los hubiera mandado a educarse con las monjas que conozco!

—¿Te sirvo un tequila? —ofreció Fernando.

—¡Doble! —aceptó la Nonna—. ¡Estoy tan mortificada!

—En misa estaba la mitad de mi escuela —comentó Catarina mientras tomaba un vaso con agua—. Y todos estaban vestidos igual de ridículos que nosotros.

—Ridículo es andar con sus chirudeces de siempre —asestó la Nonna.

Justo en ese preciso momento, tocaron la puerta. Todos se miraron con cara de extrañeza y Catarina fue a ver quién era.

—¡Qué bonita estás hoy, Catarina! ¡Qué lindo peinado! —Juan Pablo y Marco parecían chachalacas con Red Bull.

Lucía y Fernando intercambiaron miradas de terror: se suponía que estarían una semana más de gira. En unos segundos, los dos estaban en la puerta de la cocina. Roco, que había reconocido la voz de sus dueños, gritaba como loco:

—¡Chico guapo! ¡Chico guapo! ¡Chingao! ¡Rorro pedorro! ¡Chingao!

Nonna Rossi hizo un examen de la escena y sacó conclusiones rápidamente. Fernando la presentó a sus vecinos, quienes la saludaron efusivamente.

—¿No iban a venir la próxima semana por Roco? —preguntó Catarina.

—Sí, pero la gira se canceló a la mitad: varios de nuestros compañeros se enfermaron de salmonela, ¡quién sabe qué habrán comido! —explicó Marco.

—Si ya te encariñaste con él, quédatelo —bromeó Juan Pablo.

—¡No! —roncó Fernando—. ¡Qué bueno que ya se va! No quiero ser grosero, pero ese loro es una monserga.

—¡No es tan malo! —lo defendió Marco—. Sólo es un poco gruñón.

—¡Bueno, pues a pagarles! —Juan Pablo sacó unos billetes nuevecitos de su cartera y se los dio a Catarina. Ella y Rodolfo sonrieron de lado y le echaron una miradita fugaz a su papá—. ¡Muchas gracias!

La Nonna observaba la escena y a los vecinos con ojos de ventisca mientras su piel adquiría un tono verdoso poco saludable. Juan Pablo y Marco tomaron al perico y su alimento gourmet y se fueron acompañados por el escándalo del ave, quien, feliz de verlos, no paraba de gritar: "¡Rorro pedorro!".

Cuando salieron, todos voltearon a ver a la Nonna con cierta aprensión. Su caballito de tequila estaba vacío y sus ojos recorrían los rostros que tenía frente a ella, tratando de encontrar una mínima señal de crítica, de censura ante lo que acababa de ver, de solidaridad hacia su forma de ver la vida, pero los cuatro pares de ojos le devolvían miradas que no tenían nada que ver con eso y ella sentía que su vesícula biliar se hinchaba como la de un ganso enojado.

—Me imagino que, además de no hacer la primera comunión y no ir nunca a misa, ustedes toleran y aplauden a esos dos —arremetió, señalando el lugar donde habían estado parados los vecinos.

Catarina asintió con la cabeza, mirando a la Nonna con los ojos redondos como naranjas. A ella Juan Pablo y Marco le caían tan bien como Mofeto, Bere o cualquier otro. Fernando vio su gesto, esa mezcla de inocencia con sinceridad y sintió un volcán en erupción adentro de él.

—Ellos nos caen bien, mamá —le dijo, con una seriedad que no dejaba dudas sobre su posición—. Son buenos vecinos y excelentes personas. Aquí nadie tiene inconveniente con ellos.

—¡Mpf! —respingó la Nonna con un brinco de hombros—. ¡Ya me contó Paz cómo están las cosas en este edificio! ¡Válgame Dios! ¡Se ha convertido en una vecindad llena de gentuza! ¡El vecino del 601, Dios nos libre! ¡Es un patán!

—¡Segismundo no es ningún patán! —protestó Rodolfo.

—¡Patán y alcohólico! ¡Y quiere que Concha rente sus cuartos para pagar su deuda! ¡Habráse visto! Para que lo sepan: voy a firmar esa demanda y Concha paga o se va, ¡ya parece que vamos a permitir que aquí venga a vivir cualquiera! —rugió la Nonna y luego recalcó, con sobrado veneno—: ¡Ya tenemos suficientes vecinos indeseables!

Lucía brincó al ruedo y la encaró.

—Perdón, suegra, pero nosotros educamos a nuestros hijos con el ejemplo, para que sean personas comprensivas, tolerantes y que actúen por el bien de los demás. Hay mucha gente que va a muchas misas, una diaria si quiere, y no tiene la menor idea de lo que es la verdadera caridad.

Si hubiera tenido un cascabel en la punta de la cola para hacerlo sonar en ese momento, alertando a todos que estaba dispuesta a inyectar toda la ponzoña posible en una sola mordida, Nonna Rossi lo hubiera hecho.

—¡Ustedes educan a sus hijos sin religión ni fe, para que acepten todo lo que pasa en esta sociedad inmoral, para que el día de mañana sean unos fracasados como tú, Fernando! —sentenció, mirando a su hijo con ojos vidriosos—. ¡Habrían de ver a

Blas y su familia! ¡Ellos sí son un ejemplo para todos! ¡Tan creyentes, tan decentes, él tan trabajador, ella tan mujer de su casa, sus hijos andan derechitos y están en las mejores escuelas! ¡En esta casa todo es un desastre: los niños hechos una facha, en una escuela de cuarta, el marido cocina y la mujer trabaja fuera!

Pálida de coraje, Lucía volteó a ver a Fernando. Él respiraba pesadamente, como si el aire fuera tan denso que le costara trabajo abrirse paso hacia sus pulmones.

Catarina miraba a su papá y le temblaba la barbilla. En un acto de rebeldía total, se despeinó y se quitó el vestido, quedándose en calzones y camiseta. Con la prenda en el suelo, miró a la Nonna con todo el desafío que cabía en sus diez años. Rodolfo, con los cachetes como olla exprés, se acercó a su hermana, dando a entender con quién estaba su solidaridad. Consideró la posibilidad de quitarse el suéter de cuello de tortuga que acababa de regalarle la Nonna, pero no quiso que su barriga quedara al descubierto.

—Fer, siéntate y cálmate —le pidió Lucía.

Fernando se dejó caer en una silla. Sin dar tiempo a nadie de nada, Lucía volteó hacia su suegra.

—Este departamento será suyo, pero no tiene ningún derecho de tratarnos así. Usted no tiene la menor idea de lo que dice, y a su familia, ¡ni la conoce! Su nieto vendrá a vivir con nosotros, ayer Fernando habló con Blas, pero con esos insultos, usted no es bienvenida.

La Nonna los miró a todos con una mezcla infinita de coraje y desprecio, salió como vendaval de la cocina y se encerró en el cuarto de Rodolfo. Durante unos minutos, nadie supo qué decir ni qué hacer. Lucía deseaba con todo su corazón que la Nonna llamara a un taxi y se fuera al aeropuerto en ese momento, pero eso no iba a suceder. No con la Nonna, La Mayor de la familia. Ella se sacudiría el mal momento como un perro se sacude después de una escaramuza con otro perro y sigue su camino como si nada. Sí, quizá los demás estarían enojados, pero eso no era su problema. A ella la habían educado a que en esta vida hay que poner buena cara y sonreír, a pesar de no sentir alegría. Le enseñaron que darle importancia a los sentimientos —y peor aún, demostrar lo que se sentía—, era una señal de debilidad de carácter. Así que ella, la Nonna Rossi, se pasaría el peine por el cabello, se alisaría la falda de su vestido dominguero, se retocaría la pintura de los labios y, llegado el momento, saldría del cuarto para sentarse en la mesa del comedor con toda dignidad y sonreírles a todos, aunque la nuera, la señora de la casa —su casa— le había pedido que no volviera. ¡Cómo se atrevía: chilanga, intelectual, chiruda! Si cuando era joven Fernando era muy guapo, medio Monterrey lo quería para yerno, pero no: que se casa con Lucía y se va a la Ciudad de México. Y luego Olga, su consuegra, toda *hippie*, ¿vendría a comer? En eso, sus pensamientos se vieron interrumpidos por el timbre de la calle. Hablando del rey de Roma.

Del otro lado de la puerta, los otros cuatro también se habían sacudido como perros, aunque distinto. Después de un momento en silencio, sin saber qué decir, Catarina abrazó a sus papás. Rodolfo ya no sintió cientos de arcos tensos, con las flechas apuntando a su papá. Sintió otra cosa que no podía nombrar, pero que simplemente lo hacía unirse al abrazo, como si supiera que la suma de calores derrite el hielo que algunas palabras dejan en el corazón. Fernando no pudo evitar, por segunda vez en ese fin de semana, que las lágrimas le rodaran por los cachetes. Cuando por fin se soltaron del abrazo y él se sonó la nariz, Lucía vio el reloj.

—¿Sí va a venir la abuela Olga? —preguntó Catarina mientras recogía su vestido del suelo.

El timbre de la puerta contestó a su pregunta. Lucía contestó el interfón y todos escucharon la voz de la abuela. Fernando y ella se miraron, pero después de lo sucedido, a ninguno de los dos parecía preocuparle el encuentro de las consuegras.

Catarina fue a cambiarse y se puso lo más chirudo que encontró en su clóset. Rodolfo también quería cambiarse, pero la Nonna estaba en su cuarto. De pronto oyó la puerta y los pasos tranquilos de su abuela paterna dirigiéndose a la sala. Entonces entró y, como su hermana, se puso en fachas.

Lucía suspiró varias veces antes de abrirle la puerta a su mamá. Le dolía la cabeza y sabía que al día le quedaban algunas horas por delante.

Olga seguía cosechando. En esta ocasión, unos quince betabeles y otros tantos chayotes colmaban su canasta. Iba con un huipil chiapaneco con un vistoso bordado verde y azul y unos aretes huicholes. En la otra mano sostenía un panqué de naranja. En cuanto vio a la Nonna, su mirada se petrificó, tuvo ganas de poner las verduras y el panqué en el suelo y salir corriendo. Miró a su hija como diciendo "¿Porquénomeavisaste?", pero el gesto completo de Lucía —los ojos de huevo cocido, la boca torcida, la exhalación, los hombros algo encogidos— reveló todo lo que necesitaba saber. Era claro que la situación era incómoda. Olga siempre tenía una reserva de estalactitas de hielo y palabras mordaces guardadas en el almacén, con el letrero "para mi consuegra", pero al ver a su hija comprendió que lo mejor era ser amable. Aunque fuera falso.

—¡Olga! ¡Siempre tan mexicana! —la saludó la Nonna, extendiendo ambas manos.

—¡Rosi! —Olga no iba a decirle "Nonna" ni por amabilidad—. ¡Hace tanto tiempo!

Catarina fue a darle un abrazo y a asomarse al contenido de la canasta.

—¡No me gustan los betabeles! —comentó, con la nariz arrugada.

—¡No has probado los míos! —repuso la abuela.

En ese momento Fernando llegó a saludarla. En todos los años que tenía de conocerlo, nunca le había visto los ojos hinchados y las inequívocas manchas rojas informes que quedan en los cachetes de algunas personas después de llorar. Luego miró la cara indiferente de Rosi y algo se anudó con fuerza en su estómago.

La botana fue muy breve, enseguida pasaron a comer. Consciente de la hostilidad que flotaba en el ambiente, Olga hablaba de cosas ligeras y le hacía preguntas a Rosi, a quien los demás ignoraban. Los minutos pasaban, Lucía se tomó algo para el dolor de cabeza. Llegó la hora del abundante postre —helado y panqué— y el café. Justo en ese momento, alguien tocó a la puerta y Catarina fue corriendo a abrir. Fernando sintió un piquete de alerta cuando vio entrar a Segismundo —seguido por Mofeto— con un periódico en la mano y la cara llena de agitación. En ese momento, tuvo un presentimiento ominoso: sabía que las visitas de su vecino eran como una ola intensa, pero la combinación con la Nonna podría provocar un tsunami.

—¡Olga, cómo le va! —la saludó desde la puerta—. La vi llegar hace rato, pero quería esperar a que terminaran de comer para venir a platicar con usted.

—Te presento a mi mamá —intervino Fernando, como si eso bastara para detener las aguas.

—¡Mucho gusto, señora! Segismundo Fergüerdo, el vecino de arriba —la saludó dándole la mano con fuerza.

—¡Ah! —la Nonna le devolvió una mirada fría.

—Discúlpenme todos… —comenzó Segismundo, mirando a la mesa.

—¡Siéntense! ¿Quieren postre? —ofreció Fernando, con la esperanza de que el dulce y el café distrajeran a su vecino.

Él se sentó, aceptó el postre y le dio una probada al helado, pero la mirada vehemente no se iba de sus ojos y de inmediato les mostró el periódico.

—¿Ya vieron lo que pasó? —la fotografía de varios jóvenes tirados en el suelo no dejaba nada a la imaginación—. Usted, Olga, ¿qué sabe? ¿Qué le han dicho sus conocidos?

Todos miraron a Olga. La Nonna con mirada de extrañeza, porque no sabía nada.

—¿Qué fue lo que pasó? —preguntó.

—¡Hubo una mantanza de estudiantes, señora! —contestó Segismundo, agitando el periódico—. En Iguala, en el estado de Guerrero. Eran estudiantes de una normal rural. Todavía no se sabe mucho.

—No, nada es claro —intervino Olga—. Mis conocidos tampoco saben bien qué pasó, sólo que eran estudiantes de la normal de Ayotzinapa, que está cerca de Iguala. Se llevaron a varios, no se sabe a cuántos, al menos a veinte.

—¡Pero esto es terrible! —voceó Segismundo—. A uno de los muchachos lo encontraron torturado, ¡le quitaron la piel de la cara! ¿Qué clase de gente hace esto?

Los niños se miraron entre ellos con los ojos redondos.

—¿Qué? —preguntó Catarina asustada.

—¡Así como lo oyen! —afirmó el vecino, gesticulando.

—¡Pero qué mal gusto! —tronó de repente la Nonna, golpeando la mesa con la palma de la mano—. ¡Hablar de esas cosas en la mesa! ¡Enfrente de los niños!

Todos voltearon hacia ella con la mirada renovadamente espantada.

—¡Señora, los niños de México se van a enterar! ¡Es mejor que lo sepan en sus casas! ¡Las familias deberían estar hablando de esto, indignándose, preparándose para salir a las calles! —bufó Segismundo.

—¡De ninguna manera! —negó la Nonna, enfática—. ¡De esas cosas no se habla en la mesa! Y en familia, con mucho cuidado y, ¿cómo que salir a la calle? ¿A hacer qué?

—Bueno, Rosi, los niños y el mundo entero deben saber qué está pasando aquí... ¿un país donde se asesina a los jóvenes? ¡Claro que hay que salir a protestar! Si se organiza una marcha, yo iré —intervino Olga.

—¡Yo también! —la apoyó Segismundo.

—Nada más a estorbar y a quitarle el tiempo a la gente que sí está trabajando —soltó la Nonna con mirada virulenta—. ¡Ni caso les van a hacer!

—Con todo respeto, ya no es posible pensar así, señora —reviró Segismundo, conteniéndose.

—Guerrero siempre ha sido un estado de gente revoltosa —pontificó la Nonna—. Seguramente esos estudiantes estaban metidos en cosas de comunistas.

—¿Pero matarlos? —rugió Segismundo—. ¿Esa es la solución?

La Nonna alzó cejas y hombros en un gesto de desprecio.

—A veces no queda de otra —remató.

—¡No es posible que usted diga eso! —gritó Lucía, poniéndose de pie. Respiraba con agitación y sentía su corazón corriendo a cientos de kilómetros por hora—. ¡Ésas… ésas sí son las cosas que no deben decirse en una mesa ni en una familia ni en ningún lado! ¡Nada, óigame bien: nada justifica el asesinato ni la tortura!

La Nonna también se puso de pie y la encaró.

—Para meter a la gente revoltosa al orden, tiene que usarse la fuerza, ¡por mí que manden al ejército y les den una lección! ¡Para que se les quite!

Lucía la miró fijamente, echando rayos por los ojos.

—Si alguien un día me preguntó qué era ser fascista, aquí tiene la respuesta —dijo, abriendo las manos hacia su suegra.

Las miradas de las dos mujeres luchaban en un duelo salvaje. Los otros cinco pares de ojos sólo eran espectadores. Olga se puso de pie y puso una mano sobre el hombro de su hija. Decirle que se calmara iba en contra de todo lo que ella era, pero con ese gesto quería decirle que no estaba sola. Lucía suspiró y se sentó, poniendo la cara entre las manos.

—Con permiso —dijo la Nonna apretando los labios, mientras empujaba su silla hacia atrás con decisión y tomaba sus trastes sucios para llevarlos a la cocina. Después, se fue a su cuarto.

La mesa se quedó envuelta en suspiros y silencios.

—¡Soy un torpe! —susurró Segismundo—. ¡Nunca debí haber venido! ¡Vámonos, Martín Sócrates!

—No sabías que ella estaba aquí —dijo Fernando.

—Ni sabías *cómo* es ella —remachó Lucía, quitando las manos de la cara.

—¡No, no! ¡Pero qué desaguisado! —insistía el vecino—. ¡Nosotros nos vamos!

Fernando lo acompañó a la puerta. Entre todos comenzaron a alzar la mesa mecánicamente.

—Llévesela a caminar o algo —le sugirió Fernando a Olga, moviendo la cabeza hacia Lucía.

—Me duele mucho la cabeza —comentó ella—. Voy a descansar un rato y vemos, ¿sí?

Fernando y Olga la miraron serios.

Rodolfo y Catarina torcieron la boca. Su mamá se fue a su cuarto, su papá y la abuela Olga se ocuparon de los trastes y de alzar las cosas en la cocina. Nadie se fijó si ellos estaban ahí, si eran algo más que una planta o un mueble.

—¿Vamos por Mofeto y al parque? —sugirió Catarina.

—Ya fuimos al parque en la mañana, qué flojera.

—Pero es que… aquí no está bonito —comentó ella, arrugando la nariz.

—No. Y estoy aburrido.

En ese momento, la puerta del cuarto de Rodolfo se abrió, la Nonna salió con su maleta y su bolsa y se encaminó a la cocina.

—Fernando, llamé a mi amiga Maruca. Ella me va a llevar al aeropuerto. Llegará en cualquier momento, estaba muy cerca de aquí, en un restaurante —anunció—. Que Gil te llame para ponerse de acuerdo con ustedes. Llegará en quince días.

Fernando asintió mientras se secaba las manos con un trapo. Su mamá, de pie en la puerta de la cocina, lo miraba con una expresión inescrutable. No podía saberse si había enojo o tristeza en su gesto. Sus ojos, un poco más brillantes que de costumbre, delataban la presencia de alguna lágrima pasajera, pero aun así, él no podía saber si su origen era melancólico o furioso. En segundos, el ambiente adquirió una tirantez incómoda. En la sala, Rodolfo y Catarina observaban la escena mientras, en la cocina, Olga ya no hallaba qué cosa guardar y qué plato secar con tal de no sentirse en medio. Fernando no sabía qué hacer. Estaba seguro de que su mamá esperaba un comportamiento complaciente de su parte: acompañarla al elevador y a la calle, ayudarle a poner la maleta en la cajuela, abrirle la puerta, darle un beso de despedida, pero él no se sentía con ganas de todo eso.

Por supuesto que Nonna Rosi esperaba al hijo obsequioso. Sí, ella había sido hiriente y lo sabía, pero, ¿acaso era posible olvidar que gracias a ella su hijo, su insolente nuera y sus nietos paganos tenían un techo bajo el cual vivir? ¿Y no compensaba eso sus palabras? ¿Cómo podían molestarse porque su nieto Gil fuera a vivir con ellos? Casi podía tocar la animosidad que todos sentían hacia ella, pero no conseguía comprender por qué se portaban así. Pedir disculpas no era su estilo. Notaba que Fernando no sabía bien qué hacer y eso era una muestra más de su carácter blando, ¡cómo hubiera querido zarandearlo!

—Olga, me dio gusto verte —exclamó con decisión, aplastando el titubeo de su hijo. Luego volteó hacia sus nietos—. Niños, nos vemos.

Después se puso los lentes oscuros, tomó su maleta y miró a su hijo.

—Adiós, Fernando. Despídeme de Lucía, por favor.

Y sin esperar la respuesta de nadie, caminó los tres pasos que la separaban de la puerta, la abrió y se fue. En el silencio, todos pudieron escuchar sus zapatos de tacón caminando hacia el elevador.

Fernando exhaló un suspiro enorme. Olga puso una mano solidaria sobre su hombro.

—Voy a preguntarles a los niños si quieren ir a caminar a Coyoacán —propuso la abuela. Él asintió. Rodolfo y Catarina dijeron que sí de inmediato. Cuando entraron al cuarto de su mamá para despedirse de ella, estaba dormida.

Fernando terminó de alzar la cocina y se sirvió otro café. Después del huracán que había pasado por su casa en las últimas veinticuatro horas, el silencio de ese momento era sobrecogedor. Decenas de pensamientos correteaban en su cabeza, se atropellaban, pasaban unos sobre otros, como una estampida de ratones. Al terminar su café, fue a su cuarto y se acostó en la cama al lado de Lucía. Después de unos momentos, escuchó un sollozo apagado.

—Cómo quisiera que éste tiempo fuera sólo un mal sueño y despertar y estar en otra situación —musitó ella.

—¿Como antes? —preguntó Fernando.

—No. No como antes —contestó, girando para verlo de frente—. Nunca como antes… han pasado tantas cosas en tan poco tiempo, que siento lo que ahora vivimos de manera mucho más real, más afilada. Esa era una vida muy superficial, Fernando. Y ni siquiera era verdadera.

—¿Por qué lo dices?

—Porque lo debíamos todo. Esto que vivimos es más real. Tan real que me asusta. A veces extraño las tarjetas de crédito para ir a comprar cosas y olvidarme. Eso era lo que hacíamos. Ahora veo a los niños, haciendo el esfuerzo de sacar a pasear a sus perros y cuidar animales para tener algo de dinero, y me doy cuenta de que todos teníamos que vivir esto. Me da tanta ternura y tanto gusto que tengan la fuerza para enfrentar la situación.

Los ojos de Lucía se llenaron de lágrimas y continuó:

—De niño siempre piensas que tus papás verán por ti, te darán lo que necesitas y serán un ejemplo, sin embargo, mis hijos son un ejemplo para mí. En diferentes momentos, los dos me han compartido algo de lo que ganaron. Catarina me dio doscientos pesos y me dijo: "Para la casa". Y Rodolfo, apenas llegó el viernes pasado, me dio la mitad. Les dije que no, pero insistieron.

El cariño infinito que sintió Fernando con lo que Lucía le contaba se transformó en lágrimas.

—Son un ejemplo para los dos —suspiró Fernando, dándole la mano.

Durante un momento se quedaron en silencio, mirando al techo.

—Estoy muy apenado y... muy triste por todo lo que pasó con mi mamá.

Lucía exhaló.

—Sí, estuvo fuerte. Yo también me siento muy extraña.

Después de un silencio largo, volvieron a mirarse y se abrazaron. No hubo promesas de futuros mejores, ninguno tenía la llave para salir de su situación, no dijeron frases vacías recubiertas de optimismo. Lo único que tenían en ese momento, era justamente eso: su presente. Y a ellos mismos.

# Voces en la escalera

La vergüenza que sentía Segismundo por lo sucedido en casa de sus vecinos no se le quitaba. Miró por la ventana y resopló. El domingo era joven aún. Invitó a Mofeto a ir a caminar con él, pero su hijo no quería salir. Cuando la puerta del departamento se cerró, Mofeto se encogió de hombros y torció la boca: mientras no se topara con una tienda de abarrotes y le diera por comprar cerveza.

Segismundo caminó un rato por el parque, perdido en sus pensamientos. El día anterior le habían confirmado que lo contratarían como chofer de Uber, cuatro días a la semana. Ganaría cuatrocientos pesos si reunía mil quinientos en pasajes. Hacía cuentas. Con buena suerte, ganaría seis mil cuatrocientos pesos al mes que no le alcanzarían para mucho. Tendría que buscar otra cosa. Cuando venía de regreso, pasó frente a una tienda y entró directito al refrigerador por un *six pack* de cerveza.

Al llegar al vestíbulo del Edificio Duquesa, cuando se disponía a llamar al elevador, oyó la voz de Paz, hablando con alguien afuera de su departamento, escaleras arriba. Por la manera chillona y el tono de contrariedad, supo que había pasado algo que no le gustaba.

—¡Ay! ¡Qué barbaridad! ¡Salió corriendo y no firmó nada! Yo estaba aquí con Lulita, muy pendiente de ella. Creí que iba a salir toda la familia a dejarla y me iba a dar tiempo, en lo que sacaban el coche y eso, pero no. Llegó por ella su amiga, la del Mercedes y Rosita salió volando, ¡ni tiempo de nada!

—¿Tiene su dirección en Monterrey? Porque podemos enviarle la denuncia por mensajería, que la firme y nos la regrese —sugirió una voz que Segismundo identificó como la de Luis.

—¡Ay! Sí, ¿verdad? Podemos hacer eso —pujó Paz—. No tengo su dirección, pero sí su teléfono. Le voy a hablar.

—Sí, ¿me avisa? Yo me encargo del envío.

—¿Por qué su familia no habrá ido a dejarla al aeropuerto? ¡Tan fina, tan decente ella! Me contó que no les cobra un peso por el departamento —reveló Paz, con clara entonación de chisme. Luego sentenció—: ¡qué mal que no tengan atenciones con ella! Se ve que es tan buena mamá y abuelita.

—Bueno, Paz, ese no es nuestro problema —cortó Luis—. Usted consiga esa dirección y vamos adelante con la denuncia.

Segismundo sintió que algo en su estómago entraba en punto de ebullición. No tenía ganas de decirles nada ni de discutir con Paz. Se subió al elevador y destapó la primera cerveza.

# ¡Qué pelli!

Los fines de semana le sentaban bien a miss Meche. Los lunes llegaba con nuevas ideas, todas muy útiles para el líder del mañana. Ese lunes llegó con una noción muy clara sobre las distancias entre los alumnos a la hora de formarse.

—¡Esas filas que parecen hileras de hormigas se ven horribles! —declaró, antes de empezar con honores a la bandera—. Aprendan a formarse exactamente atrás de su compañero de adelante y midiendo la distancia con un brazo hacia el frente y los dos brazos abiertos a los lados, ¡a ver, todos! ¡Tomen distancia!

Quizá miss Meche se imaginó que todos los alumnos, de primero a sexto, reaccionarían como un ejército de droides y en sólo tres movimientos mecánicos, ejecutados en dos segundos, harían filas perfectas, pero no sucedió. Desde la tarima donde ella estaba, no se veía fila alguna, sino una masa informe de personas que se contoneaban de un lado a otro, como patos aburridos.

—A ver, misses, por favor ayuden, que sus alumnos hagan filas.

Miss Paty se apresuró a formar a su grupo. Se fijó que todo el mundo estuviera muy derecho, a un brazo de distancia de sus compañeros en todas direcciones.

—Excelente, miss Paty, ¡miren todos al grupo de sexto!

Apenas dijo esto, los grupos de primero a quinto rompieron su escasa formación para ver a los de sexto. Miss Meche se estaba desesperando.

—¡Qué pedo con esto! —se quejó Carmela en voz baja. Pero no tan baja como para que Marianita no la oyera.

—¡No se dice así! —la corrigió, con mirada de regaño.

—Qué pedo, qué pedo y qué pedo —susurró Carmela, que no olvidaba el día del control de esfínteres.

—¡Osshh! —rezongó Marianita—. Se dice: "qué pelli".

Aunque todo era en voz baja, Rodolfo y Mofeto escuchaban la discusión de las dos niñas. Al oír la sugerencia de Marianita, Carmela, Rosana y ellos dos quisieron aguantarse la risa y de las cuatro gargantas salió un ronquido gutural peor que veinte carcajadas. Marianita se puso colorada. Miss Meche y miss Paty voltearon hacia ellos al mismo tiempo con la actitud de un gato que ve salir a un ratón de su agujero, pero los cuatro pusieron cara de beatitud y eso los salvó de que se les armara de a "pelli". Se pasaron las primeras horas de la mañana musitando "qué pelli" para todo. A Marianita le salía humo por las orejas.

A la hora del recreo, Bere y Catarina llegaron corriendo con ellos, que ya se preparaban para jugar espiro. Su actitud apestaba a chisme.

—¡No saben lo qué paso hoy con Ted! —comenzó Bere.

—¿Qué?

—Dijo que todo esto del líder del futuro era una idiotez y que él no está de acuerdo con el pensamiento de su tía, que ser líder es algo con lo que se nace, que no todo el mundo lo es y que las leyes que nos machaca todos los días son *nothing but shit* —anunció Catarina.

—Seguro nos quedamos sin maestro de inglés —observó Mofeto alzando las cejas.

—Opina que tienen que enseñarnos otras cosas más importantes y no esas necedades —abundó Bere.

—¿Y qué creen? Nos preguntó si sabíamos algo de los estudiantes que se llevaron en Iguala —susurró Catarina.

—¡Yo sí sabía! Mi papá me dijo —comentó Bere.

—Como muchos no sabían, Ted se enojó y nos dijo que era nuestro país y teníamos que enterarnos de lo que pasaba —añadió Catarina.

Era claro que esa mañana Ted había desayunado té de subversión endulzado con miel de insurrección. Con los alumnos de sexto fue todavía más filoso: los invitó a no dejarse, a cuestionar las leyes del liderazgo y todo lo que dijeran los maestros. Les dijo que era más importante hablar de lo que pasaba en el país que perder el tiempo en tomar distancias para formarse.

Durante más de media hora criticó la ideología de su tía. Les dijo que no soñaran con ser coleccionistas de éxitos, que disfrutaran lo que hacían, que no le tuvieran miedo al fracaso, pues muchas veces es necesario fallar para darse cuenta de lo que hay que cambiar.

Mofeto y Rodolfo intercambiaban miradas sorprendidas entre ellos y con Carmela y Rosana. No podían saber qué pensaban sus compañeros, el único que veía los ojos de todos era Ted. Pero estaba tan emocionado con su proclamación de independencia, que no se dio cuenta de un bellísimo par de ojos oscuros, de largas pestañas, que lo miraban con recelo, mientras un deseo de defender a la directora y a sus ideas, que tan bien le caían a sus papás, crecía en su corazón.

# *Ed ora come faccio?*

Hacía tiempo que Fernando no tenía agenda. De por sí, nunca le había gustado tenerlas, aunque reconocía que, si no tenía una, se le olvidaba en qué día vivía. Pero las siguientes dos semanas serían un poco caóticas si no organizaba su tiempo, así que apuntó en una hojita todos sus pendientes del día y luego la pegó con un imán al refri para irlos palomeando. Segismundo le había hablado: era urgente platicar con Concha sobre su asunto. Haría veinte llamadas del *call center* antes de ir con ella, luego otras veinte.

Después de las primeras llamadas, en las que no logró que nadie pagara, fue con Segismundo a ver a Concha. Ambos sabían que la cosa no sería fácil, pero Segismundo estaba más optimista que él con respecto a la reacción de su vecina. Y Fernando no se equivocaba. Ante la mención de la demanda, Concha se puso muy agitada.

—¡Ay, pero cómo! ¿Cómo me hacen esto? ¡Yo ya estoy grande, no tengo trabajo! ¿De dónde quieren que saque para pagar esa deuda? —se quejó mientras frotaba una mano con la otra, evidentemente agobiada.

—Cálmese, Concha, ¿quiere un vaso de agua? —le dijo Segismundo.

—¡No, no quiero agua! ¡Lo que quiero es que no me demanden! —a Concha le temblaba la voz.

—Bueno, Concha, es que no es tan fácil, el mantenimiento nos corresponde a todos —razonó Fernando.

Él y Segismundo se miraron, incómodos. Uno de los dos tenía que aventurar el tema de la renta de los cuartos y ninguno se animaba.

—A ver, ¿qué pasa si yo no le hago caso a la demanda y no pago? —Concha lanzó la pregunta como un dardo sin rumbo.

—La van a obligar a pagar y tendrá que vender, todo sería a través de jueces —explicó Segismundo.

Fernando sentía algo triste y penoso revolverse dentro de él. Su situación no era diferente a la de Concha. Sí, el sueldo de Lucía pagaba el mantenimiento, pero él tenía una deuda de ocho millones de pesos que no podía pagar. Veía los gestos de su vecina y se sentía reflejado en un espejo. Un suspiro largo y profundo de Segismundo le hizo darse cuenta de que su vecino sentía algo similar.

—Bueno, Concha, nosotros venimos a sugerirle que rente los cuartos que no usa. Y que se quede a vivir aquí, para que no pague una renta —propuso Segismundo.

—Con eso tendría un ingreso y podría ir pagando su deuda —añadió Fernando.

—Pero… ¡este departamento está muy feo! ¡Los muebles son puros vejestorios! ¡Le hace falta pintura! ¿Quién va a querer vivir aquí conmigo? —los refunfuños de Concha regresaron con renovada enjundia y el copete le temblaba.

Segismundo soltó un suspiro inquieto.

—Mire Conchita —usó el diminutivo para cargarse de paciencia—. Aquí todos la queremos mucho y vamos a ayudarle en todo lo que buenamente podamos. Ya le contamos cómo está la situación y la dejamos para que lo piense.

Concha los miró. Sus ojos eran dos platones de preocupación y angustia, pero no dijo nada más. Momentos después, en el elevador, los dos soltaron el aire como si lo hubieran almacenando por semanas.

Fernando llegó a su casa y, después de palomear "hablar con Concha" en su lista, hizo más llamadas, otra vez sin éxito. Mientras preparaba la comida, consiguió que un señor pagara una deuda de siete mil pesos al tiempo que empanizaba unas pechugas de pollo.

Después le habló a una mujer que tenía una deuda grandísima. La señora, ya grande, le narró la historia de su marido enfermo y los enormes costos de los hospitales. Al final el marido había muerto. Fernando acabó poniéndose de su lado y terminó la llamada mandándole un abrazo. No fue intimidante ni convincente ni persuasivo ni nada, había sido solidario pero eso no se lo enseñaron en su curso de cobranzas por teléfono: "Si grabaron esa llamada y la escuchan, estoy frito", pensó. Preocupado, decidió salir a caminar: últimamente, las calles de su colonia se habían convertido en su paisaje reparador.

La vida da vueltas, eso todos lo sabemos. Algunas son pequeños giros, leves cambios de dirección que nos hacen mirar hacia otro lado. Otras son retornos y rotaciones inesperadas que producen cambios fuertes. Y sólo algunas —que aparecen casi siempre disfrazadas de accidentes, casualidades, amores, enfermedades— producen maromas, piruetas y movimientos en espiral que lo sacuden todo. Qué sabía Fernando que esa vueltecita por la colonia Nápoles, a la 1:30 de la tarde, haría que su destino diera una formidable voltereta.

Al dar la vuelta por la calle de Georgia, un olor a pan recién horneado lo envolvió y lo hizo sonreír. Para él, había pocos olores más caseros y sabrosos que ese. El aroma provenía de un pequeño restaurante de pizzas que estaba un poco más adelante. No había pasado antes por esa calle y no lo había visto: *Pizzeria Pietro di Roma*, se llamaba el lugar. Tenía algunas mesas dentro del local y un par en la banqueta, algunas estaban ocupadas ya, aunque era temprano. Al fondo se veía el horno redondo de piedra, donde se cocinaban las pizzas. Fernando pasó de largo, llegó hasta el parque, miró su reloj y dio media vuelta. De regreso, tenían la mente en Gil y Blas. Al pasar de nuevo por la pizzería, dos hombres discutían airadamente en la calle, estorbando el paso. Los comensales habían dejado de comer, atentos a la pelea, mientras la mesera y otro cocinero miraban la escena enojados.

—¡A mí siempre me toca menos! —alegaba el cocinero, con su delantal y su gorro.

—¡A *tutti* les toca lo mismo! —retrucó el que parecía ser el dueño del restaurante, un hombre bajito y algo panzón, con evidente acento italiano.

—¡Yo he visto cómo la mesera se queda con una parte para ella sola! —acusó el del gorro.

—¡Eso no es cierto! —se defendió la chica.

—¡No tenías ninguna razón para robarte las propinas! —gritó otro empleado.

—*Io* vigilo aquí a *tutti* —reviró el dueño, acercándose al cocinero para mirarlo lo más cerca posible a los ojos—. *Io riparto* las propinas, ¡aquí no hay *trappola*!

El cocinero, bastante más alto que el señor italiano, le puso el dedo índice en el pecho, empujándolo un poco.

—¿Qué? ¿Me vas a demandar, viejo panzón? ¡A ver! —se dirigió a sus compañeros—. ¿Tienen pruebas de que me robé algo? No, ¿verdad?

Luego miró al dueño, se quitó el gorro y el delantal, los aventó al suelo y se alejó con pasos resueltos. El italiano los recogió, rojo de coraje. Los mirones que se habían detenido a ver la escena siguieron su camino. Fernando no se movió.

—*Ed ora come faccio?* —se quejó el dueño, contrariado, mirando a sus dos empleados—. ¡Es la hora de más gente!

—Pero tiene otro cocinero —observó un cliente.

—Yo me encargo de lo demás, no soy maestro pizzero —explicó el otro.

—¿Y usted no puede, por hoy? —propuso la mesera.

—Pero *io* cobro y atiendo y llevo y traigo —exclamó el dueño.

Fernando, sin poderlo evitar, brincó al ruedo como si lo empujaran.

—¡Yo sé hacer pizzas!

—El dueño —el tal Pietro—, los comensales, la mesera y el cocinero lo miraron atónitos.

—Deme un poco de masa y le muestro cómo sé estirarla en el aire.

Pietro vaciló un poco, pero luego le hizo una seña para que lo siguiera a la cocina, que estaba a la vista de todos. Puso una bola de masa en sus manos, Fernando la aplastó tantito, la colocó sobre los puños cerrados y la aventó varias veces hacia arriba, torciendo un poco los puños al momento de lanzarla para que girara en el aire. Con los giros aéreos, la masa se iba estirando. En unos minutos, la gorda bola de masa se había convertido en un disco plano y delgado, perfectamente estirado. Pietro aplaudió, sonriente y complacido. Los comensales, la mesera y el cocinero hicieron lo mismo.

—¿Puedes ayudarme ahora?

Fernando asintió sonriente. Le envió un mensaje al celular de Lucía para avisarle, luego le dieron un delantal y un gorro limpios, se lavó las manos y comenzó a hacer pizzas. El pequeño negocio atraía a más personas de las que uno pudiera imaginar: las salsas, los ingredientes y los buenos precios de Pietro lo hacían un lugar muy socorrido por los oficinistas de la zona. Fernando hizo más de treinta pizzas. A las 4:30 de la tarde, cansado, acalorado, sudoroso y contento, se quitó el gorro y el delantal y se los dio a Pietro.

—¡Hoy me salvaste! —dijo el dueño, poniendo mil quinientos pesos hechos rollito en la mano de Fernando, quien los miró alzando las cejas—. Normalmente no pago eso por un día —explicó sonriente—. Pero hoy era una *emergenza* y aquí estabas.

Pietro lo miró sonriente. Fernando sonrió de regreso.

—¿En qué trabajas? —preguntó Pietro.

—Eeeh… pues hago una cosa y otra. No tengo un empleo fijo —contestó, sintiendo los cachetes un poco calientes.

—*Domani*, si tienes tiempo, ven a platicar conmigo a las diez. Quizá quieras este trabajo —propuso Pietro, moviendo la cabeza hacia la cocina.

Pietro le palmeó la mejilla. Fernando sonrió de nuevo y le dio la mano.

De regreso a su casa iba distraído y sonriente. Al llegar, Catarina y Rodolfo —Lucía se había ido a dar sus clases—, lo miraban con cara de pregunta, él les contó lo ocurrido y les mostró el dinero. La historia hizo reír a sus hijos. Había sido una coincidencia divertida.

Después se puso frente a su lista de pendientes, listo para palomear los que ya había hecho en el día. Encontrar un trabajo que le gustara no estaba entre ellos, así que escribió en letras pequeñas: "¿Chamba?". Todavía le faltaba hacer cuarenta llamadas del *call center.* Un poco borracho de buena suerte, decidió hacerlas aunque sabía que en las tardes es raro encontrar a alguien. Apenas se sentó junto a su computadora, sonó el teléfono. Una voz femenina muy estudiada le pidió que se presentara al día siguiente en las oficinas del *call center* a las 8:30 de la mañana. De inmediato, Fernando sintió una nuez gorda colocarse en la boca del estómago al recordar la llamada que uno de los infinitos hilos del azar pudo haber grabado y luego conducido al oído de algún supervisor en el *call center.* Cuando colgó, sintió que la borrachera de buena suerte se le había quitado de golpe.

# El suspiro de una mariposa

En la noche, cuando habían terminado de cenar, miss Adriana, la maestra de química, le habló a Lucía. La llamada fue breve, pero con muchos aspavientos y exclamaciones de sorpresa. "¿¡Qué!? ¡Noooo! ¿En serio? ¿Por qué? ¿Cómo supiste? ¿Ya supieron quién fue? ¡Noooo!"

Cuando colgó, tres pares de ojos de huevo estrellado la miraban esperando que compartiera el chisme que evidentemente le acababan de contar.

—Corrieron a Ted, el sobrino de miss Meche —dijo—. Parece que ayer criticó con los alumnos el tema del liderazgo.

—Sí, se puso bastante punk —afirmó Catarina.

—También en mi salón se puso loco —agregó Rodolfo—. ¿Y miss Meche cómo supo?

—Los papás de una alumna, que están muy contentos con el asuntito del liderazgo —Lucía no pudo ocultar el tono de desprecio—, fueron a quejarse con miss Meche.

—¿Una alumna? —preguntó Catarina extrañada—. ¿Quién habrá sido?

—¡Seguro fue Marianita! —soltó Rodolfo, girando los ojos al cielo—. ¡Asshh!

—¿Marianita la bonita? —quiso saber Catarina.

—Bueno, nadie sabe bien qué papás fueron —suspiró Lucía, encogiendo los hombros.

—Ahora miss Meche nos va a dar clase otra vez —rezongó Catarina.

Al día siguiente, el runrún de que los papás de Marianita habían ido a hablar con miss Meche y eso había provocado la despedida de Ted, se esparcía por toda la escuela como contagio de varicela. Todo el mundo opinaba al respecto.

—Mis papás opinan igual que Ted sobre el liderazgo —argumentó Carmela.

—Los míos dicen que está bien, pero yo nunca hubiera acusado a Ted —dijo Rosana.

—A mis papás les da risa —comentó Bere.

—Ya saben lo que opina mi papá —se rio Mofeto.

—¡Y mi mamá! —exclamaron al unísono Catarina y Rodolfo.

Pero los comentarios y el cuchicheo se terminaron cuando miss Meche, con cara de ojiva nuclear, subió a la tarima. En dos por tres todos se formaron en filas perfectamente bien hechas, tomando distancia de un brazo hacia delante y otro hacia cada lado. En un patio absolutamente silencioso, miss Meche habló con voz de trueno:

—Por ningún motivo, escúchenme bien: por ningún motivo voy a permitir que nadie, ni siquiera mi sobrino, critique el método de enseñanza que con trabajo y sacrificios hemos desarrollado el profesor Almazán y yo. Si algún alumno o profesor no está de acuerdo, la puerta está abierta y hay otras escuelas donde estudiar o dar clases —a miss Meche se le quebró la voz y todos pensaron que la robusta pelirroja iba a soltar el llanto en cualquier momento—. Agradezco mucho a los padres de la alumna que con tanta honestidad vinieron a contarme lo que había pasado, ¡ojalá todo el mundo fuera así!

Rodolfo no se atrevió a mirar a Mofeto. Caminaron hacia sus salones rodeados de un silencio contenido. Pocos percibieron el brillo complacido en los ojos de Marianita y su sonrisa satisfecha.

En la secundaria y la prepa, alumnos y maestros recibieron un discurso similar de labios del profesor Almazán. Después, Lucía caminó hacia su salón sintiéndose envuelta en densos nubarrones. El tema que trataría esa mañana con sus alumnos podía desatar tormentas.

—Un sofisma es un argumento falso que se presenta como verdadero —explicó ante su grupo de quinto de prepa.

—¿Como los que usan los abogados? —preguntó un alumno.

—A veces, pero en realidad todos podemos decir mentiras y ponerles un envoltorio para que parezcan verdad —contestó Lucía.

—¿Cómo una manipulación? —quiso saber una chica.

—Mmm… sí, muchos de los argumentos que usamos para manipular, son sofismas.

—¿Como todo el rollo del liderazgo y la actitud positiva? —aventuró una alumna.

La pregunta cayó en seco. Después de un segundo de silencio, el salón parecía un hervidero. Todos levantaban la mano para decir algo y algunos simplemente hablaban sin pedir permiso. Todos sus comentarios iban en contra.

Lucía sintió algo que revoloteaba en su pecho. Por un lado, un miedo plano y llano se abrió camino de una forma que hasta a ella misma la sorpendió: si los directores se enteraban de lo que se hablaba en su salón, ella estaría de patitas en la calle al día siguiente. Y sin un centavo, porque hasta el momento, su ingreso era prácticamente el único de la familia. Pero por otro lado, sentía un verdadero regocijo en ver a sus alumnos inquisitivos, críticos, inconformes, capaces de darse cuenta de las mentiras escondidas en los argumentos que les recetaba la escuela. Las dos sensaciones tironeaban dentro de ella.

—¿Usted que opina, miss? —preguntó la misma alumna que había sacado el tema.

Lucía se quedó callada, forcejeando con su boca, que por supuesto quería decir todo lo que pensaba.

—No se preocupe, miss —dijo un chavo, como si le leyera la

mente—. Aquí nadie va a decir nada. Ya hemos hablado de esto entre nosotros y lo del liderazgo nos parece una payasada.

Lucía sonrió.

—Yo tampoco estoy de acuerdo —soltó al fin—. Con nada de eso. Creo en otras cosas. Desconfío de esas ideas que sobreestiman el éxito, como si eso fuera lo único para lo que un ser humano tendría que trabajar, a costa de lo que sea. Y no lo dicen abiertamente, pero se refieren al éxito económico. Como si eso fuera todo. Claro que uno quiere tener lo suficiente para vivir bien, pero no se trata de salir a la calle con el brazo en alto y gritar, ¡yo soy el líder, síganme todos, los llevaré a la victoria! —exclamó con aire teatral. Sus alumnos se rieron—. También se trata de ser feliz y creo que el éxito económico y la felicidad no son sinónimos —Lucía suspiró y dejó que su mirada, cargada con todos los momentos vividos en los últimos meses, se perdiera en un punto donde no estaban los ojos de ningún alumno—. No es en el éxito donde nos encontramos a nosotros mismos, sino cuando tropezamos y hasta las cosas más simples se convierten en un reto.

El silencio fue tan diáfano que se hubiera podido escuchar el suspiro de una mariposa. Lucía recorrió con la mirada los ojos de sus alumnos. Vio en ellos muchas cosas, pero sobre todo, curiosidad y sonrisas, pequeñas sonrisas, que apenas asomaban en la esquinas, donde algún día —ella esperaba— todos tendrían patas de gallo, la huella que regalan los años a quienes sonríen.

—Yo no creo en eso de la actitud y las emociones positivas.

Las emociones son emociones y punto —dijo muy seria una chica.

—¡Ajá! —la secundó otro chavo, una de esas personas que son de verdad líderes, los que nacen con esa chispa que brilla y atrae sin necesidad de leyes—. Y siempre andamos: "no estés enojado, no estés triste, no seas pesimista". ¿Por qué? ¿No se vale? ¿Está prohibido enojarse y estar triste?

La discusión siguió entre los alumnos, aunque ella estaba atenta e intervenía de cuando en cuando.

Mientras los aires conspiradores se daban vuelo en el salón de Lucía, Fernando salía de su cita en las oficinas del *call center*. Sus temores se habían confirmado: la grabación de su llamada había llegado justo a oídos del supervisor. El jefe fue breve, le dijo que eso era inadmisible y que él lo sabía, que habían sido muy claros en el curso. Alegó que no podían tenerle confianza, pues esa conversación había sido escuchada al azar y nadie sabía si hacía lo mismo en otras. Le pagaron el sueldo que le correspondía y la pequeña comisión que había ganado: cuatrocientos pesos en total.

Fernando salió de ahí con una ensalada de emociones. En gran medida sentía alivio: era un trabajo que le molestaba mucho, sin embargo, también sentía algo incómodo, como una comezón en un lugar que no podía rascarse.

Cuando llegó a la pizzería, Pietro lo invitó a sentarse en una de las mesas de la calle y le sirvió un vaso de agua.

—Seré directo —anticipó Pietro—: estoy pensando ofrecerte que seas maestro pizzero aquí *con me*. Se ve que eres un tipo decente y me das confianza. La cosa es que no puedo pagarte más de los cinco mil como *salario mensile* que le pagaba al otro *ragazzo*. Y supongo que estás buscando algo mejor, sé que será temporal. ¿Qué estudiaste tú? *¡Dimmi!*

Fernando le hizo un breve resumen de su circunstancia.

—¡Mmm! —Pietro meneó la cabeza. *¡Sfortunato!* Pues sí, estás demasiado calificado para ser maestro pizzero, pero de todas formas, te ofrezco el trabajo. Avísame si lo quieres.

—*¿Sfortunato?*—repitió Fernando.

—¡Desafortunado! —tradujo Pietro.

—¡A mi hijo le va a encantar esa palabra!

—Bueno, avísame.

Fernando lo pensó unos segundos, sin dejar de mirar a Pietro directo a los ojos.

—Sí, acepto el trabajo.

Pietro alzó las cejas sorprendido.

—Sí —asintió Fernando sin dudar—. Pero comienzo el lunes: esta semana tengo que hacer unos arreglos en mi casa, mi sobrino viene a vivir con nosotros.

Pietro entrecerró los ojos y frunció la boca mientras movía el cuerpo como péndulo, de izquierda a derecha, descontento.

—*¡Bene!* ¡Me organizo estos días! —exclamó al fin, dándole la mano—. Te veo el lunes.

Fernando caminó hacia su casa con una sonrisa sencilla. Después de los meses de sequía, ese sueldo sería como lluvia en los sembrados. Tenía la cabeza llena de pensamientos que pasaban como trenes de alta velocidad. Cuando estuvo frente a su lista, tachó unos pendientes y escribió otros. Le dio gusto ver la palabra "¿Chamba?" que había escrito el día anterior. La puso dentro de un círculo, tachó los signos de interrogación y puso dos grandes signos de admiración a un lado.

# Un momento en sus zapatos

Esa tarde, cuando terminaban de comer, alguien tocó a la puerta tímidamente. Catarina fue brincando a abrir.

—¿Están tus papás? —se oyó la voz de Concha.

—¡Sí! ¡Pásele! —repuso Catarina.

Lucía y Fernando salieron de la cocina y se encontraron con su vecina. Después de un rápido movimiento de cabeza y brinco de copete a manera de saludo, Concha comenzó a disparar las palabras:

—Hablé con mi hermana, le expliqué la situación de la demanda y le dije que ustedes me sugerían rentar mis cuartos. Me dijo que era buena idea pero tenía que arreglar mi departamento —explicó.

—¡Sí, hay que arreglarlo bastante! —comentó Catarina, que estaba muy pendiente de la conversación. Rodolfo le dio un codazo.

—Afortunadamente ella me dio una solución para hacerlo: mi abuela le dejó un buen número de joyas, porque es la mayor, era su consentida y la verdad, la cuidó en sus últimos años. Mi hermana las conservó para repartirlas entre las mujeres de la familia. Aprovechando mi situación le va a dar a cada quien su parte y lo que me toque lo usaré para poner bonito mi departamento.

—¡Qué bueno, Conchita! —exclamó Lucía.

—Lo que venía a pedirles —dijo la vecina, mirando a Fernando— es que me ayuden a hablar con Paz, Luis y Carla y tu mamá para que no sigan con la demanda.

Fernando exhaló sonoramente y alzó las cejas: sabía que no sería fácil.

—No se preocupe, considérelo un hecho —repuso, con mucha más confianza de la que en realidad sentía.

Un rato más tarde, Fernando regresaba del súper al mismo tiempo que Segismundo, que venía de ruletear varias horas, y los cuatro paseadores de perros, con Drakkar, Sauron y Wasabi. Bere se despidió y se fue presurosa.

—Hoy fue mi primer día como chofer de Uber —le contó Segismundo a Fernando—. Ni modo, tuve que aprender a usar la tecnología telefónica, por suerte Martín Sócrates me enseña —al decir esto, revolvió el pelo en la cabeza de su hijo.

Mientras esperaban el elevador, oyeron la voz de Pacita y de Luis en el primer piso. Al escuchar la voz de trueno de Segismundo, Pacita bajó el volumen de la suya. Era claro, por el tono de misterio, que era algo referido a la demanda. Pero las palabras “sobre, dirección, tú lo envías” llegaron a los oídos de Fernando justo cuando se cerraba la puerta del elevador. En un impulso oprimió el botón del primer piso.

—¡Vengan conmigo! —ordenó sin dar explicaciones en cuanto las puertas se abrieron.

Al verlos, Paz cargó a Lulita y dio un paso atrás, como queriendo protegerse de una estampida. Luis, con el sobre de mensajería en la mano, los miraba extrañado.

—¡Luis! ¡No mandes el sobre! —conminó Fernando.

En un torrente de palabras, Fernando habló sobre la ayuda providencial de la hermana de Concha y la necesidad de platicar con todos el tema de la renta de los cuartos. Luis se puso la mano en la barbilla, mirando el sobre. En los ojos de Paz podían leerse el miedo y el coraje.

—¿Cómo? ¿Creen que vamos a permitir que vengan extraños a vivir a nuestro edificio? ¿Que vengan más pelados, más gente inmoral, más borrachos? ¿Que hagan fiestas y se droguen?

—Paz, está usted exagerando, como siempre —la interrumpió Segismundo—. Lo único que queremos es ayudar Concha.

—¡Ay, pero habráse visto!

Pacita puso al can frente a ella, en su pecho, como si la perra fuera a defenderla de la amenaza de hordas de futuros inquilinos indeseables.

—Lo mismo podría pasar si Concha vende su departamento, Paz —intervino Fernando—. Nunca se sabe quién va a llegar.

—Pero eso sería lo mejor, así paga su deuda.

—¡A ver! —la interrumpió Segismundo impaciente— haga un ejercicio: póngase un momento en sus zapatos. Sólo inténtelo.

A Paz le tembló la barbilla y no tuvo argumentos para defender su punto.

—Tendríamos que hacer una junta urgente —observó Luis.

—Puede ser el viernes en la tarde, en mi casa —ofreció Segismundo.

—¡De ninguna manera! ¡A su casa yo no voy! —arremetió Paz enojada—. ¡Que sea en la mía! ¡Y van a venir Verito y Gerardo, les aviso!

Segismundo abrió la boca para decir algo, pero Luis hizo un gesto conciliador.

—¿A qué hora, Paz? —se apresuró a preguntar.

—A las siete en punto —contestó ella y se dio la vuelta para entrar a su casa. Antes de hacerlo, vio una mancha amarilla escurriéndose por su puerta, humedeciendo el tapete de flores de la entrada. Eran apenas unas gotas, en realidad, pues Sauron se había pasado la tarde exprimiéndose en cuanto árbol y poste se cruzó por su camino. De todas formas, Paz soltó un grito de horror:

—¡Aaaaaaaah! ¡Limpien eso inmediatamente!

# No se tienen problemas, hasta que sí

Esa mañana de viernes, el día comenzó temprano para Rodolfo, que se despertó poco antes de que sonara el despertador. Hay semanas en las que los días se corretean unos a otros, pisándose los talones, en las que el miércoles quiere saltarse al jueves para llegar directo al viernes. Así había sido esa semana. Rodolfo sentía una inquietud en algún lugar del abdomen que no tenía una ubicación precisa, pero estaba bien presente. Todo giraba a su alrededor a un ritmo raro. De pronto su papá tenía un trabajo y no estaría a la hora de la comida y un primo desconocido vendría a vivir con ellos. Miss Meche les daba inglés en lugar de Ted y las clases se parecían cada día más sesiones de lavado de cerebro. De pronto se dio cuenta de que ya no pensaba tanto en su mala suerte. Los acontecimientos se habían vuelto más grandes que él y en algún momento —entre la Nonna, Gil y Ted—, se dio cuenta de que su mala suerte particular no podía ser la causa de la mala suerte universal. En eso escuchó voces en el cuarto de servicio, que quedaba junto al suyo. Cuando llegó, ahí también estaba Catarina. El cuarto se veía bastante bien.

—Por suerte al antiguo inquilino no le dio por ponerse creativo con este baño —dijo Fernando.

—¡Qué bueno! —asintió Lucía, mientras miraba con aprecio el pequeño espacio.

—Todavía huele un poco a perro —señaló Catarina mientras venteaba.

—Hoy le dan la última mano de pintura, mañana vamos a comprar la cama y un pequeño armario y estará listo —comentó su papá.

Ese viernes, Bere y Mofeto fueron a comer a su casa. Fernando había hecho tinga de pollo y le había quedado muy buena.

—Espero que sigas cocinando, a pesar de tu trabajo en las pizzas —comentó Lucía, mientras saboreaba un taco.

—Tendré que organizarme, pero sí, creo que me dará tiempo de dejar la comida hecha.

—¡Gracias! —sonrió Catarina, que opinaba que su papá cocinaba mejor que su mamá.

Al terminar de comer, los niños quisieron ir al parque sin los perros, para variar. Cuando abrieron la puerta se toparon con Luis.

—¡Qué bueno que los encuentro! —exclamó—. ¿Pueden cuidar a David y a Natalia hoy en la noche, cuando sea la junta de vecinos? La hermana de Carla tiene una boda.

—¡Claro! —contestó Catarina sin consultar con sus socios.

—¿Puede ser aquí en tu casa? —preguntó Luis, acordándose de la poca paciencia de Paz con los niños.

—Pérame —contestó Catarina y luego gritó—: ¡Mamáaa!

Lucía estaba en la cocina y salió secándose las manos con un trapo. Cuando la pusieron al tanto, frunció las cejas.

—Por mí no habría problema, Luis, pero esta noche vendrá una alumna a tomar dos horas de francés: en diciembre se va a vivir a París y está apurándose mucho. Mejor que los cuiden en casa de Paz.

Luis aceptó resignado. Después caminó junto con la tropa hacia el elevador.

—Tú eres Bere, ¿verdad? David habla mucho de ti —Luis le dio la mano muy formalmente, mientras caminaban juntos al elevador.

Bere sonrió contenta.

Lucía se había preparado un té y se disponía a leer un libro cuando sonó el teléfono y lo contestó. Fernando la miraba con curiosidad mientras hablaba.

—¿Quién crees que era? —comenzó ella—. La secretaria de una de las escuelas que vimos, una que nos gustó bastante, en la colonia Del Valle, pero que no tenía lugar para ninguno. Que en enero tendrán dos lugares, exactamente en sexto y cuarto, porque dos alumnos se van a vivir a otro lado.

—¿En serio? —la cara de Fernando decía muchas cosas.

—¡Sí! Claro, la colegiatura es más alta —dijo Lucía, leyendo su expresión—. Y no tendrían beca, pero...

Terminó la frase con un suspiro. En ese momento, enero parecía tan lejano.

—Le dije que me apartara los lugares. Tendríamos que pagar la inscripción en diciembre —en los ojos de Lucía también podían leerse múltiples pensamientos—. ¡Bueno! Paso a paso: ya veremos qué pasa.

A las siete en punto, Fernando y los niños salían de su departamento para ir al de Paz. Cuando el elevador se abrió ahí estaban Mofeto y su papá. Los ojos de Segismundo —algo achispados— y un ligerísimo olorcillo etílico, delataban que al menos un poco de alcohol corría por sus venas.

La puerta del departamento de Paz estaba abierta. Luis y sus hijos apenas llegaban, pero Verónica y Gerardo estaban más que instalados en la sala, con sendas tazas de café a medias: habían llegado más temprano que todos. Cuando Pacita vio que entraba la comitiva de niños, no pudo reprimir una mueca de disgusto. Luis se dio cuenta.

—¡Perdón, Paz, pero no podía dejarlos con Carla, hoy no se ha sentido bien! —Luis se apresuró a disculparse—. Y le pedí a los niños grandes que me ayuden a cuidarlos.

Paz acarició a la blanca bola de pelos que descansaba en su regazo. Luis había sido su aliado durante todo el asunto de la demanda, así que consideró sus opciones y pensó que un poco de tolerancia era lo mejor. Sólo esperaba que esta vez no rompieran nada.

—Bueno, pero siéntense allá —ordenó, señalando el espacio entre la sala y el comedor—. No pueden entrar a los cuartos y procuren no hacer ruido.

Verónica miraba a los niños con antipatía.

—Yo por eso no voy a tener hijos —declaró, mirando a Pacita—. Mi hermana tiene dos hijos, ¡y están tan consentidos! ¡Todo el día molestan!

Los tres grandes le dedicaron una mirada larga y poco amigable.

—Coincido contigo, Verónica —comentó Segismundo con ironía—: hay gente que no debe tener hijos, ¡qué bueno que lo reconozcas!

Verónica lo miró con ojos de borrasca mientras los niños se sentaban en el lugar que les habían asignado. Rodolfo quiso saber qué llevaban en sus bolsas de jugetes. David había escogido él mismo qué entretenimientos llevar y todos eran potencialmente peligrosos para la casa de la vecina mayor: una pelota de goma, plastilina y un botecito con jabón para hacer burbujas. Cuando lo vio, Natalia se olvidó de los rompecabezas que Luis le había llevado y quiso inmediatamente que Catarina se pusiera a hacer burbujas.

—¿Dónde está Bere? —preguntó David, parando la trompa.

—Fue con su mamá al cine —contestó Catarina.

—Yo quería que viniera Bere —añadió, con la trompa todavía más parada y las cejas fruncidas.

—Pues no pudo —repuso Mofeto, perdiendo un poco la paciencia.

—¡Quiero galletas! —rezongó.

Las primeras señales de la rebelión empezaban a hacerse visibles. Antes de que nadie puediera hacer nada, David se coló a la zona de los adultos, se llenó las manos de galletas y regresó a su lugar. Paz miró toda la maniobra con la cara que pondría un coyote al ver pasear a un pollo regordete frente a él. Quiso levantarse y arrebatarle las galletas, pero miró a Luis, que también la veía y tuvo que ahogar sus deseos en algún lugar profundo de su ser.

Juan Pablo y Concha no llegaban y los intentos de Paz por hacer una plática de cortesía se centraban en Verónica y Gerardo. De pronto Juan Pablo se asomó por la puerta con expresión sonriente y triunfal. En la mano llevaba un ostentoso sobre blanco de mensajería internacional.

—¡Buenas noches! —saludó. Fernando, Segismundo y Luis devolvieron el saludo, pero Paz se quedó callada y los recaudadores apenas movieron la cabeza.

—¡Les tengo una sorpresa! Si es necesario votar, quiero contarles que ya puedo hacerlo —dijo, mientras abría el sobre y sacaba un fólder que estaba dentro—: ¡ésta es una carta poder de mis caseros, que me da la facultad de votar en su nombre en estos numeritos!

Juan Pablo mostró la carta, expedida por el consulado de México en Londres. El asunto se veía bastante formal. Verónica la vio con desprecio, como si fuera un pañuelo sucio. En ese momento, Concha entró por la puerta abierta con inocultable cara de incomodidad.

—Por favor cierra la puerta, Concha —pidió Paz con tono autoritario.

Concha cerró y Segismundo se levantó para cederle su lugar en el sofá.

—Bueno, pues empecemos porque nosotros tenemos otro compromiso —anunció Verónica y miró a su marido—. ¿Quieres decir algo, Ger?

No era fácil verlo, porque su mirada de todas formas era inexpresiva. Sin embargo, si uno se fijaba con cuidado, podía ver que en los ojos de reptil de Verito había un brillo, como si disfrutara con todo aquello. Era asqueante verla contenta con la situación de Concha.

—Básicamente, señora Concha —comenzó Gerardo, envolviendo sus palabras en un tono de falsa amabilidad— a petición de Paz y con el apoyo de Luis y de la mamá del señor Pachón, se iniciará una demanda en su contra frente a la procuraduría social, por la falta de pago de la cuota de mantenimiento. Y tendrá que pagar, porque eso es lo que resolverá el juez.

—Eso de la demanda está por verse —intervino Segismundo—. Concha tiene una nueva idea.

—Quiero rentar mis cuartos para poder pagar poco a poco la deuda —soltó Concha, nerviosa, con la voz tipluda y el copete tembloroso.

Era obvio que los recaudadores estaban al tanto, porque no se inmutaron.

—No puede —reviró Verónica, terminante.

—¿Según quién no puede? —arremetió Segismundo—. ¿Según tú?

—La mayoría de los vecinos tendría que estar de acuerdo. Y ni Paz ni la señora Pachón ni Luis lo van a aprobar. Ustedes —Verito señaló con la cabeza y con profundo desprecio a Juan Pablo y a Segismundo—, sólo son dos votos.

Fernando y Segismundo voltearon hacia Luis, que se puso un poco rojo.

—Pero Concha también vota —intervino Juan Pablo.

—Ella no puede votar, porque *o-bvia-men-te* su caso es el que está a discusión, o sea, es *e-vi-den-te* que votaría a su favor —espetó Verónica enfatizando sus palabras, mientras miraba a Juan Pablo con arrogancia.

—Este tema no está previsto en la ley de propiedad en condominio —reviró Juan Pablo, ignorando el tonito de Verónica.

—No, no está. Tendría que estar en el reglamento de este edificio, pero no dice nada al respecto —observó Gerardo.

—Nunca hemos tenido problemas —comentó Luis.

—Hasta ahorita, así es la cosa: no se tienen problemas, hasta que sí —filosofó Verito.

En ese momento, Paz se dio cuenta de la nube de pompas de jabón que flotaba en el aire, detrás del asiento donde estaban sentados Verónica y Gerardo. Olvidando la discusión, dejó que sus ojos siguieran la trayectoria de las esferas jabonosas. Varias estallaron en el aire, pero muchas más viajaron suave y cadenciosamente hasta impactarse con diferentes adornos, como los platos que colgaban en la pared, las pantallas de las lámparas o los floreros de cristal cortado —perfectamente sacudidos y limpios— que adornaban el trinchador del comedor. Una burbuja tuvo la osadía de entrar en su territorio y flotar justo hasta donde ella estaba sentada, pegándose delicadamente a su vaso con agua, donde reposó un momento antes de su mudo estallido, dejando una huella sutil, tornasolada y circular. Paz resopló, puso al perro en el sillón, tomó el platón de las galletas y fue hacia los niños.

—¡Burbujitas no! —exclamó con voz de sargento y luego añadió con tono meloso—: ¡Tengan, aquí hay galletitas!

David la vio alejarse, comió dos galletas y se puso a gatas. Catarina fue la primera que se dio cuenta de lo que seguía. Sin decir ni pío, el niño se arrancó gateando a toda velocidad hacia las recámaras. Los grandes se miraron.

—Yo me quedo con Natalia —se apresuró a decir Catarina.

Rodolfo y Mofeto se lanzaron tras David. La discusión, mientras tanto, seguía. Verónica, raro en ella, no perdía la paciencia: se limitaba a machacar que Concha no podía rentar sus cuartos y que lo mejor era que vendiera su departamento.

—Si no está previsto en la ley, entonces somos nosotros, los vecinos, quienes tenemos que decidirlo, no ustedes —declaró Fernando.

—Los demás sí, usted no. En todo caso, su mamá —cortó Verónica.

—No importa si es mi mamá o no —Fernando se puso rojo—, el asunto es que ustedes no tienen aquí voz ni voto.

—No veo qué tiene de malo que ella rente sus cuartos —intervino Juan Pablo, mirando a Luis a los ojos—. Muchos propietarios en esta zona están haciendo lo mismo.

—Es mucho riesgo para todos —croó Gerardo.

—Ya hay mucha gente indeseable en este edificio, tan finos que eran todos antes —añadió Paz con cara de pugido. Concha se veía cada vez más nerviosa.

—Yo le pregunto a Luis, porque ustedes aquí no cuentan —Segismundo vio a los recaudadores con ojos de torbellino antes de concentrar la mirada su vecino—. ¿Están ciegos o qué? Se zurran de miedo de que al rentar los cuartos llegue gente que Paz no apruebe, pero el mismo riesgo se corre con cualquier persona a la que se le venda el departamento.

—Si se vende, hay menos riesgo: sólo lo comprará una persona, en cambio si lo rentan serán al menos tres —repuso Verónica.

Segismundo entrecerró los ojos y la miró incrédulo.

—¡Tu argumento es absurdo! —embisitió—. Da igual si se renta o se compra: si tienen miedo de quién venga, eso no se va a poder controlar. A mí la verdad me daría terror que tú fueras mi vecina.

Por primera vez en esa tarde, Verito perdió el estilo. Se echó el pelo atrás de los hombros y resopló ruidosamente. Paz soltó un pujido. Fernando pidió calma a todos.

—¡Yo mismo voy a ir a la procuraduría social a poner una demanda en contra de ustedes! —siguió Segismundo.

—¿Una demanda de qué, exactamente?

—¡Ustedes dos toman las decisiones sobre este edificio como si fuera suyo! —clamó el hombretón, poniéndose de pie.

—A ver: no perdamos de vista que lo que queremos es ayudar a Concha, que es una persona mayor, sin ingreso y que ha vivido aquí toda su vida… —intervino Juan Pablo mientras miraba a todos a los ojos—. Es una cuestión de humanidad.

Los recaudadores y Paz lo miraron con frialdad. Era como si hubieran hecho un pacto inquebrantable entre ellos y ninguno estuviera dispuesto a ceder ni un milímetro.

David, mientras tanto, había llegado al cuarto de la vecina. En susurros, Mofeto y Rodolfo le pedían que saliera de ahí, pero él negaba con la cabeza tercamente. Con mirada desafiante, abrió un cajón de la cómoda de Paz, que resultó ser el de sus calzones y se puso a sacar uno por uno, tirándolos al suelo. Rodolfo y Mofeto, en estado de alarma, trataban de doblarlos y regresarlos al cajón apenas David los echaba para afuera, lo cual le parecía de lo más divertido y volvía a sacarlos muerto de risa. En una de ésas, Mofeto extendió uno de los calzones.

—¡Parece una carpa! —dijo quedito.

—¡No, un paracaídas! —añadió Rodolfo.

Los dos se rieron, pero de inmediato tuvieron que ocuparse del cartucho de dinamita con patas que ahora se había metido en el clóset de la vecina.

Metieron los calzones hechos bola al cajón y fueron tras él. En la región de los adultos, el debate se ponía cada vez más acalorado.

—Esta discusión ya llegó a un callejón sin salida —afirmó Juan Pablo—. Sugiero simplemente que votemos: ¿quién está de acuerdo en que Concha rente sus cuartos y pague poco a poco su deuda? Si somos mayoría, el asunto queda resuelto. Si no, pues...

—Desde luego yo no estoy de acuerdo y estoy segura de que Luis tampoco —cargó Paz.

Cuando dijo eso, se hizo un silencio pastoso y todos miraron a Luis. Él, que no había abierto la boca durante toda la junta, carraspeó nervioso.

—Paz, en realidad yo, ejem, yo no estoy en contra de que

Concha rente. Y Carla tampoco, ya lo platicamos. Sí, hay riesgos, pero creo que hay formas de prevenirlos.

La cara de Paz se congeló como si fuera una escultura de hielo. El rictus de Verónica se descompuso.

—¡Eso sería un error! —siseó, luego señaló a Concha—. Ésta, la morosa, puede rentar sus cuartos todo lo que quiera, pero, ¡ya verán! Nunca va a pagar esa deuda.

Concha abrió los ojos asustada y ahogó un grito. Luis miró a Verónica con enorme seriedad.

—Se llama Concha, no "ésta" ni "morosa".

La cabeza de Verónica tembló mecánicamente, como un robot descomponiéndose.

—Paz —Luis se dirigió a ella muy serio—, todos saben las razones por las que apoyé el tema de la demanda, pero me parece que usted está siendo muy intransigente y quiero preguntarle por qué lo hace. Que yo sepa, Concha nunca le ha hecho nada, no entiendo por qué su encono contra ella.

Verónica volteó a ver a Paz con tanta fuerza, que su largo cabello voló por el aire. La vecina le devolvió una mirada inquieta, con muchos parpadeos.

En ese momento, en el cuarto de Paz, Rodolfo y Mofeto habían logrado sacar a David del clóset sin que jalara la ropa de sus ganchos —que era su intención—, pero apenas estuvo afuera, el tornado en miniatura fue al cajón de los calzones, sacó el primero que se encontró —que quizás era el más grande— y salió corriendo por el pasillo, sosteniendo la prenda en alto con las dos manos.

—¡Íiiiiiiiiiii! —gritó eufórico, galopando hacia su papá. Él lo cargó mientras David ondeaba su blanca bandera, muerto de risa.

Luis se lo quitó, lo puso pudorosamente sobre el sillón donde estaba sentado y lo tapó con un cojín. Nunca nadie le había visto a Paz la cara que tenía en ese momento. Sus ojos eran de felino salvaje acorralado, al mismo tiempo feroz y asustado. Cualquier asomo de risa quedó destripado en un lugar entre la pena ajena y el gesto de Paz.

Hay veces en las que un instante vivido por varias personas simplemente estalla en pedazos, como si todos, puestos de acuerdo, se convirtieran en portadores del caos. Al ver su ropa interior exhibida con tan poca vergüenza en medio de su sala, frente a todos sus vecinos y sus amados recaudadores, la mayor de los habitantes del Edificio Duquesa aventó a su perra al suelo. Lulita respondió con un chillido para después meterse presurosa bajo el sillón. Algo dentro de Paz estaba en pleno estado de entropía.

—¡Ustedes todo lo descomponen! —rugió, mirando furiosa a sus vecinos—. ¡Verito y Gerardo quieren comprar ese departamento! ¡Y yo estoy de acuerdo con que vengan a vivir aquí, tan decentes y tan finos los dos! ¡Nunca dejarían de pagar y no darían ningún problema!

Todos los pares de ojos que estaban en la sala en ese momento se abrieron como limones partidos y viajaron veloces entre los administradores y Paz. Incluso Catarina, atrás del sillón, se asomó a ver la escena. Conscientes de su fracaso como cuidadores y atraídos por el silencio, Mofeto y Rodolfo llegaron a la sala con pasos lentos y cara de susto.

—¡Ah! ¡Con que eso era! —exclamó Juan Pablo.

—¡Es increíble…! —suspiró Segismundo, meneando la cabeza—. Y yo que sólo pensaba un poco mal de ustedes.

Luis puso a David en el suelo.

—¿¡O sea que ustedes dos, par de víboras, nos estaban manipulando a Paz y mí para sacar a Concha de su casa!? —recriminó, con la cara colorada, mientras señalaba a los administradores con el dedo índice.

Gerardo, nervioso, miraba con insistencia a su esposa mientras ella, con actitud cínica, se pasaba la mano por el pelo con desinterés. Ninguno de los dos miraba a nadie a los ojos.

—¡Hermosas amistades las suyas, Paz! —azuzó Segismundo con mirada furiosa—. ¿Cómo es posible, atreverse a meter en un problema a Concha, nada más para que estos sujetos se salieran con la suya?

—¡No se atreva a hablarme de esa forma! —bramó Pacita.

—Yo digo que es un buen momento para correr a estos dos —propuso Juan Pablo, señalando con la cabeza a los recaudadores.

—¡Es un momento excelente! —aprobó Fernando.

—¡No pueden, tenemos un contrato! —escupió Verónica.

—Que vence en dos meses y no vamos a renovar —reviró Luis.

—¡Hagan lo que quieran! ¡Nosotros vamos a ir con un abogado! —se defendió Gerardo.

—¡Nosotros también vamos a ir con un abogado! —bufó Luis—. ¡Ustedes han actuado de muy mala fe, a ver si no nos salen debiendo!

Verito reconoció en un segundo que había perdido el partido jugado durante meses con tanto cuidado. Sabía que estaba en el último minuto del tiempo añadido con un marcador 3-0 en su contra. El sabor amargo, como de hueso de toronja, no se le quitaría de la boca en mucho tiempo. Había visto tantos departamentos en la zona, ¡y todos tan caros! Ella sabía que podía comprar el de Concha a muy buen precio. Si se hacía la demanda, con la presión del juez, ella tendría que pagar pronto y seguro aceptaría su oferta, aunque fuera baja, pero su plan se había venido abajo estrepitosamente y todo por culpa de las indiscreciones de Paz, ¡si tan sólo hubiera cerrado la bocota! Verónica se puso de pie lenta y calculadamente. Se echó el pelo hacia atrás y se acomodó la blusa sobre los pantalones. Luego tomó su bolsa. Gerardo también se levantó, tieso como si se hubiera tragado el palo de la escoba. Pero una víbora herida no se va a su guarida sin antes asestar la última mordida.

—Gracias por ser tan discreta, Paz —dijo con tono venenoso.

—¡Ay, Verito! Yo...

—En realidad no importa —la interrumpió—. ¡Venirse a vivir a este edificio de locos! Aunque en realidad, no pensábamos hacer eso.

—Verónica... —quiso callarla su marido.

—La verdad queríamos remodelar el departamento para rentar los cuartos.

—¡No puede ser! —gruñó Segismundo, poniéndose en pie de un brinco.

—No me dijiste eso, Verito —reclamó suavemente Paz, mientras acariciaba con fuerza a Lulita, que ya estaba otra vez en su regazo.

—¡Claro que no!, pero esa fue siempre nuestra idea.

—¡Yo pensé que me estimabas! ¡Que querías ser mi vecina y mi amiga! ¡Hasta me dijiste que te recordaba a tu mamá!

La sonrisa que Verónica le dedicó a Paz en ese momento, glacial y falsa, acompañada de una mirada de infinito menosprecio, provocó escalofríos en más de uno. Las palabras salieron de su boca como inmundicia que escurre de un vertedero de basura:

—No, Paz, esa nunca fue mi intención. Usted no es más que una vieja ñoña.

Los ojos de Paz, llenos de lágrimas, la miraron con profunda tristeza.

—¿¡Cómo te atreves a hablarle así!? —le gritó Fernando—. Eres la persona más baja y cruel que conozco. Y mira que he conocido gente baja y cruel.

—Salgan de esta casa inmediatamente —clamó Segismundo señalando la puerta con el dedo.

Verónica y Gerardo salieron del departamento —y de sus vidas— dejando una estela, una especie de nube densa y pesada detrás de ellos. Paz lloraba en silencio. Lulita la olisqueaba desconcertada mientras movía el rabo con ansiedad. Todos se miraban sin saber qué hacer hasta que Juan Pablo caminó hacia ella, se sentó a su lado y le pasó el brazo sobre el hombro.

—Lo siento mucho, Paz. Todos sabemos cuánto los estimaba.

Juan Pablo le ofreció una mano para que Paz la tomara. Ella lo miró con recelo, pero al final la tomó y la apretó. Todos notaron cómo —entre sollozos— la calidez del contacto humano derritió poco a poco la nieve y su cuerpo se relajó hasta aceptar el abrazo que le ofrecía su vecino.

—Bueno, Concha —le dijo Luis—. Creo que su idea queda aceptada. Me ofrezco a redactar algo sobre este tema para incluirlo en nuestro reglamento. Pasaré una copia a cada quien para que pongan sus comentarios.

Paz se quedó inmóvil en el sillón mientras uno a uno, los vecinos se fueron. Catarina, Rodolfo y Mofeto ayudaron a llevar a la cocina tazas, vasos y platos con galletas. Al final sólo quedó Juan Pablo, que seguía junto a ella, con su mano entre las suyas.

Ella lo miró a los ojos y él le devolvió una mirada sencilla y tranquila. Una mezcla de tristeza y vergüenza se arremolinó en el pecho de Pacita.

—¡Ay, Juan Pablo! —susurró, mientras le daba unas palmadas en la mano—. ¡Tengo tanta pena con Concha! ¡Qué tonta fui!

—No se culpe, Paz. A veces sólo queremos un amigo y no vemos nada más.

Ella asintió distraída.

—Ya vete a tu casa, muchacho —dijo Paz, con una leve sonrisa.

Juan Pablo se fue y ella cerró la puerta. Nunca se había sentido tan sola y avergonzada. Todo lo que había pasado en las últimas horas rebotaba sin parar dentro de ella. Suspiró hondo, luego vio que era la hora de su novela, se fue al cuarto de la tele y la prendió, pero en realidad, no la vio.

# Adiós a las palabras raras

Esa mañana Lucía terminaba de arreglarse frente al espejo del baño. Había decidido ponerse sus aretes de perla, que eran bonitos, pero no finos. Cuando Fernando la vio colocarlos en sus orejas, suspiró.

—¿Y tus aretes de diamantes los que... pignoraste? —le preguntó. Ella sonrió ante la palabra.

—El plazo para recogerlos ya venció —contestó, apretando los labios, mientras miraba su reflejo.

Rodolfo, en su cuarto, escuchó el diálogo y fue al cuarto de sus papás. Se paró en la puerta y miró muy serio a Lucía.

—¿Por qué me ves así? —le preguntó ella.

—No es nada —titubeó.

—Esa mirada es algo. Las mamás siempre sabemos cuando unos ojos traen algo.

Rodolfo sonrió sin muchas ganas. Lucía se sentó en la cama y le dio unas palmadas al colchón, invitándolo a sentarse.

—Es que... ahorita que dijiste de la pignorada de tus aretes...

—¿Si?

—Pues nada. Me acordé que ya no usas palabras de esas raras para que no entendiéramos, ¿sabías que las buscábamos en el diccionario?

Lucía sonrió. El recuerdo, que le parecía surgido de una vida prestada, fue abriéndose como una flor en su memoria.

—No sabía —contestó.

—Creo que ya sé por qué ya no las usas —siguió Rodolfo, ella lo miró atentamente—. Creo que antes... no querías que supiéramos cosas, pero ahora ya no importa, porque nada es secreto, todos sabemos lo que pasa.

Su mamá se quedó muy seria. Quiso poner en un marco la cara que tenía Rodolfo en ese momento, inocente, certera, sincera, y colgarla en su corazón. Le acarició el copete y se lo acomodó a un lado mientras sentía los ojos llenarse como albercas de lágrimas.

—Sería mala idea que llorara —exclamó, riéndose nerviosa—. Se me va a correr todo el rímel.

—Sí. No llores —dijo Rodolfo, dándole unas palmadas en el brazo. Ella le dio un beso en el cachete.

Lucía se quedó toda la mañana con las palabras de Rodolfo dando vueltas en su cabeza, como palomillas alrededor de un foco prendido.

En la tarde, cuando regresaban de las compras para el cuarto de Gil, Rodolfo fue al suyo y se tiró en la cama. Faltaba una semana para que llegara el primo. Más que una persona, él lo veía como un asteroide que venía surcando el cielo hacia ellos, listo para impactarse en sus vidas. Ese cuerpo celeste, que había asomado una puntita con la visita de la Nonna, era una realidad cada vez más grande ante la que nadie era indiferente: todavía ni estaba con ellos y ya había provocado enojos, cambios, arreglos, compras. A él, en el fondo, le daba mucha curiosidad conocerlo. Una vaga sensación detrás del ombligo le decía que la llegada de Gil cambiaría su suerte.

Y pronto lo descubriría.

# PARTE VI

# Gil

# Vaya que lo reconocieron

El vuelo de Monterrey llegaba a las dos de la tarde. En el camino al aeropuerto, todos iban en silencio, cada uno pensando en Gil. Hacía tantos años que no lo veían, que era prácticamente un desconocido y cada uno se había hecho una idea de quién y cómo sería. Mientras estacionaba el coche, a Fernando le entró el temor de no reconocerlo, hasta pensó en enviarle un mensaje a su hermano para que le mandara una foto. Pero sí lo reconoció. Vaya que lo reconocieron todos.

Mientras esperaban en las llegadas nacionales, salieron ríos de personas procedentes de varios vuelos. Gil tardó un poco: había tenido que esperar a que le entregaran su guitarra. Después de un rato en que no se apareció nadie por ahí, las puertas se abrieron y vieron salir a un joven no muy alto, de rizos castaños despeinados y ojos risueños. Cuando él los vio, su boca floreció en la más perfecta sonrisa de dientes blanquísimos que uno pueda imaginar. Fernando sintió un súbito e inconmensurable cariño hacia su sobrino, Lucía supo en un segundo por qué era el consentido de la Nonna, Rodolfo de inmediato imaginó que sería su amigo y Catarina pensó que su sonrisa era una buena razón para dar gracias al líder máximo.

—¡Quiubo, raza! —saludó Gil, dándole un abrazo a cada uno, luego miró a Rodolfo todo contento y le dijo—: ¡Gordolfo!

Hubiera sido cualquier otra persona la que le dijera eso y Rodolfo se hubiera puesto como energúmeno, pero con Gil simplemente rio de buena gana. En el coche se sentó en medio de sus primos, platicó con ellos y recordó que le había puesto ese apodo a Rodolfo cuando era muy pequeño y bastante rollizo. Al llegar a la casa estaba muy complacido con su cuarto, dijo no percatarse del olor a perro que Catarina insistía en hacerle notar y, después de desempacar sus cosas, de inmediato se ofreció a ayudar a preparar la comida. En la tarde salieron a caminar a Coyoacán con él y lo disfrutaba todo.

Al día siguiente, el desayuno se preparó y se comió con cuidado de no hacer ruido para no despertarlo. A eso de las diez de la mañana, sin embargo, cuando Fernando terminó de preparar la comida, pensó que era buena idea despertar al bello durmiente antes de irse a la pizzería. Gil había dicho que iría a ver varias escuelas de música para inscribirse lo más pronto posible y comenzar sus clases, pero no conocía la ciudad. Fernando le consiguió un mapa del transporte y la dirección de las escuelas para que las buscara en los mapas de Google. Cuando entró a su cuarto, su sobrino estaba desperezándose.

Ese día, Gil estuvo fuera hasta las ocho de la noche. No fue a ninguna escuela, se la pasó recorriendo rutas del metrobús. Lo que sí consiguió fue la foto y el teléfono de tres niñas que conoció a lo largo de la jornada. Fernando sabía que a su sobrino le gustaba la vida relajada y relajienta, así que le insistió que al día siguiente fuera a ver las escuelas, pero Gil dedicó el resto de la semana a conocer la ciudad y las tardes, a conocer a sus primos: los acompañó a sus paseos de perros —que se prolongaron mucho más que de costumbre— y, el martes, cuando no había perros, les pidió que lo acompañaran a recorrer la colonia.

Ellos estaban absolutamente felices de pasar tiempo con el primo. Su mamá sólo levantaba la ceja, mientras pensaba que el enorme encanto del muchacho hacía que la gente cayera irremediablemente a sus pies.

Los sábados y domingos la pizzería estaba cerrada: su clientela era principalmente de oficinistas que trabajaban de lunes a viernes. Fernando aprovechó para salir con Catarina, Rodolfo y Wasabi al parque. Lucía se quedó trabajando mientras Gil ensayaba la guitarra. De verdad tocaba bonito. Después de comer, el sobrino se ofreció a lavar los trastes y luego comenzó a acicalarse.

—¿Vas a salir? —le preguntó Fernando.

—Sip. Chansa voy a un bar con Silvia, una chava bien cheve.

—¿Y cómo te vas a ir?

—Ella viene por mí. Vamos a su casa, precopeamos y luego sus papás nos llevan al bar.

—Y... ¿cómo se van a regresar?

—Pues... ya veré —le respondió dedicándole una de sus más fabulosas sonrisas.

Fernando se rascó la nuca. Si algo le tranquilizaba de la edad de sus hijos era que, por el momento, la palabra "bar" estaba fuera de su vocabulario.

—Pero, ¿a qué hora llegas?

—A las tres de la mañana.

—¡¿Tan tarde?! —replicó Fernando serio.

—Pues sí, tío, los bares se ponen de ambiente ya tarde.

Media hora después tocaron el timbre y Gil se despidió de su tío.

—Me mandas un mensaje cuando llegues al bar y otro cuando ya vengas de regreso. Que no pase de las tres, por favor. Y trata de no tomar demasiado, Gil.

—Sí, tío —sonrió el sobrino, derrochando encanto.

En cuanto se fue, Fernando se apresuró hacia el balcón. En la calle había un coche rojo. En cuanto Gil salió por la puerta del Edificio Duquesa, una muchacha se bajó del auto y lo saludó con un beso efusivo. Gil se subió y se fueron. Al entrar a la casa, los ojos de Catarina lo miraban fijamente.

—¿Qué es precopear?

Fernando suspiró hasta el coxis.

—Pues es que... antes de ir a un bar, los muchachos toman unas copas en casa de alguien.

—Ah, ¿y el bar no es para eso?

—Pues sí, pero el bar es más caro —Fernando le pedía al cielo que la curiosidad abandonara la cabeza de su hija en ese mismo instante.

—¡Tan feo que sabe! —dijo ella, encogiendo los hombros.

A las 4:30 de la mañana, un estrépito en la cocina despertó a Lucía y a Fernando. Al llegar vieron a Gil tirado. Había chocado con una de las sillas del antecomedor y había aterrizado en el suelo cuan largo era: el hedor a tequila combinado con cigarro saturaba el ambiente. Fernando prendió la luz y le ayudó a levantarse. El sobrino apenas podía mantenerse en pie.

—Buenas noshes, tío —masculló, protegiéndose con la mano los ojos de la luz blanca y brillante de la cocina. Su mirada era vidriosa y vacía.

—Prepara café, Lucy, lo voy a llevar a su cuarto.

Fernando prácticamente tuvo que cargar a Gil. Poco después, Lucía llegó con una taza de café en la mano. Echado en su cama, Wasabi la miraba con ojos espantados. Gil también estaba echado en la suya, de lado y dormido como un bebé. Su tío levantó la ropa que había quedado aventada en el suelo y en la cama. Por los efluvios que despedían sus prendas, parecía que las habían marinado durante horas en tequila para luego pasarlas a una cámara ahumadora de tabaco.

—Está en calidad de costal de papas. Ni soñar con que se tome ese café. Me lo tomo yo y me quedaré aquí, no sea que vomite.

—No creo: eso te pasa cuando eres novato —anticipó Lucía, con la ceja alzada—. Y se ve que tu sobrino es veterano de muchas batallas.

Momentos después, sentado en la mesa de la cocina, Fernando no dejaba de pensar que su hermano Blas le había mandado un problema envuelto en un paquete de regalo. Lucía regresó a su cama, pero le costó mucho volver a dormirse. No tenía ni una semana con ellos y Gil ya estaba causando dificultades. De un momento a otro, todo su encanto se había desmoronado.

Cuando salió el sol, Lucía fue a la cocina. Fernando estaba dormido, recargado sobre la mesa. Ambos fueron a ver a Gil, que dormía tranquilamente.

—¿Qué onda, Fer? ¿Qué vamos a hacer? —preguntó Lucía preocupada—. ¡Este muchacho no puede ponerse así cada semana mientras viva aquí! ¿Sus papás saben?

Fernando asintió tímidamente. Ella abrió los ojos, incrédula.

—¡¿O sea que tú ya sabías?!

Él la miró serio, con la respuesta en los ojos. Lucía inhaló.

—Qué fácil para Blas: "ahí les mando mi problemita". ¡Y tú no me cuentas ni pío!

En eso se escuchó la puerta de uno de los cuartos de sus hijos y unos pasos calladitos que venían por el pasillo.

—¡No hay que decirle a los niños! —pidió Fernando.

—Anoche se oyó un escándalo —dijo Catarina apenas entró a la cocina—. Era Gil que llegó borracho, ¿verdad?

Sus papás se miraron con los ojos muy abiertos y ella lo notó.

—Llegó un poco tomado, sí, pero vamos a hablar con él —repuso su papá.

—Me despertó —replicó Catarina, con un bostezo.

Rodolfo llegó a la cocina unos minutos después. Él no había oído nada, pero igual se enteró de todo. Ambos se quedaron muy pensativos. Después, cada quien se puso a hacer sus cosas. Fernando esperó, con cierta inquietud, a que Gil se despertara. A la una, Lucía y los niños se fueron al súper, y del fiestero, ni sus luces.

Gil se levantó media hora después. Fernando, desde su cuarto, oyó los sonidos del refrigerador y los trastes mientras Gil preparaba su desayuno. Fue a la cocina, lo saludó y se sentó en una silla frente a él. El chico estaba pálido, ojeroso y tomaba un vaso de agua tras otro.

—Tengo mucha pena, tío —dijo de pronto.

—Menos mal, Gil, porque esto simplemente no puede ser. Blas me dijo que te enviaba para que estudiaras aquí mientras intentas que te admitan en Julliard y yo estuve de acuerdo, pero de ninguna manera pienso aceptar que vivas con nosotros y me toque cuidar tus fines de semana de fiesta. Todavía no he hablado con mi hermano, primero pensé en hablar contigo.

—Tengo dieciocho…

—Lo sé y puedes tener ciertas libertades y hacer las cosas que hace la gente de tu edad, pero salir a tomar todos los fines de semana, lo haces cuando estés con tus papás y ellos sean los responsables. Aquí no. Y esta misma semana resuelves lo de la escuela de música, porque a eso viniste.

Gil miró a su tío de manera inexpresiva. Se acomodó hacia atrás un rizo que le había caído sobre el ojo derecho y asintió con la cabeza. Después lavó sus trastes y se fue a su cuarto, donde estuvo hasta que comieron. Para esa hora ya se había bañado, se veía algo mejor y parecía ser el mismo de siempre. En la tarde fue con sus primos, Mofeto y los perros al parque y luego les invitó un helado. Al regresar, se encerró a ensayar guitarra y ya no supieron más de él.

# Operación lavado de cerebro

El lunes en la mañana, mientras se arreglaba para ir a su trabajo, Lucía sintió algo pesado en el pecho que hacía sus movimientos más lentos que de costumbre. Aunque sus alumnos le caían muy bien y en sus clases tenía libertad —era justo decir que nunca se metían con los contenidos que ella enseñaba—, el ambiente que flotaba en el Wisconsin le parecía cada vez más difícil de respirar.

—¿Y a qué hora se levanta Gil? —le preguntó Catarina a su papá.

—Como a las nueve o diez, pero hoy lo voy a despertar antes, para que vea lo de su escuela.

—Hazlo, un líder tiene que levantarse temprano —comentó Catarina, mientras balanceaba tranquila y contenta las piernas bajo su silla y se metía una cucharada de cereal en la boca.

Rodolfo y su papá la miraron como si sospecharan que en la noche la habían cambiado por otra persona. Lucía estaba a punto de servirse una taza de café y no llegó a hacerlo. Dejó la cafetera en su lugar y miró a su hija.

—¡¿Qué?! —preguntó, conteniendo el grito.

En ese momento, Catarina se dio cuenta de que la miraban raro.

—¿Qué se traen? —quiso saber.

—No, ¿qué te traes tú? ¿Qué es eso del líder? —preguntó Lucía.

Catarina miró a cada uno, seria y un poco sorprendida.

—Bueno, no me van a decir que es muy buena idea levantarse tarde todos los días.

—Ser tempranero es una buena costumbre y ya, no es cosa de líderes o no líderes —dijo su papá.

Catarina se encogió de hombros y siguió comiendo su cereal.

—¡Yo namás decía! ¡Ash! —se defendió.

—La operación lavado de cerebro funcionó muy bien contigo —opinó Rodolfo.

Catarina le sacó la lengua y le echó una rápida mirada a su mamá, que la observaba como un biólogo a una especie animal recién descubierta. Mil pensamientos cruzaron por la cabeza de Lucía en ese momento, como aviones en el cielo, pero no dijo nada más. Se sirvió su taza de café y se concentró en los aviones. En algún momento, tendría que decidir qué vuelo tomar.

Esa noche, justo cuando Rodolfo y Catarina iban a cenar, Gil llegó contento. Había visto dos escuelas de música y una de ellas, en Coyoacán, le había gustado mucho. Platicaba animado de las instalaciones, que estuvo hablando con algunos maestros, que conoció niñas muy guapas y que "¡áchis!" traía sus teléfonos.

—Pero entonces, ¿ya te decidiste? —preguntó Fernando.

—¡Sip! —contestó animado Gil.

—¿Tan rápido?

—¡Es que es una escuela con madre!

—¿Qué es eso? —preguntó Catarina.

—¡Pues cheve! ¿Si sacas?

—¿Quéee? —preguntó Rodolfo.

—¡Asúu! ¡A ustedes hay que enseñarles a hablar! —se rio Gil.

—Bueno, pues si ya tomaste la decisión y estás contento, hay que celebrarlo —intervino Fernando— ¿quieren unos *hot cakes* para cenar?

—¡Šíii! —se emocionaron Catarina y Rodolfo.

Gil sonrió, aunque se imaginó que él celebraría de otra forma.

# La seriedad de los doce años

Al día siguiente, cuando caminaban hacia la escuela, Lucía se dio cuenta de que Mofeto estaba muy serio.

—¿Te sientes bien, Martín? —le preguntó.

Él asintió sin verla a los ojos. Rodolfo también se había dado cuenta de que Mofeto traía algo y había convivido lo suficiente con su amigo como para saber qué era, sin embargo, no se atrevía a preguntarle.

Apenas llegaron al salón y se sentaron, Marianita levantó la mano como si se la jalaran con insistencia desde el cielo.

—¿Sí, Marianita? —preguntó miss Paty.

—Ya tengo cinco estrellas plateadas, miss. Y tenía otras cinco, pero se me había olvidado decirle, ¡tengo diez! —Marianita estaba de lo más emocionada.

Rosana y Carmela se miraron e hicieron ojos de huevo cocido mientras Mofeto se tapó la cara con ambas manos.

—¿No se lo podía decir en privado? —murmuró Carmela alzando las cejas.

—¡Ay, Marianita! —exclamó miss Paty también emocionada, mientras abría su cajón para sacar las estrellas—. ¿Cómo no me habías dicho?

Marianita se acercó presurosa al escritorio, con todas sus fabulosas estrellas plateadas en las manos. Al verlas, Rodolfo no pudo más que sentir un respingo de envidia: él no tenía una sola estrella y ni qué decir de Mofeto y sus dos amigas. Mofeto se quitó las manos de la cara y la escena que vio, los ojos de codicia con los que Marianita miraba sus estrellas y la actitud de perro contento de miss Paty —nada más le faltaba dar brincos y mover el rabo como hélice de helicóptero—, le provocaron una contracción inesperada en la esquina donde se juntan el hígado y la vesícula biliar.

—Ya que estás aquí al frente, vamos a dirigirnos al líder máximo.

A Rodolfo le pareció que, esa mañana, sólo miss Paty y Marianita le rezaban al líder máximo. Los demás miraban la escena como si fuera una película donde sólo actuaban ellas dos. Y miss Paty, en ese momento, tuvo una revelación. En cuanto Marianita se sentó, dijo:

—He pensado que a algunos de ustedes les haría mucho bien trabajar con los alumnos más destacados. Voy a hacer equipos y luego les repartiré unas hojas con problemas de matemáticas.

Para Rodolfo, acostumbrado a trabajar con Mofeto, Carmela

y Rosana, aquello era un mal augurio, pero como traía puesto un calzón con dinosaurio cosido, se tranquilizó. La calma, sin embargo, le duró unos segundos.

—A ver, Rodolfo y Martín Sócrates, van a trabajar con Marianita y Paloma.

Paloma era la mejor amiga de Marianita y era igual de aplicada y matadita que ella, siempre competían para ver quién tenía más estrellas. Ambas niñas se miraron con ojos de resignación mientras el par caminaba hacia ellas arrastrando los pies. Los dos se dejaron caer en el pupitre y analizaron los problemas de su hoja. Ambos los entendían y podían resolverlos, pero ninguno tenía ganas de trabajar y menos con ellas. Paloma, ignorándolos, comenzó a resolverlos sola.

—Se supone que la gente inteligente tiene que trabajar con los idiotas —soltó Mofeto con sarcasmo—. O eso dijo su líder.

Paloma lo miró con desprecio e hizo la boca de lado.

—¿No entiendes algo? —le preguntó, con infinita condescendencia.

—No entiendo nada —mintió Mofeto, para molestar.

—Yo le explico —dijo Marianita, con cara de virgen mártir.

Y le explicó todo a Mofeto, como si él tuviera dos años. Rodolfo comenzó a trabajar en lo suyo después de echarle una rápida miradita a Paloma.

—Ahorita te los reviso, a ver si están bien —comentó ella, dándose aires.

Al terminar, las dos niñas se pusieron a hablar en cuchicheos —que se oían perfectamente— acerca de un niño al que Marianita le daba alas, pero al final siempre le decía que no. Mofeto estaba tan atento a sus palabras que las dos voltearon ante la insistencia de su mirada.

—O sea que tú eres de las que nada más prenden el bóiler y no se meten a bañar —dijo, mirándola con ojos de tifón.

Marianita y Paloma ahogaron un grito espantado.

—¡Eres un vulgar! —exclamó Paloma.

—¡Qué grosero! —añadió Marianita.

Miss Paty, como si la llamaran con silbato, llegó corriendo.

—¿Qué pasa? —le preguntó a Marianita.

Las dos niñas parecían guajolotes esponjados, como si les pareciera demasiado indigno siquiera atreverse a repetir lo que había dicho Mofeto. Miss Paty le dirigió a él su peor mirada de trascabo.

—Dije una vulgaridad que jamás un solo líder del mundo ha dicho, ¿contenta?

Miss Paty dio un pequeñísimo brinco hacia atrás, ahogó un grito y se llevó la mano al pecho, todo al mismo tiempo.

—¿Quéeee? ¡Óyeme muy bien, jovencito! ¡Nos debes respeto, a tus compañeras y a mí! ¿Me oíste?

Mofeto se puso en pie de un jalón y la hojita con los problemas de matemáticas se meció suavemente en el aire antes de ir a dar al suelo.

—¡Ésta es una escuela para idiotas, donde nos tratan como idiotas y nos dan premios como si fuéramos animales entrenados, donde sólo les importa la gente borrega que se cree sus idioteces! —aulló Mofeto, poniéndose rojo.

—¡Sócrates, te advierto! —gruñó miss Paty con los ojos muy abiertos.

—¡Me vale que me advierta! —gritó Mofeto, morado—. ¡A usted sólo le importan los que se sacan sus estúpidas estrellas!

Las lágrimas comenzaron a escurrirle por la cara enrojecida, mientras ahogaba los sollozos en jadeos. Rodolfo nunca lo había visto así. Sentía que algo crecía y estallaba en su pecho al ver a su amigo en ese estado de desesperación, pero no podía hacer nada. De pronto, la silueta de miss Meche se recortó en la puerta.

—Fergüerdo, a mi oficina —ordenó, con la mandíbula apretada.

Mofeto salió del salón dando zancadas. Todos allí tenían los ojos de plato y parecía que se les había olvidado respirar. A miss Paty le temblaban las manos y respiró profundamente varias veces para calmarse.

—Creo que lo mejor ahorita es pedirle al líder máximo por su compañero, que…

¡Zaz! Eso era lo que necesitaba la mecha encendida para tocar la pólvora. Rodolfo se levantó del pupitre con todo el efecto de la explosión dentro de él.

—¡No se atreva! —le espetó a la miss.

Sabía que sus cachetes también estaban colorados y que no era exactamente enojo, era otra cosa. Nunca en su vida había enfrentado así a un adulto que no fueran sus papás.

—¡Exacto! —secundó Carmela, parándose—. ¡No se atreva!

Rodolfo caminó resuelto hacia la puerta, Carmela lo siguió y, después de pensarlo durante dos prudentes segundos, Rosana fue tras ellos. Miss Paty estaba tan sorprendida que no pudo reaccionar tan rápido como hubiera querido.

—¿Adónde creen que van? —graznó al fin.

—Mofeto es nuestro amigo —explicó al vuelo Rosana, antes de salir del salón.

El Wisconsin era una casa y cualquier escándalo en un salón se oía por todos lados. Miss Paty caminó hasta la puerta, como si quisiera lazar a esos tres con una cuerda para vaquillas. Medio grupo abandonó su lugar para acercarse, todos querían saber qué iba a pasar. En otros salones, las maestras también se asomaban por las puertas.

Rodolfo entró con la fuerza de un huracán en la oficina de miss Meche, seguido por Carmela y Rosana. Mofeto estaba sentado en la silla frente al escritorio y ella, de pie, lo miraba enojada mientras calculaba sus palabras. Al ver a los tres camaradas, abrió los ojos enormes, pero en seguida cambió la mirada sorprendida por un desconcierto de cejas fruncidas. Durante una fracción de segundo, Rodolfo flaqueó. Era como si toda la fuerza que sentía se hubiera desinflado de golpe al ver la cara de miss Meche. Miró a su amigo y quería decir algo, pero las palabras, por más que las llamaba, no venían a su boca.

—¡No lo regañe! —exclamó al fin—. ¡Usted no sabe!

—Él es un buen amigo —añadió Carmela—. Miss Paty nos desespera con sus tonterías.

—¡Uno a la vez! ¡No entiendo nada! —en ese momento, miss Meche vio que Rosana, temerosa, había dado un paso atrás—. ¡Y tú, Rosana, a tu salón! ¡Este no es un mitin de protesta!

—Pero...

—¡Pero nada, a tu salón! —ladró miss Meche.

Rosana se regresó y la pelirroja volteó hacia ellos. Mofeto miraba al suelo, él no tenía ganas de dar batalla. En los ojos de Rodolfo y Carmela brillaba la decisión, aunque también podía verse una sombra de miedo. Miss Meche cargó:

—¿Y entonces? ¿Qué quieren?

—¡No lo regañe! —pidió Rodolfo—. Usted no sabe, o no sé si sepa, pero creo que más bien no sabe...

—¿Qué es lo que no sé? —se impacientó miss Meche.

—El papá de Mof..., de Martín, él... —la mirada de Rodolfo se movía nerviosa entre miss Meche y su amigo.

—¿Él, qué? —miss Meche lo taladró con los ojos.

Mofeto, con la vista pegada al piso, parecía haberse congelado.

—Su papá toma mucho —soltó al fin Rodolfo, con un suspiro.

Miss Meche dio un respingo y, en un gesto casi imperceptible, relajó los hombros; su actitud belicosa perdió terreno. Miró a Mofeto con seriedad, luego a ellos.

—¿Qué querías decir tú, Carmela?

Carmela no sabía nada de Segismundo. En ese momento, sentía que sus argumentos contra miss Paty eran lo más tonto del mundo, lo bueno es que ella era una chica lista.

—¡Nada! Yo sólo... quería decir que miss Paty no sabe cómo tratarnos. Mariana es su consentida y no lo esconde y como dice mi mamá: los profesores no deben tener consentidos —Carmela detuvo el torrente apresurado de sus palabras y giró la cabeza hacia Mofeto, luego siguió—: sí, a veces nos ponemos locos por lo que pasa en nuestras casas y aquí nos dicen que seamos positivos, sonrientes y bien lindos y la verdad, no se puede, ¿sabe? Uno no siempre se siente así.

Miss Meche se recargó en su escritorio y luego inhaló hasta el sacro. Rodolfo y Carmela la miraban con esa seriedad que se tiene a los doce años, como si en lugar de ojos tuvieran un par de pozos profundos de sinceridad pura. No quería decir las palabras que se esperaban de una directora en ese momento, aunque tampoco quería quedarse callada. Un torrente de pensamientos fluía por su mente y ella no podía decidirse por ninguno. Entendía la situación de Martín Sócrates tanto como le molestaba que una mocosa criticara su filosofía. Le daba la razón con respecto a miss Paty tanto como le irritaba que Rodolfo hubiera entrado en su oficina de esa manera, para hablar por su amigo. En algún lugar, la palabra "autoridad" estaba armada con un garrote, lista para lanzarse a repartir golpes. Y en otro, sentía un asomo de ternura y deseos de abrazar a esos niños.

Y es que miss Meche sabía perfectamente que su filosofía no era tan suya, que hacía años se había dado cuenta de que los papás de los niños querían imaginarlos como futuros líderes y en tanto alimentaran ese sueño, no les faltarían alumnos y la escuela sería un negocio. Por eso, sólo por eso, ella y su marido habían tomado esa bandera y, después de tantos años, lo que ella en verdad creía y lo que había querido creer, se confundían. Pero en ese momento, la "actitud positiva" no estaba a la altura de la situación. Suspiró de nuevo.

—Gracias por sus palabras, me han dado en qué pensar —dijo al fin. Luego miró a Mofeto—. Martín Sócrates, si quieres quedarte un rato aquí, puedes hacerlo.

Con un gesto les indicó a Rodolfo y a Carmela que salieran de su oficina. Ella también salió y cerró la puerta. Caminó hacia el salón de miss Paty con ellos detrás. En cuanto estuvo afuera los miró.

—Ya hablaremos después —susurró—. Por el momento entren a su clase y tranquilos.

El resto del día fue lento y espeso. A la hora de la salida, su mamá los esperaba con Catarina y Bere.

—¡Qué cara traen! —exclamó Catarina—. ¡Cuéntenos qué pasó, queremos saber!

Rodolfo sólo la miró con ojos de cállate y no dijo nada. La mirada de Mofeto había sido esquiva desde esa mañana y ahora estaba peor. Lucía se dio cuenta y no dijo nada, sólo tomó a Catarina del hombro para acercarla a ella.

—Vente, a veces uno no quiere hablar —le dijo.

Las tres caminaron unos metros más adelante, hablando de cualquier cosa. Mofeto y Rodolfo iban en silencio y así permanecieron hasta llegar al Edificio Duquesa

—¿Quieres comer con nosotros? —lo invitó Lucía.

Mofeto negó con la cabeza.

Al llegar al quinto piso, cuando las puertas del elevador se abrieron, Catarina y Rodolfo lo miraron con preocupación.

—¿Nos vemos en la tarde? —preguntó Catarina.

Mofeto asintió con un movimiento mínimo de cabeza.

—Si necesitas cualquier cosa, vienes o nos llamas, ¿sí? —le dijo Lucía.

Con pasos lentos, arropados en tristeza, los tres caminaron hacia su departamento. Al abrir la puerta, los recibió el aroma del estofado de carne que Fernando les había dejado preparado. Durante la comida, Rodolfo les contó todo. Después Lucía se preparó un té y lo sazonó con muchos suspiros. Se llevó la taza al balcón y dejó que su vista se perdiera entre las copas de los árboles. En la noche le contaría a Fernando lo que había pasado. Tenía tanto que pensar, pero en ese momento, lo único que quería era ahuyentar los pensamientos de su cabeza.

# Laberintos

El miércoles, Gil tenía su audición de guitarra muy temprano. Por primera vez desde que había llegado, se levantó y desayunó al mismo tiempo que ellos.

—Hoy habrá una marcha por Ayotzinapa —comentó Fernando.

—Sí, mi mamá ya me avisó que va a ir. Invitó a Segismundo y me pidió que les dijera a ustedes, por si se animan —añadió Lucía.

—Hoy es día de pasear perros —repuso Catarina.

—Yo tengo que ensayar toda la tarde —dijo Gil.

—No sé si sea buena idea que vayan ellos —intervino Fernando, moviendo la cabeza hacia sus hijos.

—Deberíamos ir todos —declaró Lucía—. Hoy no se pudo: tengo mis clases y no las cancelé, pero si hay otra voy a ir y quiero que mis hijos vivan esto.

—No creo que sirva de nada, tía —comentó Gil.

—No es que sirva o no sirva, es lo único que podemos hacer y es, más bien, estar. Que las familias de esos muchachos sepan que estamos con ellos, que todo el mundo sepa que los ciudadanos existimos y nos damos cuenta.

Catarina echó un vistazo al reloj de la cocina y eso acabó con la arenga revolucionaria de Lucía. Todos fueron a lavarse los dientes. Fernando iba a darle un aventón a su sobrino y su guitarra.

Mientras Gil esperaba que lo pasaran a su audición, se entretenía observando las instalaciones y a la gente que andaba por ahí y se saludaba con una camaradería que lo hacía suspirar. Cómo quería decirle a sus papás que él prefería algo así, simple y sin complicaciones, que no tenía la menor intención de que lo aceptaran en Julliard.

Eso era un sueño de su mamá, no suyo. Él sabía que la música era lo que más le gustaba en la vida y tenía talento, pero también reconocía que lo suyo lo suyo, no era el trabajo. Él quería un golpe de suerte, alguien que lo viera tocar y notara su habilidad y su sonrisa y sabía que las puertas se le abrirían. En realidad, así había sido toda su vida. Estar en casa de sus tíos, que no lo dejaban hacer nada, iba a ser un mero trámite de unos meses. En cuanto hiciera amigos, no faltaría una casa donde le prestarían un cuarto y tendría la vida que él buscaba al irse a vivir a la Ciudad de México.

—Gil Pachón —lo llamó una voz femenina, sacándolo de los laberintos de su cabeza. Gil se puso de pie, se alborotó un poco el pelo, se acomodó la camisa y sonrió en automático mientras seguía a la mujer que lo llevaría con sus examinadores.

Pasadas las diez de la noche, sonó el teléfono. Fernando lo contestó. Después de unas pocas palabras y de preguntar cómo había estado la marcha, Lucía supo que era Olga. La llamada fue breve.

—Dice tu mamá que Segismundo nunca llegó al lugar donde habían quedado, ni contestó su teléfono —informó Fernando.

—¡Qué raro...! —comentó Lucía—. A lo mejor estaba trabajando.

—Eso pensé, pero le hubiera avisado, yo creo. O hubiera contestado el teléfono. Y pensando en lo que me contaste que pasó ayer con Mofeto... voy a ir a ver si están bien —dijo Fernando.

Fernando tocó la puerta de su vecino varias veces antes de que Mofeto abriera.

—Hola, Martín, ¿está tu papá?

Mofeto negó con la cabeza. Fernando estaba seguro de que Segismundo estaba ahí.

—Oye... ¿está todo bien? —le preguntó directamente.

Mofeto lo miró muy serio y no dijo nada.

—Sé que esto no es fácil, Martín, pero tu papá es mi amigo y lo digo en serio: si necesita ayuda, aquí estoy.

Mofeto asintió. La tristeza en su mirada se clavó en el corazón de Fernando.

—¿Verdad que ahorita sí está? —insistió.

El chico asintió de nuevo. Fernando lo miró intensamente.

—¿Tomó mucho y está durmiendo?

Otro movimiento afirmativo de cabeza. La duda se revolvía y pirueteaba dentro de Fernando: ¿entrar o no entrar? ¿Obligarlo o no obligarlo? Pero, ¿a qué?

—Bueno, te sugiero que te duermas tu también. Me llamas si necesitas cualquier cosa, sea la hora que sea, ¿me entiendes?

Mofeto asintió una vez más.

—¿Todo bien? —preguntó Lucía, que ya estaba en la cama.

—Más o menos —contestó Fernando—. Sí estaba en su casa, pero dormido. Estuvo bebiendo en la tarde.

Lucía chasqueó la boca y suspiró. Fernando tardó un rato en irse a dormir. Cuando por fin se metió en su cama, su cabeza parecía un panal en pleno día, con todas las abejas zumbando. Pensaba muchas cosas y sólo tenía una certeza: podía decirle mil palabras, hablar muy seriamente con él, pero Segismundo tenía que darse cuenta de las cosas él mismo. Cómo quisiera uno, a veces, meterse en la cabeza de otras personas y hacer ahí labores de demolición, construcción y remodelación. Pero eso no es posible. Fernando quería sacudirlo, pedirle que viera a su hijo y sintiera, como él había sentido momentos antes, la tristeza que se reflejaba en sus ojos. Sabía que el buen Segismundo tenía un corazón de oro, pero a veces eso no basta para darse cuenta del lugar que uno tiene en una situación difícil. Pensó en su amistad: aunque apenas se conocían de unos cuantos meses, estaba dispuesto a poner su corazón junto al de Segismundo, en ese sentido cálido y a veces enérgico, fuerte, en el que un amigo acompaña a otro. Cada vez que quería conciliar el sueño, la mirada de Martín se aparecía en su cabeza. No sólo había tristeza en ella, también desamparo y abandono. Después de muchos suspiros y de incontables vueltas en la cama —lo bueno era que Lucía dormía como un tronco—, se quedó dormido.

# Le cayó mal el desayuno

El viernes, abuela Olga llegó a comer. Ese día no llevaba lo último de su cosecha sino un pan de muerto y, activista como era, una enorme manta blanca para pintarla con sus nietos y llevarla a la siguiente marcha, que sería el 5 de noviembre. Olga estaba decidida a llevarlos con ella y les pidió que cambiaran sus paseos perrunos para otro día. Lucía ya se había apuntado, pensaba cancelar sus clases de esa tarde. Cuando terminaron de comer, llegó Gil, todo sonrisas, mostrándoles un papel: lo habían aceptado en su nueva escuela y empezaría el lunes. Estaba feliz.

—Gil, quiero contarte que tenemos un par de vecinos que son músicos —comenzó Lucía—. El otro día les hablé de ti y creo que sería padre que los conocieras, ¿puedes hoy en la noche?

—Mmm... no, voy a ir al cine con Silvia.

—¿Mañana?

—Mmmm... voy a cenar con Laura.

—Bueno, pero el domingo sí podrías.

—Pues... sí, el domingo sí.

—El domingo yo no puedo venir, voy a reunirme con unas amigas de la facultad —informó Olga. Todos voltearon a verla.

—Abuela, a ti no te habían invitado —se rio Catarina, y todos con ella.

A la comida del domingo invitaron, además de a Juan Pablo y Marco, a Segismundo y a Concha. Fernando, que ya era un as de la pizza, prepararía dos que eran su especialidad en *Pietro di Roma*. Lucía le pidió que hiciera también abundante ensalada, porque ella y sus hijos corrían el riesgo de terminar hechos unos chanchos con esa dieta. Gil estuvo toda la mañana encerrado en su cuarto, ensayando. A eso de la una de la tarde, Catarina tocó a su puerta.

—Oye, pregúntale a mi mamá si se le ofrece algo y nos sacas a comprarlo, ¿va? ¡Es que estoy aburridísima!

Gil sonrió y siguió a su prima. A Lucía le vino muy bien el ofrecimiento y les pidió que fueran por el postre.

—¿Helado? —preguntó Gil.

—Mejor una gelatina, porque vamos a terminar botando como pelotas por las escaleras.

Le hablaron a Mofeto por si quería acompañarlos, pero él dijo que no, que mejor se veían a la hora de la comida. De regreso Gil sacó una cajetilla de cigarros y prendió uno. Catarina y Rodolfo lo miraron sorprendidos.

—No sabía que fumabas —dijo Rodolfo.

—Poco, pero sí.

—¿Hace mucho? —quiso saber su primo.

—Pues… empecé hace como cuatro años.

—¡Tenías catorce! —exclamó Catarina.

Gil asintió.

—Si fumo, mi mamá me mata —declaró Rodolfo.

—No te mata —comentó Gil.

—¡Me mega mata!

—Cuánto a que ni cuenta se da —la mirada traviesa y cómplice de Gil lo decía todo.

Los tres se pararon. La mirada curiosa de Rodolfo también lo decía todo.

—¿En serio lo vas a hacer? —preguntó Catarina con los ojos redondos.

—Sí —contestó su hermano.

—Entonces, yo también.

—No, tú no.

—¿Por qué tú sí y yo no?

—Porque yo soy más grande.

—¡Más grande, mi abuela! Sólo me llevas dos años. Si tú lo haces, yo también.

—A los dos les enseño y aquí tengo chicles de clorofila. Verán como mis tíos ni cuenta se dan.

—Bueno, pero mejor vamos al parque —sugirió Rodolfo.

Gil lo pensó un instante. La banqueta era estrecha y pasaba gente.

—Sí, mejor.

Los tres caminaron hacia allá con los pies ligeros de la fechoría. Gil buscó una silla vacía, sacó tres cigarros, de ésos que no tienen filtro, le dio uno a cada primo y él se quedó con el tercero.

—Les advierto que éstos saben fuerte. No se echen el humo encima, porque entonces van a oler y eso no lo quita el chicle.

Los hermanos asintieron obedientes, con el cigarro entre los dedos y los ojos de plato. Gil sacó su encendedor y los prendió.

—Chupen el humo y luego luego sáquenlo por la boca.

Los otros dos así lo hicieron y empezaron a toser.

—¡Esto sabe a caca! —exclamó Catarina.

—¡Qué va, prima! ¡Esto es cheve! ¡No le quieran aspirar al humo, porque a eso sí hay que saberle! ¿Sí sacan?

—¿Y eso cómo se hace? —preguntó Rodolfo.

—Hay que jalar el humo para adentro y luego sacarlo sin tragárselo, pero ya les dije que ahorita no hagan eso.

Los dos seguían chupando el humo y luego echándolo para afuera. En eso, Catarina pensó que el asunto de la aspirada era muy fácil y le dio una larga inhalación a su cigarro, pero justo antes de poder toser, antes de echar para afuera la picazón que llenó su pecho, tragó saliva. Grave error. No sólo tosió como si se le hubiera ido un chicharrón seco, lo peor fue que, en ese momento, comenzó a sentirse mareada.

—¡No, prima, no! ¿Te lo tragaste? ¡Te dije que no! —Gil estaba muy angustiado.

De un jalón les quitó el cigarro a los dos y lo apagó en el suelo. Rodolfo miraba espantado a su hermana, que de un momento a otro se había puesto pálida.

—¿Qué le va a pasar, Gil? —preguntó asustado. Gil meneaba la cabeza.

—Chansa se siente muy mal —contestó el primo, con cara de preocupación—. Pero, ¡nada de que les dicen a mis tíos, eh! A ver qué inventamos: que le cayó mal el desayuno o algo así, ¡nada de decir la verdad! ¡Ustedes quisieron!

Gil sacó un par de chicles y se los dio a sus primos. Luego caminaron las pocas cuadras que había hasta el Edificio Duquesa. Al final, Gil tuvo que cargar a su prima, que traía un mareo imposible y ya iba pasando del pálido al verde. En cuanto estuvieron en la puerta del departamento, la puso en el suelo. Catarina apenas podía mantenerse en pie.

—¡Prima! —exclamó, dándole unas palmadas en la cara—. ¡Trata de entrar caminando o mis tíos se van a poner todos chisqueados!

Catarina asintió e hizo un enorme esfuerzo por entrar lo mejor posible. Ahí estaban ya Juan Pablo y Marco, ella saludó con la cabeza y no se acercó: sólo pensaba en tirarse en su cama. Juan Pablo se dio cuenta del color que tenía.

—¿Se siente mal o algo? —le preguntó a Rodolfo.

Él asintió con la boca de lado.

—Le cayó mal el desayuno —explicó sin mucho convencimiento.

Lucía oyó que Catarina se sentía mal y fue a verla a su cama. Estaba tirada boca abajo, con los zapatos puestos. Su mamá la volteó para verle la cara, que seguía verde. Cuando hizo eso, Catarina sintió que su cuarto daba cien vueltas alrededor de ella y gimió enojada. Dicen que más sabe el diablo por viejo que por diablo y distinguir el olor del cigarro, por tenue que sea, es una de esas habilidades que casi cualquier mamá tiene, más por experiencia que por diabla. Claro que, de esa experiencia, las mamás rara vez hablan. Le olfateó el pelo y en efecto, ahí distinguió la presencia del tabaco. Perfectamente recordaba los puros de su papá, que ella a veces encendía y nítidamente vino a su memoria el día que se tragó el humo del puro. Catarina estaba igual. De inmediato, Lucía sintió que el calor en la caldera de su paciencia subía hasta el límite y echaba un silbido amenazador.

—Fumaste, ¿verdad? —le preguntó, con ojos de incendio forestal. Catarina asintió sin fuerza—. Y también Rodolfo, ¿verdad? ¡Y seguro fue Gil!

La niña asintió de nuevo y cerró los ojos, sólo quería dormir. Lucía le quitó los zapatos, la tapó y cerró la puerta del cuarto al salir. Quería ir a gritarle a Gil, pero justo en ese momento Fernando le abría la puerta a Segismundo y a Mofeto, que llegaban con

Concha. Gil estaba en la sala, con todos. Rodolfo rehuía la mirada de su mamá y su cara de culpa podía verse desde un satélite. Lucía tuvo que posponer la gritiza marca "llorarás" que tenía preparada para Gil. En lugar de eso llegó a la sala, saludó a los recién llegados —le dio gusto que Segismundo no olía a alcohol— y le pidió a Rodolfo que la acompañara a la cocina por vasos.

—¡Ya sé lo que hicieron! —soltó.

Rodolfo la miraba con los ojos abiertos como un pescado.

—¡Ni me mires así! ¡Gil me va a oír!

—Pero, mamá…

—Nada de "pero mamá", ahorita llévate esto a la mesa —le dijo impaciente, poniendo en sus manos una charola con vasos. Rodolfo se dio la vuelta mascullando cosas ininteligibles—. ¡Y ni refunfuñes!

Mofeto se acercó a Rodolfo.

—¿Qué traes? ¡Estás raro!

—¡Luego te digo! —contestó y le señaló un lugar libre al lado de Juan Pablo. Allá fueron los dos.

En cuanto se sentó, su vecino se acercó a él.

—Tu hermana y tú fumaron, ¿verdad? —le dijo al oído. Rodolfo pegó un brinco del susto, Juan Pablo lo miró con enojo fingido—. No vuelvas a hacerlo, o yo mismo te haré la vida imposible, mocoso.

Rodolfo se metió un puño de papas a la boca y sintió la mirada de Mofeto fija sobre él, pero ninguno de los dos dijo nada.

—Supe que el miércoles fuiste a mi casa —le dijo Segismundo a Fernando.

—Pasé a ver cómo estabas.

—No he estado bien, hermano, pero hoy ya llevo tres, ¡no, cuatro!, cuatro días sin tomar. Hoy no traje cervezas.

—Yo tampoco compré. Juan Pablo trajo vino, pero te acompañaré con agua de jamaica.

Segismundo sonrió desganado. Su rostro y su cuerpo evidenciaban que algo no estaba bien. Se veía más cano, las arrugas más marcadas, los ojos opacos. Además, era un costal de tics: un ojo se le cerraba como si lo guiñara; todo el tiempo tamborileaba los dedos de la mano con cualquier cosa y cuando estaba sentado, movía la pierna derecha sin cesar.

Durante la comida, Gil estuvo con ánimo tranquilo y liviano. Platicó con Juan Pablo y Marco, y evitó por todos los medios que su mirada se encontrara con la de su tía, aunque sabía que ella sí lo veía y no precisamente de manera amistosa. Catarina no comió con ellos: estaba durmiendo, aunque no plácidamente. Cada vez que abría los ojos e intentaba regresar a este planeta, el cuarto giraba en espiral alrededor de ella, como si fuera un torbellino pasmoso. Lo mejor era dormir hasta que se le pasara la sensación.

Cuando llegaron al postre, Gil tomó sus platos, los lavó, se ausentó un momento y luego regresó al comedor con un suéter en la mano.

—¡Ya me voy, raza!

—¿Cómo que te vas? —preguntó Fernando.

—Voy al cine con Gabriela.

—Ayer vio a Laura y antier a Silvia —le susurró Rodolfo a Mofeto.

Los dos se rieron.

—¡Déjalo, Fernando! ¡Es lo bueno de esa edad! ¡Tener la agenda llena! —intervino Segismundo.

—Llego a las diez, algo así. Mañana empiezo la escuela —informó Gil y se despidió con la mano y una de sus sonrisas.

—Tu sobrino es muy simpático —comentó Concha en cuanto Gil cerró la puerta.

—Tiene mucho carisma —añadió Juan Pablo.

—Y se ve que no le faltan pretendientas —agregó Segismundo.

—Ya le dijimos que si de veras quiere ser un músico profesional, esa escuela no es la indicada; ahí está bien para pasar el tiempo, pero nada serio —remató Marco.

Fernando desvió la vista de la gelatina que tenía frente a él para mirar a Juan Pablo y a Marco.

—¿De verdad? ¿Y creen que él lo sabe?

—¡Claro que lo sabe y está encantado! —se rio Juan Pablo—. No se ve que tenga muchas ganas de trabajar.

—Eso de irse a Julliard… no va a pasar —opinó Marco.

Fernando se quedó desconcertado y hubiera querido hablar

más, pero de inmediato Concha tomó la palabra para agradecerles a todos su apoyo el día de la junta. Juan Pablo dijo que, en cuanto estuviera el primer pago de la deuda de Concha y se pudiera pagar la pintura, él y Marco pintarían la azotea y comenzarían a ponerla bonita. Todos se animaron a arreglar el lugar con ellos. Luego comentaron que no habían visto a Pacita desde la junta.

—No creo sea buena idea enojarnos con ella, es una persona mayor y evidentemente esos tipos la manipularon a lo salvaje —opinó Fernando.

—Mañana iré a buscarla para platicar —anunció Juan Pablo.

—Yo mejor ni me aparezco por ahí —se rio Segismundo—. Mi médico me lo tiene prohibido.

—¿Entonces fumaste? ¿Con tu primo? —le preguntó Mofeto a Rodolfo en voz baja, mientras todos hablaban de Paz.

Rodolfo asintió.

—Hubieras venido con nosotros —recriminó.

—No podía. Me la paso cuidando a… —Mofeto sólo movió los ojos en dirección a Segismundo—. ¿Y tus papás se dieron cuenta?

—Mi mamá, creo —contestó Rodolfo.

—¡Te van a matar! —concluyó Mofeto.

Cuando todos se fueron, Lucía de inmediato puso a Fernando al tanto de la situación del cigarro y entre los dos desplegaron el armamento nuclear y lo dejaron caer sobre Rodolfo.

Catarina no estuvo ahí para recibir su dosis de plutonio enriquecido: postrada en ese sueño mareado y pesado del tabaco, se juraba a sí misma que nunca tocaría otro cigarro. Rodolfo, apenado de verdad, prometió no fumar jamás.

Al terminar el regaño, Fernando seguía tan enojado que Lucía tuvo que pedirle que se calmara o le iba a dar algo. Pero Fernando no se calmó. Fue a su cuarto y cerró la puerta. Momentos después se oyó su voz, Rodolfo y su mamá voltearon a verse: era obvio que estaba hablando con Blas. Después de un saludo breve en un tono de voz que no escondía su molestia, le contó a su hermano lo que había pasado. Y le advirtió, sin rodeos ni titubeos, que si volvía a presentarse un solo problema con Gil, tendría que irse, porque una persona a la que no le importaba la salud de sus hijos no podía vivir en su casa. Luego se despidió secamente y colgó el teléfono.

No hubo forma de que Catarina, que estaba llorosa y de malas, pudiera bañarse. No quiso cenar nada, su mamá le puso la piyama y regresó a dormir. Rodolfo se fue la cama muy aplastado. Sabía que en cuanto Gil llegara le iba a caer la misma carga atómica que a él y le daba una sensación de pena y culpa. Entendía que fumar era pésima idea y cuando tienes doce años puede ser realmente catastrófico, pero su primo le había caído tan bien que no quería que lo regañaran, a pesar de que, en palabras de Lucía, había sido "un completo irresponsable". Pasaba el tiempo, Gil no llegaba y él no podía dormirse. Como a las 10:15, escuchó la puerta de la entrada y luego la del cuarto de servicio, junto al suyo. Poquito después oyó que sus papás caminaban por el pasillo y en un instante su papá dejaba caer la bomba H sobre él a todo pulmón. Se tapó la cabeza con las cobijas para no oir nada.

"Te van a matar", le había vaticinado Mofeto. La muerte, sin embargo, llega de muchas formas. A veces lo hace disfrazada de cambios profundos, tan vastos e impactantes que la vida se transforma, lo quiera uno o no. Vaya que Rodolfo lo sabía y también empezaba a comprender que los dolores de la agonía se transforman en las contracciones que anuncian el nacimiento de ideas y actitudes nuevas… aunque no para todos.

Cuando por fin se quedó dormido, alguien, a pocos metros de él, en el cuarto que olía a perro, estaba despierto. No estaba enojado con sus primos ni los consideraba soplones. Sabía que, con lo que le había pasado a Catarina, sus tíos se iban a enterar. Estaba enojado porque no tenía la vida que quería, la que merecía alguien como él. A su papá quién sabe qué le pasaba últimamente que ya no era tan exitoso en sus negocios. Se había negado a darle un coche y a pagarle la renta de un departamento en la Ciudad de México mientras estudiaba. Él mismo pensó en sus tíos, estaba seguro de que la Nonna le ayudaría a convencerlos. Se imaginó que con ellos la vida sería tranquila, lo dejarían ir y venir a su antojo: nunca hubiera creído que serían peores que sus papás.

Gil no solía pensar en la suerte, ni en la buena ni en la mala. Las cosas eran fáciles para él, sólo porque era él, pero en ese momento, necesitaba un golpe de buena fortuna, algo más grande que sólo ser Gil Pachón.

# "Otra vez te vas a sabotear"

Mofeto no se acordaba del momento en el que había tomado la decisión. Simplemente, pensó que la mejor idea era convertirse en el inspector antialcohol de su papá. Pendiente de que no tomara nada, se deshacía de la más mínima gota de alcohol que se encontraba en su casa: botella de cerveza, tequila o vodka que veía, terminaba vaciada en el fregadero. Claro, sabía que su papá encontraba escondites cada vez mejores o que, cuando estaba en la escuela, podía salir a cualquier tienda, comprar algo y no había nada que él pudiera hacer por evitarlo, además de pedirle cada mañana que no lo hiciera. Desde que era chofer de Uber, la cosa se había puesto peor. Antes, Segismundo solía prepararle la comida. Ahora, él era quien tenía que hacer la comida para ambos. Y lavar la ropa. Y medio limpiar la casa. Era como si los papeles se hubieran invertido y ahora él fuera el papá de su papá. Y no le gustaba.

Segismundo se daba cuenta, pero la fuerza de voluntad parecía haberlo abandonado por completo. Sí, podía estar varios días sin tomar, pero se sentía miserable, nervioso y no disfrutaba nada. "Me tomo un par de cervezas y ya estoy bien", se decía a sí mismo. Pero sabía que no era un par, no siempre era cerveza y lo peor: ni siquiera se sentía bien.

Fernando decidió hacerse un poco más presente. Pasaba a verlo antes de irse a la pizzería, le preguntaba cómo estaba o si se le ofrecía algo. No siempre lo encontraba —o no siempre abría—, pero Segismundo le agradecía su interés. Sabía que se preocupaban por él, pero la desesperación que sentía cuando no tomaba, no la podían entender ni su hijo ni su amigo ni nadie.

Esa mañana de miércoles, Fernando se extrañó de que alguien tocara a su puerta a las 9:30 de la mañana. Cuando abrió y vio a Segismundo con una botella de tequila a la mitad en la mano, alzó las cejas en señal de desconfianza.

—¡Ten, guárdamela tú! —le pidió, poniéndola en sus manos—. Si la tengo yo, sería terrible, esta vez sería desastroso.

Fernando le pidió que pasara y le sirvió un café.

—Pasó algo, Fernando, pasó algo —le dijo, todo nervioso.

—¿Qué pasó? ¿Está bien Martín? —Fernando se preocupó.

—¡Martín está perfecto! —contestó Segismundo, sacudiendo su robusto cuerpo—. ¡Me hablaron, Fernando!

Fernando no entendía un pepino.

—¿Quién te habló?

—Ellos. Los del Instituto de Astrobiología donde trabajaba en California.

Su amigo abrió los ojos, asombrado.

—¡Nooo! ¿Y qué quieren?

—Me quieren de vuelta. Harán una investigación en las fosas Marianas, quieren científicos mexicanos y saben que mi especialidad son los organismos extraterrestres marinos.

Segismundo era un costal de tics y brincos nerviosos. Fernando alzó las cejas otra vez.

—¡Buenísimo!

—No, no te creas —replicó su vecino—. Bueno, por una parte sí, pero por otra... ¡Mírame, hombre, mírame nada más! No soy lo que era, ¡estoy hecho un trapo viejo, una triste jerga de la entrada!

Fernando veía tan seguido a Segismundo que no había reparado en su aspecto, pero en ese momento se fijó en los detalles que la costumbre pasaba por alto: en su pelo, algo largo y desaliñado, en su barba de dos días, en las bolsas bajo sus ojos, en su mirada sin brillo. La posición de su cuerpo, algo encorvada, transmitía desánimo.

—¿Verdad que sí? —preguntó Segismundo.

—Bueno... te ves un poco maltratado, no te voy a decir que no —contestó Fernando, entrecerrando los ojos—. Pero algunas cosas pueden mejorarse... ¿qué va a pasar? ¿Tienes una cita con ellos o algo así?

—Algo así: ¡mañana desayuno con el que me habló!

—¡*Ínguesu!* —exclamó Fernando, al más puro estilo regio—.

¡Hay poco tiempo para las mejoras! Déjame también tu cartera, para que no hagas tonterías. ¿Trabajas hoy?

—Sí, en la tarde.

—Bueno, pues te dejo tu licencia. Y estos cincuenta pesos para que te cortes el pelo.

—Está bien, sí, ¿y qué me pongo?

—Vamos a ver tu clóset a ver cómo están tus trajes.

Fueron a la casa de Segismundo, sacaron los tres que tenía y escogieron el que estaba en mejor estado. También una camisa blanca y una de sus dos corbatas. Todo estaba apachurrado y no se veía muy limpio.

—Llévalos a la tintorería que está a dos cuadras, hacia el parque: ahí hacen servicios urgentes. Yo te lo pago.

Fernando sacó su cartera y le dio los únicos ciento veinte pesos que tenía. Segismundo los aceptó y le dio un abrazo.

—Gracias —le dijo.

Esa noche, Fernando pasó a verlo, Segismundo había limpiado un poco su casa y el atuendo del día siguiente envuelto en plástico de tintorería colgaba del perchero de la entrada.

—Vengo a desearte buena suerte. Qué bueno que tengas esta oportunidad —le dijo.

—Gracias —contestó Segismundo.

En ese momento llegó Mofeto. Fernando no supo muy bien cómo descifrar el gesto con el que veía a su papá. Una tímida sonrisa asomó en la comisura de sus labios y había una cierta dosis de orgullo en su mirada, pero en sus ojos también había preocupación y desconfianza. Un reproche silente: "ya te conozco, otra vez te vas a sabotear".

Volvió a desearle suerte y se fue con la mirada de Mofeto en la mente.

# La filosa honestidad

Despertarse en sábado a las cinco de la mañana no es buena idea para nadie a menos que se vaya a ir de viaje, a una caminata por las montañas o a entrenarse para el maratón. De otra forma, es terrible, pero Lucía supo, desde el primer momento en que abrió los ojos y se sintió en perfecto estado de alerta, que dormirse de nuevo no era una posibilidad. Tenía la nariz helada, señal de que la mañana era muy fría, así que tomó una cobija que siempre dejaba sobre sus pies, se levantó y caminó sigilosa a la cocina, donde, con cuidado de no hacer ruido, se preparó una taza de té. Se asomó por la ventana hacia la colonia Nápoles, todavía dormida. La oscuridad, las luces de la calle, la ocasional sirena de policía o de ambulancia corriendo por la avenida, todo era igual. Era como si una parte de la realidad —la suya— estuviera detenida en un colosal ralentí, y la otra viajara a la misma velocidad de siempre, ese movimiento que gira y gira y nunca se detiene a ver lo que sienten las personas, lo que pasa por su cabeza. Se sentó en un sofá, subió los pies, cubriéndolos con la cobija y se dispuso a sentir su propio ralentí.

En ese momento, cuando los calendarios estaban a punto de dar la vuelta hacia noviembre, Lucía miró hacia atrás. Tantos meses vividos como una carrera frenética, expulsada de una realidad a la que ya no pertenecía más —y a la que no tenía la menor gana de volver— y, de pronto, sentía como si en las últimas semanas todo perdiera aceleración hasta llegar al mar en calma que sentía en ese momento, en ese sofá, mientras tomaba esa taza de té.

El jueves les avisaron que al día siguiente llegaran a la escuela cuarenta y cinco minutos antes, pues Ernesto Almazán quería hablar con los profesores de secundaria y prepa. El director llegó con el ceño fruncido cuando todos estaban reunidos en el salón de actos.

—Buen día, gracias por desmañanarse —comenzó—. Los reuní porque hay un asunto muy importante que tratar: queda terminantemente prohibido hablar con los alumnos sobre el tema de Ayotzinapa y alentarlos a que asistan a las marchas de protesta.

El tono del director fue cortante, seco, tajante. Hubo un silencio largo y apretado. Los profesores se miraban unos a otros, algunos con cara de resignación, otros, los que pensaban distinto, levantaban una ceja o se revolvían en las sillas. Nadie se animaba a decir nada: después de que corrieron a Ted, todos sabían lo que significaba disentir, pero Lucía ya tenía mucho tiempo sintiendo que dentro de ella crecía un monstruo inconforme y contestón. Y en ese momento, uno de sus tentáculos se levantó junto con su brazo.

—¿Sí señora Pachón? —dijo Almazán con gesto impaciente.

Lucía sintió los cachetes como brasas.

—No soy la señora Pachón. Sí soy la esposa de Fernando Pachón, pero detesto que me digan así. Mi nombre es Lucía Vaca. Maestra Lucía Vaca, porque mi trabajo me costó el título.

—Bien, maestra, ¿qué quiere decir?

—Que no estoy de acuerdo con usted y quiero saber por qué nos pide silencio cuando todos deberíamos gritar en las calles para exigir a las autoridades que nos den respuestas. Todos. Niños, abuelos, cocineros, licenciados, barrenderos, médicos, ¡todos, hasta el perro! —Lucía trató de controlar el tono de su voz, pero no pudo y se dio cuenta al llegar a la palabra "perro".

Casi todo el contingente de profesores hizo gestos o externó palabras de apoyo a Lucía. Incluso hubo un aplauso y un "bravo" perdidos en el anonimato. Almazán se puso rojo.

—Si no está de acuerdo conmigo, puede renunciar en este momento —gruñó. La vena de la frente se le saltaba.

Lucía tragó saliva, pero estaba decidida.

—Si quiere que renuncie, renuncio, pero antes conteste a mi pregunta: ¿por qué?

El director resopló.

—No tengo que darles mi parecer, es mi decisión y ya.

—Perdón Ernesto, pero esto no es una dictadura. Es una escuela. La pregunta de la maestra Vaca es razonable: yo tampoco entiendo por qué no puedo hablar con mis alumnos de un tema que les preocupa mucho —intervino el profesor de español, uno de los más antiguos del Wisconsin.

—¡Claro que les preocupa! —intervino miss Adriana, la de química—. ¡A ver, póngase en el lugar de los muchachos: viven en un país donde se mata a los jóvenes!

—¿Qué mensaje les estamos dando? —arremetió el profesor de matemáticas—. ¿Que pensar es malo, que aquí no hay libertad de expresión, que si te atreves a pensar te atienes a las consecuencias?

Lucía, sorprendida por el efecto dominó de sus palabras, se acarició el tentáculo.

—¡Ésta no es conducta propia de líderes! ¡Los líderes piensan antes de actuar! Si todos nos dejamos llevar por actitudes insurrectas, ¡vamos a provocar una revuelta! —tronó Almazán.

Un resorte se disparó dentro de Lucía y de otros profesores, que se pusieron de pie al mismo tiempo que ella.

—¡Esto no se trata de una revuelta! —dijo, a voz en cuello—. Todos estamos indignados: se trata de sumar indignaciones, de no dejarnos más.

De nuevo, las palabras y gestos de apoyo le dieron la vuelta al salón. Almazán apretó la mandíbula.

—¡Usted no sabe la cantidad de llamadas que he recibido esta semana de padres de familia muy molestos porque sus hijos cuestionan lo que pasa y quieren ir a las marchas! Y se quejan de que son ustedes, los profesores, los que les meten ideas —bufó el director.

—¿Y qué tiene de malo que los hijos cuestionen y piensen? —acometió Lucía.

Almazán resopló.

—Esto no sólo es una escuela, señora Pachón, es una fuente de trabajo importante para todos y ni se diga para usted, que mantiene a su familia y a su marido, usted no puede darse el lujo de quedarse sin trabajo. ¡Yo no quiero que los papás estén descontentos y si para eso tengo que prohibirles a ustedes que hablen del tema con los alumnos, pues lo hago!

Lucía sintió las palabras del director como un golpe al centro de su orgullo. Todas las miradas se posaron sobre ella. Decenas de lágrimas de humillación se agolparon en sus ojos, pero las mandó de regreso a la fábrica.

—Sí, eso es verdad: soy el sostén de mi familia y mis hijos tienen beca en esta escuela porque trabajo aquí. Pero esa no es razón para que yo pisotee mis ideas, para que entierre lo que yo creo ni para que voltee para otro lado cuando estoy viendo lo que pasa frente a mí. Prefiero renunciar, con todo lo que eso implica, antes de pensar como usted quiere que piense, antes de negarles a estos chicos el derecho a reflexionar, a decidir y a cuestionar. No voy a darle el gusto de pedirme mi renuncia: yo misma renuncio, no puedo seguir trabajando aquí ni voy a permitir que la mente de mis hijos siga llenándose de necedades.

El director y Lucía se miraron retadoramente durante unos segundos que se alargaron lo suficiente como para que el profesor de español se pusiera de pie.

—Si acepta la renuncia de la profesora Vaca, acepte también la mía —declaró.

—Y la mía —dijo de inmediato miss Adriana.

—También la mía —se sumó el de matemáticas.

—Me uno a ellos —dijo la de física.

En el curso del siguiente minuto, los profesores de inglés, historia, artes plásticas, educación física, música y biología ofrecieron sus renuncias si Lucía se iba. Ernesto Almazán se puso pálido y se pasó la mano por la cara. En segundos, se vio forzado a cambiar la actitud con la que había comenzado la reunión; los profesores se fueron sentando uno a uno. La junta terminó en un acuerdo para hacer una reunión con los papás y hablar del tema. Lucía ya no se enteró de nada de eso, tenía las piernas flojas y su mente estaba a años luz de ese lugar. Al final del día, buscó al director en su oficina. Toda la mañana había sentido la punta filosa de la honestidad, en el sentido más amplio de la palabra, rasgándole el corazón. Cuando entró a la oficina de Almazán, fue directo al punto.

—Le agradezco la oportunidad de trabajar en esta escuela y de que mis hijos estén becados, pero no estoy de acuerdo con su forma de pensar ni de educar. La respeto, pero no estoy de acuerdo y por eso renuncio. También sacaré a mis hijos de la escuela. No es por arrebato ni por lo que pasó en la mañana. Sólo soy honesta conmigo, con mi pensamiento, con las ideas con las que Rodolfo y Catarina conviven en casa —le dijo, tranquila.

El director la miró muy serio y asintió suavemente.

—Lo entiendo y la respeto. Lo siento, porque usted es una persona inteligente y responsable y sus hijos son buenos chicos.

Lucía sonrió por cortesía.

—Sólo le pido que terminemos el bimestre en diciembre, ellos y yo.

—Así lo haremos.

No había mucho más qué decir. Se dieron la mano y Lucía salió de la oficina. A partir de enero, no tendría trabajo. Sí, sus hijos tenían lugar en otra escuela, pero no sabía cómo iban a pagarla. Además, ignoraba cómo lo tomarían Fernando y los niños. Por otro lado, estaba infinitamente en paz. Había actuado con sinceridad, desde el fondo del corazón, y se sentía bien por eso.

Las primeras luces del amanecer la sorprendieron perdida en sus pensamientos y en sus secretos: nadie sabía nada aún. De pronto oyó la puerta del cuarto de Rodolfo, que iba al baño. Al salir, se dio cuenta de que su mamá estaba en la sala y fue con ella.

—¿Qué haces aquí? —preguntó, sentándose a su lado.

—Ya no podía dormir —contestó Lucía.

Él bostezó.

—Creo que yo tampoco, ¿sabes qué pasó ayer?

Lucía negó con la cabeza.

—Mofeto me habló en la noche: su papá tiene que ir a un lugar en California el próximo miércoles.

—¡Mmm! ¡Qué bueno! Eso quiere decir que le fue bien en la entrevista y le harán otra allá. ¿Y qué más te dijo?

—Que su papá está contento, pero que está nervioso porque siente que se le ha olvidado todo lo que sabía.

Lucía sonrió y le hizo un cariño a Rodolfo en el pelo revuelto. Notó que había cierta tristeza en su mirada.

—¿Y tú, qué opinas?

—Si le dan el trabajo, Mofeto se irá —dijo, muy serio.

Lucía asintió con un suspiro. Rodolfo también suspiró. Su mamá le dio un abrazo largo y lo tapó con la cobija. De repente oyeron unos golpes suaves en la puerta. Los dos se miraron sorprendidos: eran las 6:45 de la mañana. Lucía se asomó por la mirilla y luego abrió. Era Mofeto, que traía un *six pack* de cervezas —al que le faltaba una— en la mano. Todavía estaba en pijama y los miraba asustado.

—¿Qué pasa, Martín? —preguntó Lucía.

—Perdón… es temprano —se disculpó el chico, hablando en voz baja—. Hace rato que no puedo dormir y escuché unos ruidos aquí, así que pensé que a lo mejor alguien estaba despierto.

—Sí, aquí estamos, ¿tú estás bien? ¡Pásale!—dijo Lucía.

Mofeto levantó el *six pack* incompleto a manera de explicación. Rodolfo y su mamá entendieron de inmediato. Lucía lo invitó a sentarse en el sofá con ellos.

—Por favor ayúdenme a cuidarlo en lo que es la entrevista. Está muy nervioso y creo que la va a cag… ¡perdón!, la va a regar. Ayer, cuando llegó de trabajar, escuché el ruidito de las bolsas de plástico. Había ido al súper y compró varias cosas, pero me imaginé que también traía su poción mágica —Mofeto movió la cabeza hacia las cervezas—, y la escondió. Cuando se durmió, fui a buscar en sus escondites y encontré el *six*, pero ya le faltaba una. No sé ni a qué hora se la tomó, si yo lo estaba vigilando.

—¿Dónde las guardó? —quiso saber Rodolfo.

—Adentro de una cubeta en el cuarto de servicio. Encima le puso más cosas, pero lo sospeché porque lo oí entrar ahí —explicó Mofeto, con la boca de lado.

—Vengan a comer hoy —ofreció Lucía—. Y también mañana que viene mi mamá, ya ves que se caen bien. Así se distrae.

Mofeto aceptó con una sonrisa.

—¿Tú cómo te sientes? —le preguntó ella.

Él la miró con la boca todavía de lado, un poco extrañado. Hacía mucho que nadie le preguntaba cómo se sentía. En su pequeño universo, sólo importaba cómo estaba su papá. En ese momento no se le ocurrió nada qué decir, sólo se encogió de hombros. Sin embargo, su gesto decía más que cientos de palabras.

—¿Y qué hace tu papá cuando se da cuenta de que le quitaste el alcohol? —quiso saber Rodolfo.

—Se queda como si nada. Como si él no lo hubiera comprado y yo no lo hubiera cachado… ¡ya me voy! No creo que se despierte pronto, pero si se despierta, mejor que yo esté ahí —dijo apresurado y miró a Lucía—: ¿al rato le habla, para invitarlo?

En cuanto se fue Mofeto, Rodolfo y su mamá regresaron a sentarse al sofá.

—¿Y tú, por qué estabas despierta?

Lucía titubeó un poco antes de contesarle.

—Bueno… tengo algo qué contarles y estaba pensando en eso.

Rodolfo la miró con ojos inquisitivos. En ese momento, Fernando y Catarina también se despertaron.

—Lo cuento ahorita que estemos todos en la mesa —dijo Lucía.

Mientras desayunaban, Gil llegó muy arreglado. Tomó un café y les informó que saldría con Claudia, una chica que había conocido en su escuela. En cuanto se fue, Lucía soltó la bomba. Rodolfo fue quien mejor lo tomó. Esa escuela siempre le había chocado y lo único que ocupaba un lugar importante en su cabeza en ese momento, era la posible partida de Mofeto. Fernando trató de ser solidario, pero no ocultaba la cara de preocupación. Catarina sí se azotó, y mucho. Lloró, dijo que a ella sí le gustaba el Wisconsin y que quería mucho a Bere. Hecha una tormenta de lágrimas, se fue a su cuarto, cerró la puerta de golpe y le puso el seguro.

Rodolfo fue a su cuarto y se sentó frente a su escritorio. Tenía intenciones de hacer la tarea, pero sus ideas revoloteaban por todo el cuarto sin posarse en ningún lado. Algunas lo hacían a un ritmo vertiginoso y otras, lenta y cadenciosamente, como ominosas mariposas negras. Entre ellas, ninguna era tan grande ni tan oscura como el hecho de que su mejor amigo saliera de su vida. No sabía exactamente cuándo pasaría, podía ser en un par de semanas, en un mes o en unos cuantos días.

# Peligro de suerte

El martes en la tarde, Rodolfo y Catarina comieron rapidísimo. Habían cambiado el paseo de perros del miércoles al martes por el asunto de la marcha, para la que tenían todo listo. El domingo habían pintado una manta con la abuela Olga, a quien también acompañaron al Súper Office para ampliar unos cartones de caricaturistas políticos que la abuela y su contingente —ellos, Mofeto, Lucía y miss Adriana—, llevarían como pancartas. Su papá se sumaría más tarde con Pietro, después de cerrar la pizzería, ellos iban a irse por su lado. Segismundo lamentaba no poder ir: su vuelo a Los Ángeles salía esa mañana.

De regreso de la caminata canina, se toparon con Gil en la puerta del Edificio Duquesa, llegaba de la escuela, con su guitarra en la espalda.

—¡Qué transa, raza! —los saludó contento—. Tengo que comprarme unos pantalones, ¿me acompañan al centro comercial?

Los primos, que desde el día del cigarro habían sentido a Gil un poco distante, dijeron que sí de inmediato. Mofeto prefirió quedarse: su papá llegaría en un rato, al día siguiente era su viaje y prefería estar ahí. Dejaron la guitarra y a Wasabi, y se fueron. Al salir de la tienda, Gil les ofreció un café en la cafetería de enfrente. Sentados en una de las mesas que daba a la calle, Catarina reparó en el alto edificio que estaba frente a ellos. Afuera decía Pronósticos Deportivos.

—¿Qué es eso?

Gil siguió el camino de su mirada y se topó con el edificio.

—¡Ah! Son como juegos de apuestas. En los pronósticos tú dices qué equipos ganarán en los torneos de futbol, y si le atinas, ganas una lana, pero también tienen otros sorteos donde tú escoges los números, y si aciertas, ganas —explicó.

—Como el Melate —terció Rodolfo.

—¿Tú juegas eso? —lo interrumpió Catarina.

—Pues… a veces —sonrió Gil.

—Y si ganas, ¿qué haces?

—Pues vienes aquí —señaló el edificio con el dedo— y cobras tu boleto, lo que hayas ganado.

—¡Uy! Con mi suerte, yo para qué lo intento —se quejó Rodolfo.

—¡Chale, Gordolfo! ¿Por qué dices eso? —le preguntó Gil.

Rodolfo le dio una larga explicación de su mala suerte, con intervenciones de Catarina cada que se le olvidaba algo. Ya entrados en confianza, hasta de sus calzones de dinosaurios habló. Gil estaba muerto de risa y Catarina lo miraba con los ojos redondos como esferas de Navidad.

—¿A poco hoy traes un calzón de ésos? —le preguntó.

—Hoy no. No siempre están limpios —dijo apenado Rodolfo.

—¡Ásu! Yo la verdad, no creo tanto en la suerte, ni en la buena ni en la mala. Las cosas pasan porque pasan y ya, ¿sí sacan? No creo que la suerte tenga nada que ver —comentó Gil.

—No, yo sí creo en la suerte. En la mala, que es la que me toca siempre.

—Te voy a probar que no es cierto. Vamos allá enfrente, tú escoges los números que quieras y compramos el boleto. ¿Cuánto apuestas que ganamos, aunque sea algo? —lo retó Gil.

Rodolfo lo miró muy serio.

—No vamos a ganar nada —declaró.

Gil lo veía divertido, con cierto desafío, mientras Catarina se comía con una cuchara los hielos que quedaban de su frapuchino.

—Acábense su café y vamos —los apuró el primo.

—Yo no traigo dinero para comprar un boleto —alegó Rodolfo.

—A ti ni te lo venderían, tienes que ser mayor de edad y yo ya tengo dieciocho —proclamó Gil.

—Entonces, si ganara ese boleto, tampoco podría cobrarlo —intervino Catarina, siempre en todo.

—No, lo tendría que cobrar su primo, el de dieciocho —explicó Gil.

Caminaron a la esquina, donde estaba el semáforo y cruzaron en silencio. En el corto trayecto hacia el edificio de Pronósticos, Rodolfo sintió algo raro dentro de él, como si una filigrana de la cauda de un cometa recorriera su pecho en una fracción de segundo y uno de los miles de engranes que tenía dentro de él perdiera una muela. Lo invadió una certeza efímera —pero certeza al fin—, que se esfumó de inmediato para dar paso a la eterna sensación de incertidumbre con un dejo de pesimismo que siempre lo acompañaba. Justo frente al edificio, Gil se detuvo y miró muy serio a su primo.

—Alguna día oí decir esta frase y me gusta: a veces, simplemente hay que correr peligro de suerte —le dijo.

Rodolfo asintió, sonrió y clavó sus ojos en los de Gil.

—Si ese boleto gana algo, prométeme que nos vas a dar la mitad, porque mi papá tiene muchas deudas, y se lo daría.

—¡Oye! Yo lo voy a pagar, huerco, ¿sí sacas?

—Y yo voy a escoger los números, ¿sí sacas? Mitad y mitad.

—Está bien, te lo prometo —Gil asintió mientras le daba la mano en señal de trato hecho. Mientras todavía estaban en el apretón, Catarina también puso su mano encima.

—Yo soy testigo —dijo sonriente.

Bajaron las escaleras que llevaban a la parte de las ventanillas y llegaron a una mesa larga donde estaban las diferentes boletas. Rodolfo les echó un ojo y tomó una.

—Tienes que escoger seis números y rellenar cada bolita con una pluma. Fíjate que quede bien rellena —le explicó Gil mientras le daba la pluma.

Rodolfo miró los treinta y nueve números dispuestos en filas y cerró los ojos un momento, antes de decidir. Luego los abrió y, sin titubear, se puso a rellenar los círculos vacíos: el doce, su edad; el diez, la de Catarina; el dieciocho, la de Gil; el quince, lo que costaba una torta en la escuela; el treinta, porque era el doble de quince, nada más por eso; y el tres, porque le gustaba el tres.

En el momento en el que Gil se acercó a la caja a entregar el papelito y pagarlo, algo invisible ocurrió, algo de lo que ninguno de ellos se percató mientras salían riéndose del edificio y caminaban hacia el Metrobús, recordando cómo Sauron había perseguido a un rottweiler esa tarde. Y es que hay un universo de posibilidades que se ponen en marcha cuando se lanza la moneda al aire, cuando los dados se avientan a rodar sobre la mesa o cuando se toma una decisión arriesgada. Con cada giro de la moneda, vuelta del dado o con cada idea que se dispara al cosmos, se pone en marcha la maquinaria de las posibilidades… y se corre peligro de suerte.

# Cosas que pasan, cosas que no

Al día siguiente, el despertador de Lucía no sonó y la mañana comenzó a las carreras. Desayunaron un licuado —que todos pidieron sin huevo—, se lavaron los dientes y salieron como si los llevara un viento de febrero. La puerta del Wisconsin se cerraba a las ocho en punto y ya nadie entraba. Para Lucía eso sería terrible, no sólo porque tenía que hacerles un examen a sus alumnos, sino porque se le tomaría como falta, no le pagarían el día y no estaba el horno para bollos. Cuando abrieron la puerta del departamento, no había señales de Mofeto. Todos esperaban que estuviera en la calle, porque muchas veces bajaba un poco antes y los esperaba en la entrada, pero tampoco estaba ahí. Rodolfo y Catarina se miraron preocupados, pero su mamá les dijo que no podían esperarlo y se fueron a todo correr.

A las 8:10 de la mañana, mientras Fernando y Gil desayunaban, se oyeron unos golpes leves, pero impacientes, en la puerta. Cuando abrió Fernando, ahí estaba Mofeto, con los ojos y los cachetes rojos por el llanto.

—¿Qué pasó? —preguntó Fernando preocupado.

—Tenía que estar en el aeropuerto hace una hora, pero está tirado en la cama, con una botella de tequila vacía en el buró.

Fernando se puso la mano en la frente y meneó la cabeza.

—¡Ay, no! —exclamó, después de chasquear la boca.

—Le hablé a mi mamá y le conté cómo estaban las cosas. Ella no sabía nada —reveló Mofeto, con un gesto serio y triste.

—¿Y qué te dijo? —le preguntó Fernando, sorprendido.

—Que va a tomar el primer vuelo a México y viene por mí.

Un rato después, Fernando tocaba la puerta del departamento de su vecino. Después de diez minutos de insistir sin que le abrieran, entró con la llave que le había dado Mofeto. El tufo a encerrado lo recibió causándole molestia en la nariz, de inmediato abrió una ventana. Los ronquidos de Segismundo se oían por toda la casa. Fernando se quedó un momento en la sala, dudando. Entrar al cuarto de su amigo, despertarlo —lo cual sería, seguramente, difícil— y notificarle que había perdido su vuelo (y probablemente, su oportunidad) y que su hijo se iba con su mamá, no era algo que quisiera hacer. Segismundo dormía con la ropa del día anterior todavía puesta —incluso los zapatos—, tapado apenas con una cobija. La atmósfera enrarecida de la habitación era casi irrespirable por los efluvios del alcohol transpirado durante la noche. Fernando regresó sobre sus pasos: lo dejaría dormir un poco más.

Al llegar a su casa, le llamó a Pietro, le explicó que tenía una situación personal urgente y que no podría ir. Cuando colgó miró a Mofeto, que estaba sentado en el sillón de la sala. Se veía muy incómodo.

—Qué pena todo lo que está pasando —se lamentó.

—No te preocupes, Martín.

En ese momento, sonó el teléfono y Fernando contestó. Era la mamá de Mofeto, él le había dejado el número de ellos para que le llamara. Se la pasó y después de un breve intercambio de palabras, la llamada terminó.

—Ya está en el aeropuerto —comentó Mofeto—. Va a tomar el vuelo que sale a las doce y llega aquí a las seis de la tarde. Y mañana nos vamos a ir a las nueve de la mañana.

—Está bien —dijo Fernando, mientras sentía que el corazón se le rasgaba. Mofeto lo miró a través del profundo pozo de tristeza que se reflejaba en sus ojos.

—Los voy a extrañar mucho, a todos ustedes —alcanzó a decir antes de que el llanto ahogara sus palabras.

Sin saber muy bien qué hacer, Fernando le puso la mano en el hombro.

—Nosotros también te vamos a extrañar.

La espalda de Mofeto se sacudía con los sollozos. Mil tensores sujetaban los brazos de Fernando, que en realidad quería consolarlo como si fuera su hijo. De pronto todos los cables se rompieron y lo acercó hacia él para abrazarlo con fuerza. No encontraba las palabras que pudieran acompañar ese momento y supo que sólo podía hacer eso: estar ahí, sentir con él. Una hora después, regresó a ver a Segismundo. Esta vez le abrió la puerta, su aspecto era desencajado.

—¡Perdí el avión! ¡Perdí el avión! —exclamó angustiado.

—Sí, lo sé —repuso Fernando—. También sé por qué.

Segismundo meneaba la cabeza con desesperación.

—Soy un idiota —dijo, mientras miraba un punto fijo en el suelo—, soy un verdadero idiota. Soy un absoluto imbécil.

—No eres un idiota, necesitas ayuda. Insultarte no te sirve de nada. Martín está en mi casa y...

—¿Qué hace Martín en tu casa?

—Fue a buscarme. Tienes que hablar con él. También es importante que les llames a quienes ibas a ver.

—¿Y qué les voy a decir? ¿Qué me puse a beber porque me muero del miedo?

—Vas a tener que hacer control de daños: diles que perdiste el avión porque tuviste una emergencia —sugirió Fernando.

Después de un rato —y de tomarse un café cargado—, Segismundo por fin llamó a la persona que vería en California. La plática fue breve, él hacía gestos de sorpresa mientras hablaba.

—¿Qué pasó? —le dijo Fernando, curioso por saber qué significaban sus caras.

—Dijo que él estaba por hablarme: hay otro candidato y también perdió el vuelo, resulta que hubo un bloqueo en el aeropuerto, una manifestación de estudiantes. Se hizo un tráfico del demonio y nadie pudo llegar a los vuelos de esa hora. Me mandó otro boleto para mañana a la misma hora.

—Qué bueno —contestó Fernando secamente—. Ahora ve con tu hijo.

—Sí, sí. Me arreglo un poco y voy —contestó Segismundo, distraído.

Fernando tenía ganas de decirle muchas cosas, de hablar con él de la tristeza en los ojos de Mofeto y de la forma como tiraba su vida por un agujero, quería zangolotearlo hasta que reaccionara pero, ¿quién era él para decirle algo? Sus acciones también habían tenido consecuencias en la vida de su familia. Sin ganas de darle lecciones, sólo había una cosa que podía decir:

—Martín es un niño y la carga que pones sobre sus hombros es demasiado grande para él.

Diez minutos después, Segismundo tocaba la puerta del departamento de Fernando. Mofeto estaba viendo la tele. Apenas desvió un poco los ojos para ver a su papá, pero de inmediato los regresó a la pantalla. Fernando fue a su cuarto para dejarlos solos. Segismundo se acercó lentamente y se sentó en la orilla del sofá.

—Hijo, yo... —comenzó a decirle.

—No quiero hablar contigo —lo cortó Mofeto.

—Yo sólo quiero...

—No me importa lo que quieras. Mi mamá viene por mí en la tarde. Me voy con ella.

—¡¿Qué?! —exclamó Segismundo con gesto incrédulo. Mofeto lo miró con enojo y tristeza.

—¿Qué quieres? ¿Que me quede a cuidarte? ¿A ver que no te pongas borracho? ¿A hacerte de comer, a lavar tu ropa, a despertarte para que te vayas a trabajar, a recordarte que tienes que bañarte?

Su papá no dijo nada, sólo lo miraba avergonzado.

—¡Ya me cansé! —gritó Mofeto—. ¡Yo no soy tu papá!

Segismundo comenzó a llorar desconsolado, mientras la tele seguía prendida, con una caricatura de Bob Esponja.

—Lo siento, lo siento mucho, de verdad. Esto es más fuerte que yo, para mí es muy difícil no hacerlo y no te digo que esté bien, ni lo justifico ni te pido que lo entiendas —Segismundo sollozaba—. Te quiero mucho, Martín, eres lo único que tengo, no quiero que te vayas. Voy a cambiar, te lo prometo, voy a entrar a alcohólicos anónimos, voy a hacer algo, ¡te lo prometo! ¡No te vayas!

—Sí me voy, papá —afirmó Mofeto, con las lágrimas rodándole por los cachetes—. Ya no quiero nada de esto.

Segismundo se puso de pie. El dolor que sentía en el corazón no era figurado, era una sensación tangible en el pecho, un vacío espantoso mezclado con una opresión salvaje. Caminó como pudo hasta la puerta y se fue a su departamento. Mofeto se quedó derretido en el sofá, llorando en silencio. Le apagó a Bob Esponja. Fernando esperó unos minutos y fue a ver cómo estaba. Lo encontró medio dormido, con la cabeza recargada en un cojín y fue con Segismundo, que lloraba sin consuelo. Le pidió que no hiciera nada tonto. El resto de la mañana, Fernando se la pasó preparando comida y yendo de su casa a la de su vecino para echarle un ojo. Casi a las dos de la tarde, a él también lo encontró dormido. Le envió un mensaje a Lucía, explicándole cómo estaban las cosas. Cuando llegaron a comer, los tres tenían cara de susto.

La comida fue un evento silencioso, con muchas miradas cruzadas entre Lucía y Fernando y suspiros a cada rato. Catarina veía a Mofeto como si en cualquier momento fuera a desvanecerse en el aire. Rodolfo, serio y callado, se concentraba en su comida y no miraba a nadie. Mofeto buscaba los ojos de todos —sobre todo los de su amigo—, levantaba las cejas y torcía la boca.

—Le voy a hablar a Olga: no podremos ir a la marcha hoy. Que venga por sus cosas —dijo Lucía, resuelta. Todos asintieron.

Después de comer, Fernando le llevó comida a Segismundo mientras Rodolfo y Mofeto lavaban los trastes en completo silencio. Después, el tiempo pasó de manera densa y pastosa, como si todos ellos estuvieran metidos en una gota de resina que resbalaba espesa y lentamente por la corteza de un árbol. Los tres niños optaron por ver la tele un rato. La abuela Olga pasó por sus pancartas y la manta. Al irse le dio un abrazo a

Mofeto, tan largo y apretado que Rodolfo y Catarina sintieron una pelota gorda que creció en su garganta a mil por hora.

—Martín, creo que tienes que hacer tu maleta —sugirió Fernando.

Mofeto resopló resignado y le pidió a Rodolfo que lo acompañara. Su casa estaba vacía. Segismundo había salido a pasear a Sauron: por ningún motivo quería ver los preparativos de la partida de su hijo.

—Te dejo el camino libre con Marianita —sonrió de pronto Mofeto, mientras guardaba su ropa en la maleta.

Rodolfo se rio, dejando salir el vapor de la olla de presión que tenía en el pecho.

—Creo que no te lo había dicho, pero ya no vamos a estar en el Wisconsin. Así que no creo que pase nada con Marianita.

Entre una cosa y otra, en dos minutos estaban como siempre. O casi como siempre, porque sabían que la marcha de las manecillas nunca se detenía. A las 7:10, un taxi del aeropuerto se detuvo frente al Edificio Duquesa y una guapa señora se bajó y tocó el timbre del 501. Nunca nadie hubiera imaginado que Mofeto se pareciera tanto a su mamá. En cuanto vio a su hijo lo abrazó con fuerza y no dijo nada.

—¿Quieres un café? —le ofreció Lucía.

—No, gracias. Lo mejor es que Martín y yo nos vayamos. Pasaremos la noche en un hotel del aeropuerto, nos vamos en la mañana.

—Papá también va a Estados Unidos mañana —comentó Mofeto.

Su mamá hizo un gesto vago de desinterés.

—Despídete —le pidió a Mofeto.

Catarina fue la primera que se le aventó al cuello. Lo abrazó con fuerza y se puso a llorar de manera efusiva y nada discreta.

—¡Te voy a extrañar mucho! —exclamó a sollozo limpio.

Mofeto también la abrazó. Lucía y Fernando se sumaron, primero uno, luego la otra. Con la cara rojísima, Mofeto también lloró.

—Gracias por todo —dijo en voz baja.

Rodolfo se acercó. No sabía muy bien si abrazar a su amigo o no. No sabía si sonreír un poco o no. Sólo sabía que algo enorme bloqueaba el aire en su pecho. En pocos meses habían vivido tantas cosas juntos que se había formado entre ellos ese lazo invisible y poderoso de la verdadera amistad. De pronto quiso abrazarlo con todas sus ganas y lo hizo. El bloqueo en su pecho se disolvió en lágrimas. Ninguno de los dos dijo nada, no había palabras que pudieran acompañar ese momento. El cariño entre esos dos era algo que podía tocarse. Cuando se separaron, la mamá de Mofeto abrazó con fuerza a Rodolfo.

—Gracias por ser su amigo —le dijo, mirándolo directo a los ojos.

En ese momento, la puerta entrecerrada del departamento se abrió y Juan Pablo y Luis asomaron la cabeza.

—¿Que te ibas a ir sin despedirte? —bromeó Juan Pablo, dándole un abrazo—. Ahí cuando puedas nos escribes algo, ¿no?

—Carla y yo te deseamos buena suerte —le dijo Luis, dándole otro abrazo.

Ya estaban listos para irse cuando se abrió el elevador y salió Segismundo, acompañado por Sauron. El can (como si supiera), corrió hacia Mofeto, puso las patas delanteras en sus rodillas y movió el rabo a mil por hora, mirándolo con ojos tristes. Mofeto se agachó y le hizo muchos cariños. Segismundo se veía abatido. Parecía que en una mañana había envejecido diez años. Permaneció inmóvil, a cierta distancia del grupo que despedía a Martín, con la vista fija en su hijo. Mofeto se acercó a él.

—Nos vemos —se despidió.

No sabía si la decisión que tomaba era la mejor del mundo, pero en ese momento sentía que era lo único que podía hacer. Su papá lo abrazó con fuerza y cerró los ojos.

—Las promesas no sirven de nada —le dijo al oído—. Voy a cambiar, hijo, y cuando eso pase, te buscaré. Ojalá que quieras vivir conmigo otra vez.

Mofeto aceptó el abrazo y a su vez estrechó a su papá. Su mamá tomó su maleta de rueditas y miró a todos, especialmente a Lucía, Fernando, Catarina y Rodolfo.

—Gracias por todo —susurró.

Caminó hacia el elevador y, al pasar junto a Segismundo, se detuvo apenas un instante para mirarlo a los ojos y darle dos palmadas suaves en el brazo. Sólo ellos dos supieron lo que contenía ese cruce de miradas y ese brevísimo contacto físico.

Cuando la puerta del elevador se cerró, Rodolfo dio media vuelta discretamente y corrió a su cuarto. Sólo su mamá y Catarina lo vieron. Los demás adultos estaban concentrados en Segismundo, que se derrumbaba en pedazos frente a ellos. Juan Pablo fue el primero en acercarse a darle un abrazo.

—Vas a salir de esta, viejo, ya verás —lo animó.

Luis asintió con un suspiro, palmeándole la espalda con fuerza. En cuanto estuvieron solos con Segismundo, Fernando y Lucía se miraron con complicidad y ella se despidió.

—A partir de este momento, voy a estar contigo. Voy a dormir en el sillón de tu casa y mañana te llevaré al aeropuerto —le informó Fernando.

El brillo sutil de una pequeña sonrisa iluminó por un segundo los ojos de Segismundo.

—Gracias... gracias, amigo.

Lucía llamó a sus hijos a la sala, se sentaron en el sofá y ahí estuvieron un rato abrazados. Catarina lloraba bastante, Rodolfo estaba muy callado.

—Lo vamos a extrañar, pero en este momento era lo mejor —comentó su mamá.

Rodolfo se fue a bañar y estuvo el resto de la tarde en silencio,

hasta que se fue a dormir. Sentía un entumecimiento de la cabeza y el corazón, sólo quería perderse en sus sueños y no sentir.

Gil salió de clases a las nueve. Un amigo suyo sugirió ir a cenar y fueron a una taquería cercana a la escuela. Entre las bromas y los tacos, casi se le olvida. Es más, probablemente se le hubiera olvidado, de no ser por un cocinero que le pidió a un mesero que cambiara el tradicional partido de futbol que estaba en ese momento en la tele y le pusiera al sorteo del Melate, porque había comprado un boleto. Ninguno de los acompañantes de Gil le prestó la menor atención al hecho, pero Gil paró la oreja. No creía para nada que su boleto fuera a ganar, menos con esa mala suerte que según Gordolfo lo perseguía, pero bueno, ¡nunca se sabe! Con un ojo al gato y otro al garabato, riendo con sus amigos mientras veía la tele, oyó el primer número: dieciocho. Ese número estaba entre los de su boleto, ¡seguro! Luego salió el tres. Sí, ese también estaba. Después vino el quince. Chorros de adrenalina salieron a trompicones directo a su torrente sanguíneo. Faltaban tres números, que fueron el diez, el treinta y el doce. A pesar de los nervios pudo memorizarlos y fue al baño. Ahí sacó el boletito: habían ganado un premio de doce millones de pesos. Pagó su parte de la cena y salió corriendo del restaurante. En el camino de regreso a la casa de sus tíos, sus pensamientos galopaban sin control y cientos de ideas, cada una más loca que la otra, se apiñaban en su cabeza.

# Con una sonrisa en la boca

Rodolfo siguió algunos días un tanto adormecido. Carmela y Rosana hacían ligero el rato en el salón y, a la hora del recreo, siempre tenía un lugar con el equipo de espiro, pero sentía el asiento vacío junto a él como un cubo de hielo en el centro del corazón. Ni siquiera había pensado en el Melate y para nada se había dado cuenta del extraño brillo en los ojos de Gil, ni de su acelerada actividad.

Y es que, aunque nadie lo sabía, Gil había estado muy ocupado. Nervioso, planeando sus movimientos, apenas pudo dormir ese miércoles. Al día siguiente llegó temprano a Pronósticos Deportivos a cobrar su premio. Lo subieron a una oficina sin ventanas, donde todo el mundo era amable y sonriente con aquel muchacho norteño y encantador que pronto sería millonario. El trámite no fue rápido: se necesitaba la presencia de tres funcionarios, que tardaron un rato en llegar. Gil tendría que pagar 7% de su premio en impuestos y le harían la transferencia en veinticuatro horas. De un día para otro, su cuenta bancaria —en la que tenía mil pesos— había engordado a once millones ciento sesenta y un mil pesos.

Pasó el siguiente día saboreando su buena suerte y haciendo todo tipo de planes. En cuanto vio el dinero reflejado en su estado de cuenta, se apuró a comprar un bonito departamento en la colonia Condesa, que había visto en internet la noche del miércoles, en su insomnio febril. Sí, costaba cuatro millones y medio de pesos, pero, ¡los tenía! El dueño se quedó sorprendido de la edad de su cliente y de la soltura con la que le dijo: "Te doy cuatro millones trescientos ahorita y cerramos el trato: me quiero cambiar ya". Los trámites de las escrituras tardarían tres semanas, pero el dueño no tuvo ningún problema en hacer un rápido convenio con un abogado, firmarlo con Gil y entregarle las llaves en cuanto viera el dinero en su cuenta. Luego venía la compra del "mueble", como dicen los regios. No podía negar que la idea de un Masseratti rojo cruzó por su cabeza, pero eso ya lo dejaría para después, para cuando fuera un poco más grande. Ahorita se conformaba con un BMW convertible, negro, con asientos de piel. También tenía que amueblar su depa. Serían pocas cosas: una cama, un equipo de sonido, una pantalla de plasma y una pequeña sala, pero todo tenía que ser de lo mejor.

Para el domingo en la tarde, Gil ya se había gastado cinco millones y medio. Y estaba listo para dar el siguiente paso, esa misma noche.

—Oiga tío, le tengo una buena noticia —anunció.

—¿Qué pasó? —le preguntó Fernando.

—Pues mi papá ya puede pagarme un depa, me mudo esta semana.

Gil ya saboreaba su libertad: lo único que esperaba para cambiarse, era que le llevaran la cama.

—¡¿Qué?! —su tío estaba sorprendido—. ¡Blas no me dijo nada!

—No, ya ve que mi papá es medio raro, pero a mí sí. Y me dijo que les diera las gracias muchísimas veces, porque ustedes han sido bien raza conmigo.

Fernando lo miró con cierta desconfianza. Era cierto que las cosas habían quedado un poco tensas después del incidente del cigarro, pero se suponía que Blas no tenía dinero para pagarle una renta, además le había pedido que le echara un ojo a Gil y le quedaba claro que el chico lo necesitaba.

—Si quiere le hablamos a mi papá, tío, porque chansa cree que lo estoy choreando —aventuró Gil con absoluta calma.

—No no, sí te creo —repuso Fernando, pensando que su hermano era bastante misterioso—. Luego le llamo.

Gil se fue a dormir con una sonrisa en la boca. De algún lugar remoto le llegaba el recuerdo del trato con Gordolfo, pero si le daba su mitad, a él le quedaría muy poco dinero y no estaba dispuesto.

Lo más seguro era que al primo ya se le hubiera olvidado.

# Se acabó tu mala suerte

El viernes temprano, Gil tenía listas sus maletas. Pensaba irse en taxi (el coche, claro está, era un secreto).

—Te llevo a tu departamento —le ofreció Fernando.

—No quiero causar más molestias, tío, yo me voy en taxi —repuso Gil, que no se esperaba esa.

—No es molestia, quiero ver dónde vas a vivir —insistió Fernando.

—Pero todavía está todo tirado, ayer llegaron algunos muebles y están empacados, ¡es un desastre!

—¡No importa! Ya nos invitarás a verlo cuando esté bonito, pero hoy te quiero llevar —siguió su tío.

Gil vio que no podría zafarse del ofrecimiento, así que aceptó. En el camino inventó toda una historia sobre el origen del depa, que era de un amigo de su papá, que acababa de comprarlo para cuando viniera a la ciudad, pero que le había salido de la nada un trabajo en Malasia, tenía que irse y lo rentaba en una ganga, con todo y muebles nuevos. Fernando le creyó todo. Al llegar y ver el edificio *art nouveau* remodelado, levantó las cejas sorprendido. Y cuando entró y vio aquel lugar, que parecía de revista —a pesar de estar todo tirado—, estaba boquiabierto.

—¡Guau! Al amigo de Blas le gustan las cosas bonitas —exclamó sorprendido.

—Sí, bueno… es un vato con buen gusto —dijo Gil con sonrisa de satisfacción.

—Supongo que ya te vas a la escuela —comentó Fernando.

—¡Sí, claro! —mintió Gil, que lo único que quería era poner bonito su depa.

—¿Te doy un aventón?

—No tío, tranquilo. Hoy entro hasta las once, tengo tiempo —mintió de nuevo.

Fernando por fin se fue y Gil se puso a bailar en su departamento. A la escuela ya regresaría el lunes próximo.

No es muy difícil saber qué ideas tendría en la cabeza un Gil que de pronto, por un golpe de suerte, era dueño de una obesa cuenta en el banco. En ese momento, para él la vida era una playa paradisíaca en donde nunca pegaría un huracán, sólo suaves y tibias brisas marinas que acariciaban un cielo azul donde las nubes no se atrevían siquiera a acercarse. La cosa es que esas playas no existen. Gil pasaba por alto una cosa que uno no debe pasar por alto en esta vida: las mujeres. Por un lado, la Nonna le habló para decirle que vendría de visita en dos semanas y pasaría a verlo: quería saber cómo había quedado el cuarto de servicio en el que vivía, y en general, cómo estaba su nieto lindo, pues ella se sentía muy mortificada sabiendo que vivía con Lucía. Gil intentó disuadirla, le dijo que Lucía era muy cheve y le inventó que tenía mucho trabajo en la escuela y no tendría tiempo de atenderla, pero ella dijo que iba con su amiga Maruca, porque sabía que no era bienvenida en la casa de Fernando y que sólo pasaría a ver cómo había quedado instalado. No hubo manera de convencer a la abuela de no ir. ¡Bueno! Algo se le ocurriría. La otra intervención femenina con la que Gil no contaba era su prima Catarina. Gordolfo podía ser atarantado, pero ella tenía antenas radiactivas y memoria de elefante.

El martes que compraron el boleto, Catarina memorizó los números, llegó a su casa y los apuntó en una libreta. Aunque sabía que el sorteo era al día siguiente, con la partida de Mofeto ni se había acordado de eso. Pero lo que son las casualidades: justo cuando su papá dejó a Gil en su depa y éste bailó de júbilo celebrando su libertad, Catarina, en la escuela, se acordó del Melate. Después de comer, se llevó la computadora de su mamá a su cuarto, sacó su libreta y abrió los ojos como dos sandías partidas a la mitad cuando vio que los números elegidos por Rodolfo habían ganado. Laptop y libreta en mano, fue corriendo al cuarto de su hermano, cerró la puerta y se sentó en la cama junto a él.

—¡¡Mira!! —le ordenó.

Rodolfo vio la libreta y de inmediato se acordó de qué se trataba, luego vio los números ganadores del sorteo y miró a su hermana con los mismos ojos de rebanada de sandía que ella tenía.

—¡Ganamos! —exclamó, lleno de asombro—. ¡NO PUEDE SER!

—Sí… ¿Gil sabrá? ¡Se va a poner muy contento!

—¡No sé! ¡Hay que hablarle! ¡Trae el teléfono! —pidió Rodolfo.

Catarina tenía apuntado el celular de su primo en la misma libreta de los números, así que fue por el teléfono, cerró la puerta y le marcó de inmediato. Gil, en su nuevo depa, le bajó un poco a la música y contestó.

—¡Primo! ¡Ganamos el Melate! —exclamó Catarina contenta.

Él estaba acostado en su nueva cama y se enderezó nervioso.

—¿Qué? ¡… N-no, n-no sabía! —tartamudeó.

—¡Sí, sí ganamos! ¿Ahora qué hacemos?

—Pues n-no n-no sé, ni idea —masculló—. Déjame ver si tengo el boleto, ¡tiré muchos papeles de mi cartera!

—Si tiraste el boleto, te achicharro —replicó Catarina.

—No, no, este… tengo que colgar, luego te llamo, ¿sí? —Gil no podía ocultar que su tranquilidad había escapado por una ventana.

Cuando terminó la llamada, Catarina se fijó de nuevo en la página.

—¡Mira! —exclamó—. ¡Y hubo sólo un ganador!

—Pero no tiene que ser nuestro boleto —comentó Rodolfo—. Alguien más pudo darle a los mismos números.

—Eres bruto en serio: si sólo hay un ganador y tú escogiste esos números, el ganador es nuestro boleto, no hay de otra.

—Es cierto, pero… ¿Y Gil? ¿De veras tiró el boleto?

—Tenemos que hablar con él, es urgentísimo —repuso Catarina, luego miró muy seria a su hermano—: ¿Sabes qué significa esto?

—¿Qué?

—Que se acabó tu mala suerte.

# Un domingo inusual

A partir de ese momento, el tema no abandonó la revolucionada cabeza de Catarina. Antes de cenar, le contó a Rodolfo su sospecha: que Gil había cobrado el boleto.

—Somos niños, pero no babosos, como dice Bere —comentó ella.

—Sí, puede ser… y lo primero que hizo fue irse a otro lado… aquí no le gustaba porque mis papás no lo dejaban hacer nada —observó Rodolfo.

—¡Tenemos que verlo!

—Sí, pero, ¿dónde vive?

—¡Sepa!

—Hay que ver cómo le hacemos, pero mejor ahorita no les decimos nada a mis papás —sugirió Rodolfo.

Catarina estuvo de acuerdo. Sus fantasías sobre lo que Gil haría con el dinero iban mucho más allá de cualquier cosa que su primo hubiera imaginado: ya lo hacían comprando una playa entera o un avión para él solo. Aunque ninguno se lo dijo al otro, los dos sospechaban que Gil quizá quería quedarse con todo. Esa noche, mientras preparaba unas quesadillas para cenar, Fernando comentó:

—Gil tuvo mucha suerte. Un amigo de Blas dejó un departamento muy bonito en la Condesa, porque se fue a trabajar fuera. Y parece que se lo renta muy barato.

—¡Qué suerte, en serio! —exclamó Lucía. Rodolfo y Catarina se miraron con complicidad—. Oye, hay que verlo pronto, porque con las prisas de irse, dejó toda una carga de ropa adentro de la lavadora, supongo que la necesita.

—¿Se la vamos a dejar? —propuso de inmediato Catarina.

Fernando le mandó un mensaje, que todos querían ver su depa y además, querían llevarle su ropa. Gil contestó hasta el sábado en la tarde que mejor él iría por sus cosas el domingo, porque iba a comer con unos amigos que vivían en la Nápoles. No quería ver a sus primos, pero le parecía más arriesgado que ellos fueran a su depa. Dijo que iría en la mañana, aunque pensaba caer casi a las dos de la tarde. Quizá de esa forma no se encontraría con sus primos, chansa se iban a pasear al perro. La cosa es que ese fue un domingo inusual.

Habían invitado a desayunar a Segismundo. Su viaje a Los Ángeles había salido muy bien. Su entrevistador fue nada menos que su antiguo jefe, quien estaba feliz de que él regresara. Segismundo tuvo la confianza de contarle cómo estaba su situación: "Total, ¿qué más podía pasar? Era un volado". Le ofrecieron un contrato especial, en el que aceptaba entrar en un programa de rehabilitación y Segismundo lo firmó. Su trabajo comenzaría en enero, pero por el momento tenía que ir dos semanas. Sauron se quedaría con ellos ese tiempo, luego se iría a Estados Unidos con él.

—¡Qué gusto! —le dijo Lucía—. Se ve que realmente aprecian tu trabajo.

Segismundo estaba más delgado y había encanecido, pero el brillo regresaba poco a poco a sus ojos y se notaba al sonreír. Antes de irse, miró a Sauron con ternura y lo acarició detrás de las orejas.

—Este perro ha sido un buen amigo. Es más, durante un tiempo fue mi única compañía. Sí, ya sé que está un poco loco, pero, ¡es tan bueno! Sólo un chiflado como éste puede aceptarme como compañero.

# Ese olor empalagoso y verde

A la 1:30 de la tarde, Lucía les pidió a Rodolfo y a Catarina que salieran a dar una vuelta con Wasabi, que había estado ladrando toda la mañana. Ellos no querían salir porque estaban esperando a Gil, pero pensaron que ya no iría, pues había quedado de ir temprano. De todas formas, les dio flojera ir al parque, que era un paseo más tardado, así que decidieron irse para el otro lado. Cuando venían de regreso por la calle, a dos cuadras de su casa, vieron que acababa de estacionarse un coche negro. No se habrían fijado mucho en ese carro de no ser porque Gil se bajó de él. Los hermanos se vieron, alzaron las cejas y miraron la escena con interés. Cuidadoso, su primo se fijó en las distancias de los coches que estaban atrás y adelante del suyo, luego le puso el seguro tres veces y al final se le quedó viendo como un padre orgulloso vería a su bebé.

Hay verdades que se comprenden a la velocidad de un relámpago y no es necesario decirlas en voz alta para saber que lo son. En ese instante, Rodolfo y Catarina supieron que Gil transpiraba el olor empalagoso del dinero fácil, verde como los dólares.

Con la mirada todavía embobada de admiración hacia su bávaro auto, dio la vuelta y se topó con la de sus primos, parados al otro lado de la pequeña calle. Fueron unos momentos de extraña tensión, en donde los ojos de los tres decían todo lo que tenían que decirse y las certezas caían sobre ellos como meteoritos implacables.

—¡Cobraste el boleto! —reclamó Catarina.

—¿No ibas a decirnos? —la secundó Rodolfo, más triste que molesto.

Gil cruzó la calle con calculada calma, sin dejar de mirarlos.

—Pues sí, lo cobré —confesó encogiendo los hombros en actitud cínica.

—¿Y no ibas a darnos nuestra parte? —preguntó Catarina con ojos de fuego.

Gil los miró y suspiró.

—Yo te di los números, teníamos un trato —dijo Rodolfo.

—Sí, pero... tú siempre has tenido mala suerte. Y en este caso, tu mala suerte soy yo, huerco —se burló su primo.

—Yo pensé que eras muy buena onda —le reprochó Catarina, con los ojos tristes.

—¡Soy buena onda!

—Esto no es ser buena onda. Si no nos das nuestra parte, eres un ladrón.

—Cálmense, cálmense, huercos. Yo tengo más gastos, ya saben: tengo dieciocho, ¿sí sacan?

—Y mi papá tiene una deuda de millones —arremetió Catarina.

—¡Ah, bueno! Ese es su problema, ¿para qué se endeuda?

—¡Eran mis números! —insistió Rodolfo enojado—. Y quedamos en eso.

—Si no nos das nuestra parte, les vamos a decir a todos: a mis papás, a tus papás, a la Nonna, ¡a todos!

—¿Y quién les va a creer a unos plebes, eh? —los retó Gil.

—A lo mejor no nos creen, pero de todas formas tú has dicho puras mentiras y si te quedas el dinero vas a ser una persona horrible —reviró Catarina, a punto de llorar.

La intensidad de sus primos empezó a caerle mal. Los miró irritado, chasqueó la boca, se subió a su coche y se fue sin mirarlos. Rodolfo y Catarina vieron cómo se alejaba. En su cara había desconcierto y también, algo de miedo. Miedo al ver el efecto que puede tener el dinero sobre las personas.

Gil estuvo solo esa tarde. Tenía una cita con Paola, pero le avisó que no iría. No estaba de humor. Todo mentiroso se da cuenta de que sus mentiras tienen fecha de caducidad. Algunas pueden durar siglos, otras son tan grandes que se las creen pueblos enteros, pero nunca falta alguien que descubra la verdad.

Lo bueno era que tenía una fortuna para la que no había movido un dedo. Qué bonito había sentido al comprar lo más caro. Y eso ya era suyo, nadie se lo iba a quitar. Además, le quedaban cinco millones y medio, es decir, una megalana. Con eso podría grabar su música y hacerse todavía más millonario con sus discos, no necesitaba a su familia, que sus primos dijeran lo que quisieran. Sí, había hecho un trato con ellos, pero el dinero estaba en su cuenta del banco y eso era lo que importaba.

# Una gota cálida

Cuando llegaron a su casa, después del encuentro con su primo, las opiniones de Catarina y Rodolfo estaban divididas: Catarina aseguraba que no les daría un peso, Rodolfo no estaba tan convencido. Creía que Gil haría honor a su trato, aunque tenía muy presente —tan claramente como si lo tuviera enfrente—, el sutil cambio en la mirada de su primo. Quizá si hubiera ido al diccionario y supiera dónde buscar, habría encontrado la palabra precisa para definir la embriaguez que se había metido en los ojos de Gil: avaricia, ese afán desmedido de poseer y adquirir riquezas para atesorarlas.

Durante la comida estuvieron serios e incómodos, mirándose entre ellos. Sus papás hablaban de Segismundo, de la pizzería, del Wisconsin, de que Gil no había ido por sus cosas en la mañana y parecían no darse cuenta de que Catarina —que solía comer como náufrago—, sólo pasaba la comida de un lado a otro en su plato ni de que Rodolfo —que también comía como ardilla voraz—, todavía seguía en la sopa. De pronto, Lucía reparó en ellos.

—¿Les pasa algo? —preguntó.

Bastaron esas palabras para que los ojos de Catarina fueran el torrente del río Hudson derramándose en las cataratas del Niágara. Rodolfo se puso muy rojo, pero no lloró. Interrumpida por los sollozos, Catarina les contó lo ocurrido con el boleto del Melate y Gil. Sus papás escuchaban con los ojos del tamaño de Neptuno, conteniendo la respiración. Cuando Catarina terminó de contar, se quedaron callados. De pronto ella se paró de su silla y se aventó a los brazos de su papá.

—Nosotros sólo queríamos que pagaras tu deuda —lloró en su hombro.

Fernando la abrazó con ternura.

Rodolfo miraba la escena y por fin las lágrimas rompieron el dique. Tantas cosas que quería llorar. La decepción, el desencanto, la frustración, el coraje, el saber que su suerte había cambiado durante un segundo para caer todavía más abajo. Incluso algunas lágrimas le supieron a la tristeza que sentía por la partida de Mofeto. Fernando hizo su silla para atrás, en señal de que le hacía espacio y estiró el brazo derecho —el que no abrazaba a Catarina—, hacia su hijo. Él dio unos pasos hacia su papá, se sentó en su muslo, como cuando era un niño pequeño, y se dejó abrazar. Rodolfo no lloraba como catarata: ni el escándalo ni la cantidad de agua. Él era discreto, como la caída de agua de un arroyo, pero lo que sentía en el corazón era tan turbulento como los rápidos previos a la catarata.

Fernando inhaló y exhaló el suspiro más profundo de su vida, mientras abrazaba a sus hijos con los ojos cerrados. No podía negar que sintió una punzada de coraje ante aquel trozo de suerte inasible que había pasado frente a él como una estrella fugaz, pero el cariño y la calidez de sus hijos lo conmovían hasta lo más hondo, era un llamado desde un lugar ancestral y humano, que cimbraba las entrañas y sacudía esa esencia de sangre y tierra, de carne y alma, de parecidos, diferencias y destinos entretejidos que es el lazo entre padres e hijos. Y supo que lo único importante para él estaba en ese cuarto. Después de un rato que no podría medirse con relojes, cada uno regresó a su asiento. Fernando les tomó la mano y los miró muy serio.

—Ustedes no tienen que preocuparse por las cosas que son mi responsabilidad —les dijo—. Yo soy quien tiene la deuda y quien debe pagarla. El dinero fácil te cambia, te enloquece, te hace desear más y más. Al rato hablaré con Blas, aunque Gil debería hacerlo él mismo. Llega un momento en que uno no es responsabilidad de nadie más que de uno mismo y eso significa ser adulto. Y como él siempre dice: ya tiene dieciocho años.

El resto de la tarde se pasó entre suspiros y una caminata bajo una lluviecita necia para ir por un helado. Al regresar, Lucía le dio un beso en la mejilla a Fernando y le sonrió con ternura.

Esa noche, cuando Catarina se fue a la cama, se sentía inquieta. Su mamá le hizo unos cariños en la cabeza y se quedó dormida pronto. Después fue a ver a Rodolfo, que estaba igual, soñoliento pero despierto. Se sentó junto a él en la cama y le acarició la cabeza.

—Los últimos meses han sido rudos para todos. Sé que lo de Mofeto fue muy fuerte para ti —le dijo.

Él asintió.

—Nadie sabe qué va a pasar, ¿no? —filosofó Lucía.

Rodolfo meneó la cabeza.

—Hace muchos años, yo tomaba clases de yoga. Y a veces pasa que, cuando las posiciones son difíciles y requieren concentración y esfuerzo, dejas de respirar y entonces te cuestan más trabajo. Me acuerdo de un consejo que nos daba mi maestra: cuando las cosas se ponen difíciles, sigan respirando. Sigamos respirando, Rodolfo, porque sólo así se va lo que duele.

Lucía, quizá porque ya se le había hecho un hábito o porque quería dar el ejemplo, respiró sonoramente mientras acariciaba la cabeza de su hijo.

—Supongo que ya no vas a necesitar a los dinosaurios, ¿verdad? —le preguntó de repente.

—No sé —contestó, mirándola con ojos de duda. Lucía le sonrió, le dio un beso y salió de su cuarto.

¡Los dinosaurios! En ese momento no podía negar que sentía la desilusión de su mala suerte, pero también había otras cosas, más difíciles de definir. Sí, los últimos meses habían sido rudos, pero también había en ellos el sabor de algo que no había probado antes. Algo sencillo y genuino, sin gustos artificiales, un platillo hecho por la gente que había conocido y las cosas que había vivido. La suerte, cada vez lo entendía más, va y viene, como los amigos, pero de ellos hay algo que queda: una esencia, una gota tibia, un fragmento de alegría que acompaña siempre. Se acordó del día que Mofeto se llenó la boca de torta y llegó miss Meche a regañarlo y sonrió. Se dio la vuelta en su cama, cerró los ojos tranquilo y se durmió.

# La herida en el *statu quo*

La semana pasó extraña y lentamente. Fernando quiso hablar con Gil para pedirle que le llamara a su papá, pero nunca le contestó el teléfono. Le dejó un mensaje y se olvidó del asunto. El jueves hubo otra marcha por los estudiantes de Ayotzinapa. Abuela Olga pasó por Lucía y los niños temprano por la tarde y allá se fueron. Fernando y Pietro también asistieron.

El domingo en la mañana sonó el teléfono y Fernando contestó.

—Hola, hijo —saludó la Nonna y, sin dar espacio para la plática, soltó—: estoy en la ciudad, con mi amiga Maruca. ¿A qué hora puedo pasar a visitar a Gil? Quiero ver cómo quedó instalado.

Fernando estaba muy sorprendido, ni idea tenía de que su mamá estaba en la ciudad.

—Hola, mamá —saludó él, fríamente—. Pues mira, tú puedes venir a la hora que quieras a visitar a Gil, pero él no está, ya no vive con nosotros.

—¡¿Cómo?! Pero, ¿por qué? ¿Tuvo algún problema con Lucía?

—Con Lucía nadie tiene el menor problema, mamá. Gil se fue porque quiso, pero creo que lo mejor será que tú le hables y que él te lo explique.

La Nonna no consiguió que Fernando dijera nada más y colgó muy contrariada. Más tarde, abuela Olga fue a comer con ellos. Llegó muy contenta, con una canasta de zanahorias recién cosechadas y un periódico en la mano, habían publicado una nota que ella escribió sobre la marcha:

¿Para qué vas a la marcha?
Por Olga Medina

Para nosotros, la marcha comenzó desde el metrobús que nos acercó a Reforma. Casi todos íbamos para allá. Los manifestantes nos hacíamos preguntas: ¿para qué vas a la marcha? ¿por qué crees en el activismo? Entre todos —incluso mis nietos, de diez y doce años— formulamos la respuesta: hay que creer en la posibilidad del cambio, hay que mover todo lo que tengamos cerca para crearlo, hay que renovar las estructuras.

En el aire flotaba un ambiente de solidaridad, de miradas que se cruzaban, de sonrisas cómplices, un grito silencioso: aquí estamos. Todas las clases sociales unidas en un reclamo. Las frases que se gritan, la energía que vibra en todos, la emoción que se siente. Escuchar a los padres de los normalistas desaparecidos en un zócalo atento. El miedo que recorre la espalda y sobrecoge el corazón cuando uno ve a los francotiradores apostados en el techo de Palacio Nacional, escondidos tras las almenas. Los manifestantes los señalaban con apuntadores láser, la silueta de sus rifles se recortaba de cuando en cuando.

La marcha era una fiesta, sí, de música, alegría, esperanza, tambores y protesta; de arengas y frases ingeniosas coreadas al unísono; de mantas y pintas con frases del Ché y banderas de todos los colores: de México, rojas, blancas, negras, multicolores. Yo no vi bombas molotov ni ánimos revoltosos: vi una protesta que respiraba respeto y solidaridad.

¿Para qué van a la marcha? Por el espíritu que se vive, por la voluntad de cambiar, para unir nuestras voces. El statu quo tiene una herida muy grande. Y como todo animal herido, se va a defender con garras y dientes y con toda la ponzoña posible, tengámoslo por seguro.

Cuando Olga se fue, casi a las ocho de la noche, todos estaban con el ánimo contento. Hasta que, una hora más tarde, recibieron una llamada inesperada.

# Horas terribles

Fernando contestó el teléfono.

—Calma, calma, ¿qué pasa, Olivia? —preguntó. Una nota de miedo en el tono de su voz hizo que Lucía y los niños se acercaran nerviosos. Era evidente que algo había pasado.

—¿Cuándo, qué pasó, qué te dijeron?

Todos podían escuchar que Olivia, la esposa de Blas, lloraba a gritos.

—Le voy a llamar a mi mamá, que está con su amiga, para que estemos juntos. Te hablamos en media hora, ¿tienes Skype? Cálmate, Olivia, todo va a estar bien.

Cuando terminó la llamada se topó con tres pares de ojos que lo miraban asustados. Él con las mejillas y las manos frías, se sentó en una silla.

—¿Qué pasa, Fer? ¡Estás blanco! —preguntó Lucía, tensa.

—Secuestraron a Blas —contestó, mientras marcaba el número de la Nonna y lo repitió en cuanto ella contestó—: mamá, ven a la casa rápido, secuestraron a Blas, acaba de hablarme Olivia.

La Nonna hizo preguntas que Fernando no contestó.

—No sé, no sé nada, Olivia quedó de hablar en media hora.

Lucía y Rodolfo estaban tan pálidos y asustados como Fernando, Catarina se puso a llorar.

—Calma, calma —Fernando pedía lo imposible—. Vamos a llamarle a Gil, ¡tiene que venir!

Pero Gil no contestaba el teléfono. Veinte minutos más tarde, el timbre sonó con insistencia. Momentos después, la Nonna entraba al departamento muy agitada, apretándose las manos.

—¡Ay! ¿Qué pasó, qué pasó? ¿Cómo está Blasito? ¿Qué dijo Olivia? —la Nonna soltaba las preguntas como balas de metralleta, luego lloró—. ¡Esto no está pasando, no Dios, por favor!

—Mamá, cálmate —le dijo Fernando con voz muy firme—. Todavía no sabemos nada, esperemos a que llame Olivia, ¿sí?

La Nonna asintió.

—¿Ya le hablaron a Gil? —quiso saber.

—No contesta —repuso Fernando secamente—. Ahorita le marco otra vez.

Con pasos trastabillantes, la abuela caminó a la sala y se sentó en un sillón. Sus nietos fueron a saludarla. Su aspecto era, francamente, chirudo. Vestida de pants, con pantuflas, sin una gota de maquillaje y con el pelo revuelto, hasta parecía otra persona.

—Ya me había acostado —explicó, al notar que Catarina la observaba.

Fernando puso la computadora sobre la mesa del comedor. En eso llegó una invitación de Olivia para conectarse por Skype y un minuto después, la característica cancioncita que indicaba que alguien estaba llamando. Le había pedido a su mamá que se sentara a su lado. Lucía y los niños estaban todos apiñados del otro lado de la mesa, con la mirada expectante y espantada. En segundos, Olivia apareció en la pantalla, desaliñada y con los ojos hinchados por el llanto.

—¡Se lo llevaron, Fernando! —gritaba—. ¡Se lo llevaron!

—Olivia, estamos todos muy tensos, pero es necesario que te calmes y nos cuentes.

—En la mañana se fue a hacer unas compras y no llegó a comer —Olivia hacía un esfuerzo por no desmoronarse—. Ya sabes, me preocupé, le llamé a su celular y no contestaba. Y hace como una hora me habló un tipo, me dijo que tenían a Blas y que me hablaban en un hora para decirme cuánto me iban a pedir por él. Me dijo que no contactara a la policía o lo mataban.

—No le hablaste a nadie, ¿verdad? —preguntó Fernando muy serio.

—No, sólo a ustedes.

—Okey, ya falta poco para que te llame. Lo primero que tienes que hacer, Olivia, es pedir una prueba de vida: que te dejen hablar con él.

—¡Ay, no, no, no! —su cuñada se estremecía por el llanto.

—Olivia, hazme caso y cálmate. Es lo primero.

Justo en ese momento, llamaron a su celular.

—Contesta y ponlo en altavoz.

—¿Di-di, diga? —tartamudeó Olivia.

Una voz con acento norteño le habló con un tono lleno de violencia.

—No le has hablado a la policía, ¿verdad? O nos tronamos a tu marido, ¡nos lo tronamos! ¿Me oíste?

—¡No, no, no! Por favor, ¡no! —rogó angustiada.

—O nos das veinte millones mañana o te despides de él.

—¡Veinte millones! ¡Yo no tengo ese dinero!

En su casa, Fernando y su mamá se voltearon a ver con cara de susto.

—Pues lo consigues o nos cargamos a este tipo, ¿me oíste? ¡A ver cómo le haces!

"Prueba de vida", escribió Fernando en un papel y lo puso sobre su cara para que Olivia lo viera.

—¡Quiero hablar con él, quiero saber si está vivo! —exclamó Olivia, armándose de valor.

—¡Méndiga vieja! ¡Seguro estás con la policía! ¡Ahora sí nos lo tronamos!

—Sólo quiero saber si está vivo —reiteró Olivia, respirando para calmarse.

Hubo un silencio de unos segundos, seguido de gritos.

—¡Tráiganlo! ¡Su vieja quiere hablar con él!

—¿Olivia? —se oyó la voz de Blas—. ¡Estoy vivo! ¡Consigue el dinero o me matan!

—¡Blas, Blas! —gritó su esposa.

La Nonna, junto a Fernando, ahogó un grito y se tapó la cara. Fernando suspiró preocupado.

—¿Contenta? Apúrate con eso o le metemos un balazo. Tienes hasta mañana a las cuatro de la tarde, ¿entendiste? Y que te quede claro algo: este tipo se lo buscó. Mañana te hablamos a las siete de la mañana, a ver cómo vas —amenazó el secuestrador en un tono que causó escalofríos a todos los que lo oyeron.

Cuando colgó, el llanto la estremeció de nuevo.

—¡Olivia! —exclamó de pronto la Nonna—. Tranquila, hija, por favor. Ustedes tienen dinero e inversiones, también su casa, ¡no tienen de qué preocuparse! ¡Maldita gente! ¡Todavía dice que se lo buscó! ¿Se lo buscó por ser trabajador y buen empresario? ¿Por darles envidia a estos malvivientes que no hacen nada de provecho?

Olivia echó la cabeza para atrás y apretó la mandíbula, mientras sus ojos exudaban furia.

—No, suegra, no es así —atajó—. Nosotros no tenemos ni un centavo. Fíjese bien de dónde estoy hablando: estoy en un departamento rentado, ya no estamos en mi casa. Blas lo perdió todo y cuando le digo todo, es todo: no tenemos un centavo. Perdió su empresa, perdió la casa, los coches, ¡hasta los muebles! Todo se fue.

—¿De qué estás hablando? —preguntó la Nonna con la cara descompuesta.

—Del juego, señora, del juego, ¿no sabía que su hijito se convirtió en jugador, lo apostó todo y lo perdió todo, poco a poco? Es un enfermo, señora, eso es lo que es: un ludópata. No puede dejar de hacerlo.

Fernando miraba a la pantalla incrédulo.

—¿Desde cuándo, Olivia, desde cuándo pasa esto? —preguntó.

—Empezó hace dos años, más o menos.

—¿Y por qué no nos habías dicho nada?

—Él me pidió que no lo hiciera. Prometió que iba a dejar de jugar, que iba a ir a tratamiento. Nunca hizo nada. Gil ya no está aquí y mis otros hijos se fueron con mi hermana, que vive en Tucson. Allá van a la escuela y todo, ella los mantiene. Aquí Blas no tiene ni para colegiaturas.

—¡Yo hubiera hablado con él, de haber sabido! —insistió la Nonna.

—Y de nada hubiera servido, suegra, él está muy metido, ya se volvió loco por eso, no sabe cuánto insistí —el gesto de Olivia volvió a entristecerse—. ¡Y yo no tengo ni un centavo para estos tipos! ¡Lo van a matar!

—Pídeles a sus amigos —sugirió la Nonna.

—Ya no tiene ni un amigo, les pidió dinero a todos y a ninguno le pagó, ¡Blas está muy mal!

La Nonna apretaba las manos nerviosa.

—Mamá, ¿tú no tienes nada? —le preguntó Fernando.

—Bueno, tengo dinero invertido, pero no puedo retirarlo tan rápido y está mi casa, que no se va a vender de un día para otro. En el banco tengo cinco millones y te los doy, Olivia, te los doy y si tuviera disponible todo el dinero te lo daba: ¡la vida de mi hijo vale más que cualquier cosa!

—¡Pero, con todo y sus cinco, nos faltan quince millones para mañana! —exclamó Olivia.

—Gil tiene —declaró Catarina.

—¿Cómo que Gil tiene? ¿De qué habla la niña? —preguntó la abuela, totalmente extrañada.

—¿Que Gil qué? —preguntó Olivia, que no había entendido.

—Gil ganó doce millones en el Melate —explicó Fernando.

—¿Cómo... qué.... quién... qué? —balbuceó Olivia.

La Nonna pegó un brinco y se llevó una mano a la boca.

—Compró un boleto con Rodolfo, él le dio los números, pero Gil lo cobró y tiene el dinero. Sí, se ha gastado una buena parte: se compró un departamento y un coche. Ya no vive aquí y no he sabido de él en una semana. Ya le hablamos pero no contesta.

—¿Hace cuánto fue eso? —preguntó la Nonna.

—Hace poco más de dos semanas.

—¿Por qué no nos dijo nada?—se lamentó Olivia.

La Nonna sacó su celular para llamarle a su nieto.

—¡Vamos a hablarle todos! —ordenó.

Los tres le llamaron y le dejaron mensajes grabados, también le escribieron por *WhatsApp*: "Tu papá está secuestrado, ve a la casa de tu tío Fernando. Es de VIDA O MUERTE".

Lucía preparó café para todos y se unió a la conversación con Olivia, quien, entre ataques de llanto, les contó cómo fue que Blas se metió en las apuestas.

—No es que alguien le tenga envidia a Blas, Nonna —dijo—. Seguramente esos veinte millones son el pago de alguna deuda, por eso dicen que se lo buscó.

Rodolfo y Catarina empezaron a bostezar. Lucía les dijo que se fueran a dormir y les aseguró que todo estaría bien… aunque en realidad, no tenía idea de cómo estaría todo.

A las 11:15 Gil tocó el timbre de la calle. Cuando le abrieron la puerta del departamento, les resultó difícil descifrar su expresión. Se veía asustado y nervioso, pero también había un lugar en su rostro que estaba distante y a la defensiva.

Entre Fernando, la Nonna y su mamá, que seguía en Skype, le explicaron la situación.

—Tú eres el que tiene el dinero para pagar el rescate —puntualizó Fernando mirándolo con firmeza.

Gil sacudió la cabeza.

—Yo no tengo la culpa de que mi papá haya hecho esas idioteces. Si no tiene dinero porque lo apostó todo, es su problema.

—¡Gil! —gritó su mamá en la pantalla—. ¿Cómo puedes decir eso? ¡Lo van a matar!

El muchacho apretó los labios. No se atrevía a decir que no le importaba, pero era evidente que el pensamiento cruzaba por su cabeza.

—¡Tú lo dejaste meterse en eso! —le recriminó a su mamá.

Olivia entrecerró los ojos, furiosa.

—¿Pero cómo te atreves a decir eso? ¡Él se metió solo y yo le pedí miles de veces que dejara de hacerlo! —aulló.

—¡Ese es su problema, no el mío! —gruñó Gil.

—No puedo creer esto, Gil —la voz de Olivia se dividía entre la rabia y el llanto—. No puedo creer que mi hijo diga estas cosas, que estés dispuesto a que tu papá se muera por conservar un dinero que ganaste por suerte y a la mala, porque sí, me enteré: no compartiste la mitad con tu primo, como habías quedado. ¿Dónde está tu cariño por tu papá? ¿Dónde está tu honor? ¿Quién eres, Gil? ¿Cómo te atreves a criticar el vicio de tu papá si tú estás actuando exactamente igual, vuelto loco por el dinero?

—¡No importa cómo lo haya ganado! Es mío, ¿sí sacas? ¡Mío! —gritó Gil, golpeando la mesa con la mano.

Luego miró a los que estaban ahí, a su lado. Su abuela y sus tíos le devolvieron miradas asustadas.

—¡Eso no es cristiano! —lo regañó la Nonna, señalándolo con el dedo.

—La vida de tu papá depende de ti, Gil —declaró Fernando.

Su sobrino lo miró con los ojos llenos de reproche y salió del departamento bufando.

En Monterrey, Olivia se sentía más sola que nunca en su vida. Se tapó la cara con las manos y lloró sin consuelo. A Lucía le hubiera gustado meterse por la pantalla y aparecer junto a ella para abrazarla.

—Necesito un momento a solas —sollozó Olivia, poniéndose de pie.

En eso se oyó un rechinido y Rodolfo y Catarina asomaron la cabeza por la puerta del cuarto. Se habían ido a dormir juntos, pero era claro que no lo habían logrado y sus ojos redondos derramaban miedo puro. Lucía fue con ellos.

—Mamá, si no da el dinero lo van a matar —dijo Catarina con voz asustada.

Fernando y la Nonna se quedaron solos en la mesa del comedor. Ella estaba desencajada.

—Creí que ellos eran tan decentes y tan creyentes —soltó Fernando mirándola fijamente, con un sarcasmo que no pudo evitar.

La Nonna lo miró desarmada, apretó la boca y fue a sentarse en un sillón.

Gil no quiso tomar el elevador. Bajó las escaleras corriendo y salió a la calle. Lo recibió una llovizna leve, inesperada, sucia. Caminó una cuadra o dos, sin rumbo fijo. Pensó en subirse a su coche y salir huyendo, aunque no sabía adónde. De repente se detuvo. La lluvia era fría y molesta, pero él no la sentía. El pecho le dolía, era un dolor extraño, físico y al mismo tiempo intangible, profundo y tan fuerte que le impedía respirar bien. Era como si se agrietara por dentro. Ahí, parado en la banqueta, casi a media noche, se dio cuenta de que no tenía un lugar adónde ir ni un amigo verdadero a quién contarle lo que pasaba ni cómo se sentía. Sus amigos lo acompañaban a la fiesta, al bar, cuando los ánimos eran alegres, pero nada más. Porque con los amigos de verdad uno comparte las risas, pero también el dolor, las esperanzas y las preocupaciones, lo que nace y lo que muere. Las calles vacías le parecieron un insoportable reflejo de él mismo. Se sentó en el suelo, recargó la espalda en una pared y dejó que la grieta se abriera y se abriera, dando paso a un dolor que el alegre Gil nunca antes se había permitido sentir. No supo cuánto tiempo pasó, sólo podía pensar, sentir y hasta recordar el olor del único lugar a donde verdaderamente quería ir. En ese momento, su brújula apuntaba al norte en todo el sentido de la palabra. No podía dejar que mataran a su papá. Sí, había cometido errores, pero sabía que él también y reconoció que su mamá tenía razón: el dinero te vuelve loco. Absolutamente loco. No quería ser la persona horrible que le había dicho Catarina que sería. En ese momento se dio cuenta de la lluviecita obstinada que no dejaba de caer y ya le había empapado el pelo y la ropa. Se levantó y caminó hacia el Edificio Duquesa.

Fernando le abrió la puerta. Su cabello escurría y su saco nuevo estaba lleno de gotas de agua que no habían penetrado en la tela. Gil entró a la casa sin decir una palabra, Fernando fue por una toalla para que se secara y un suéter para que se pusiera. La pantalla estaba apagada, la Nonna y Lucía no estaban por ahí.

—¿Y mi mamá? —preguntó Gil.

—Nos dijo que iba a intentar descansar un poco —contestó Fernando—. También Lucía y la Nonna se fueron a recostar un momento.

—Voy a dar el dinero para mi papá —dijo Gil, mientras miraba a su tío con los ojos limpios—. Voy a poner en venta mi departamento ahorita mismo. El sitio web de venta de casas donde yo lo vi, es muy bueno.

—Vamos a necesitar fotos —comentó Fernando.

—Tengo muchas, tío. Le saqué un montón —repuso Gil.

Antes que nada, Gil le habló a su mamá al celular y le informó su decisión, no quería que pasara más tiempo sin que ella supiera. Después subió todos los datos del departamento al sitio, lo vendería con todo lo que acababa de comprar. A primera hora iría a la agencia de coches a ver cuánto le daban por el BMW que sólo le duró un par de semanas. A las dos de la mañana, se recostó en un sillón de la sala y se durmió un rato. Fernando, mientras tanto, estuvo buscando en internet toda la información que pudo encontrar sobre negociaciones con secuestradores. Siempre había pensado que lo que no sabía, lo aprendía y esta vez no sería diferente.

A las seis de la mañana, todos estaban despiertos y con ojos de búho cansado. Fernando había dormido sólo cuarenta y cinco minutos. La tensión, que había descansado unas horas junto con ellos, regresó a cada rostro, gesto y movimiento. Era como si en el ambiente flotara algo incómodo y rígido.

Fernando anunció que tenía un plan para que todo saliera bien y le pidió a Gil que le hablara a su mamá para que se conectara y poder discutirlo con todos. A las 6:15 prendieron la computadora, Olivia se conectó momentos después. Con la Nonna y Gil a su lado y su cuñada desde Monterrey, Fernando explicó:

—A ver, me estuve informando y tenemos que actuar con cuidado y estar todos de acuerdo para que esto salga bien. Habrá que darles un adelanto hoy, porque no vamos a juntar todo para las cuatro de la tarde. Ellos piden veinte, vamos a darles los cinco millones que tiene mi mamá, en ningún momento hay que decirles cuánto tenemos.

—¿Cómo se los vamos a dar? —preguntó Olivia.

—Supongo que tienen a Blas en Monterrey, o sea que mi mamá te hará una transferencia y se los darás tú, Olivia. Con el resto ya vemos cómo le hacemos.

—¡Ay, no! ¡Yo no quiero ver a esos tipos! —replicó Olivia.

—No vas a verlos. Casi siempre te piden que dejes el dinero en un lugar y te vayas. Claro, uno de ellos te está vigilando, o más de uno. Recogen el dinero y nunca los ves. A veces mandan a una persona inofensiva... Si ellos aceptan, no hay de otra. Para la entrega del resto del dinero, iré yo y ya veremos cómo le hacemos.

—Está bien, está bien —repuso ella, compungida.

—Gil puso a la venta su departamento ayer en la noche, ¡esperemos que salga rápido! Y al rato va a vender su coche. Cuando tengamos todo lo que podamos juntar, ya les decimos cuánto es y que no tenemos más.

—¿Dónde están mis otros nietos, Olivia? —preguntó la Nonna de repente—. Deberían estar ahorita contigo.

—Ya les hablé, llegan al ratito, los trae mi hermana.

—Bueno, concentrémonos, porque están a punto de hablarte y tengo que decirte más cosas.

Fernando tenía un apunte y Olivia fue por papel y pluma para hacer el suyo. Mujer del norte como era, fuerte, en su expresión podía leerse cómo reunía el temple necesario para enfrentar a los captores de Blas. Minutos después, le llamaron.

—Tranquila y precisa, Olivia —le recomendó Fernando antes de que contestara.

—¿Cómo vas con el dinero? —preguntó el secuestrador, con tono cortante y golpeado.

—Estoy haciendo todo lo que puedo —contestó Olivia secamente.

—Acuérdate de que son veinte millones para hoy en la tarde.

—No lo voy a tener todo para hoy, puedo darles un adelanto.

—Si no lo tienes para hoy, lo matamos, ¿no entendiste?

—Estoy haciendo hasta lo imposible. Hoy puedo darte cinco millones, pero denme un día o dos para el resto: tengo que vender un departamento para juntarlo.

Un silencio frío y brusco se coló por todos los espacios. Después se escucharon unas voces apagadas: los secuestradores hablaban entre ellos. Catarina, que estaba por ahí, sintió un dedo helado recorrer su espalda, como si un montón de monstruos cuchichearan cómo iban a cocinar a su víctima antes de comérsela.

—Está bien. A las dos en punto tienes que estar tú sola, en el puente de la calle del Palmar, el que pasa sobre el río Pesquería, en La Alianza. El dinero en una maleta negra, en efectivo, sin marcas ni nada que permita rastrearlo, en billetes de alta denominación y paquetes de cien mil pesos. Si se aparece la policía nos tronamos a este tipo, ¿sí sacas? Y más te vale tener el resto para mañana.

—Antes me vas a hacer un juramento.

—...

—Tú sabes que debes hacerlo —insistió Olivia—: júrame, por la persona más sagrada para ti, que le vas a devolver a mis hijos a su padre vivo. Él es un buen hombre, no le ha hecho daño a nadie.

Después de unos segundos que a todos les parecieron una eternidad, la voz del secuestrador se escuchó por el teléfono.

—Sí, lo voy a devolver.

—Júramelo.

—Sí, lo voy a devolver.

—Tienes que jurármelo... o no sigo —Olivia apretó los ojos después de sus palabras.

—Te lo juro.

—¿Por quién?

—Te lo juro por mi madrecita.

Al terminar, el hombre colgó. Olivia se puso a temblar con los ojos cerrados. En la colonia Nápoles, hubo suspiros sonoros, caras cubiertas con las manos, estiramientos, llanto... todo lo que permitiera un escape al terror líquido que habían sentido. En los diversos sitios que había leído Fernando, se mencionaba el asunto del juramento: es como un código, una clave con la cual el secuestrador y la familia saben que ambas partes hablan en serio.

—La Alianza es un barrio muy peligroso —comentó de pronto la Nonna.

Gil asintió.

—Vístete lo más sencilla posible —aconsejó Fernando—. ¿Qué coche tienes?

—Un Chevy gris —contestó Olivia.

—Está bien. Trata de no llamar la atención.

—Voy a hablar con el gerente del banco, apenas abran, para que te hagan la transferencia y tú vayas a recoger el dinero. Y voy a rezar mucho por ti, Olivia —dijo la Nonna.

—Gracias, Nonna —contestó ella, con un suspiro largo—. Voy a ocupar la buena vibra de todos —dijo, con voz trémula—. Andaré con cinco millones de pesos en la colonia más pobre de Monterrey.

Fernando apretó los labios.

—Me gustaría poder acompañarte, Olivia —le dijo.

—Ya lo sé. Ustedes vendan ese departamento pronto, ¡por favor!

Gil y Fernando asintieron.

—Gracias, Gil —susurró su mamá, viéndolo. En sus ojos había mucha tristeza, era obvio que lo sucedido con su hijo le había dolido y no lo olvidaba. Gil hizo un gesto afirmativo con la cabeza. Dos lágrimas discretas habían conseguido escapar de su prisión y rodaban silenciosas por sus mejillas.

—Yo tengo mi vuelo a Monterrey a las dos de la tarde —anunció la Nonna, mirando a Olivia—. Cuando llegue te llamo.

Mientras ocurría la llamada, Lucía había hecho el desayuno. Había decidido no ir a trabajar. En medio del nerviosismo del momento, todos querían estar juntos, como si un extraño sortilegio actuara sobre ellos. Nada se iba a resolver más rápido por el sólo hecho de estar juntos, pero era como si una fuerza gravitacional los atrajera y los mantuviera unidos.

¿Qué será lo que pasa en esas circunstancias? ¿La sangre o quizás algo inmaterial, un deseo de acompañarse, de sólo estar ahí, porque la presencia es un consuelo? A cada rato uno u otra se daban un apretón en el hombro o en la mano, además del cruce de miradas comprensivas, solidarias. Hasta Lucía le dio un abrazo cariñoso a una Nonna llorosa, dándole ánimos. Fernando le habló a Pietro: esta vez no iría por un problema familiar. Al escuchar el tono de su voz, el dueño de la pizzería no preguntó nada. Lucía tenía la intención de llevar a Catarina y a Rodolfo a la escuela, pero ellos pidieron quedarse en la casa y Fernando los apoyó. Sabía que no podían ayudar en nada, pero era tanto el desasosiego de todos, que comprendía que era mejor que estuvieran ahí.

En lo que la Nonna arreglaba con el gerente del banco —amigo suyo desde hacía años—, el traspaso de fondos a su nuera, Gil contestaba las primeras llamadas para ver el departamento. Como era mucha gente, no hizo citas: a todos les dijo que estaría ahí a partir de las once de la mañana y que podían llegar y verlo. Antes pasaría a la agencia de coches, le pidió a Fernando que lo acompañara.

En eso, Rodolfo y Catarina llegaron a la cocina —donde estaban Lucía, Fernando y Gil— con unas cajas pequeñas en las manos. Ahí guardaban el dinero que habían juntado de pasear perros. Catarina tenía mil seiscientos pesos y Rodolfo mil cuatrocientos cincuenta pesos. Vaciaron los billetes y algunas monedas en la mesa.

—Les damos esto para el rescate del tío Blas —declaró Catarina, mientras su hermano asentía con la cabeza.

Fernando y Lucía intercambiaron miradas.

—No es necesario, huercos... —comenzó a decir Gil, sorprendido.

—Queremos dártelo. Es tu papá —añadió Rodolfo.

—Muchas gracias —intervino Fernando, mirándolos agradecido. Después giró los ojos hacia Gil—: en este momento, todo sirve.

Gil vio a sus primos un momento, después de lo que había hecho, sentía a la vergüenza darle picotazos por dentro.

—Gracias —dijo, tímidamente. Ellos lo miraron serios.

—Todavía faltan muchos millones —remató Catarina.

Al ver la preocupación cincelada en el rostro de Gil y su tío, el agente de la BMW se frotó las manos, contento por su cartera. Le ofrecería un pago inmediato descontándole cien mil pesos al costo original del coche. Era mucho más de la depreciación por dos semanas de uso, pero bueno, ellos debían entender que la agencia sólo podría ofrecerlo como un auto usado. Fernando le dijo que era un atropello, pero Gil aceptó con tal de que el pago se hiciera en ese instante.

Mientras estuvieron en la agencia llegaron más llamadas para ver el departamento. En el camino, Gil les avisó a todos que llegaría a las once y podrían verlo. Después de lo ocurrido con la venta del coche, Fernando le sugirió comprar un té, calmarse y poner cara de que la vida era feliz y tranquila para que el departamento se vendiera bien. Al llegar al edificio, a las 10:50, con sendos vasos de té, ya había gente esperando. Cuando Gil abrió la puerta de su pequeño espacio, sintió algo parecido a un golpe en el estómago al ver —casi por última vez— lo bonito que era, con esa vista perfecta al Parque México.

Las expresiones de asombro de los clientes potenciales les daban esperanza de que el lugar se vendería rápido.

A lo largo de la mañana, la gente iba y venía, se juntó un cierto número de interesados y se hizo un ambiente de subasta. Un hombre de edad madura, elegante, y una chica muy a la moda, que no soltó en ningún momento su enorme iPhone mientras resolvía mil asuntos, eran los últimos que estaban en la puja. La oferta ya iba por arriba de lo que había pagado Gil y subía de veinte mil en veinte mil.

—Muy bien: te ofrezco cuatro millones seiscientos cincuenta, y te pago ahorita —ofreció la chica, mirando desafiante a su oponente.

El hombre sonrió y miró a Gil y a Fernando.

—Ella gana —reconoció.

La joven llamó de inmediato a su abogado y fueron a verlo para firmar un contrato y hacer la transferencia. A partir de la 1:30, Fernando y Gil se miraban con insistencia y cara de ansiedad. Sabían que no podían hablarle a Olivia: los secuestradores vigilan al que hará la entrega y una llamada telefónica puede interpretarse como un aviso a la policía.

Olivia llegó a la calle de Palmar a la 1:45 de la tarde. Era un camino de terracería, con casas muy sencillas. No había nadie en la calle y el sol del norte caía a plomo. Pasó por una miscelánea y sintió las miradas de todos prendidas a ella. Mientras avanzaba hacia el puente lentamente, notó que, en cada ventana, manos invisibles corrían asustadas las cortinas de flores descoloridas. Le parecía que todo el mundo sabía quién era ella y por qué estaba ahí. Llegó al puente a la 1:55. La sensación de estar vigilada crecía a cada segundo. El tiempo pasaba y nada cambiaba. A las 2:15, una llamada entró en su celular y ella contestó de inmediato.

—Alguien se va a acercar a ti. Le das la maleta y te vas rápido —le ordenó una voz ronca.

—Antes quiero saber que mi marido está vivo.

—No empieces, méndiga vieja.

—Quiero saber que está vivo o me voy —replicó ella, arrancando el coche.

—No está conmigo.

—Pero sabes dónde está, así que le llamas y le haces una pregunta.

Después de un silencio largo, el tipo contestó:

—¿Qué pregunta?

—¿Qué día nos conocimos?

El secuestrador cortó la llamada, Olivia temblaba. Con el coche encendido y en estado de alerta total, dispuesta a salir volando de ahí si era necesario, quedó a la espera. Un par de minutos después, su teléfono sonó de nuevo.

—Que te conoció un 31 de diciembre, en casa de tu tía.

—Está bien —contestó ella—. Que vengan por el dinero.

—Apaga tu coche y sólo baja la ventanilla, por ahí le pasas el dinero. Si te agachas o hablas por teléfono, lo matamos —ordenó el captor de Blas y colgó.

Olivia sintió que hasta las piedras de ese camino polvoriento la vigilaban. De pronto se acercó a ella un niño de unos ocho años. Sus ojos, inexpresivos, la miraban mientras le tocaba la ventanilla. Ella bajó el vidrio y tomó la maleta, que estaba a su lado. Se la dio y el niño salió corriendo, perdiéndose en las calles. El teléfono volvió a sonar.

—Arranca tu coche y sigue de frente. En la segunda calle toma a la izquierda y sigues derecho, hasta la carretera. Te estamos viendo. Si te detienes o hablas por teléfono, ya sabes qué pasa.

Olivia hizo lo que le ordenaban. Las piernas le temblaban sin control, pero no se detuvo hasta llegar a su departamento. Ahí estaban ya su hermana y sus otros dos hijos. Los abrazó con fuerza y rompió a llorar como nunca lo había hecho.

Gil y Fernando estaban todavía con el abogado, hechos un manojo de nervios temblorosos, cuando recibieron la llamada de Olivia. Gil le dijo que tenía diez millones novecientos dieciocho

cho mil cincuenta pesos en su cuenta y que viajaría a Monterrey para retirar el dinero y estar con ella. Momentos después habló la Nonna, que ya había llegado con Olivia y había comprado dos boletos para que su hijo y su nieto viajaran esa noche. Apenas llegaron a la casa de Fernando, Gil se comunicó por Skype con su mamá. Los secuestradores no le habían llamado de nuevo, aunque ella esperaba que lo hicieran en cualquier momento. Olivia sabía qué debía hacer: ofrecer lo que tenían y decir que era todo lo que habían podido reunir. Su hermana le había prestado poco más de ochenta mil pesos para que sonara a "once millones" y no "casi once". Fernando se ofreció a acompañarla, pero ella debía preguntarles a los captores si estaban de acuerdo.

Lucía los llevó al aeropuerto en su coche, acompañados por Rodolfo y Catarina, que iban serios y asustados, pero por nada del mundo querían quedarse en su casa. Catarina miraba a su papá con aprensión absoluta. Fernando se dio cuenta y, desde el asiento del copiloto, estiró hacia ellos una mano que los dos tomaron. Gil iba muy callado. Poco antes de llegar al aeropuerto, miró de frente a Rodolfo.

—Perdón, Rodolfo. Perdón por lo que hice… no sé qué me pasó —se disculpó.

Catarina, que iba junto a él, se recostó en su hombro, Rodolfo sonrió de lado y asintió.

El nerviosismo que flotaba en el coche se rasgó un momento y los ojos de Lucía se llenaron de lágrimas que nadie vio. Al llegar a las salidas nacionales, se dieron muchos abrazos y entonces sí, todos vieron las lágrimas de Lucía.

—Cuídate mucho —le dijo a Fernando, dándole un abrazo y un beso como ella misma no recordaba haberlo hecho en mucho tiempo.

Él la abrazó con fuerza. Lucía sabía que lo más probable era que todo saliera bien y esas horas horribles quedarían atrás, pero no podía evitar sentir temor.

Al llegar a Monterrey, casi a la una de la mañana, Fernando y Gil tomaron un taxi hacia el departamento a donde Blas y Olivia se habían mudado poco después de que Gil se fuera a vivir con sus tíos. La Nonna y su nuera estaban despiertas, los hermanos de Gil dormían en la cama de sus papás. A Fernando le sorprendió la escueta decoración de la casa de su hermano. Gil estaba absolutamente desconcertado. Ninguno de los dos dijo nada, pero para ambos era claro que la ludopatía de Blas había llegado lejos. Olivia reconoció la expresión en su rostro y sólo asintió.

—¿Quién lo creería, verdad? —fue todo lo que dijo antes de darle a Gil un abrazo apretado y largo en el que ambos lloraron.

Fernando dio su opinión sobre lo que seguiría en la negociación con los secuestradores. Todos le hacían caso como si tuviera larga práctica en esas lides. Y es que, en cierta forma, sí la tenía: había hecho negocios toda su vida y la experiencia le decía que, en el universo donde se mueve el dinero, todo el mundo actúa como piraña. A las dos de la mañana, sonó el teléfono de Olivia. Lo puso en altavoz y contestó.

—¿Diga?

—¿Ya tienes el resto?

—Pude juntar once millones más, es todo lo que tengo.

—Quedamos que son veinte.

—Junté dieciséis y no puedo reunir un peso más.

—¿Quieres que nos tronemos a tu esposo, verdad?

Olivia miró a Fernando con ojos de angustia. Él asintió con un suspiro: ella tenía que permanecer tranquila y sostenerse en lo dicho.

—Ya tienes cinco millones y voy a darte once más, es todo lo que pude reunir, por favor acéptalo y devuélveme a mi marido —repuso, haciendo un esfuerzo por controlar la voz.

Hubo un silencio muy largo en el teléfono. Tan largo que todos pensaron que el tipo había colgado. A Olivia le temblaba el labio inferior, estaba a punto de soltar el llanto. La vida de Blas estaba a merced de sus captores y todos en el departamento podían sentir la presencia de la muerte como una nube que flotaba sobre ellos y no dejaría de hacerlo hasta que volvieran a verlo vivo.

—Está bien —dijo el secuestrador con tono cortante—. A las dos de la tarde. El dinero, en tres maletas negras chicas y de la misma forma: en billetes sin marcas, de alta denominación, fajos de cien mil. Ten tu celular prendido, te hablaremos después para ver en dónde lo entregas.

—Mi cuñado Fernando, hermano de mi marido, está aquí conmigo. Quiero que me acompañe a la entrega.

—Que venga él solo. Si tu cuñado es policía, le metemos una bala a él y otra a tu esposo.

—No es policía.

—Más te vale —contestó el secuestrador y colgó.

—Quiero ir contigo tío —pidió Gil.

Fernando negó con la cabeza.

—No es buena idea que los hijos de los secuestrados vayan a las entregas, a veces los secuestran también a ellos y así ya tienen a dos —le explicó.

A la 1:15, con el dinero en las maletas, esperaban las indicaciones de los secuestradores sobre el lugar de la entrega. Casi a la 1:30, recibieron la odiosa llamada.

—¿Ya lo tienes?

—Soy Fernando, el hermano de Blas. Ya lo tengo.

—Toma la carretera 53 a Monclova y te paras en un restaurante que se llama Taquería Garza. Ahí te volvemos a hablar. Si alguien te sigue o sospechamos algo raro, tu hermano se muere, ¿sí sacas?

—Sí.

Fernando salió de Monterrey con los abrazos de sus sobrinos todavía rodeándolo y todas las bendiciones de su cuñada y su mamá. Con el celular de Olivia junto a él, pasó a llenar el tanque de gasolina del coche y se encaminó a Monclova.

Desde que llegó a ese lugar, con la cabeza tapada, pensó que sus horas estaban contadas. Peor aún, cuando supo la cantidad que pedían por él. No había manera de que Olivia pudiera juntar ese dinero, simplemente no tenían esa suma. Lo metieron a un cuarto sin ventanas, le dieron una jarra con agua que sabía a tierra y una cubeta para sus necesidades. Apenas le daban de comer, pero él sabía que había acorralado a su suerte, porque se había metido con quien no debía. Se sentía miserable de terminar así, en ese lugar mugriento y maloliente, y le dolía, más que nada en el mundo, que sus hijos se quedaran sin padre.

Cuando la puerta se abrió y entró la luz a raudales acompañada de dos de los secuestradores, con las caras cubiertas con pasamontañas, pensó que su hora había llegado.

—Pues tu familia sí te quiere. Van a pagar. Quién sa'qué hicieron.

Blas no podía creer lo que oía.

—Y además nos van a dar un bono, porque nos debías la mitá de lo que les sacamos, lo demás es un regalito, pa'nosotros y nuestros plebes, ¡bien cheve! Si todo sale bien, al rato venimos por ti.

Antes de salir, uno de los secuestradores lo aventó al suelo y le dio una patada en las costillas que lo dejó doblado de dolor.

Cansado, sudoroso, con la barba crecida y sin pensar en otra cosa que en Blas y sus hijos, Fernando llegó a la Taquería Garza. Estuvo esperando quince minutos. Había mucho tráfico de tráilers en la carretera, algunos paraban en ese lugar para para comer algo. De pronto, el teléfono sonó.

—Síguete derecho y te pasas a la autopista 57, para ir a Monclova. Antes de llegar está una gasolinera, frente a la cancha de beisbol. Paras en la gasolinera y te hablamos otra vez.

Fernando arrancó el coche y siguió la monótona carretera desértica. A un lado y al otro, macizos de montañas parecían observarlo, como testigos silentes de su suerte.

Al llegar a la gasolinera, se estacionó en un lugar donde no estorbaba. Esperó unos minutos. Sabía que lo vigilaban, pero no veía desde dónde. Mientras esperaba la llamada, dos patrullas federales de caminos pasaron a toda velocidad por la autopista. El teléfono sonó.

—¡¿Qué hace aquí la policía?! ¡¡Te dijimos que no los metieras!! ¡¡Ahora sí, nos tronamos a tu hermano!!

—¡NO! —gritó Fernando—. ¡Ellos no vienen conmigo! ¡No le dije a nadie!

El secuestrador cortó la llamada y Fernando se quedó temblando de miedo. Nunca en su vida había llorado de terror absoluto, esa era la primera vez. Intentó hablarle a los secuestradores, pero la llamada entraba directo al buzón. Después de diez minutos, el teléfono sonó.

—Si volvemos a ver a las patrullas, lo matamos. Arráncate como si regresaras a Monterrey.

Fernando obedeció y, quince kilómetros después, le ordenaron que diera vuelta en el retorno y regresara hacia la gasolinera, la pasara y se estacionara en una miscelánea que estaba en la comunidad Castaños, a pocos metros de la estación de servicio. Fernando hizo lo que le dijeron. Castaños era un villorrio de unas cuantas cuadras. La miscelánea tenía dos botes de basura afuera. Si Fernando se hubiera fijado, habría visto un coche negro estacionarse a unos cincuenta metros de él, con dos tipos adentro, pero estaba muy nervioso para fijarse en nada. Ahí le hablaron otra vez.

—Bájate con las tres maletas y las echas a los botes —le ordenaron—. Luego te regresas a Monterrey. Nada de pararte ni llamadas, acuérdate de que te estamos viendo. Vamos a contar el dinero y si todo está bien, soltamos a tu hermano.

—Antes quiero una prueba de vida —dijo, con toda la seguridad en sí mismo que pudo reunir.

—Blas no está aquí.

—Háganle una pregunta.

—¡No tengo tiempo para esto! —rugió el secuestrador.

—O le haces una pregunta o arranco y me voy —Fernando estaba seguro de que los tipos codiciaban más los once millones que la muerte de Blas.

—¿Qué pregunta es?

—¿Cómo se llamaba nuestro primer perro?

Fernando esperó unos minutos más, espesos, densos, eternos. Al fin el secuestrador llamó.

—Se llamaba Pancho y era un labrador. Ahora, haz tu parte.

Fernando bajó del coche las maletas. No había un alma en la orilla de la carretera donde comenzaba Castaños, parecía pueblo fantasma. Echó las maletas en los botes, sintiendo que las rodillas le flaqueaban, se subió al coche y se fue sin mirar atrás.

Cuando llegó con su familia, todos lo abrazaban y lloraban. Le habló a Lucía.

Las horas que seguían eran las de mayor zozobra, cuando los captores ya tienen el dinero y uno confía sin más garantía que el juramento que se ha hecho. Sus miradas y sus movimientos cortos, tensos, traslucían un temor impreciso —aunque enorme— hacia una vileza helada, poderosa y cruel, que flotaba entre ellos como un gas tóxico.

Dos horas después de que Fernando llegó al departamento, sonó el teléfono: era Blas, llamando desde un celular prestado para pedirles que lo recogieran en la calle donde lo habían dejado. Todos querían ir, pero Fernando dijo que él y Olivia irían solos.

Apenas se vieron, Olivia y Blas se abrazaron y lloraron como locos. Después abrazó a Fernando con todas sus fuerzas.

—Qué susto me sacaste, Blas —le dijo su hermano.

—He sido un tonto, Fernando, un verdadero idiota.

Al llegar a su casa hubo más abrazos cargados de emoción con sus hijos y la Nonna. Blas lloraba sin consuelo.

—¡Perdónenme todos! —sollozó—. ¡Yo quería más dinero, por eso empecé a jugar! ¡Y luego no podía parar! Cuando ganaba me sentía como borracho, bien volado, como si el mundo fuera mío. Y cuando perdía, siempre me decía que a la próxima sí iba a ganar, y me iba a reponer. Tuvo que pasarme esto para que me diera cuenta de que lo único importante es estar con ustedes y estar vivo.

Blas caminó a su cama, ahí se sentó y lloró hasta que no le quedó una sola lágrima. Olivia y sus hijos estuvieron con él todo el tiempo.

La Nonna, mientras tanto, puso una mano sobre el hombro de Fernando. Cuando él volteó a mirarla, ella le dio un abrazo largo, agradecido.

—Perdón por haberte llamado fracasado —se disculpó—. Estoy muy apenada por todas las cosas que dije ese día, tú y Lucía son unos valientes. Y en todo esto de Blas, fuiste muy inteligente… no sé cómo habríamos podido manejarlo sin ti.

Fernando le sonrió a su mamá. Luego buscó un lugar en donde acomodarse y dormir una noche corta y sin sueños.

# Suerte Pachona

El miércoles Fernando y Gil llegaron a la Ciudad de México en un vuelo por la tarde. Gil todavía tenía que arreglar la entrega de las escrituras de su departamento. Después, se daría de baja en la escuela y regresaría a Monterrey.

Apenas llegó a su casa, Rodolfo y Catarina abrazaron a su papá como si viniera de regreso del espacio, después de estar fuera dos años. Lucía también lo abrazó con fuerza. Durante la comida, Fernando estuvo bastante callado, pero a la hora del café contó todo lo ocurrido en Monterrey. Cuando terminó, hubo un silencio que recorrió la mesa, mientras cada uno de ellos se sumía en sus pensamientos. La violencia del secuestro los había tocado a todos, de una forma u otra. La posibilidad de la muerte había sido tan grande, que de pronto la percibían como algo mucho más cercano, casi como una invitada a la mesa. Y descubrieron que, cuando está cerca, la vida se siente distinta: más filosa, más fiera y, en cierta forma, más viva.

—Quiero decirte que admiro mucho la valentía con la que actuaste —le dijo de pronto Lucía a Fernando.

—¡Cuál valentía, huerca! Si me moría del miedo —repuso él.

—Sí, ya sé que sentías miedo, pero eso no te ganó. Pudiste pensar y hacer lo que se tenía que hacer. Eso es ser valiente: sentir el miedo y aun así, saber qué hacer. Y lo admiro.

Fernando acercó su silla a ella, pasó el brazo sobre su hombro y le dio un beso en la mejilla.

—Yo no sé estas personas, los secuestradores, cómo pueden vivir en paz. Ponen a la familia en una situación desesperada, el secuestrado se muere de terror, además de que lo tratan como si fuera perro callejero. Los matan si la familia no entrega el dinero... pero les vale, lo hacen una y otra vez —reflexionó Fernando.

—El dinero te vuelve loco de verdad —añadió Lucía.

—¡Ásu...! ¡Te pone bien chisqueado! —terció Gil—. ¡Y es que todo te parece tan fácil! Yo quiero decirles que tengo pena con todos ustedes, por lo que hice. Pero, ¡Gordolfo! Si ese día no hubiéramos comprado ese boleto, no se hubiera podido pagar el rescate tan pronto y quién sabe qué habría pasado.

—Todo pasa por algo —intervino Fernando—. Hasta que tú te hayas puesto loco con ese dinero tuvo algo que ver en esta situación. Si le hubieras dado a Rodolfo su parte y yo hubiera pagado mis deudas de inmediato, como sin duda hubiera hecho, tampoco nos habría alcanzado para juntar los dieciséis millones que les dimos.

—¿Les habrían dado más tiempo para juntar el dinero? —preguntó Rodolfo.

—¡No sé! —exclamó Fernando—. Nunca lo sabremos. Pero de entrada, no parecían dispuestos.

—Ustedes saben que yo no soy muy religiosa —dijo Lucía—, pero un día, en la biblioteca de la escuela, encontré un libro sobre la vida de san Francisco, ya ven que en el Wisconsin dicen que es su santo, por ecologista.

Los cuatro la escuchaban con interés.

—Era un personaje interesante por muchas cosas —continuó—, pero una de ellas, que me gusta mucho, es que su papá era muy rico y quería que él heredara sus negocios y cuando le contestó que no, que él quería llevar una vida de pobreza, alejada de todo eso, su papá le dijo que nunca recibiría un centavo suyo, ni siquiera la ropa que traía puesta: le pidió que se desnudara y así lo echó a la calle. Cuando leí eso, pensé que era un momento tremendo: salir a la vida sin absolutamente nada material. Y eso a él nunca le importó y fue un hombre feliz y pleno.

—¿Pero después tuvo ropa? —preguntó Catarina preocupada.

—Pues… debe haber tenido un solo hábito o a lo mucho dos —contestó Lucía.

—O sea, pero sí se tapó, ¿no?

—Sí se tapó, lo que quiero decir es que se atrevió a salir así a enfrentar la vida, en un sentido profundo, no nada más porque ese día se fue sin ropa: él de verdad quería vivir así. Eso es lo que me impresionó.

El silencio se apoderó otra vez de todos. Cada uno pensó en el momento en el que, en ese año, la vida los había puesto en la calle, completamente desnudos.

—Cuando te di el dinero de los paseos de perros, sentí algo bien aquí —dijo de pronto Catarina, tocándose el pecho, mientras miraba a su papá.

—Yo también me sentí bien, ¡digo!, no era mucho, pero para nosotros era todo y una vida vale más que eso —añadió Rodolfo.

—Oye, Gordolfo... —comenzó a decir Catarina.

—Tú tienes completamente prohibido decirme así —la atajó su hermano.

—Bueno, Rodo, ¿será que ya tienes estrella y no estás tan estrellado?

Los primos se rieron. Gil se puso de pie, rodeó la mesa y los abrazó. Fernando le dio la mano a Lucía y se miraron con cariño.

Ese jueves, el primer día de las vacaciones de invierno, Rodolfo despertó con una tranquilidad que hacía mucho no sentía. Desde su cama se veían en su escritorio, tranquilos y pacientes, dos paquetes de calzones blancos con cuatro piezas cada uno. Su mamá había ido de compras el día anterior, apenas recibió su último sueldo y su aguinaldo y se los había comprado. Ambos sabían lo que significaba.

Se levantó con cuidado. En un colchón de hule espuma, junto a su cama, estaba dormido Mofeto. Había venido de visita unos días: además de ayudar a su papá a arreglar el departamento y dejarlo limpio para ponerlo en renta, venía por Sauron, que se iría a vivir con él a Austin.

Rodolfo sacó del cajón sus calzones con dinosaurios cosidos; acarició un triceratops que tenía las orejas mochadas y pensó en todos los años en los que le dio tanta importancia a la buena suerte, esa que siempre se le escabullía. Luego los metió en una bolsa de plástico y los tiró a la basura: ya no los necesitaba. Lucía tocó la puerta de su cuarto.

—¡Rodolfo! ¿Ya se levantaron? ¡Hay mucho que hacer! —exclamó apresurada.

La vida seguía.

Los invitados ya iban llegando a la azotea —ahora *roof garden*— para la comida navideña del Edificio Duquesa. Fernando terminaba las pizzas que se había ofrecido a llevar. Mientras armaba las dos que tenía frente a él —una de jamón con hongos y otra de arúgula con pera—, silbaba una canción. Algo dentro de él cantaba contento. Una semana antes, Pietro había decidido ampliar su pizzería y dar servicio también los fines de semana (cada día más clientes se lo pedían) y había invitado a

Fernando a ser su socio. Pietro sabía que su maestro pizzero en ese momento no tenía un centavo para invertir, pero le dijo: "Trabajas mucho, con cariño, y eres un *ottimo cuoco* (es decir, un excelente cocinero), seremos buenos socios". La sonrisa de Fernando ante esa invitación todavía iluminaba su rostro.

La azotea se veía muy distinta recién pintada, con las macetas que había enviado la mamá de Juan Pablo, los foquitos navideños que habían puesto Lucía y Catarina, y la mesa con sombrilla que había donado Pacita. Ahí estaban todos menos Lulita, Wasabi y Sauron. Sus dueños decidieron dejarlos en sus casas para estar tranquilos. Pacita, sentada debajo de la sombrilla, platicaba con Conchita y Carla, que cargaba en brazos al recién nacido Mateo. Luis, Segismundo, Lucía, Fernando, Juan Pablo y Marco conversaban en otra mesa con Pietro. Más tarde, Harald pasó a dejar a Bere con una charola de galletas alemanas de jengibre que estaban muy sabrosas.

—Tengo algunas ideas para la nueva pizzería —comentó Fernando de pronto.

—¿Y las vas a decir? —preguntó Lucía—. Creí que las buenas ideas todo el mundo se las robaba.

Fernando se rio ante el recuerdo de su propia frase.

—No, las buenas ideas se comparten —repuso.

Lucía fue a la mesa de la comida a preparar la ensalada. Suspiró larga y felizmente. No extrañaba para nada el Wisconsin, con todo y que miss Meche había organizado una comida de despedida para ella el día anterior y le había dicho adiós con lágrimas. La Nonna les había prestado para pagar la inscripción de la nueva escuela y algunos meses de colegiaturas, en lo que todo se acomodaba. Ella había pedido trabajo en varias universidades y tenía tres entrevistas en enero. Confiaba que algo interesante saldría pronto. Sonrió para sí misma mientras pelaba un aguacate.

Segismundo, con voz tonante, hablaba del magnífico laboratorio donde regresaría a trabajar y de la exploración que ya había comenzado en las fosas Marianas.

—¡Qué maravilla que te contraten tantos años después! —señaló Juan Pablo.

—Es que esa es la cosa: si hubiera más astrobiólogos en México, estaríamos con un gran equipo de jóvenes, pero, ¡meh!, ¡este país!

Sentados en el suelo y en un lugar sombreado, los socios de la empresa de paseos perrunos platicaban. Cerca de ellos, Natalia y David hacían pompas de jabón.

—¿Qué tal Austin? —le preguntó Bere a Mofeto.

—Aburrido —contestó él—. Lo bueno es que mi mamá está más buena onda que antes. Imagínate, aceptó que Sauron viviera con nosotros.

—¡Eso sí es ser buena onda! —sonrió Rodolfo.

—¿Y su novio? —quiso saber Catarina.

—Pueeees… Ya no es tan mamón —repuso Mofeto.

—¿Crees que regreses a México algún día? —le preguntó de pronto Bere.

Mofeto paseó su vista por cada uno de los pares de ojos que tenía frente a él.

—No creo —contestó, mirando hacia abajo. Luego subió la vista de nuevo—. Mi mamá se sacó mucho de onda con lo de Ayotzinapa. Dice que no quiere que yo viva en un país donde matan a los jóvenes.

Todos se quedaron callados hasta que Bere sonrió y sus ojos rasgados se hicieron pequeños.

—Mi papá es alemán y siempre dice que está en proceso de mexicanización, porque quiere más a este país que al suyo. Y me dijo que si todos juntamos nuestros enojos y unimos nuestra esperanza, algo pasará.

—Abuela Olga nos dijo que a esos muchachos los mataron y que sólo con un gobierno de valientes vamos a saber qué pasó de verdad y van a agarrar a los culpables —añadió Catarina.

Los cuatro se quedaron callados. El peso de sus pocos años y de todo lo que se movía en su mundo comenzaba a cincelarse de manera inevitable y permanente en cada uno de ellos.

—¡Te voy a extrañar cuando te vayas a tu otra escuela! —Bere rompió el silencio, pasando un brazo sobre los hombros de Catarina, que le devolvió el gesto.

—¡Yo también! Pero ya quedamos que ahora la compañía se llama *Dolfo, Bere & Lady Bug* y nos seguiremos viendo en las tardes —repuso Catarina.

—¡Qué onda con tus números que ganaron el Melate! —rio de repente Mofeto—. ¡No lo puedo creer!

—La verdad, le iba mal en todo —recordó Catarina; luego miró largamente a su hermano y sonrió—. Pero creo que tu suerte no es buena ni mala, sólo es una suerte pachona.

Rodolfo se rio y sus amigos con él. En las últimas semanas se había dado cuenta de que ese encadenamiento de sucesos que el diccionario le diría que es la suerte —pachona o no—, es sólo el azar, la decisión de echar la moneda al aire, aventar los dados, subirse a la rueda de la fortuna... o, simplemente, correr el riesgo de vivir la vida.

# Agradecimientos

Este es uno de los libros que he tardado más años en escribir. Es la historia de un derrumbe, y también, de una reconstrucción. De tanto convivir con ellos en mi cabeza y mi corazón, Fernando, Lucía, Rodolfo, Catarina, Mofeto, Bere y todos los habitantes del Edificio Duquesa han llegado a ser algunos de los personajes más queridos para mí.

Personas y sucesos de la vida real se han colado a estas páginas. Algunos de esos eventos fueron fuertes, tristes o tremendos sustos, otros han sido jocosos. Quiero agradecer todos los que los vivieron de verdad, y me lo contaron.

A Pablo, por todos los aires de todos los campos. Y porque la gente de ideas siempre busca nuevos horizontes.

A Héctor, por todas las ratas clasemedieras estresadas y endeudadas que corren los viernes por las calles de la ciudad y que dieron lugar al personaje de Segismundo.

A Fernando (no Pachón, otro), cuya dramática vivencia se representa en el secuestro de Blas.

Y a Papina, por el recuento que pudo hacer del suceso, tanto tiempo después.

Agradezco también a las pacientes orejas de mis hijas Fer y Ana, que durante años me escucharon hablar de esta historia ("¿Estás hablando de la novela de los jugos?"), porque así ocurre: las historias son parte de la vida.

A Agustín Cadena, cómplice de aventuras literarias, por tu lectura atenta y tus comentarios, acertados y juiciosos, que hacían falta.

A Alba Nora Martínez, que alguna vez me sugirió que escribiera un libro que hablara del dinero. Y por ayudarme a definir los vericuetos del carácter regiomontano.

A Mari Carmen Lara y Mónica Mejía, por las expresiones del habla norteña.

A lo largo de estos años, tres editoras leyeron la novela, dos de ellas la trabajaron conmigo: Alicia Rosas, muy al principio, me dio muy buenos consejos sobre la psicología de Rodolfo y Mofeto, mientras platicábamos de la vida y sus vaivenes con una veleidosa señal de internet que a veces se llevaba al Skype de paseo y luego lo regresaba.

A Laura Lecuona, con quien desarrollé y revisé la primera versión entre cafés capuchinos y tés, mucho cotorreo y abundantes lecturas y consejos sobre la voz narrativa que ya se quedaron conmigo para siempre (… y sobre algunos temas en los que me pidió profundizar, que nos dieron mucha risa).

Muy especialmente, agradezco a Susy Figueroa, del Fondo de Cultura Económica. Ella fue quien trajo al mundo esta novela. Y fue un parto dichoso, que ocurrió entre cerezas, manzanas, gomitas y pepinos, todo bien sazonado con quejas y opiniones sobre el mundo y la vida nacional, porque los hilos de la historia nos movían y nos conmovían, porque Ayotzinapa nos cala y ambas sabemos que lo sucedido a la pequeña Gabriela Kïp realmente ocurrió en las calles de la Ciudad de México. Gracias Susy, por tus observaciones, tu cuidado, tu lectura atenta, el esfuerzo por adelgazar la historia (obesita al principio, como figura de Botero). Fueron casi diez meses de trabajo, acompañadas siempre por los bichos del Bestiario.

Nota: la ficción es un espejo de las múltiples realidades. Así que, todo parecido de los sucesos narrados en esta novela con lo que ocurre en el mundo real… es una bonita coincidencia.

*Peligro de suerte*, de Norma Muñoz Ledo, se terminó de imprimir y encuadernar en mayo de 2018 en Impresora y Encuadernadora Progreso, S. A. de C. V. (IEPSA), calzada San Lorenzo, 244; 09830 Ciudad de México.

El tiraje fue de 8 200 ejemplares.